# SALVARE CASEY

## Delta Force Heroes, Book 7

## SUSAN STOKER

Copyright © 2020 by Susan Stoker
Titolo originale: Rescuing Casey
Traduzione dall'inglese di Well Read Translations
http://wellreadtranslations.com

*Difendere Chloe*
*Difendere Morgan*
*Difendere Harlow*
*Difendere Everly*
*Difendere Zara*
*Difendere Raven*

**<u>Ace Security</u>** *(Prossimamente)*
*Il riscatto di Grace*
*Il riscatto di Alexis*
*Il riscatto di Bailey*
*Il riscatto di Felicity*
*Il riscatto di Sarah*

# CAPITOLO UNO

CASEY SHEA TREMAVA. Era ridicolo il fatto che avesse freddo. La Costa Rica aveva una temperatura media di trentasei gradi, con livelli di umidità che oscillavano tra l'ottantacinque e il novanta per cento. Avrebbe dovuto sudarle anche il sedere, ma c'erano diversi fattori a suo sfavore.

Per prima cosa, l'oscurità. La fossa in cui era stata gettata era completamente buia. Tutto ciò che i suoi rapitori avevano utilizzato per coprirla era assolutamente impenetrabile. Nemmeno il più tenue spiraglio di luce riusciva a farsi strada tra l'oscurità.

Secondo, era disidratata e affamata. Aveva utilizzato il suo reggiseno per provare a filtrare l'acqua che gocciolava ai lati della sua prigione, ma le poche gocce non erano sufficienti.

Terzo, era stressata.

Aveva fatto tutto ciò che il fratello le aveva insegnato. Aveva mantenuto la calma. Aveva mantenuto un pensiero positivo. Aveva fatto del suo meglio per non cedere alla disperazione.

Ma stava per disperarsi.

Casey si impose di alzarsi e percorrere la piccola prigione.

Sapeva esattamente quanti passi ci volevano per andare da una parte all'altra. Quattro. Quattro passi in avanti, quattro passi dietro. Due ampi passi. Tutto lì.

Aveva provato ad arrampicarsi fuori dal buco, senza successo. I bordi della sua prigione erano troppo instabili. Era solo riuscita a tirarsi addosso ancora più sporcizia. La cima della fossa si trovava solamente a pochi metri di altezza dalle braccia, quando le allungava sopra la testa, ma la fossa poteva anche essere profonda quaranta metri, nonostante tutti i suoi sforzi. Non poteva uscire, non aveva abbastanza assi di legno per appoggiarsi e raggiungere la cima, e qualsiasi cosa avessero usato per coprire il buco, ai tre rapitori era costato molto tempo camuffare attentamente la sua tomba.

La puzza di decomposizione e marciume era fortissima, quando era stata buttata nella fossa, ma lei ci si era così abituata che in quel momento lo notava a malapena. L'odore nauseabondo derivava dal fatto che gli abitanti del villaggio avevano messo lì le parti degli animali che non avevano mangiato o che avrebbero utilizzato in un secondo momento. C'erano delle ossa, nella melma su cui poggiava i piedi, ma dato che Casey non riusciva a vedere nulla, non aveva la minima idea di quali animali potessero essere.

Non sapeva quanto tempo era passato dalla separazione dalle sue studentesse, ma sicuramente era troppo. Prima di quel momento stava andando tutto bene, le ragazze avevano mantenuto la calma e avevano razionando il cibo e l'acqua ricevuti. Uno dei rapitori aveva detto loro che erano state rapite per ottenere un riscatto, ma Casey non ne era convinta.

Astrid sì, poteva essere oggetto di ricatto - era la figlia di un ambasciatore danese - ma Casey e le altre? Assurdo. Lei non era una persona importante. Probabilmente neanche le famiglie di Jaylyn o Kristina erano ricche o famose.

Le ragazze avevano svolto un gran lavoro, nel viaggio di

ricerca. Andavano d'accordo e si svegliavano emozionate ogni mattina, felici di dirigersi verso la giungla per trovare altri insetti da esaminare. Non tutti i viaggi scolastici andavano così bene. A volte, personalità diverse e l'avere a che fare con la cultura e il clima del Costa Rica aveva tirato fuori il peggio dai suoi studenti. Ma non con Jaylyn, Kristina e Astrid. Andavano tutte molto d'accordo, tenendo in considerazione le loro differenze.

Astrid veniva da una famiglia ricca, *molto* ricca. Jaylyn frequentava l'Università della Florida, con una borsa di studio accademica. Kristina era una ragazza festaiola, presidente del suo club femminile e durante le lezioni di Casey non si sforzava molto, mantenendo una media dei voti accettabile.

All'inizio, le ragazze erano molto diverse tra loro, ma sotto la guida di Casey e dedicandosi molto all'attività, andava tutto a meraviglia. Ma Casey dovette rafforzare la sua leadership dopo il rapimento. Sapeva che, senza di lei, le cose tra le ragazze si sarebbero guastate in fretta. C'erano già segnali di disaccordo, prima della loro separazione, Casey pregò affinché potessero resistere e potessero ricordare i suoi insegnamenti, nel breve periodo passato insieme dopo essere state rapite.

Casey si fermò e guardò in alto. Non riusciva a vedere niente, ma ciò non le impediva di guardare in alto, ogni paio di secondi, nel caso in cui fosse apparsa una luce improvvisa. Respirava a fatica dopo soli dieci passi, avanti e indietro. Ritornò verso l'angolino che utilizzava come spazio per dormire, appoggiò la schiena alla parete e si lasciò scivolare, finendo sul sedere. In precedenza, aveva trovato – sorprendentemente – un paio di tavole di legno, sul fondo della fossa. Le aveva accatastate una sull'altra, in modo che costituissero una sorta di piattaforma rialzata dove lei poteva sedersi, evitando di bagnarsi sulla grande pozzanghera.

I suoi pantaloni da trekking erano fradici, così come i piedi racchiusi negli stivali in Gore-Tex Avrebbero dovuto essere resistenti all'acqua, ma stare in ammollo ventiquattro ore su ventiquattro era troppo anche per quel materiale. Era inevitabile che prima o poi non avrebbero retto, così anche i suoi calzini di lana e foderati in nylon erano fradici.

Eppure, Casey cercò di restare ottimista. Suo fratello sarebbe arrivato. Era un soldato cazzuto delle Forze Speciali. Era sempre stato protettivo nei suoi confronti. Quando erano piccoli, giocavano a fare i soldati, per ore. Una volta cresciuta e interessata ad uscire con i ragazzi, lui era quello che raccomandava a tutti di trattarla bene. Dopo essersi arruolato nell'esercito e aver passato l'addestramento delle Forze Speciali, era tornato a casa e le aveva insegnato come sparare, combattere e cosa fare se qualcuno l'avesse presa in ostaggio.

Casey si ricordò che aveva riso, per l'ultima cosa, aveva detto al fratello che non sarebbe mai finita in una situazione in cui avrebbe avuto bisogno di conoscere i trucchi psicologici dei rapitori e a come usarli contro di loro, ma Aspen aveva scosso semplicemente la testa e le aveva detto che non si può mai sapere cosa riserva il futuro.

Casey sospirò e appoggiò la testa alla parete. I capelli erano coperti di terreno, probabilmente era sulla buona strada per diventare rasta. Ogni centimetro del corpo era coperto di fango. Inizialmente accettò la cosa di buon grado, sapendo che avrebbe tenuto alla larga i rapitori qualora avessero deciso di abusare sessualmente di lei, ma in quel momento avrebbe dato qualsiasi cosa per potersi fare una doccia.

Desiderava tanto sdraiarsi. L'unico modo in cui riusciva a dormire era da seduta. La schiena le faceva male, sognava il suo bel letto di casa.

"Ho bisogno di te, Aspen," sussurrò, nonostante sapesse

che le sue parole fossero ridicole. Lui non poteva sentirla. *Nessuno* poteva sentirla. La voce non le serviva a niente; aveva gridato aiuto per così tanto tempo, da quando era stata gettata nel buco, che aveva la gola troppo irritata. In più la disidratazione, le condizioni antigieniche e l'umidità avevano fatto in modo che restasse quasi muta.

Come se le sue parole fossero state una formula magica, Casey sentì improvvisamente un forte grido, sopra la sua testa.

Poi, colpi di pistola.

Altre urla.

Era la prima volta che sentiva qualcosa, da quando era stata gettata in quella prigione maleodorante.

Si fermò e guardò in alto, pregando per un miracolo.

"Sono qui! Qualcuno venga a tirarmi fuori di qui," gridò il più forte possibile.

Trascorsero minuti, o forse ore, ma in seguito i colpi di pistola cessarono, così come le urla...e Casey venne lasciata nel suo silenzio, nella sua tomba oscura.

Non poteva permettersi di piangere. Non quando il calvario era appena iniziato.

Ma sapendo che il salvataggio era incerto, facendo scivolare semplicemente le mani sul terreno come quando aveva provato ad arrampicarsi fuori dalla fossa, Casey sprofondò sulle tavole di legno e si mise a singhiozzare.

Non uscì alcuna lacrima dai suoi occhi, visto che il suo corpo non aveva alcun liquido in eccesso per produrle.

Stava per morire lì e nessuno avrebbe mai trovato il suo corpo.

"Mi dispiace, Asp," bisbigliò, poi si accovacciò col petto ansimante. "Mi dispiace tanto."

———

Troy "Beatle" Lennon era totalmente concentrato sulla radio appoggiata sul tavolo di fronte a lui. Blade camminava avanti e indietro, troppo agitato per sedersi. Il resto della squadra Delta era raccolto nella piccola stanza. Si trovavano in Costa Rica, ma avevano negato loro il permesso di addentrarsi nella giungla per salvare la sorella di Blade e le altre donne poiché il gruppo delle Forze Speciali Danesi, la Corporazione dei Cacciatori, li aveva preceduti nel paese.

Blade avrebbe voluto gridare "vaffanculo" al governo costaricano, ma Ghost aveva usato la mano pesante e ordinato alla squadra di farsi da parte e aspettare.

La Corporazione dei Cacciatori era l'equivalente danese dei Delta. Erano stati mobilitati dal governo danese dopo che l'ambasciatore Jepsen era stato informato sul rapimento di sua figlia. Nessuno sapeva esattamente quando era accaduto il rapimento del gruppo delle studentesse e della loro insegnante, ma secondo le stime di Blade, era accaduto almeno una settimana e mezzo prima.

Il governo costaricano aveva detto di aver ricevuto una soffiata anonima riguardo quattro donne americane, tenute prigioniere in un villaggio nel profondo della giungla. Non appena i Cacciatori erano arrivati, si erano diretti immediatamente verso il luogo segnalato.

I Delta non potevano fare altro che aspettare, durante lo svolgimento del tentativo di salvataggio.

Avevano ricevuto aggiornamenti regolari dal capitano dei Cacciatori, ma erano passati quindici minuti dall'ultimo e avevano tutti i nervi a fior di pelle.

L'ultimo aggiornamento era sul fatto che avevano individuato il campo e stavano entrando.

"Cazzo," disse Blade, rompendo il silenzio. "Perché stiamo qui impalati? Saremmo dovuti andare con loro."

"Tranquillo, amico," disse Ghost con calma. "Tu sai il motivo."

"Non me ne frega un cazzo della politica! Mia sorella si trova lì fuori, Ghost. Ha bisogno di me!"

Il capo dei Delta guardò il suo amico. "Andrà tutto bene. So più di chiunque altro in che modo una persona può essere traumatizzata, dopo essere stata tenuta in ostaggio. Avrà bisogno del tuo supporto, Blade. È meglio che tu non faccia troppo parte dei suoi ricordi nella giungla."

Beatle serrò le mani in pugni, appoggiate sul ginocchio. Sapeva a cosa si riferisse Ghost.

"Pensavo che Rayne stesse andando bene." disse Truck, esprimendo a voce alta quello che stavano pensando tutti.

"Ha passato momenti migliori," disse subito Ghost. "Ma il suo consulente mi ha detto che parte del motivo per cui non vuole sposarsi è per ciò che le è successo."

"Pensavo che stesse resistendo perché non voleva farlo mentre Mary era malata?" chiese Fletch.

"Quella era la sua scusa originale," acconsentì Ghost. "Ma quando Mary si è sentita meglio, Rayne ha trovato un'altra scusa. Dopo un'altra ancora. È un problema di fiducia. Non me ne frega un cazzo, se mai ci sposeremo. Tutto ciò che voglio è che Rayne sappia nel profondo dell'anima che è al sicuro. Che la terrò al sicuro. Si porterà le cicatrici del rapimento in Egitto ancora per molto tempo. In un certo senso, credo che sarebbe stato più facile se non avessi messo in mezzo l'argomento. I suoi brutti ricordi su cosa le stava per capitare sono mischiati con la sua sensazione di sollievo, quando sono sbucato fuori dal nulla. Detesto avere legami con quel coglione che l'ha quasi violentata."

Ghost fece una pausa, dopo guardò Blade. "Sto solo dicendo che quando i Cacciatori la avranno tirata fuori da lì, potrai esserci per lei in modo che tu non sia contaminato con il rapimento. Puoi essere la sua roccia. Sai quanto me che a volte, quando la famiglia della vittima la vede quando ha toccato il fondo, non andrà bene per un lungo periodo."

"Cazzo!" imprecò di nuovo Blade e riprese la sua camminata.

La radio gracchiò sul tavolo, le attenzioni degli uomini si concentrarono subito sulla piccola scatola nera.

"Hunter Uno alla base."

"Qui è la base. Continua, Hunter Uno."

Beatle trattenne il fiato. Non erano autorizzati ad utilizzare il canale riservato e non potevano far nient'altro se non ascoltare mentre veniva finalmente rivelato l'esito dell'attacco nel covo dei rapitori.

"Tre pacchetti messi al sicuro. Ripeto. Tre pacchetti messi al sicuro."

Se possibile, la tensione nella stanza aumentò almeno dieci volte tanto.

"Confermato," disse la voce, con accento costaricano. "Posizione del quarto pacchetto?"

"Sconosciuta, al momento," fu la risposta dei soldati delle Forze Speciali Danesi.

"Andiamo," disse Beatle borbottando sottovoce. "Chi manca?"

"Orario stimato del ritorno?"

"Ventiquattr'ore," disse il soldato. "I pacchetti sono in pessimo stato. La nostra velocità verrà compromessa. Due casualità a nostro favore. Verifica del punto d'incontro?"

"Dannazione," disse Hollywood aspramente, battendo un pugno sul tavolo. "Chiedi chi manca."

Come se le sue parole fossero state ascoltate dalle operazioni della base, la prossima domanda fece trattenere il fiato a tutti i soldati del Delta Force radunati intorno al tavolo.

"Identificazione del pacchetto mancante?"

Ci fu una lunga pausa prima della risposta del soldato danese. Un periodo di tempo in cui i soldati statunitensi, nella piccola stanza, ascoltavano ogni cosa come se stessero aspettando la risposta da dieci anni.

"Quella più grande. I pacchetti hanno detto che è stata portata via dalla zona una settimana fa."

Prima che Blade potesse reagire alla notizia che la sorella mancava ancora all'appello, Ghost si fermò e si diresse verso la porta. Si girò a guardare la sua squadra. "Al diavolo la politica. Una dei nostri manca all'appello e non lasceremo questo paese finché non la riavremo indietro."

Beatle seguì i suoi compagni di squadra fuori dalla stanza, ma nel frattempo era un turbinio di pensieri. L'unica foto che aveva visto di Casey Shea era quella che Blade aveva fatto vedere alla squadra. Era di un paio di anni prima, scattata a Natale.

Era accanto a Blade, gli stava facendo una presa di sottomissione. Ovviamente il soldato le aveva fatto avere la meglio, dato che con un'altezza di un metro e novanta non c'era nessuna possibilità che lei sarebbe stata veramente in grado di sopraffarlo. Beatle non riusciva a smettere di pensare all'assoluta felicità negli occhi di Casey.

Lei stava facendo un grande sorriso, era convinto che quando era stata scattata la foto lei stesse ridendo. Indossava un paio di jeans modellati per le sue gambe lunghe. La maglietta che indossava le lasciava scoperta la spalla, mostrando il laccio del reggiseno rosso sottostante. Era a piedi nudi, lo smalto dei piedi era dello stesso rosso brillante della biancheria intima.

I suoi capelli biondo cenere erano raccolti in uno chignon disordinato, rendendo impossibile a Beatle indovinarne la lunghezza. I suoi occhi verdi guardavano la fotocamera... aveva un aspetto assolutamente adorabile.

Beatle non credeva nell'amore a prima vista, ma non poteva negare il fatto che dopo aver visto quella foto aveva sentito una sorta di scossa nello stomaco. Si sentì immediatamente attratto, non solo dal suo aspetto fisico, ma anche da quella che immaginò essere una personalità spensierata e vivace.

Quello era proprio ciò che preoccupava di più Beatle. Avevano salvato tantissime persone in passato, il pensiero della donna felice nella foto di Blade trasformata dalle violenze subite lo logorava.

Casey Shea non meritava tutto ciò che le era successo. Non che qualcuno lo meritasse, ma di sicuro non la sorella allegra e sorridente di uno dei suoi migliori amici.

*Resisti, Casey*, pensò Beatle. *Stiamo venendo a prenderti. Resisti.*

## CAPITOLO DUE

A QUANTO PARE, i Delta non raggiunsero Casey... almeno, non prima di un paio di giorni. Erano incappati in diversi ostacoli, nella loro missione di ricerca della sorella di Blade.

Erano stati tenuti prigionieri nell'hotel dall'esercito costaricano, fino al ritorno dei Cacciatori. Poi Ghost aveva insistito per assistere agli interrogatori delle studentesse universitarie, affinché potessero ottenere quante più informazioni possibili, prima di proseguire con la ricerca.

Nonostante Beatle odiasse aspettare, non poté negare che le informazioni raccolte si erano rivelate utili.

Blade non aveva accolto favorevolmente la notizia che non si sarebbero recati immediatamente nella giungla, per cercare sua sorella. I compagni avevano dovuto sedarlo, così non si sarebbe fatto dell'altro male da solo. Prendere continuamente a pugni le pareti non era proprio il massimo.

Mentre Coach e Truck erano rimasti con Blade nell'hotel, a Ghost, Beatle, Fletch e Hollywood era stato concesso di ascoltare gli interrogatori.

Erano stati condotti in una stanza con uno specchio a due vie, da cui potevano osservare. Beatle avrebbe voluto essere in grado di fare domande, ma l'ambasciatore aveva proibito i contatti con la figlia a tutti, escludendo i soldati danesi che l'avevano salvata. Dato che Astrid si rifiutò di separarsi da Jaylyn e Kristina, furono interrogate insieme.

"Che è successo?" chiese senza mezzi termini il soldato responsabile dell'interrogatorio.

Le ragazze ebbero qualche difficoltà a raccontare la loro storia, ma dopo qualche esitazione ci riuscirono.

Erano nella giungla a cercare delle nuove specie di formiche, quando i rapitori sbucarono dal nulla. Le avevano gettate nel retro di un furgone e avevano guidato per ore. In quel momento, a quanto pare, Casey aveva istruito le ragazze a mantenere la calma, convincendole che si sarebbero accorti della loro assenza e sarebbero venuti a cercarle. Continuava a dire loro di affrontare le cose un passo alla volta, addirittura un minuto alla volta, se necessario, e trovare sempre qualcosa di positivo nella situazione.

Sentendo ciò, Ghost mormorò, "Geniale. Glielo avrà insegnato Blade."

Beatle annuì. Aveva fatto una lunga chiacchierata con il suo amico e Blade, questi gli aveva raccontato di come avesse insegnato alla sorella a mantenere il sangue freddo in circostanze simili a quelle in cui poi si era ritrovata.

Le ragazze continuarono a raccontare la loro storia. Erano state portate nella giungla, in un posto che credevano essere un villaggio. Era buio, quindi non riuscivano a fornire una descrizione soddisfacente del posto. Ma tanto non era necessario, visto che i Cacciatori avevano confermato che le ragazze erano state tenute in ostaggio in un villaggio nella giungla.

Le ragazze continuarono a spiegare come Casey fosse stata la loro leader, facendo sì che mantenessero la calma, assicurandosi che tutte avessero abbastanza cibo e acqua, e mantenendo sempre alto il morale.

Dopo diversi giorni di prigionia, era arrivato uno dei loro rapitori e aveva detto che era stato pagato il riscatto di Casey, poi l'aveva portata via. Le ragazze non l'avevano più vista, quindi avevano ipotizzato che fosse al sicuro, probabilmente tornata negli Stati Uniti.

Ci volle uno stimolo da parte del soldato che le stava interrogando, ma alla fine le ragazze confessarono che Casey se n'era andata, ma loro erano rimaste lì. Avevano iniziato a bisticciare e a picchiarsi, ed erano sul punto di strangolarsi a vicenda quando erano arrivati i soldati danesi.

Si sentivano colpevoli e imbarazzate, ma furono rassicurate - era normale. Molte volte, in situazioni stressanti, come quella in cui si erano trovate, le amicizie si rompevano e la situazione diventava tesa.

L'interrogatore fece altre domande, ma Ghost aveva sentito abbastanza. I quattro Delta se ne andarono e Ghost chiese il permesso di inoltrarsi nella giungla, verso l'insediamento in cui Casey era stata vista l'ultima volta, per iniziare a cercarla.

Il permesso gli fu negato. Il governo costaricano era convinto che la professoressa fosse morta, non volevano soldati armati a piede libero, pronti a massacrare persone innocenti durante una futile missione.

Ci vollero altri tre giorni ma alla fine il governo, dopo le pressioni da parte del Presidente degli Stati Uniti, aveva concesso con riluttanza il permesso ai Delta per la loro missione di ricerca e salvataggio.

Dal momento in cui lasciarono la città di San José per recarsi nella giungla, erano passati quattro giorni dal salvataggio delle altre donne. Nessuno aveva sentito niente riguardo Casey Shea per quasi dodici giorni. Ormai poteva essere dovunque, i Delta lo sapevano. Poteva essere stata condotta in Messico, nel traffico sessuale.

O potevano averle sparato, non appena era stata separata dalle ragazze, il corpo abbandonato da qualche parte nella giungla, in pasto agli insetti e animali tipici del paese. La loro possibilità di trovarla - viva o morta - era estremamente bassa.

Ma nessuno di loro si arrese. Era la sorella di Blade. La loro sorella. Casey si trovava lì fuori... da qualche parte.

———

Ore più tardi, dopo essere stati lasciati sul punto d'incontro dall'elicottero preso in prestito del governo costaricano, i sette uomini della squadra Delta si sparpagliarono senza dire una parola mentre si facevano strada lungo la giungla. Beatle era in coppia con Blade. Mentre si stavano dirigendo verso il luogo dell'ultimo avvistamento di sua sorella, Blade parlò di lei.

A voce bassa, disse a Beatle quanto Casey amasse il cibo cinese.

Di come, da piccola, scavava sempre nella terra dietro casa loro, cercando di trovare nuove specie di insetti.

Di come si era rifiutata di andare al ballo scolastico dell'ultimo anno perché quella sera c'era un documentario riguardo le formiche dell'America Centrale, in televisione.

Di come lui fosse orgoglioso di lei, quando ottenne la sua laurea. Stava lavorando alla sua contemporaneamente alla laurea e al master, aveva ottenuto di recente il suo dottorato. Era stata all'università per anni, studiando, insegnando e seguendo corsi. Era giovane per essere già laureata, ma Beatle aveva capito che Casey si era fatta il culo facendo tutto il possibile per farcela il prima possibile.

Beatle fece parlare il suo amico e assorbì ogni informazione possibile su Casey. Dopo diverse ore, gli sembrava di conoscere Casey molto bene, quasi quanto suo fratello.

Stavano facendo una pausa quando Blade mise una mano sulla spalla di Beatle e disse con urgenza, "Ho sentito cos'ha detto Ghost, un paio di giorni fa. L'ultima cosa che voglio è rovinare il rapporto con mia sorella. Quando la troveremo, voglio che la assista tu."

"Blade, io..."

Lo interruppe. "Non voglio che lei soffra ulteriormente con la mia presenza. Sarò devastato, ma farò del mio meglio per restare in disparte."

"Non pensi che questo la ferirà ancora di più?" chiese Beatle. "Voglio dire, vedendo te, suo fratello, che poi non la consola?"

Blade scosse la testa. "No. Voglio dire, sarò lì per lei ma non voglio che la mia presenza le porti brutti ricordi. Mi occuperò del nostro ritorno. *Ti prego,* Beatle."

Beatle guardò attentamente il suo amico e compagno di squadra. Erano stati istruiti ad essere onesti, al cento per cento, su tutto quello che li riguardava. Le loro vite dipendevano da questo. "Sono attratto da lei," confessò. "Non so come mai, ma nel momento in cui ho visto quella foto che ci hai mostrato, mi è venuta voglia di conoscerla meglio. Poi mi hai parlato tutto il pomeriggio di lei..." La sua voce si affievolì. Sembrava assurdo, ma era andata proprio così.

Blade lo guardò negli occhi per un lungo instante e dopo fece un cenno. "Bene."

"Bene?"

"Già. Guarda... Non ho nessun problema se fate coppia fissa. Conosco alcuni uomini che avevano una specie di stupido codice tra amici, in cui tecnicamente non è bello uscire con le sorelle degli amici, ma a me non importa. Mi inginocchierei e ringrazierei il cielo se Casey stesse con te.

Suppongo che tu sia l'unico single rimasto nella squadra, a parte me. Sappiamo tutti che Truck si è preso una cotta per Mary, quindi lui non conta. Ti conosco, Beatle. Conosco tutti i tuoi lati buoni e cattivi. Se tu e mia sorella vi innamoraste, potrei vederla più spesso. Saprei che è sempre al sicuro. Ma tu sai quante probabilità ci sono che questo accada... giusto? È qui da molto tempo... potrebbe non essere più la sorella che ricordo. Potrebbe avercela con me per non averla cercata prima. Potrebbe essere stata violentata. Sto solo..."

Toccò a Beatle mettere la mano sulla spalla dell'amico. "Se lei è simile a te, supererà tutto questo. Lo farà."

Blade chiuse gli occhi e annuì. Successivamente, fece un respiro profondo. "Lei è qui fuori," sussurrò. "Non so come faccio a saperlo, ma lo so. So quante sono le possibilità che sia viva ma non me ne frega un cazzo. Aspetta che noi andiamo a salvarla."

Beatle annuì. "Allora è ciò che faremo."

Senza dire altro, i due uomini proseguirono silenziosamente con il resto della loro squadra. L'unica prova della loro presenza fu l'alzarsi in volo di due farfalle, nell'aria densa e umida.

———

Dieci ore dopo, la squadra strisciava ancora nella giungla costaricana. Tenevano le dita sui grilletti arrotondati dei loro fucili mentre con gli sguardi scansionavano il campo abbandonato davanti a loro.

Avevano raggiunto le coordinate dove la Corporazione dei Cacciatori aveva salvato le studentesse. I Delta si divisero e circondarono ciò che restava del campo.

"Ghost?" chiese Hollywood, quasi bisbigliando.

Indossavano tutti degli auricolari e riuscivano a comunicare fino a qualche chilometro di distanza.

"Nessuno si muova," ordinò Ghost. "Questa potrebbe essere una trappola."

"È deserto," insistette Fletch.

"O forse stanno aspettando che qualcuno si faccia vedere per cercare Casey," replicò Ghost. "Ho detto, state immobili."

Beatle digrignò i denti ma obbedì. Esaminò la parte dell'insediamento che riusciva a scorgere. In testa gli frullavano mille pensieri. Non andava bene, così. Non riusciva a concentrarsi su ciò che lo disturbava, non era quello che si aspettava di vedere una volta arrivati sul posto.

Al posto di una tendopoli installata frettolosamente, le strutture presenti sembravano semipermanenti. Notò il pavimento di legno in una delle capanne circolari. C'erano dei bracieri sparsi, e anche qualcosa che ricordava una grande tenda in uno spazio comune. Di cosa se ne facevano, i rapitori guerriglieri, di una postazione permanente del genere?

Beatle non fu sorpreso di vedere dei cadaveri, sparsi qua e là. Probabilmente erano il risultato della missione di salvataggio eseguita dai Cacciatori. C'era un certo numero di capanne fumanti, come se fossero state bruciate giorni prima, ma in generale la maggior parte del villaggio sembrava intatta. L'idea generale era che i residenti si fossero allontanati da poco.

"Hollywood, tu e Fletch iniziate a controllare l'esterno. Io, Truck e Coach ci faremo lentamente strada da questa parte, verso di voi. Blade e Beatle, voi fate la stessa cosa dalla vostra parte. Ci incontreremo al centro. Se vi imbattete nei nemici, uccideteli senza far rumore, se possibile. Evitiamo di annunciare la nostra presenza e avere tutti sul groppone in un raggio di otto chilometri."

Beatle annuì. Avevano ripassato il piano più di una volta, ma Ghost ripeteva che era una procedura operativa standard.

"Assicuratevi di accendere le vostre telecamere," aggiunse Ghost.

Accigliato, Beatle accese la piccola camera situata alla base della gola. Erano state aggiunte alle loro uniformi e alla procedura operativa standard dopo che una squadra delle Forze Speciali aveva ucciso un gruppo di civili in Medio Oriente, durante una pattuglia. Avevano avuto un bel dire che era stato per difesa personale, ma l'indagine era stata sgradevole per tutti i coinvolti, visto che era impossibile raccogliere le prove dal luogo dopo l'avvenimento... non solo perché tutti i testimoni erano stati uccisi.

Ovviamente, le telecamere non erano infallibili. Volendo, potevano distruggere il resto del villaggio, radere al suolo tutte le capanne, uccidere tutti quelli con cui entravano in contatto *e poi* avviare le telecamere, affermando che erano arrivati nel villaggio e avevano trovato quel truce spettacolo Ma nessuno dei Delta avrebbe preso in considerazione un'opzione del genere. Erano uomini d'onore e anche se talvolta le loro azioni potevano essere messe discussione in un secondo momento, facevano sempre tutto alla lettera.

Ma a causa di violazioni passate da parte di uomini che avrebbero dovuto trovarsi dal lato della giustizia, Ghost e i suoi compagni di squadra indossavano una piccola telecamera. Funzionavano come le *dash-cam* delle macchine della polizia. Dovevano accenderle prima di ogni tipo di operazione... per precauzione. Il Grande Fratello stava sempre a guardare.

Silenzioso e letale, Beatle si fece strada verso la prima capanna, pronto a uccidere chiunque incrociasse con il KA-BAR affilato da 15 centimetri che stringeva in pugno.

Nel giro di pochi minuti, i Delta si riunirono nel centro del villaggio abbandonato.

"Solo io sto pensando 'ma che cazzo', ragazzi?" chiese Hollywood burberamente.

"Già, qualcosa non va. Per niente," concordò Coach.

"Questo non è il nascondiglio temporaneo dei rapitori." disse Ghost, esprimendo a voce alta ciò che stavano pensando tutti.

"No. Dall'aspetto dei cadaveri ancora riconoscibili, questo era un villaggio nativo," disse Fletch. "Credo ci sia stata una debole resistenza all'arrivo dei danesi, repressa velocemente, perché le ragazze sono state portate via... o perché non si sentivano all'altezza."

"Quindi dov'è Casey?" chiese Blade, che sembrava contemporaneamente frustrato e con il cuore spezzato.

"Secondo i Cacciatori, la capanna in cui le ragazze erano tenute in ostaggio si trova laggiù," disse Ghost, indicando una di quelle piccole strutture.

La squadra si fece strada e l'analizzò. C'erano diversi segni sulle pareti, come se le ragazze stessero mantenendo il conto di quanto tempo avessero trascorso come ostaggi. C'era un paio di calzini abbandonato, come se una delle ragazze li avesse messi ad asciugare prima del salvataggio e non fosse riuscita a recuperarli.

C'era un secchio in un angolo, l'acre odore del suo contenuto fece capire agli uomini la sua funzione.

"Sparpagliatevi," ordinò Ghost. "Dev'esserci qualche indizio su cos'hanno fatto con il nostro obiettivo."

"Lei non è un fottuto obiettivo," ringhiò Blade. "Si chiama Casey."

"Scusa, Blade," si scusò immediatamente Ghost. "Non intendevo niente del genere."

Blade fece un respiro profondo e annuì.

"Tenete gli occhi aperti," disse Ghost. "Qualsiasi cosa, per quanto piccola, potrebbe essere un indizio."

Hollywood, Ghost, Fletch e Coach sparirono nel villaggio e nei paraggi circostanti in pochi secondi.

Beatle rimase fermo, setacciava con lo sguardo la zona intorno alla capanna dove erano state tenute prigioniere le ragazze.

"Che stai guardando?" gli chiese Blade con tono calmo.

"Non lo so."

Passati alcuni secondi, Blade disse, "Parlamene."

"C'è un indizio qui... Riesco a sentirlo. È come se il mio subconscio lo avesse riconosciuto, quando l'ho visto, ma non riesco a mettere a fuoco."

Beatle chiuse gli occhi per un momento, poi li aprì di nuovo.

Quando si guardò attorno, vide solo la giungla, le capanne, due fumanti, le altre a posto, le ceneri degli incendi abbandonati. Che cosa gli aveva scatenato quella sensazione?

Fece un passo di lato e diede le spalle alla giungla, analizzando cos'era rimasto del villaggio. La comunità sembrava essere numerosa. C'erano almeno trenta capanne, il che significava che probabilmente c'erano cento persone che vivevano lì. Probabilmente di più.

Cento persone che vivono nel mezzo della giungla. Ciò significava organizzazione. Non era un villaggio nomade. Si erano stabiliti. Fissi. Quindi dov'erano finiti tutti? E perché?

Beatle si guardò intorno di nuovo, notando una cosa che gli era sfuggita prima: dei sentieri che portavano dalla giungla a diversi posti.

"Guarda, Blade." Fece cenno ad uno dei sentieri.

"Cosa stiamo guardando?"

"È un sentiero. Probabilmente verso una sorgente d'acqua. O un bagno."

"E allora?"

Beatle si girò per guardare l'amico. "Non lo so. Ma il mio istinto sta strepitando. Guarda, lo hanno detto le ragazze, stavano aspettando lì fino a quando Casey non è stata portata via. Sappiamo entrambi che non avevano richiesto alcun riscatto, quindi perché le hanno separate?"

Blade rimase immobile. "Perché era più grande di loro. Con più esperienza. La loro leader."

"Già. Porta via il leader e il gruppo finisce nel caos. Ma perché i rapitori avrebbero dovuto volerlo? Voglio dire, non sarebbe stato meglio avere il gruppo calmo e collaborativo?"

"Non ne ho idea," disse Blade. "Sinceramente, al momento non mi importa. Voglio solo trovare mia sorella. Quando l'hanno portata via dalle ragazze, non potevano nasconderla in un'altra capanna?"

"Probabilmente gli indigeni si stavano agitando. Non volevano più le *gringas* nel loro villaggio," ipotizzò Beatle.

Blade sembrava pensieroso, ma non del tutto convinto. "Forse."

"Se non avevano nessun'altra capanna in cui metterla, probabilmente hanno improvvisato."

"Perché non potevano semplicemente ucciderla?"

Beatle si rese conto che avrebbe potuto ferire l'amico, con quelle domande. Ma quella specie di botta e risposta era un'attività che facevano sempre, quando cercavano di trovare delle risposte. Era semplicemente una tecnica che usava la squadra. "Forse l'hanno fatto. Ma dopo avrebbero dovuto gettare il corpo da qualche parte. Non potevano lasciarla nei dintorni del villaggio. Avrebbe attratto i predatori. O forse c'erano alcune persone ignare del rapimento, nel villaggio, quindi sono stati costretti a non farne parola con nessuno."

"Quindi dovevano nasconderla da qualche parte."

"Giusto. Ma forse chiunque le abbia rapite aveva bisogno

di lei, fin dall'inizio. Non voleva ucciderla. Voleva separarla dalle altre, per un'altra ragione."

"Sì, chiarissimo." disse Blade, sembrando più ottimista. "Quindi l'ha portata nella giungla e avrebbe comunque dovuto nasconderla da qualche parte."

"Probabilmente utilizzando i sentieri," aggiunse Beatle.

Blade concordò e premette il pulsante nel suo orecchio per avviare la comunicazione. "Io e Beatle abbiamo una teoria." Dopo cominciò a raccontare ai compagni di squadra ciò che avevano dedotto. "Cercate e seguite ciascun sentiero che conduce fuori dal villaggio. Controllate ogni cosa che sembri riuscire a nascondere una persona."

Con una nuova scintilla di motivazione, Blade e Beatle voltarono le spalle al villaggio e presero un sentiero che conduceva verso il cuore della giungla.

Beatle aveva i brividi e una sgradevole sensazione di angoscia, ma non sapeva se fosse perché fossero vicini a trovare Casey o se era perché temesse un pericolo in agguato nella giungla. Sperava che fosse per la prima opzione, ma sapeva che la seconda era la più probabile. Estraendo il suo KA-BAR dal fodero, mantenne un occhio sull'ambiente circostante e l'altro sul suolo della giungla.

*Sto venendo a prenderti, Casey. Tieni duro.*

# CAPITOLO TRE

CASEY SUCCHIÒ DISPERATAMENTE la poca acqua dalla parte inferiore del reggiseno. Il poco liquido che aveva accumulato dall'ultima volta che aveva controllato il suo filtro provvisorio, purtroppo, non era abbastanza. Non era neanche lontanamente sufficiente.

Sì, sarebbe morta in breve tempo. Poteva vivere senza cibo per molto tempo, ma non senz'acqua. Per crudele ironia, Casey era immersa nei liquidi, ma non erano potabili.

L'acqua filtrava nella sua prigione abbastanza regolarmente, all'inizio. La sentiva gocciolare lungo le mura. Veniva sempre dallo stesso posto. Era stata prudente in principio, non voleva rischiare bevendo un liquido sconosciuto. Ma quando non arrivava più nessuno a darle il sostentamento, come facevano quando si trovava nella capanna con le studentesse, Casey aveva creato un filtro con il suo reggiseno.

Aveva funzionato sorprendentemente bene. Riuscì a incunearlo sul lato del buco e a raccogliere l'acqua, come in un bicchiere. Poi leccava l'acqua, filtrata nel materiale del reggiseno. Non era proprio pulita, ma al meno non doveva leccare il fango dalle pareti.

Ma da poco, la sua sorgente d'acqua si era prosciugata. Casey non poteva avere una concezione del tempo, nell'oscurità della sua prigione, ma ipotizzò che fossero passati diversi giorni. Mentre prima l'acqua aveva mantenuto un flusso abbastanza costante, in quel momento si era ridotta a un misero gocciolio.

Casey aveva parlato con suo fratello di quando una volta era stato tenuto in ostaggio, nel deserto in Medio Oriente. Non era stato tenuto in ostaggio a lungo, grazie al cielo, ma le aveva raccontato quanto si fosse sentito senza speranze e quanto misere fossero le sue condizioni, sebbene non si fosse permesso in nessun momento di credere che sarebbe morto lì. Era stato quello, il suo trucco per superare le orribili circostanze e le torture a cui i suoi rapitori avevano sottoposto lui e la sua squadra. Quello lo aveva stimolato in continuazione. Quella forza mentale era la miglior cosa che lei potesse usare, per aiutare se stessa.

Ma Casey non era così forte.

Arrivò a pensare che forse la tortura e il rapimento sarebbero stati meglio di essere sepolta viva e morire per mancanza d'acqua.

Certo, avrebbe potuto bere la putrida schifezza ai suoi piedi ma le avrebbe fatto più male che bene, provocandole diarrea, facendole perdere liquidi interni, già scarsi. Per non parlare della sporcizia e di possibili malattie.

Non sentiva lo stimolo della pipì da parecchio tempo, sapeva che non era un buon segno. Stava assumendo abbastanza acqua, attraverso il filtro del reggiseno, per mantenersi in vita ma iniziò a pensare che forse doveva smettere di provarci.

Casey chiuse gli occhi, dopo aver cercato invano di vedere qualsiasi tipo di luce, senza successo. Tirando i piedi fuori dall'acqua salmastra in fondo al buco, si circondò le ginocchia con le braccia. Poi mise la testa tra le ginocchia piegate, sempre ad occhi chiusi. Probabilmente avrebbe potuto addormentarsi e non svegliarsi più.

Era stanca. *Molto* stanca.

Aspen non stava andando a prenderla. Doveva smettere di prendersi in giro da sola. Non aveva sentito alcun tipo di rumore sopra la testa, da quella che sembrava essere un'eternità, almeno non dai colpi di pistola. Si trovava nel bel mezzo della giungla in Costa Rica. Sepolta in una tomba scavata in profondità nel terreno. Nessuno l'avrebbe mai trovata.

———

Beatle percorse un altro sentiero che portava fuori dal villaggio, verso la giungla. Si fermò sui suoi passi traballanti, quando si imbatté in un'enorme ragnatela sul suo cammino. Non c'era niente che gli piacesse meno degli insetti. Cresciuto in povertà, trovava sempre scarafaggi, formiche e insetti a casa sua. Lo svegliavano, strisciandogli sulla faccia. Lo facevano impazzire allora, e continuavano a spaventarlo.

Ma in quel momento aveva altro a cui pensare, a parte gli insetti striscianti. Utilizzando il fucile per rompere la ragnatela, la superò senza problemi e continuò ad esaminare il suolo della giungla. Era più che consapevole di ogni secondo che passava. Lo sapeva, in fondo al cuore, che il tempo stava finendo per Casey.

Era scomparsa da troppo tempo. Se era ancora lì fuori, lui doveva trovarla. In quel momento.

Camminando verso un altro pozzo abbandonato, Beatle si chinò. Facendo luce verso il fondo, vide dell'acqua che luccicava in fondo al buco di 3 metri. Nessuna traccia di Casey.

C'era un affare in gomma verde, appeso sul bordo del pozzo, con un'estremità appoggiata verso il basso, vicino l'acqua. All'inizio pensò che fosse semplicemente una pianta, ma dopo aver aguzzato la vista si rese conto che era un tubo. Beatle lo seguì con gli occhi, mentre spariva nella giungla. Poi lo prese. Cedette leggermente, ma evidentemente era attaccato a qualcosa dall'altra parte. Lo lasciò cadere e scosse la testa. I residenti del villaggio non potevano trasportare acqua nelle loro case, ma erano sicuramente creativi quando c'era da raccogliere dell'acqua nel modo più facile possibile.

Fece un sospiro, si girò verso la sorgente d'acqua e ritornò verso il villaggio. Aveva cose più importanti a cui pensare, piuttosto che studiare i trucchi degli indigeni costaricani sui pozzi per ottenere una fonte primitiva di acqua corrente.

Beatle sapeva che anche gli altri non avevano avuto fortuna nel trovare la sorella di Blade. Stavano riportando il loro insuccesso attraverso la radio nel suo orecchio, in quel momento.

Si trovava a metà strada dal villaggio quando qualcosa lo fece guardare alla sua sinistra. Si fermò sui suoi passi e strabuzzò gli occhi.

Inclinando la testa, provò a dirsi che ciò che aveva visto era solamente un sentiero creato da animali... ma non era così.

Beatle allungò la mano e tirò le fronde che bloccavano il sentierino, aspettandosi una resistenza. Ma non la trovò.

Le fronde non erano attaccate a niente.

Sentì il battito cardiaco accelerare istantaneamente.

Perché mai c'erano delle fronde posizionate strategicamente lungo quel sentiero, se non per nascondere qualcosa - o qualcuno – dagli abitanti del villaggio?

Rimuovendo facilmente le altre fronde, Beatle fece passi

da gigante lungo la folta vegetazione. Andò incontro a un blocco che credeva essere la fine del sentiero.

Fissò le fitte tavole di legno sotto i piedi. C'erano tre tavole, in fila, messe lì forse di recente. C'erano delle piante, di color verde scuro, intrecciate insieme lungo la superficie e altre sparse casualmente in cima, come se qualcuno avesse cercato di rendere la vista più naturale possibile. O per nascondere qualcosa sotto le travi di legno.

Beatle era sicuro di aver trovato Casey Shea.

Restava da vedere se era viva o morta.

Cadde in ginocchia, sul legno, e premette le dita sull'auricolare che aveva nell'orecchio. "L'ho trovata. A sudest dall'ultima capanna. Prendete il sentiero sulla sinistra, a metà strada sulla destra c'è un sentiero, poco visibile."

Sapendo che non poteva aspettare la squadra, Beatle dovette mettersi al lavoro togliendo le piante dalle lunghe e pesanti assi di legno.

"Casey? Sei lì? Resisti, tesoro, tra un paio di minuti ti farò uscire da lì."

Beatle non aveva la minima idea se lei potesse sentirlo o se fosse ancora cosciente, ma disse quelle parole senza neanche pensarci. Aveva un gran bisogno di abbracciarla e farle sapere che non era più sola.

Premette con forza le travi, desideroso di liberare la donna sotto di lui.

"Riesci a sentirmi, tesoro? Sono qui e ti tirerò fuori."

———

Casey si spaventò quando sentì un forte suono sopra la testa. Sollevò il mento, come per riuscire magicamente a vedere ciò che aveva fatto rumore. Ovviamente non vide nulla. Era ancora completamente al buio.

Ma all'improvviso l'oscurità si diradò quando sentì le prime parole, diverse dalle sue, da quando era stata buttata nella fossa molto tempo prima.

"Sono qui e ti tirerò fuori."

Le scappò un lamento. Le parole non le uscivano di bocca, le faceva troppo male la gola per provarci.

Mentre l'adrenalina scorreva nelle vene, Casey cercò di alzarsi sulla piattaforma che aveva creato. Mantenendo la testa sollevata si girò e fronteggiò le mura sporche. Sollevando le braccia, le poggiò sul muro sopra la testa, cercando di afferrare qualsiasi cosa si trovasse sopra di lei. In quel momento non le importava se fosse suo fratello, o i suoi rapitori. Voleva uscire dalla fossa in cui si trovava. Avrebbe fatto qualsiasi cosa le avessero detto di fare, a patto che l'avessero tirata fuori.

Mentre aspettava, le scappò un altro lamento.

———

Beatle aveva appena finito di spostare le piante quando sentì dei passi che si avvicinavano velocemente dietro di lui. Non si girò. Era troppo concentrato a liberare Casey.

Delle mani afferrarono le piante che aveva appena rimosso e le gettarono di lato, senza perdere altro tempo. Beatle afferrò immediatamente una delle tavole, ma si mossero a malapena.

"Cazzo, se è pesante," disse sottovoce.

In quel momento, però, Beatle si accorse che tutti i suoi compagni di squadra erano lì. Lavorando come la squadra che erano, tutti cominciarono a sollevare insieme la trave.

Buttarono via la prima tavola, scoprendo un telone nero, con diverse piante a custodire qualsiasi cosa si fosse lì sotto.

Una puzza di animali in putrefazione cominciò ad appestare l'aria. Nessuno disse una parola ma Beatle notò che Ghost lanciò un'occhiata preoccupata a Fletch, poi fece un cenno verso destra, dando un ordine non verbale.

Fletch si fermò e afferrò il braccio di Blade. "Lascia fare a noi."

Come se fosse in trance, Blade permise al suo amico di farlo arretrare di un passo.

Ostinatamente, Beatle proseguì verso la prossima tavola. *Non è morta, non è morta.*

Si ripeteva continuamente quelle parole.

La squadra lavorò insieme per rimuovere la seconda tavola, mettendola vicino alle piante scartate e alla prima tavola. Lasciando la terza tavola di legno dove si trovava, Beatle tirò fuori il suo coltello, inspirando profondamente prima di procedere e incidere un taglio alla metà del telo, da un lato all'altro.

Dopo aver creato un buco abbastanza grande per vedere cosa ci fosse sotto, lo spinse lontano da lui e scese. Procedette verso la voragine, la parte inferiore del suo corpo era appoggiata sull'ultima tavola. Sentì delle mani aggrapparsi ai polpacci, tenendolo fermo se la sporcizia avesse ceduto sotto il suo peso. Mantenendosi in equilibrio con entrambe le mani su ciascun lato del buco, guardò in basso.

La puzza emanata dalla fossa era quasi insopportabile ma respirò dalla bocca, ignorando il fetore. Beatle non riuscì a vedere molto. Il buco era più profondo di quanto pensasse. Risalendo, tese la mano ai compagni e ordinò "Torcia."

In pochi secondi, Beatle ricevette una torcia. Portò il braccio avanti, accese la luce, la puntò verso il basso e chiese: "Casey?"

Ciò che vide gli spezzò il cuore.

"Lei è lì?" chiese Blade, con voce rotta.

Senza pensarci, Beatle continuò, volendo raggiungere il buco e afferrare la donna che era riuscita a fare colpo su di lui senza neanche averla mai vista di persona. Si strinse più forte per assicurarsi di non precipitare nel buco sopra di lei.

Ignorando il suo amico, per il momento, Beatle gridò di nuovo, "Casey?"

Lei non rispose. Non si mosse.

"Mi chiamo Beatle. Sono qui per portarti a casa."

———

Casey attese mentre i rumori sopra la testa si fecero sempre più forti. Riuscì anche a sentire delle voci, ma non capiva cosa stessero dicendo.

Ma non importava. Tutto ciò che le importava era andare via.

Udì un fruscio dall'alto e per la prima volta, da quando era stata gettata nella fossa, vide qualcosa di diverso dall'oscurità.

Era una luce debole, ma le ferì comunque gli occhi.

Era combattuta tra il trattenere gli occhi aperti per vedere di nuovo qualcosa e il non farsi del male. Il non farsi del male ebbe la meglio. Tenne gli occhi socchiusi e non si mosse.

C'erano degli altri fruscii, sopra di lei, le voci divennero più nitide.

Se avesse avuto dell'umidità residua in corpo, Casey sapeva che avrebbe fatto un pianto liberatorio.

Sapeva che la seconda ed ultima barriera tra lei e il resto del mondo era appena stata rimossa. Sentì che l'aria si faceva strada velocemente. I capelli si mossero con la brezza. Ebbe il presentimento che anche l'aria stagnante e fetida, sua unica compagnia di prigionia, volesse scappare dal loro sepolcro.

Sentì il suo nome, chiamato dall'alto. Non aveva mai sentito qualcosa di così bello in tutta la sua vita. Non riconobbe la voce, ma era profonda e rassicurante. Chiunque avesse pronunciato il suo nome era americano, con un leggero accento del sud. Quel suono si fece strada nel cuore avvizzito.

Casey sapeva che non avrebbe mai dimenticato la sensazione di salvezza e sicurezza che sentì in quell'istante, e aveva semplicemente sentito il suo nome pronunciato dalle labbra dell'uomo.

"Lei è lì?"

Era suo fratello. Santo cielo! Sapeva che sarebbe andato a salvarla. Lo *sapeva*.

"Casey? Mi chiamo Beatle. Sono qui per portarti a casa."

Casey non si azzardò a muovere un muscolo, aveva paura di avere un'allucinazione ma nel sentire di nuovo quell'accento del sud, reagì.

Allontanò una mano dal muro e la strinse in un pugno, dopo lo aprì e lo tenne su per il maggior tempo possibile, appoggiandosi sulla punta dei piedi per cercare di avvicinarsi alla cima della fossa. Successivamente, aprì lentamente gli occhi solo di qualche millimetro e li strizzò verso l'alto. Non riusciva a distinguere nulla, a parte un'ombra sopra di lei, ma il raggio di sole invitante e accogliente che riuscì a scorgere dietro l'uomo con la voce bassa e profonda era una delle cose più belle che avesse mai visto.

"Aiutami," disse, non riconoscendo la sua stessa voce. Era a malapena un sussurro.

"Ti ho presa, Case. Non me ne andrò senza di te."

La luce le ferì gli occhi, anche se li stava strizzando, quindi Casey li chiuse di nuovo. Ma fece un debole sorriso all'uomo che disse di chiamarsi Beatle. Era appropriato che un uomo con quel soprannome stesse salvando un'entomologa.

———

Beatle rimase congelato alla vista di Casey Shea che gli sorrideva. Era coperta di fango e melma dalla testa ai piedi. La puzza proveniente dalla fossa gli stava facendo lacrimare gli occhi ma in qualche modo, dopo tutto ciò che aveva passato, Casey stava sorridendo. A *lui*.

Santo cielo.

In quel momento, nel mezzo di una giungla sperduta e dimenticata, proprio durante un'operazione di salvataggio, Beatle si innamorò perdutamente.

Era pronto per essere entusiasmato da Casey. Lei già gli piaceva, solo dopo aver sentito delle storie su di lei raccontate dal fratello per un'intera giornata. Ma la vista di quel sorriso gli fece perdere la testa.

Decise che avrebbe fatto tutto il possibile per tenere Casey al sicuro. Qualsiasi cosa la rendesse felice, avrebbe fatto i salti mortali per fargliela avere.

Non aveva mai capito perché i bravi soldati lasciassero l'esercito. Una volta aveva chiesto a un tizio dei Delta perché se n'era andato e l'uomo, sorridendo, gli aveva detto, "Quando incontrerai una donna che amerai con tutto te stesso, saprai il motivo."

In quel momento, Beatle pensò che l'uomo fosse completamente pazzo per aver mollato ciò che gli era costato un addestramento durato per la maggior parte della sua vita. Ma era pronto a dimettersi all'istante se ciò significava rendere felice Casey.

"Beatle?" era Blade.

Spostandosi indietro in modo da far riposare i gomiti sulla tavola rimasta sulla fossa, Beatle girò la testa per guardare il fratello di Casey. Sapendo alla perfezione che riusciva a sentire ogni parola che aveva detto, Beatle conservò le sue parole positive e ottimiste. "Lei è qui, è cosciente e parla."

"Cazzo," imprecò Blade. Chiuse gli occhi e si chinò, appoggiando le mani sulle ginocchia. "Cazzo!"

Ovviamente stava cercando di autocontrollarsi.

Beatle guardò Ghost. "Ho bisogno di un po' di corde." Indicò il villaggio con la testa.

Visto che avevano lavorato insieme per così tanto tempo, Ghost capì subito le sue parole non dette. "Coach, puoi aiutare Blade a tornare al villaggio e a vedere se riuscite a trovare delle corde?"

"Certamente. Dai, Blade, prima ce ne andiamo, prima riusciremo a tirare tua sorella fuori di qui." Disse Coach senza ammettere repliche. Aveva colto anche lui il segno non verbale di Beatle, per riuscire ad allontanare Blade dalla zona in cui avrebbero salvato Casey.

Senza pronunciare altre parole, Blade abbandonò il gruppo e si diresse nuovamente verso il sentiero seminascosto, con Coach alle calcagna.

Beatle aveva il presentimento che Blade sapesse che l'avevano mandato a fare qualcosa di sciocco per non fargli vedere la sorella mentre usciva dalla fossa, ma ovviamente aveva preso a cuore le parole di Blade sul rimanere lì mentre la sorella veniva salvata e cosa potesse significare per la sua futura guarigione.

Nel momento in cui gli altri uomini furono abbastanza lontani, Ghost chiese: "Con cosa abbiamo a che fare, Beatle?"

"Lei si trova a circa sotto quattro metri, laggiù. Credo di riuscire a raggiungerla se voi mi tenete per le gambe e ci tirate, su quando l'avrò presa."

"Potremmo formare una corda sicura con le piante qui intorno," disse Hollywood.

Beatle scosse subito la testa. "Non c'è tempo. Casey deve

uscire da lì." Sapeva, dalle sue azioni dettate dalla disperazione, di aver detto la verità.

Truck si mise subito in ginocchio, dietro di Beatle. "Fallo. Mi assicurerò che tu non ci caschi dentro."

Beatle annuì e tornò verso la fossa, si bloccò quando la massa di sporcizia sotto di lui si mosse. Guardò Ghost. "Quando riuscirò a prenderla, non la mollerò. Quando dirò di tirare, *tirate*. Con forza."

Ghost annuì. Si inginocchiò da un lato di Beatle, Hollywood e Fletch si misero sull'altro lato. Beatle sentì la loro presa salda sulla schiena e annuì.

Avanzò lentamente, fino a trovarsi il bordo della tavola sul fianco. Infilò la torcia sotto il cinturino posizionato su una spalla. La luce esplose all'interno della fossa, ma non c'era bisogno che mirasse a Casey per riuscire a vederla.

Lei era rimasta in piedi, esattamente come prima. Entrambe le braccia sollevate, testa all'indietro... stava aspettando. *Lui*.

"Ehi, Case. Sei pronta per uscire di qui?"

Lei annuì.

"Mi hai sentito dire a tuo fratello di andare a prendere delle corde, vero?"

Lei fece un altro cenno del capo.

"Non credo di averne bisogno. Ma lui sta per tornare. Lo vedrai presto."

Casey provò ad aprire di nuovo gli occhi. Se lui non avesse saputo dal fratello che lei era bionda e con gli occhi verdi, guardandola in quel momento Beatle non sarebbe stato in grado di dirlo. Tra sporcizia e terra era tutta incrostata, ma la forza della vita che Beatle vide risplendere di nuovo dai suoi occhi gli diede una stretta allo stomaco.

"Grazie per averlo mandato via," bofonchiò lei.

Beatle si chinò nella fossa dall'odore putrido e distese le

braccia. Sentì le mani di lei che si stringevano sulla parte inferiore del corpo, non ebbe la minima paura che i suoi amici l'avrebbero fatto cadere. Rispetto ad altre delle situazioni di vita o di morte che avevano affrontato insieme, quella era un gioco da ragazzi.

Le sfiorò la punta delle dita con le sue, Casey si spaventò così tanto che stava per cadere all'indietro, sulle tavole accatastate in fondo alla fossa.

"Calma, Case."

Lei riprese l'equilibrio e salì di nuovo in punta di piedi. Finalmente, afferrò le dita di Beatle. Forte. I loro sguardi intensi si incrociarono.

Sinceramente Beatle non avrebbe mai immaginato che lei potesse avere una forza simile, ma lei si aggrappò a lui come se fosse la sua ancora di salvezza. In effetti, era vero.

Beatle le strinse le mani, analizzandole. La sua pelle era fredda, ma non gelida. Le mise un indice sui polsi, sentendo il suo battito. Era un po' accelerato, ma batteva con vigore nelle vene.

"Ti spiego cosa faremo. Ti terrò stretta e quando sei pronta, la mia squadra ci tirerà su entrambi e saremo fuori di qui. Sarà una cosa veloce, dovrai semplicemente rilassarti. Non ti lascerò andare né cadere. Capito?"

Lei annuì.

"Pronta?"

"Sì." Era più un soffio d'aria che una vera risposta, ma Beatle capì lo stesso.

Voltando la testa verso i compagni, disse a voce alta: "Datemi un paio di centimetri in più."

Tempestivamente, si sentì calare più vicino a Casey.

Beatle allentò la presa delle mani di Casey, ma lei non lo lasciò andare.

Lui la guardò dritto negli occhi. "Molla, tesoro."

Lei scosse la testa freneticamente.

Concedendosi un momento, anche se Beatle voleva che entrambi salissero verso l'aria fresca il prima possibile, egli le disse dolcemente, in modo che solo lei riuscisse a sentirlo, "Fidati di me, Case. Non ti sto mollando. Ti stringerò forte sotto le braccia, in modo da non farti male quando ci tireranno su. D'ora in avanti, farò tutto il possibile per proteggerti. Gliela farò pagare, a chiunque ti abbia fatto questo." L'ultima frase venne fuori un po' più duramente del previsto, ma Casey non distolse lo sguardo dalla sua rabbia, che si stava iniziando a diffondere in lui.

"Fin quando mi vorrai al tuo fianco sarò qui, Casey. In questa fossa. Lì fuori, nella giungla. Anche una volta tornati a casa. Qualsiasi cosa ti serva, farò in modo che tu ce l'abbia. Capito?"

Gli occhi di Casey si stavano lentamente abituando alla luce fioca che proveniva dalla fossa sopra le loro teste. Lei annuì.

"Ecco il fatto," disse Beatle, con lo stesso tono calmo. "Ti ammiro molto. Qualsiasi altra persona sarebbe morta, in questa fossa. Con tutte le probabilità, dovresti essere morta." Gli cadde lo sguardo verso il reggiseno che lei aveva attaccato al bordo del muro, prima di riportarlo in quello di Casey. "E invece no. Perché tu sei speciale. Non voglio farti pressioni, ma dovresti saperlo, voglio essere presente nella tua vita. In qualsiasi modo tu me lo permetta."

Lei sbuffò. Beatle pensò che dovesse essere una risata, ma quasi sicuramente non aveva la forza necessaria per farla uscire come si deve. Le sorrise. "Lo so, sono pazzo. Ma che ne dici se usciamo fuori da questa fossa di merda, ti procuro dell'acqua e dopo puoi dirmi quanto sono pazzo? Va bene?"

"Acqua," gracchiò lei.

"Sì tesoro. Acqua. Adesso, lasciami le mani e usciamo di qui."

"Che cazzo stai aspettando?" esclamò Ghost impazientemente.

Beatle non poté farci nulla. Sorrise ancora di più. Non c'era niente da ridere, in quel momento, ma sentendo il tono incazzato di Ghost e vedendo una scintilla di divertimento negli occhi di Casey lo aveva reso fottutamente entusiasta. Non le aveva detto una bugia. Con tutte le probabilità, lei *avrebbe dovuto* essere morta. Ma era sopravvissuta, in qualche modo. Resistendo. Perché lui la trovasse. Lei aveva una grande forza interiore, per essere ancora viva.

Casey gli lasciò andare le mani e lui non esitò. Chinandosi, la girò delicatamente e poi la cinse con le braccia, afferrandola saldamente. La sollevò facilmente.

Lei gli strinse i bicipiti ma pendette mollemente dalla stretta, implorandolo di non farla cadere e di tirarla fuori di lì.

"Adesso!" esclamò Beatle ad alta voce.

Appena pronunciata la parola, Beatle si sentì muovere verso l'alto. Strinse saldamente Casey, assicurandosi che lei non sfiorasse gli spigoli della fossa, nel movimento.

Non era una piuma ma neanche pesante. In effetti, secondo Beatle lei avrebbe dovuto pesare di più. Doveva assolutamente nutrirla e aiutarla a ritornare a un peso corporeo sano, ma prima doveva occuparsi di altre cose.

Quando si avvicinarono all'uscita e la luce si fece più forte, Casey chiuse di nuovo gli occhi.

Truck e gli altri li spostarono sopra il bordo e Beatle sentì la tavola di legno graffiargli la pancia. Persino prima che riuscisse a dire una parola, Ghost e Fletch erano già lì, aiutandolo a reggere il peso di Casey e a farla uscire dalla fossa.

Beatle non la lasciò mai andare. Rotolarono fino a quando non si trovò accovacciato a terra, su di lei. Gli si mosse una mano, in automatico, verso i capelli di Casey. Le tolse le ciocche sporche lontane dalla faccia, lasciandole alcune impronte sui lati della testa.

Lei strizzò gli occhi, di nuovo, poi gli regalò un piccolo sorriso. "Ciao," gli disse a mezza voce.

"Ciao," le rispose, ma non sorrise. Gli si stava spezzando il cuore. Considerando che alcuni dei suoi nemici non aveva nemmeno un *cuore*, era già qualcosa.

Si fissarono intensamente, per alcuni istanti. "Acqua," ordinò lui, e allungò la mano libera verso i compagni.

Gli arrivò subito in mano una borraccia, Beatle la tenne saldamente mentre qualcuno gli svitò il tappo. Una volta aperta, bevve un sorso d'acqua per valutare quanto fosse piena affinché Casey non finisse per rovesciarsi addosso tutta l'acqua. Mettendole l'altra mano dietro il collo, Beatle le alzò la testa il più delicatamente possibile, come se fosse una neonata. "Bevi, tesoro."

Lei gli mise una mano sul braccio che reggeva la borraccia e gli strinse il polso. Non cercava di prendere l'acqua da lui, stava semplicemente lasciando che lui si prendesse cura di lei.

Se Beatle non si era ancora innamorato di lei, beh, la fiducia di lui sì.

Casey aprì la sua bocca e Beatle le posizionò il bordo della borraccia verso le labbra secche e spaccate. "Vacci piano," raccomandò lui. "Non voglio che ti venga la nausea."

Lei fece un cenno e lui alzò la borraccia.

Nel momento in cui l'acqua le entrò in bocca, Casey chiuse gli occhi e lei la ingerì avidamente. La morsa sul polso di Beatle si strinse, ma non fece altri movimenti. Beatle le fece bere un paio di sorsi e in seguito abbassò la borraccia. Lei si lamentò leggermente, ma non fece alcun movimento brusco per prendere possesso dell'acqua.

"Lascia che la sistemi, tesoro. Dopo potrai berne ancora."

"Vuoi che ti dia una flebo?" chiese Truck in modo tranquillo, accanto a loro.

Beatle non aveva ancora distolto lo sguardo da quello di Casey. Lei aveva strizzato gli occhi a quella domanda. Ma non rispose, dandogli di nuovo il potere di fare ciò che credeva fosse giusto.

Dopo averci pensato per un momento, Beatle scosse la testa. "Non ancora. Ha bisogno di darsi una ripulita, poi dobbiamo andarcene di qui. Dopo, prima di andare a dormire, la faremo. Può essere utile per idratarla durante la notte."

Beatle voleva fare tutto il possibile per far sì che la donna sotto di lui si sentisse meglio, ma il suo istinto gli gridava di portarla via da quel villaggio. Non sapeva il motivo, visto che sembrava essere deserto, ma si fidava *sempre* del suo istinto.

"Ancora?" le chiese.

Casey annuì ardentemente e le porse di nuovo la borraccia alla bocca. Le fece fare un paio di sorsi, prima di fermarla.

"Vuoi provare a sederti?" le chiese Beatle tranquillamente.

Casey annuì di nuovo e Beatle mise la borraccia a terra, vicino a loro, mentre si spostò verso di lei. Le toccò le ginocchia con la coscia, le fece scivolare una mano sulla schiena e l'altra sul fianco. "Pronta?"

"Sì," sussurrò lei.

Beatle la trascinò lentamente in posizione seduta e trattenne il fiato.

Lei gli afferrò di nuovo le braccia e lasciò che Beatle la prendesse in braccio. Casey impallidì ancora di più e si intrecciò nella sua presa. Ma era presto per fare un respiro profondo e mantenersi in equilibrio. Dopo alcuni momenti, rilassò le dita.

Prima che riuscisse a dire qualcosa, Beatle si mise una mano in una delle tasche del suo giubbotto e prese un paio di occhiali da sole. Li fece scivolare sul volto di Casey. "Va meglio?"

"Mio dio, sì," disse lei.

Beatle si chinò per prendere la borraccia e gliela mise in mano. "Adesso calma. Piccoli sorsi. Va bene?"

"Va bene."

Beatle rimase seduto, tenendo una mano dietro la schiena di Casey mentre lei beveva dalla borraccia. Sentirono dei passi che percorrevano il sentiero, Casey si innervosì e Beatle le mormorò, "Va tutto bene. È tuo fratello con il mio compagno di squadra, Coach."

Fu difficile per Beatle allontanarsi da Casey, quando Blade entrò nella piccola radura, ma ovviamente lo fece. L'altro uomo cadde immediatamente in ginocchio vicino alla sorella e la prese tra le braccia.

Fratello e sorella si strinsero con forza, in un modo quasi disperato. Alla fine, Blade si tirò indietro, schiarendosi la gola due volte come se stesse cercando di ricomporsi e disse, "Puzzi di merda, sorella."

Lei deglutì rumorosamente, cercando ovviamente di prendere controllo sulle sue emozioni e replicò, "Adesso anche tu, stronzo." Aprì le tasche del giubbotto che indossava, spalmandogli addosso del fango.

"Cazzo," disse Blade dolcemente, dopo strinse un'altra volta sua sorella tra le braccia.

Il resto della squadra non si mosse, concedendo ai fratelli il loro spazio. Dopo un paio di minuti Ghost si schiarì la gola e disse, "Dovremmo iniziare a muoverci."

Blade si allontanò dalla sorella e si alzò improvvisamente. "Perlustrerò il villaggio per l'ultima volta."

Nessuno fece domande, avevano visto tutti le lacrime negli occhi di Blade. Hollywood si offrì subito volontario per accompagnarlo.

Beatle andò vicino alla donna ancora seduta a terra. "E tu che ne pensi? Vuoi andartene di qui?"

Lei annuì vigorosamente e si spinse dolcemente verso il naso gli occhiali da sole, le erano scivolati verso il basso.

Beatle allungò una mano, con il palmo rivolto verso l'alto. "Dai, Casey Shea. Andiamo a casa."

Non poté negare la sensazione di calore quando lei appoggiò il suo palmo, ben più piccolo, contro il suo.

## CAPITOLO QUATTRO

CASEY VOLEVA SOLO INGINOCCHIARSI e spalmarsi a terra, nel cuore della giungla. Invece strinse i denti e fissava per terra, mentre metteva un piede davanti all'altro.

Che situazione orribile. Le faceva male ogni muscolo del corpo. Aveva le vertigini e si sentiva prossima al crollo, da un momento all'altro, ma il desiderio di andarsene il più lontano possibile dal suo inferno personale era più forte del desiderio di smettere di muoversi.

Il pensiero di scolarsi un'intera borraccia d'acqua era sempre il primo della linea, ma sapeva che Beatle, l'uomo che non l'aveva lasciata sola nemmeno per un secondo, non gliel'avrebbe permesso. Aveva ragione, probabilmente l'avrebbe vomitata tutta ma accidenti, se voleva quell'acqua.

Non aveva mai visto in tutta la sua vita qualcosa di più rassicurante del viso di Beatle, quando era apparso sul ciglio del buco infernale in cui era stata prigioniera. Portava i capelli cortissimi ma si riusciva ancora a intravedere la sua tonalità ramata. I suoi occhi, marrone chiaro, le avevano trafitto il cuore quando lui le aveva detto che l'avrebbe protetta e portata a casa.

L'aveva sollevata come se non pesasse nulla, quando lei sapeva che non era così. Ah, certo, Casey si rendeva conto di aver perso peso nel corso dell'ultimo paio di settimane, ma non era proprio un fuscello.

Lui l'aveva trattata da subito come una vecchia amica, era proprio felice di rivederla; ma anche come una sorta di guardia del corpo che voleva avvolgerla in un batuffolo di cotone e fare in modo che nemmeno un solo sguardo fuori posto la molestasse; e anche come uno spettatore disinteressato. Ogni volta che lei si trovava a più di un paio di passi lontana da lui, Beatle era lì, tenendole la mano, avvolgendole una mano intorno alla cintura, sulla schiena o rallentando i suoi passi affinché lei potesse raggiungerlo o prenderla, se fosse caduta.

E lei cadde. Diverse volte. I piedi non volevano funzionare bene. Casey non volle nemmeno pensare in che stato fossero. Erano stati impregnati d'acqua per così tanto tempo, di sicuro non stavano bene. Aveva letto diversi articoli sui piedi da trincea, prima del rapimento aveva anche istruito le studentesse sull'importanza di prendersi cura dei piedi e di mantenerli asciutti. Inciampava così frequentemente perché non riusciva nemmeno a *sentirsi* i piedi. Erano intorpiditi e gonfi. Casey era ben decisa a non togliersi gli stivali per paura che non sarebbe riuscita a indossarli di nuovo.

Nemmeno le gambe stavano collaborando. Aveva provato a mantenere attivi i muscoli, ma non c'erano stanze nella fossa per fare più di un paio di passi alla volta. Non voleva rallentare il gruppo, ma stava succedendo.

Beatle si era offerto di trasportarla più di una volta, ma fino ad allora si era rifiutata. Non voleva proprio apparire debole davanti a suo fratello e ai suoi amici. No, quando si sarebbero fermati si sarebbe lasciata andare. Voleva andare il più lontano possibile da quel villaggio maledetto.

"Dobbiamo dividerci," disse Truck, quando si fermarono per una pausa.

Casey sapeva che si stavano fermando per lei. Quei ragazzi sarebbero stati capaci di andare avanti per giorni, senza aver bisogno di prendere fiato.

"Non lo so..." iniziò Blade, ma fu interrotto da Ghost.

"È una buona idea. Dobbiamo arrivare a San José e organizzare il trasporto per ritornare negli Stati Uniti."

"Cosa è successo all'elicottero che doveva venirci a prendere?" chiese Hollywood, con tono arrabbiato. "Nulla da fare," disse Ghost. "Era tutto organizzato ma è successo qualcosa. Non so dirti cosa. Mi hanno solo detto che sono sorte delle 'complicazioni' e quindi avrebbero ritardato. Ma non starò seduto con una scopa su per il culo ad aspettarli mentre si danno una svegliata."

"Cazzo," imprecò Coach. "Che mi dici dei Danesi? Non dovevano venire a prenderci?"

"Già," rispose Ghost. "Se non avessero già lasciato il paese."

"Dannazione!" Stavolta fu Blade quello che imprecò. "Ma che cazzo dite? Siete seri? Questa è una stronzata!"

Ghost alzò la mano per impedire altre lamentele. Lanciò uno sguardo di scuse a Casey, prima di continuare. "Tutti voi sapete che nessuno ci ha garantito il successo totale, qui. Eravamo solo autorizzati ad entrare nella giungla perché il governo costaricano non voleva nessuna brutta pubblicità. Dipendono dai soldi dei turisti, una donna americana rapita e uccisa nelle loro giungle non sarebbe una bella notizia. Stanno tenendo tutto segreto."

"Questo non ha alcun senso," brontolò Fletch. "Questo rapimento non era un segreto, ci ha pensato l'ambasciatore danese. Tutti sapevano già cos'era successo, quaggiù."

"Ma non che era stato ucciso nessuno," sostenne Ghost.

"Tutto ciò che sanno è che un gruppo di donne, la maggior parte americane, sono state prese in ostaggio e in seguito salvate. Guarda, sappiamo tutti che il governo non ci vuole da queste parti più a lungo del dovuto. Non so quale sia il problema, ma dovrò rimanere in comunicazione con loro e tirarci fuori da qui il prima possibile. Se riusciamo ad andare a piedi fino a Guacalito prima che si diano una svegliata, bene, possono venire a prenderci lì."

Nessuno disse una parola, l'aria era carica di tensione. Tutti si presero un momento per assimilare le parole di Ghost.

Casey diede un'occhiata a tutti gli uomini. Tutti e sette erano grandi, muscolosi, macchine mortali. Sapeva quello che faceva suo fratello, non le aveva mai mentito su cosa facesse per vivere. Sapeva che era un membro della squadra Delta Force, lo aveva anche sentito parlare ogni tanto con i suoi compagni di squadra. Ma non li aveva mai visti di persona.

Ma lì, in mezzo alla giungla del Centro America, Casey memorizzò tutte le loro facce. Erano venuti per lei. Apparentemente il governo locale non era felice della loro presenza ma loro erano lì. Non aveva la minima idea se l'esercito fosse al corrente o avrebbe sanzionato la loro missione di salvataggio, ma al momento quel dettaglio non aveva alcuna importanza.

Ghost, il capo, non era più alto degli altri ma emanava potenza. Ogni volta che parlava, Casey sentiva l'impulso irrefrenabile di fare tutto ciò che ordinava... e lei non era nemmeno nell'esercito.

Fletch era un po' più alto di Ghost e anche più muscoloso. Mentre camminavano, si era arrotolato le maniche sulle braccia e lei riuscì a scorgere dei tatuaggi colorati che gli coprivano polsi e avambracci. Se non fosse stato con il gruppo, quando era stata salvata, forse Casey sarebbe stata spaventata a prima vista ma l'aspetto amichevole dei suoi occhi la mise subito a suo agio. Dalle chiacchiere fatte con gli altri uomini, mentre camminavano, aveva carpito che avesse una figlia piccola di nome Annie.

Coach era alto e scuro di carnagione. Aveva i capelli tagliati molto corti, come tutti gli altri, ma tra la mascella squadrata e il naso storto sembrava più un criminale. Tuttavia, si era conquistato velocemente il rispetto di Casey l'aveva intrattenuta egregiamente recitando giochi di logica. Quando lei gli aveva chiesto come si ricordasse degli indovinelli lunghi, lui aveva scrollato le spalle dicendole che aveva una memoria fotografica.

Hollywood era bellissimo. Quasi *troppo* attraente, per far parte della squadra. Casey avrebbe pensato che fosse un attore che recitava una parte, se non fosse stato per il modo in cui lui era costantemente in stato di allerta, osservando qualsiasi cosa che potesse costituire una minaccia per il gruppo.

Truck l'aveva preoccupata, all'inizio. Era enorme, probabilmente il più alto della squadra, con le braccia ampie quasi quanto i suoi fianchi. La cicatrice sul viso gli tirava la bocca verso il basso, in una permanente espressione truce, ma una volta che lei ebbe modo di conoscerlo meglio si rese subito conto che aveva chiaramente un lato tenero. Oltre a Beatle, era quello che le chiedeva costantemente se stesse bene e si assicurava che stesse a suo agio quando camminavano nella giungla. Casey sapeva senza dubbio che se Truck si fosse accorto di un eventuale malessere, sarebbe stato il primo a fermare la squadra per la notte e a darle la flebo che voleva somministrarle non appena era stata salvata.

E poi c'era Beatle. Il suo nome la faceva sorridere. Non aveva la minima idea del perché avesse quel soprannome, ma una parte di lei volle credere che era destino. Lei studiava gli insetti e lui portava il nome di uno di loro.

Si era sentita subito sicura e a suo agio, con lui. Casey credeva che avrebbe dovuto attaccarsi al fratello ma per qualche strano motivo si sentiva a disagio, con lui nei dintorni. Lui era solo Aspen, per lei, non un super soldato. Casey voleva e doveva tenere separato il fratello maggiore con cui scherzava dal suo calvario.

Al momento non aveva alcun senso per lei, ma non poté negare di sentirsi attratta da Beatle.

Non si trattava di attrazione fisica, almeno per il momento. Casey era perfettamente al corrente dell'aspetto orribile che aveva. Puzzava, era coperta di sporcizia e chissà cos'altro, i capelli erano aggrovigliati e aveva così tanta sporcizia sotto le unghie che chissà se sarebbe riuscita a rimuoverla tutta. Non pensava minimamente al sesso. Ma in qualche modo Beatle era riuscito a guardare oltre tutto il fango e la sporcizia, e aveva visto la sua *essenza*.

Nel momento in cui Casey lo aveva guardato negli occhi, *sapeva* che tutto sarebbe andato per il meglio. Aveva pensato così perché Beatle era il suo salvatore. Era la prima persona che aveva visto, dopo essere stata intrappolata nel buco. Probabilmente uno psicologo, più avanti, le avrebbe detto che era una sorta di sindrome del salvatore ma Casey non pensava molto a quel dettaglio.

Avevano stabilito un legame emotivo. Lei si fidava di lui, non solo perché era nella squadra di suo fratello. Era stato gentile con lei, ma non era una sprovveduta. Casey aveva visto la rabbia che gli sprizzava dagli occhi, quando lui parlò di farla pagare a chiunque l'avesse rapita. Sapeva che probabilmente aveva già ucciso prima, e l'avrebbe fatto di nuovo. Ma invece di spaventarla, questo la fece avvicinare a lui. Come una falena viene attratta dalla luce. Casey aveva quasi bisogno di quella rabbia spropositata, tanto quanto della sua gentilezza. Aveva bisogno di sapere che se le cose si sarebbero messe male, se i suoi rapitori fossero saltati fuori nel mezzo della giungla per prenderla di nuovo, lui sarebbe stato in grado di proteggerla come aveva promesso.

Mentre osservava agli uomini che la circondavano, i Delta stavano pianificando il da farsi. Casey si era persa la maggior parte della conversazione ma strizzò gli occhi quando sentì suo fratello pronunciare il suo nome.

"Casey?"

Lei sollevò le sopracciglia verso Aspen. Le stava tornando la voce, dopo aver bevuto dell'acqua, ma non voleva forzarla.

"Va tutto bene?"

Troppo imbarazza per ammettere che fosse distratta, cercò istintivamente Beatle.

Lui era a pochi passi di distanza, ma come se percepisse lo sguardo di Casey, si girò verso di lei. Le mise subito una mano su un fianco, "Che succede?"

"Stavo solamente chiedendo a Casey se andasse tutto bene."

Visto che non aveva la minima idea di cosa stesse succedendo, Casey incontrò lo sguardo di Beatle, desiderando che lui capisse ciò che le stavano chiedendo, senza usare le parole.

Come se lui riuscisse veramente a leggerle nel pensiero, fece un riassunto di quello che si era persa. "Tuo fratello e Ghost stanno andando a San José. Incontreranno le autorità e otterranno l'autorizzazione per farci lasciare il paese. Blade ha una copia del tuo certificato di nascita..."

"Ce l'hai?" chiese Casey incredula, voltandosi verso suo fratello.

"Sì, sorella. Non sapevo cosa sarebbe successo quaggiù, ma ho ipotizzato che il tuo passaporto e altri documenti d'identità sarebbero spariti. Così ho pensato che se avessi portato con me una copia del tuo certificato di nascita, sarebbe stato più facile andarcene da questo postaccio."

"Ma non sapevi neanche se mi avresti trovata," protestò lei.

Casey sentì Beatle fare un passo indietro, quando suo fratello si mosse verso di lei. "Col cazzo che non lo sapevo. Non avrei lasciato questo paese senza di te."

Le sgorgarono dagli occhi le lacrime che non era riuscita a versare in precedenza. Erano poche, ma c'erano.

Blade la strinse di nuovo tra le braccia. Lei si lasciò andare, il fratello la sorresse. Casey era stanca. *Molto* stanca.

Ancora una volta, sentì una mano sulla schiena e sapeva che era Beatle. Continuò la spiegazione. "Blade e Ghost organizzeranno le cose, c'è un dottore che ci sta aspettando nella capitale. Hollywood, Fletch e Coach resteranno a un paio di chilometri da noi mentre ci dirigiamo verso Guacalito, prima di arrivare tutti a San José. Resteremo in contatto attraverso la radio. Loro si assicureranno che il nostro tragitto sia libero."

Casey capì cosa intendesse dire Beatle. Nel caso in cui qualcuno dei rapitori fosse stato in agguato, gli altri Delta si sarebbero occupati di loro. E se necessario, avrebbero comunicato a Beatle le zone da evitare.

"Io e Truck resteremo con te," terminò Beatle.

Casey sospirò sollevata. Non aveva notato, fino a quel momento, quanto fosse importante riuscire a stare con Beatle. Lasciò andare suo fratello e si voltò verso Beatle. "Quanto tempo?"

"Quanto ci vorrà per arrivare a Guacalito?" chiese lui.

Casey annuì.

"Non lo so. Dipende da te. Per quel che riguarda noi, anche senza l'elicottero, se ce la mettiamo tutta possiamo farcela entro domattina."

Casey spalancò gli occhi e Beatle sorrise. "Già, ma adesso che sei al sicuro, non abbiamo bisogno di andare così veloce."

"Voglio andarmene da qui."

"Lo so, Case, ma non sei ancora nella tua forma migliore. Non ti farò stare ancora peggio, facendoti sforzare. Potrei portarti in braccio ma siamo tutti d'accordo che sarebbe meglio se camminassi con le tue gambe."

Casey aggrottò le sopracciglia. Non voleva essere portata in braccio per tutti i chilometri di distanza da Guacalito, ma non era sicura di cosa stesse dicendo Beatle. Lui le mise una mano sulla testa, tra i capelli aggrovigliati. Casey era sudata e non riusciva a credere che lui, di sua spontanea volontà e senza il minimo segno di ripugnanza, la stesse toccando. "Abbiamo pensato che ti sentiresti meno vittima se trovassi la forza per andartene da sola. Non hai avuto scelta, quando sei stata portata qui, ma adesso puoi scegliere come andartene."

Casey ci pensò per un secondo e si accorse che Beatle aveva ragione. All'improvviso sentì l'urgenza di far vedere ai suoi rapitori che non l'avevano distrutta. Non aveva bisogno di essere trasportata da nessuna parte, da nessuno. Vaffanculo. Avrebbe lasciato la giungla a testa alta.

"Camminerò," disse a Beatle.

Uno sguardo di soddisfazione - e orgoglio? - attraversò il volto di Beatle, prima che annuisse. "Giusto. Quindi, io e Truck staremo con te. Gli altri faranno la loro parte. Non appena arriveremo a Guacalito, ci dirigeremo verso San José e dopo voleremo verso gli Stati Uniti."

Ricordandosi improvvisamente delle sue studentesse, Casey chiese, "Astrid, Jaylyn, e Kristina stanno bene?"

"Si. Stanno tornando in Florida, proprio ora."

Casey annuì, contenta.

"Quindi ti sta bene tutto questo?" chiese Blade, alla sua destra.

Casey girò la testa, consapevole dello scorrere delle dita di Beatle quando sollevò la mano dalla sua testa. Lei rabbrividì, ma fece il possibile per non farlo notare. "Sì."

"Ti sta bene che io non stia con te?"

"Tu sei sempre con me," rispose Casey al fratello, con convinzione. "Ogni attimo in cui questi stronzi mi trattenevano, tu eri con me. Quindi sì, mi sta bene che tu vada avanti e organizzi le cose affinché possa andarmene da questo cazzo di posto. In ogni caso, ho la sensazione che ti dia fastidio la mia lentezza. Mi hai sempre tormentato per essere più rapida."

Era stata la cosa più lunga che avesse detto da quando era stata tirata fuori dalla fossa. Alla fine del suo piccolo discorso, la voce era tornata di nuovo rauca ma voleva rassicurare suo fratello sul fatto che non le dispiacesse la loro breve separazione. Casey non gli aveva mai detto di non volerlo lì, ma era vero. Sapeva che avrebbe resistito, proprio come aveva fatto fino ad allora, per l'adrenalina e il profondo desiderio di andare via dal luogo in cui era stata rapita. Non voleva che il suo fratellone, forte e invincibile, la vedesse come una mezza calzetta.

Come se lui riuscisse a leggerle nel pensiero, Blade annuì e le diede un ultimo abbraccio. "Sii forte, sorella," disse dolcemente. "Non sono venuto fino a qui per vederti crollare proprio ora."

Lei gli sorrise, sapendo che stava scherzando, e gli diede un leggero schiaffo sul braccio. "Stai zitto," si lamentò. "Non ti sbarazzerai di me così facilmente."

Blade fece un respiro profondo e annuì a Beatle, dietro di lui. Casey sentì le mani dell'altro uomo che le stringeva i bicipiti, ma non si girò a guardarlo. Sentì il calore del suo corpo dietro la schiena, mentre guardava gli altri cinque uomini che si preparavano per la partenza.

"Ci aggiorniamo ogni ora," disse Hollywood a Beatle e Truck.

"Un clic per tutto bene, due per pericolo," aggiunse Coach. "Se ci sono problemi, clicchiamo il canale d'emergenza per maggiori informazioni."

"Prendetevi cura di voi, ragazzi," disse Truck.

In un attimo, Casey si ritrovò da sola nella giungla con Truck e Beatle.

Pensava che sarebbe stata nervosa, ma sentì solo sollievo. Era al sicuro, tra le braccia di Beatle.

"Pensi di riuscire a continuare per ancora un po'?" le chiese, dietro di lei.

Casey alzò gli occhi e vide Truck in piedi davanti a lei. Si sarebbe dovuta sentire soffocata, con quei muscoli e quel testosterone a circondarla, invece si sentì investita da una nuova energia.

"Sì."

Truck la guardò negli occhi con molta attenzione, dopo guardò il suo compagno di squadra che si trovava oltre la sua testa. "Un'ora, al massimo," disse con fermezza.

Casey aprì la sua bocca per protestare ma la chiuse altrettanto velocemente. Un'ora sembrava un'eternità, per come si sentiva, ma poteva farcela. Diavolo, era appena sopravvissuta dopo essere stata praticamente sepolta viva. Una passeggiata di un'ora nella giungla era un gioco da ragazzi.

La borraccia da cui stava bevendo prima le apparve davanti. Casey la prese senza pensarci e la portò subito verso la bocca. Non avrebbe mai rifiutato di nuovo dell'acqua. Mai.

Bevve troppo avidamente, dato che Beatle gliela tolse in maniera gentile e Casey oppose resistenza facendo i capricci come una bambina di sei anni. Sì, lei aveva bisogno d'acqua ma Beatle era stato furbo, assicurandosi che non ne bevesse troppa in una sola volta.

Poi Casey sgranocchiò un paio di barrette di cereali, prima che Beatle gliene desse un'altra.

"Hai tenuto dentro cibo e acqua, quindi mangiane un'altra. Il tuo corpo avrà bisogno di tanti piccoli pasti, piuttosto che grandi mangiate, almeno per un po' di tempo. Un'ora, Case. Poi ci fermeremo per la notte. Ti preparerò qualcosa per cena, vedo se riesco a trovare un posto per lavarti e Truck ti preparerà una flebo. Domattina ti sentirai una donna nuova. Promesso."

"Una doccia?" chiese Casey, guardando Beatle con grandi occhi attraverso gli occhiali da sole gentilmente prestati poco prima.

Beatle ridacchiò e per la prima volta da quando l'aveva conosciuto, Casey riuscì a percepire un tono scherzoso nella sua voce. "Sei proprio una ragazza," la stuzzicò. "Non sono sicuro che sia una vera doccia, ma spero di trovare un po' d'acqua per lavarti perché tesoro, puzzi."

Lei si mise subito a ridere, senza riuscire a trattenersi. Non che lui avesse detto qualcosa di falso. Casey *puzzava*, ma gli rispose subito, "Non sei tanto un gentiluomo se l'hai detto ad alta voce."

Beatle le mise un dito sotto il mento, poi fece pressione sollevandole il viso per costringerla a guardarlo. "Prima ti ho detto che non ti lascerò da sola, Casey. E nel caso in cui non te ne fossi accorta, anch'io puzzo. Dato che ti ho presa tra le braccia, ora puzzo anche io di qualsiasi cosa ci fosse là sotto. Troverò un posto in cui possiamo lavarci."

Casey strizzò gli occhi. Ma insomma, ci stava provando con lei? Era difficile da dire. Lui non aveva tracce di umorismo sul viso, ma neanche di desiderio. Questo la sollevò. Se lui avesse avuto dei pensieri sessuali in quel tipo di situazione, però, lei non avrebbe voluto avere niente a che fare con lui.

Ancora una volta, dimostrando che Beatle riusciva a leggerle nel pensiero facilmente, lasciò cadere il dito e fece un passo indietro. "Potrei anche non lasciarti da sola, ma *sono* un gentiluomo. Non farei mai qualcosa che ti metta a disagio. Tra l'altro, questa minchia di giungla è l'ultimo posto dove proverei a sedurti."

"Ma tu hai intenzione di provare a sedurmi?" La domanda le venne fuori senza neanche pensarci. Si voltò per vedere dove fosse Truck, solo per vedere che se ne fosse andato o stesse armeggiando con uno degli zaini in dotazione a tutta la squadra.

Casey sentì il respiro di Beatle nell'orecchio quando lui si avvicinò e senza toccarla le disse, "Oh sì, tesoro. Prevedo della seduzione nel nostro futuro. Quando sarai pronta per me, ci sarò."

"Temo che non sarò mai pronta," ammise lei a bassa voce.

"Ti hanno toccata?" chiese Beatle, in tono aspro. "Sei stata violentata?"

Casey apprezzò l'approccio diretto di Beatle. Lui non usava giri di parole, né la guardava con compassione. Ciò le rese più facile parlare di cosa fosse successo.

"No. Praticamente, ci hanno lasciate da sole. Ero sicura che ci avrebbero violentate, ma l'unica interazione con loro avveniva quando ci portavano cibo e acqua nella capanna. Quando mi hanno portata via dalle altre, dopo aver detto che il mio riscatto era stato pagato, mi hanno gettato subito in quella fossa. Non mi hanno mai detto niente, né mi hanno toccata.

"Grazie al cielo," sospirò Beatle. Dopodiché, i loro sguardi intensi si incrociarono di nuovo. Beatle allungò la mano e le fece scivolare gli occhiali da sole dal naso, per riuscire a guardarla bene negli occhi. "Starai bene, tesoro. Ma non ti mentirò, le prossime settimane saranno terribili. Incubi, flashback, ti sentirai osservata... ma supererai tutto. Vuoi sapere come lo so?"

"Come lo sai?" sussurrò lei, non riuscendo a distogliere lo sguardo di un centimetro. Era come se lui fosse una calamita, lei un pezzo di acciaio.

"Perché sei parente di Blade. Lui è lo stronzo più forte che abbia mai incontrato."

Casey serrò le labbra. "Ok."

"Ok," concordò lui. "Quindi, dopo aver fatto degli incontri con uno psicologo e aver elaborato tutta questa, ci sarò. Diavolo, ci sarò *mentre* farai tutto questo ma quando sarai pronta – e intendo *veramente* pronta - tutto ciò che dovrai fare sarà schioccare le dita, e sarò in tuo potere."

Casey sorrise. L'uomo davanti a lei non sarebbe mai stato *soggiogato* da una donna, ma era comunque un pensiero carino.

"Sì, tesoro, non l'hai ancora capito, ma te ne renderai conto. Tutto ciò che devi fare è chiedere, muoverò mari e monti per farti avere tutto quello che desideri."

Sbattendo le palpebre in segno di sorpresa - non si era ancora abituata al modo in cui lui riusciva a leggerle nel pensiero - Casey si limitò a scuotere la testa.

"Quindi... sei pronta a cercare quel bagno, o doccia, che ti ho promesso?"

Casey annuì.

Beatle le spinse di nuovo gli occhiali da sole sul naso e si chinò per prendere il suo zaino. Se lo mise sulle spalle, senza togliere gli occhi da lei. Quando fu pronto, la prese per mano e fece un cenno al suo amico. "Facci strada, Truck."

Con un sorriso sornione, l'omone diede loro le spalle e partirono.

Casey si sentiva uno straccio e non era sicura di riuscire a seguire facilmente Truck ma, quando Beatle le strinse la mano, lei fece un respiro profondo e consolidò la sua forza interiore. Non era stata trascinata lì, con loro, contro la sua volontà. Non era più sepolta in una fossa. Era libera e sulla strada verso casa. Poteva farcela.

"Forte come l'acciaio, cazzo," mormorò Beatle accanto a lei.

Come se i suoi elogi e il suo orgoglio fossero scariche di adrenalina, Casey si sentì subito meglio. Più forte. Sì, sarebbe riuscita a farsi un'ora di camminata senza problemi. Forse due.

## CAPITOLO CINQUE

Trenta minuti dopo, Beatle aveva già capito che Casey non avrebbe retto un minuto in più. Era incredibile che fosse riuscita ad andare così lontano, da quando avevano lasciato il villaggio. Loro ci erano andati piano, per rispetto nei suoi confronti, ma Casey aveva bisogno di fermarsi e di riprendersi. Stava zoppicando gravemente, i suoi movimenti erano impacciati. Beatle insultò mentalmente il governo costaricano per avergli negato un elicottero. Casey, in realtà, aveva bisogno di essere portata in ospedale. Sì, era una donna forte, ma nessuno sarebbe riuscito a superare tutta quella situazione senza andare da un dottore.

Sollevando solamente il mento verso il suo compagno di squadra, il quale capì subito, entrambi gli uomini iniziarono a cercare un posto dove accamparsi per la notte. Era pomeriggio, ma al momento la salute di Casey era più importante rispetto al proseguire.

Beatle fece girare Casey verso di lui, lei si fece portare in braccio senza fare capricci. Si trovavano petto a petto, lei ansimava come se avessero appena corso in una maratona.

Beatle la teneva con delicatezza mentre lei gli si appoggiava. "Truck ci troverà un posto dove accamparci."

Lei annuì, sollevando il petto.

Beatle strinse i denti quando lei non rispose. Sapeva istintivamente che non era da lei. Sentiva che se fosse stata al massimo delle forze, Casey avrebbe insistito per continuare a camminare per altri dieci chilometri. Probabilmente ce l'avrebbe *fatta*. Ma in quel momento non ce la faceva più.

Beatle era rimasto colpito che ce l'avesse fatta fino a *quel* punto. Nessuno ce l'avrebbe fatta. Non dopo tutto ciò che aveva passato. Mentre si trovavano in mezzo alla giungla e aspettava che Truck tornasse dopo aver perlustrato la zona, pensò all'odissea di Casey.

C'era qualcosa di strano in tutta la faccenda. Niente era successo come se l'aspettavano. Dopo aver sentito il piccolo interrogatorio delle altre donne e montando pezzo dopo pezzo le informazioni dette da Casey, quel rapimento era diverso rispetto ad altri che avevano affrontato.

Non c'erano richieste di riscatto.

L'ambasciatore aveva lanciato l'allarme quando non aveva più ricevuto notizie di sua figlia. Lei chiamava a casa tutte le sere, ma passati due giorni senza una parola, l'ambasciatore sapeva che qualcosa non andava. Se non avesse agito immediatamente, sarebbe passato decisamente molto tempo prima che qualcuno si accorgesse che le donne erano sparite.

Le donne non erano state violentate.

Beatle fu sollevato riguardo a quel dettaglio, ma anche in quel caso, non era normale. Lo sturo era una tecnica di tortura frequente e tendeva a rendere molto condiscendenti le donne rapite.

Il villaggio dove le avevano trovate.

I rapitori più esperti continuavano a muoversi o avevano

delle strutture fortificate in cui portavano le loro vittime. Non avevano certo un villaggio indigeno in mezzo alla giungla.

Più Beatle ci pensava, più diventava inquieto. Non avevano nemmeno la minima idea di chi fosse stato a rapire Casey e le sue ragazze. Il governo aveva ricevuto una segnalazione anonima, da qualcuno a Guacalito, su dove erano tenute in ostaggio. Niente aveva senso.

Beatle imprecò mentalmente, ma prima che riuscisse a mettere a fuoco i suoi pensieri, tornò Truck.

"C'è un buon posto a circa un centinaio di metri, ad est di qui."

"Fonte d'acqua?" chiese Beatle tranquillamente. Non ne era sicuro, ma pensò che Casey fosse riuscita in qualche modo ad addormentarsi.

"Non molta. C'è un piccolo ruscello. Sembra che alimenti uno dei fiumi più lunghi della zona. Non è abbastanza largo o profondo per un fare bagno completo, ma possiamo usarlo per lavarci e riempire il nostro approvvigionamento idrico."

Annuendo, Beatle soppesò la donna che teneva in braccio. L'idea di farle mettere su un po' di chili gli passò di nuovo per la testa.

"Cosa?" chiese stordita Casey, svegliandosi mentre avvolgeva le braccia intorno al collo di Beatle.

"Shhhh. Truck ha trovato un buon posto sistemarci, durante la notte. Arriveremo lì in un batter d'occhio."

"Formiche," mormorò Casey.

"Come, scusami?" chiese Beatle, guardandola. Truck tenne i rami lontano dal compagno, in modo da non graffiare Casey mentre camminavano.

"Assicurati che nei dintorni non ci siano tumuli di formiche proiettile," gli disse lei.

"Non amo particolarmente alcun genere di insetto," le disse Beatle. "Ma dovremmo preoccuparci soprattutto di queste formiche proiettile, e dove si trovano?"

"Le formiche proiettile hanno un pungiglione, le persone dicono che è doloroso come ricevere una pallottola. Da qui il nome," li informò Casey. "Le formiche operaie, in un certo senso, assomigliano alle vespe. A loro piace costruire la colonia sulla base di un albero, in modo che le formiche operaie possano cercare cibo nelle foglie di canapa."

"Siamo stati morsi da formiche rosse, giù in Texas, sono come quelle lì?" chiese Truck.

Casey scosse la testa. "No. Peggio. Mi hai sentito dire quanto fanno male, vero?"

Truck ridacchiò. "Sì, scusa."

"Si vede che non mi credi, ma non sto mentendo," insistette Casey, sembrando più sveglia.

"Oh, ti credo," disse in fretta Truck.

"Alcune persone hanno descritto il dolore del morso come onde di bruciore, palpitazioni, dolore devastante che può continuare per un massimo di ventiquattro ore. Non so tu, ma direi che non ho tutta questa voglia di provarlo. Credo che essere rapita e sepolta viva in un viaggio sia abbastanza, per me."

Beatle strinse la presa delle braccia sulla donna. Era contento che la sua voce stesse tornando normale e stesse parlando di più, ma non gli piaceva ascoltarla parlare del suo calvario con quella frivolezza. Ma tenne la bocca chiusa. Era bello che lei scherzasse sulla sua esperienza. Lui e suoi compagni di squadra lo facevano sempre, per gestire meglio le emozioni dopo una missione difficile.

"Mi assicurerò che non usiamo alberi per fissare le amache, se sotto c'è un nido di formiche," la rassicurò Truck.

"Amache?" domandò Casey, girandosi per guardare Beatle, per avere una risposta alla sua domanda.

"Non dormiremo a terra, tesoro," disse Beatle.

"Siete svegli," disse lei scherzando. "Sapete quante specie di formiche e ragni ci sono in Costa Rica?"

"No, e non lo voglio sapere," disse lui velocemente quando lei aprì la bocca per rispondere.

Casey gli sorrise. Dopo il sorriso svanì e chiese, "Che ne sarà di me?"

"Che ne *sarà* di te?" replicò Beatle.

"Dove dormirò?"

Lui non le diede una risposta per un lungo istante, confuso per ciò che gli aveva chiesto. Alla fine, le disse, "Su un'amaca."

"E tu? Dove dormirai?"

"Su un'amaca," ripeté lui, con pazienza, ma ancora confuso.

Casey guardò verso Truck, poi di nuovo Beatle. "Ne hai portata una per me?"

Finalmente lui capì. "Sì, Case. Ne portiamo sempre qualcuna in più. Abbiamo provviste extra, visto che siamo in una missione di salvataggio."

"Oh."

"Già, oh. Ma sia chiaro... se ne avevo solo una, sarebbe stata tua." Senza darle il tempo di rispondere, Beatle continuò. "Siamo arrivati. Pensi di riuscire a stare per conto tuo, per un po', mentre noi sistemiamo le cose?"

"Posso aiutarvi," disse lei.

"Non è quello che ti ho chiesto," le disse Beatle pazientemente.

Casey fece un respiro profondo, ma insistette. "Sì, posso farlo."

Ma non sembrava così sicura. Beatle si chinò e la appoggiò a terra, dopo mise le mani sui fianchi, per sorreggerla mentre stava in piedi da sola.

Lui non perse la smorfia di Casey, sapeva che doveva fare qualcosa riguardo i suoi piedi. Non si era dimenticato del fatto che fossero bagnati e forse lo sarebbero stati ancora per un po'.

"Commenti su questo posto?" le chiese, cercando di distrarla dai dolori del suo corpo.

Lei si guardò attorno. Erano in una piccola radura circondata da alberi. Non si poteva vedere nessuna montagna e niente che dicesse, "Attenzione! Qui ci sono degli insetti spaventosi," ma era Casey l'esperta.

Alla fine, lei annuì. "Sì, sembra bello. Possiamo dire che non ci saranno mammiferi vaganti, ma non è la mia area di competenza."

Beatle si appoggiò lentamente ad uno degli alberi all'esterno della zona. "Sì, ci sono un paio di alberi vicini tra loro che possiamo usare per le amache."

"Bene."

Beatle sorrise. Sentì la delusione, nel tono di Casey, ma sapeva che lei non lo avrebbe chiesto. Si chinò vicino a lei e le sussurrò in un orecchio, "Non ci sono laghi né fiumi, nelle vicinanze, ma Truck mi ha assicurato che c'è dell'acqua corrente. Un piccolo ruscello proprio oltre gli alberi laggiù." Li indicò con il mento. "Dopo ti aiuterò a lavarti."

Casey alzò la testa. "Grazie."

Voleva baciarla. Seriamente. Ma si trattenne. Le aveva detto che la giungla non era il posto per sedurla, ma non erano cambiati i suoi sentimenti. Poteva ammirare una bellezza femminile da lontano senza sentire l'impulso di fare qualcosa, ma davanti ad una donna coraggiosa e indistruttibile, anche se fuori dal suo ambiente, era spacciato. "Non devi ringraziarmi per aver soddisfatto le tue esigenze primarie. Cibo. Acqua. Rifugio. Sicurezza. O un posto in cui lavarti. È un piacere procurartele."

Lei sollevò un sopracciglio. "Questo è davvero... filosofico da parte tua."

Lui ridacchiò. "Già. Adesso... pensi di riuscire a stare ferma qui per cinque minuti, mentre do una mano a Truck? Di' la verità."

Lei aprì la bocca per rispondere ma poi la chiuse di nuovo. Alla fine, rispose, "Credo di sì." Lei guardò a terra. "Non mi sto mettendo su un formicaio, quindi anche se non ce la faccio, me la caverò gironzolando qui per terra aspettandovi."

"Farò presto, tesoro. So che sei dolorante, stanca, affamata e assetata. Mi occuperò di tutte queste cose per te. Cinque minuti. D'accordo?"

Lui ignorò le lacrime che le scesero dagli occhi e aspettò la sua approvazione.

"D'accordo, Beatle. Voi fate le vostre cose. Io resterò qui."

Sapendo che lui l'avrebbe presa di nuovo tra le braccia e non si sarebbe mai staccato, Beatle si accontentò di farle una carezza veloce sulla testa e annuì.

Poi si girò e si diresse verso Truck. Prima sarebbero riusciti a preparare l'accampamento, prima avrebbe potuto sistemare Casey, agganciare una flebo e prendersi cura dei suoi piedi.

---

Casey barcollò ma si rifiutò di sedersi. Cinque minuti. Non doveva fare nient'altro. Diamine, prima aveva camminato per ore. Poteva stare tranquillamente in piedi.

Ma *era* un problema. Anche se non riusciva a sentirsi i piedi, *riusciva* a sentire le gambe. Le facevano male. Cavolo, tutto le faceva male. Ma non era solo quello. Si sentiva debole. L'adrenalina del suo salvataggio era svanita già da tempo, la mancanza di cibo e acqua l'avevano abbattuta.

La barretta di cereali che aveva mangiato prima, insieme alla costante assunzione di acqua, erano state molto utili per farla sentire lontana dal baratro della morte. Ma la settimana e mezza che aveva passato nel sottosuolo senza fare una vera dormita, tra tutto lo stress e la preoccupazione accumulati, la stavano distruggendo.

Proprio quando pensava di stare per svenire, apparve Beatle.

"Cazzo, sei incredibile," le disse, poi la prese di nuovo tra le braccia.

Casey si pentì di aver detto che voleva andarsene dalla giungla. All'improvviso voleva solo che Beatle la stringesse a lui, proprio come in quel momento. Ma no, non era giusto nei suoi confronti e lei non voleva apparire come la damigella in difficoltà. Era rimasta in vita contro ogni pronostico, quindi sarebbe riuscita ad andare via da sola da quella dannata giungla.

Ma... si sentiva così bene tra le braccia di Beatle. Al sicuro.

Beatle si chinò e la appoggiò delicatamente su un'amaca, ma Casey non sprofondò. Quella era un'amaca di corda, rinforzata alle due estremità da diversi bastoncini che lui aveva raccolto dal suolo della giungla, rendendola più un letto piano.

"Il legno la rende più stabile," le disse Beatle mentre lei guardava l'amaca con gli occhi spalancati. "Lo toglierò quando andremo a dormire, poi metteremo la zanzariera, ma per adesso è meglio che tu non ti arrotoli tra le corde come un burrito."

Casey si mise a ridere per l'immagine evocata dalle sue parole.

Beatle l'aveva posizionata in modo da essere stesa in larghezza, piuttosto che in lunghezza, con i fianchi su un lato dell'amaca e la testa sull'altro.

Lei si rilassò lentamente tra le corde e gemette in segno di apprezzamento. Si era tolta gli occhiali che lui le aveva dato, glieli restituì delicatamente. Dopo che lui li ebbe riposti Casey disse, "Non sai quanto sia bello, tutto questo. Non mi sono sdraiata in una superficie piana come questa da quando mi hanno gettata in quella fossa."

Beatle aggrottò le sopracciglia ma non rispose. Si sedette semplicemente su un piccolo sgabello pieghevole - cos'altro portavano in quegli zaini? - e si mise a lavorare sui lacci delle sue scarpe. Appoggiò il piede di lei sulla coscia e si chinò verso la scarpa, concentrandosi solamente sui lacci davanti a lui. Ci mise un po' a sciogliere i nodi della prima scarpa.

"Perché non li hai semplicemente tagliati?" chiese Casey.

"Perché non ho dei lacci extra nel mio zaino. Ho del paracord, ma è più facile usare questi, per quanto possibile."

Beatle non aveva sollevato lo sguardo mentre lo spiegava, mantenne la testa abbassata, concentrandosi su quello che stava facendo. In un paio di minuti, avrebbe indotto i lacci delle scarpe impregnate d'acqua a collaborare e avrebbe allentato abbastanza le scarpe di Casey per sfilarle.

Casey fece un sospiro di sollievo quando la pressione sul piede si allentò, ma in pochi secondi, fece subito una smorfia per il dolore dovuto al gonfiore.

Beatle afferrò la parte superiore della sua calza di lana e alzò gli occhi. "Pronta?"

Lei scosse la testa ma disse, "Sì."

Lui le sorrise.

"Se dovessi svenire per il fetore dei miei piedi puzzolenti, non prendertela con me," cercò di scherzare lei.

"Non hai annusato i miei dopo un'escursione nel deserto in Iran, per quattro giorni," disse lui stando al gioco.

"Volevi dire Iraq, vero?" chiese Casey, mantenendosi sulle braccia tremanti. Voleva vedere direttamente i danni ai piedi. "L'Iran non era proprio accogliente, nei confronti degli americani."

Beatle la guardò semplicemente con le sopracciglia sollevate.

"Sì, scusa. Iran. Giusto. Soldati super segreti. Vai nei paesi *off limits* e fai del tuo meglio. Controlla."

Beatle le sorrise di nuovo, poi si concentrò di nuovo sui piedi. Tolse la scarpa e il calzino contemporaneamente.

Casey sussultò quando si vide per la prima volta il piede, iniziò subito a lacrimare. Non per il dolore, visto che non riusciva a sentire più nulla, ma per quanto fosse brutto.

C'erano un paio di bolle e ferite aperte. Sapeva che non era un buon segno. Probabilmente c'era in corso un'infezione fungina. Sapeva che avrebbe potuto perdere i piedi, se non avessero fronteggiato la situazione. Subito.

"Non sembrano messi così male," disse Truck, con tono neutro, sopra di lei.

Casey non l'aveva sentito avvicinare e lo fissò incredula. "Sei ubriaco?"

"Non che io sappia," fu la sua risposta. "Davvero. Già, hai un po' di cianosi per la scarsa circolazione e sono leggermente maleodoranti, ma credo che quella bolla sia più per il fatto di aver camminato così tanto con i calzini bagnati. Curerò tra un attimo quell'ulcera tropicale con un bel cocktail incluso nella tua flebo."

Casey scosse la testa. "Sei pazzo." Ma non poté negare che le sue parole la fecero sentire meglio.

Beatle aveva già iniziato a slegare la seconda scarpa e l'avrebbe sfilata in pochi minuti.

Fissando i suoi poveri piedi malconci, Casey domandò, "Li perderò?"

Senza esitare Truck le rispose, "Perdi i piedi spesso? Come le tue chiavi?"

Casey rise. "Non era quello che intendevo."

"Sa cosa intendevi," disse Beatle dolcemente, alzandole il piede destro per dare un'occhiata alla pianta. "Non sono ancora in cancrena, quindi non c'è bisogno di amputarli. Non sono un dottore, ma sono d'accordo con Truck. Li cureremo stanotte e ti garantisco che domani ti sentirai cento volte meglio. Ma avrei voluto che ci dicessi qualcosa. Sai, dal momento che io e Truck ti porteremo fuori dalla giungla..."

"No!" replicò subito Casey. "Riesco a camminare. Vi prego, ho *bisogno* di camminare."

"È testarda come Blade," osservò Truck.

"Li manterrò asciutti per il maggior tempo possibile," disse Casey agli uomini. "I Gore-Tex hanno funzionavano molto bene all'inizio, ma non erano progettati per resistere sott'acqua giorno e notte. Le tavole nella fossa non erano abbastanza lunghe per sdraiarmi, mi sarei anche addormentata ma quando le gambe si rilassavano, finivo nell'acqua."

Beatle le appoggiò di nuovo i piedi sulla coscia e le massaggiò i polpacci. Le aveva sollevato i pantaloni, la sensazione delle mani callose dell'uomo sulla sua pelle delicata le fece venire i brividi.

"Sei stata brava, Case. Davvero, fottutamente brava. Adesso sdraiati e rilassati. Non devi camminare per almeno dodici ore. Prepareremo la cena e Truck sistemerà quella flebo. Domani sarà un'esperienza totalmente diversa per te... dovrai veramente smettere di fare pipì, se ho letto bene negli occhi di Truck, sono tre sacche di flebo."

Casey alzò la testa verso l'omone. Aveva uno sguardo di determinazione dipinto sul volto. "Tre sacche?" chiese.

"Forse quattro," rispose Truck prima di allontanarsi e schiacciare il suo zaino.

Lei guardò di nuovo Beatle. "Suppongo che sia una vasca da bagno, vero?"

Beatle scrollò le spalle. "Già, una completa. Anche se comunque non ti consiglierei di spogliarti, non ancora. Non qui nella giungla, così vicino a quel villaggio. Ma ho qualcosa in mente che potrebbe piacerti.

"Cosa?"

Le sorrise e gli occhi di Casey si spalancarono per la giocosità nei suoi occhi. "Dovrai solamente aspettare. Ma fidati di me, ti piacerà."

"Beatle... non puoi prendermi in giro così!"

"Perché no?" Lui smise di sorridere e la domanda lo rese serio, come non lo aveva mai visto.

"Perché io..."

Lei non era sicura su cosa dire, ma sarebbe stato qualcosa sull'esempio di come lui non la conoscesse così bene. O che si erano appena conosciuti, o qualcosa di altrettanto ridicolo, ma si fermò dal pronunciare le parole ad alta voce. Non perché quelle cose non fossero vere, ma perché non gliene importava un emerito cazzo. A lei piaceva Beatle. Un sacco. Lo rispettava. Si fidava di lui. Lui poteva prenderla in giro quanto voleva. La faceva sentire normale. Non come una vittima di rapimento che era scappata dalla sua reclusione.

"Perché non è carino prendere in giro una donna che non ha mangiato cioccolato per settimane."

Dopo sorrise. Un grande sorriso amichevole. Senza dire una parola, Beatle spostò delicatamente i piedi di lei dalla coscia, facendoli dondolare sopra il bordo dell'amaca e si allungò per riuscire a prendere lo zaino e a tirarlo verso di sé.

Poi prese i piedi di lei e se li sistemò di nuovo sulla coscia, aprì una cerniera laterale dello zaino enorme. Rovistò per un momento, prima di estrarre un sacchettino contenente del cibo. Afferrò l'enorme coltello dal fodero che portava sul fianco e aprì la plastica. Estrasse qualcosa, ma lo tenne nascosto nel palmo della mano.

"Chiudi gli occhi."

"Perché?" chiese sospettosamente Casey.

"Perché ti fidi di me," disse Beatle, con gli occhi marroni che brillavano per l'intensità.

Senza ulteriori proteste, Casey fece come richiesto. Sentì che lui le prese una mano e le mise qualcosa nel palmo.

"Adesso puoi guardare," le disse lui.

Casey aprì gli occhi e fissò il piccolo Bacio di Cioccolato Hershey nella sua mano.

Lei rimase a bocca aperta e guardò Beatle. "Ma... come?"

Lui alzò le spalle. "Alcuni pasti che ci danno sono dei dessert. Forse si è sciolto completamente per il calore."

Casey iniziò a sbavare, come i cani di Pavlov. Le vibrò la mano per la trepidazione. Voleva metterselo in bocca e divorarlo, ma riuscì a controllarsi. Afferrò la piccola delizia ma poi si fermò con la mano a mezz'aria.

"Cosa?" chiese Beatle, captando il suo tentennamento.

"Le mie mani sono disgustose."

Senza dire una parola, lui prese il cioccolatino con delicatezza e lo appoggiò sulla parte superiore dello zaino. Rovistò ancora nello zaino, aprì il pacchetto di salviettine umidificate appena trovate e le afferrò una mano.

Casey non sapeva cosa dire, quindi rimase in silenzio mentre lui le puliva dolcemente la mano. Prima le pulì il palmo, poi passò il panno su ogni dito, togliendole grandi quantità di fango e sporcizia.

Poi Beatle gettò il panno usato e ne estrasse uno nuovo.

Ripeté l'operazione anche con l'altra mano. Quando Casey pensava che avesse finito, lui la sorprese estraendo un altro panno pulito e le prese di nuovo la prima mano. Ma questa volta le cure sembravano più intime. Non si trattava più di rimuovere la sporcizia dalle sue mani. Le sembrò che ad ogni tocco, lui stesse cercando di pulire la memoria dei brutti ricordi che avevano reso le sue mani così sporche. Le accarezzava ogni dito mentre cercava di rimuovere il fango nascosto sotto le unghie. Le massaggiò il palmo della mano con i pollici, anche se lui fece maggiore pressione per pulire con più precisione.

In fin dei conti, Beatle aveva usato sei salviettine per riportate le mani di Casey ad uno stato accettabile. Lei si vedeva ancora lo sporco sotto le unghie, ma non avrebbe mai pensato che sarebbero state così pulite senza acqua corrente e molto sapone.

Poi, senza usare la stessa delicatezza, Beatle usò un paio di salviette per pulirsi le mani e afferrò il cioccolatino. Provò attentamente a rimuovere la carta, ma purtroppo era troppo sciolto.

"Ti fidi di me?" le chiese di nuovo Beatle.

Casey riuscì solamente ad annuire.

Lo guardò mentre utilizzava l'indice della mano, finalmente pulito, per rimuovere quanta più carta possibile dal cioccolato. Poi si piegò in avanti e alzò il dito verso di lei.

Sentendosi stordita dall'emozione, Casey gli prese il polso, stabilizzando la mano. Poi alzò la testa e aprì la bocca.

Beatle schiuse la bocca e si leccò con discrezione le labbra, mentre la guardava. Casey riuscì a il battito dell'uomo accelerare, tramite le vene sul collo.

Lei non aveva sentito un'attrazione sessuale nei suoi confronti, prima, ma in quel momento la musica era cambiata.

Casey chiuse le labbra intorno all'indice di Beatle. Avvolse la lingua intorno al suo dito, succhiando la sorpresa incredibilmente dolce dalla sua pelle.

Quando lei lo fissò, le pupille di Beatle si dilatarono. Lei era consapevole dell'erotismo che stavano scatenando. Quando fu sicura di aver mangiato tutto il cioccolato, strinse le labbra attorno al suo dito e lo succhiò. Forte.

"Caaazzo," imprecò Beatle, ma egli non estrasse il dito dalla sua bocca.

Con un ultimo tocco di bocca, Casey si tirò indietro. Il braccio che aveva usato per appoggiarsi stava tremando, sapeva che era solo questione di tempo prima che non riuscisse più a mantenersi in piedi.

Senza staccare gli occhi da quelli di Casey, Beatle si portò lo stesso indice peccaminoso verso di sé e se lo mise in bocca.

Casey si leccò le labbra.

Fu un momento così sensuale e genuino che lei non sapeva cosa dire o fare.

Così fu Beatle a scacciare l'imbarazzo. Dopo aver tirato fuori il dito dalla bocca disse, "Adesso non puoi dire che non posso prenderti in giro perché non hai mangiato cioccolato per settimane."

Casey non riuscì a trattenere la risatina che le sfuggì dalla bocca. Era sorpresa dalle sue azioni, ma Beatle non la fece sentire a disagio per quanto era appena successo.

"Pronta per la tua flebo?" chiese Truck, apparendo dietro l'amaca.

Casey si spaventò così tanto che avrebbe fatto un salto mortale, se Beatle non fosse stato lì per tranquillizzarla. "Calma, tesoro."

"Scusa! Mi hai colta di sorpresa, Truck. Sì, sono pronta. Riempimi, Scotty."

Truck si mise a ridere. "Credo che hai sbagliato serie.

Quella è *Star Trek*. Credo che noi siamo in un film del tipo di *Die Hard* o qualcosa del genere."

"Assolutamente no," gli disse Beatle. "Sto pensando a *Rambo*, o anche l'ultimo film del *Libro della Giungla*... sai, quando quel ragazzo si fa quattro salti nella giungla?"

Casey sorrise. I compagni di squadra di suo fratello erano divertenti. Non se l'aspettava. Non sapeva cosa aspettarsi ma fu felice di poter ridere dopo l'esperienza terribile che aveva appena vissuto.

"Dobbiamo farti girare," disse Beatle in modo molto diretto. "Metti la testa da questo lato. Ecco qua. No, un po' più in là. Ancora... Casey, fino in fondo."

Gli rivolse uno sguardo arrabbiato mentre lui la faceva stendere e le mise le mani sotto le ascelle, proprio come aveva fatto quando l'aveva tirata fuori dalla fossa nel sottosuolo, e la posizionò come voleva.

La testa si trovava completamente nella parte superiore dell'amaca, appoggiata su uno dei bastoncini che Beatle aveva utilizzato per stabilizzare le corde. Non era esattamente la posizione più comoda, ma non c'era da lamentarsi. Era sdraiata, era come essere in paradiso.

Truck si inginocchiò a terra, vicino a lei, e iniziò a pulirle in profondità il gomito con un tampone imbevuto di alcol, poi scese verso il basso per curarle i piedi.

L'ago fece fatica ad entrarle in corpo – Truck ci riuscì al terzo tentativo; a quanto pare, neanche le vene di Casey volevano collaborare - e nemmeno il lavaggio dei piedi andò bene. Ma di nuovo, l'ultima cosa che voleva fare era lamentarsi. Gli uomini la stavano aiutando, non volevano farle del male. Casey aveva bisogno di quei liquidi *e* di avere i piedi puliti.

Quindi aspirò e chiuse solamente gli occhi, apprezzando il fatto che riuscisse a sentire le cicale in sottofondo, gli uccelli che cinguettavano e il vento tra le foglie che soffiava sopra le loro teste.

Quando si addormentò, non se ne rese neanche conto. Il secondo prima stava pensando a quanto fosse stata fortunata e quello dopo si era semplicemente lasciata andare.

# CAPITOLO SEI

"Cosa pensi veramente dei suoi piedi?" chiese Beatle a Truck, dopo che lei si addormentò.

"Penso che sia molto fortunata. Dovrebbero guarire velocemente con gli antibiotici che ho aggiunto nella sua flebo e dopo una notte di riposo. Senza contare la medicazione prima di metterle i *calzini* asciutti."

Parlavano a bassa voce per non svegliare la donna comprensibilmente esausta davanti a loro.

Beatle mosse il suo piccolo sgabello per sedersi vicino a lei. Si piegò in avanti, appoggiando i gomiti sulle ginocchia e la fissò mentre dormiva. "Non riesco a capire," rifletté con calma. "Perché non ucciderla sul colpo?"

A Truck non sfuggì nulla, sapendo esattamente di cosa stesse parlando. "Non ha alcun senso," concordò l'omone. "In quasi tutti i casi di rapimento a cui abbiamo lavorato, le donne venivano violentate e se qualcuna veniva separata dal gruppo, veniva uccisa o torturata."

"Giusto. E questi stronzi non hanno nemmeno chiesto un riscatto. Quindi avevano essenzialmente campo libero per torturare o uccidere tutte le donne." Beatle alzò gli occhi verso il suo amico. "Quindi, perché non l'hanno fatto?"

"Tecnicamente, lei *è stata* torturata," disse Truck seccamente. "Buttarla in quella fossa per poi coprila con quelle tavole... disumano."

"Ma *perché?*" chiese di nuovo Beatle.

"Non è una persona importante," disse Truck, più riflettendo tra sé e sé che con il suo compagno di squadra.

Beatle si offese comunque per Casey. "Lei *è* importante," replicò.

"Non intendevo dire questo," disse Truck, cercando di addolcire il suo amico. "Quello che volevo dire è che sarebbe stato più sensato utilizzare Astrid, visto che è la figlia di un ambasciatore, lei era più propensa ad attirare la loro attenzione, qualunque cosa volessero."

"Hai ragione, ma non hanno chiesto niente," disse Beatle agitandosi.

"Forse sapevano che Casey era la sorella di un soldato delle Forze Speciali?"

"Può essere. Ma credo di no. Non le hanno chiesto nulla sulla famiglia," disse Beatle, spazzolando via una ciocca di capelli sporchi dalla fronte di Casey.

"Forse è stato un caso? Tipo, gli indigeni stavano cacciando lì fuori e hanno trovato le donne e le hanno rapite?" chiese Truck.

"È a trenta chilometri da Guacalito," disse Beatle, scuotendo la testa. "Se gli indigeni fossero stati lì fuori a cacciare, probabilmente non l'avrebbero fatto così vicino a Guacalito. Le donne non si trovavano a chilometri di distanza dalla città. È ancora più improbabile che gli indigeni avrebbero deciso per caso di rapire quattro donne e riportarle nel loro villaggio per tenerle prigioniere."

"Per la cronaca, le ragazze hanno detto che erano stata trasportate a bordo di un veicolo."

"Giusto. A proposito... dove si trovava?"

Truck scrollò le spalle. "Suppongo che chiunque le abbia rapite sia sparito dalla zona prima dell'arrivo dei Cacciatori, o prima ancora. Forse hanno preso un camion."

I due uomini non dissero niente per diversi minuti.

"Dannazione," imprecò Beatle. "Niente di tutto questo ha senso."

Truck non rispose.

"Lei è incredibile, non è vero?" chiese Beatle al suo amico, guardando Casey mentre dormiva. "Voglio dire, molte persone pensano che le donne siano deboli, che non riescano a gestire lo stress. Ma lei non solo è riuscita a gestire la situazione in cui si è trovata, l'ha anche sconfitta e superata."

Truck ridacchiò. "Direi che tutte le nostre donne sono più forti di quanto chiunque altro credesse. Loro sono senz'altro l'emblema delle mogli dei Delta Force."

Beatle fu sorpreso. "Mogli?"

Per un momento Truck sembrò sconcertato, ma lo nascose velocemente. "Sì, insomma... la squadra femminile. Coach e Ghost non sono sposati ma sai a cosa mi riferisco."

Beatle strinse gli occhi in due fessure, prima di dire, "Fino a poco fa sì, ma adesso non ne sono così sicuro."

"Casey è stata così intelligente da tenere i piedi lontano dall'acqua," disse Truck, indicandola con il mento.

Sicuro che il suo amico gli stesse nascondendo qualcosa, Beatle fulminò Truck con lo sguardo per un minuto prima di fargli cambiare argomento. Qualcosa non andava, in lui. Aveva avuto un'aria evasiva, nell'ultimo paio di mesi. Spariva per giorni senza dire a nessuno dove fosse andato, stava sempre attaccato al cellulare e non era più aperto su ciò che succedeva nella sua vita privata, come lo era un tempo. Truck aveva il diritto di mantenere la sua privacy, ma non era da lui. Ultimamente, Beatle era molto preoccupato per il suo amico. Decise di lasciar perdere per il momento, poi una volta tornato a casa avrebbe scoperto cosa cazzo stesse succedendo.

"Sì, vero. Blade dice che aveva ottenuto da poco il suo dottorato. Davvero notevole per una persona così giovane."

"In insetti, vero?"

Beatle ridacchiò. "Entomologia. Credo che si sarebbe offesa se ti avesse sentito dire che ha ottenuto il dottorato in 'insetti'."

"Non lo so. Lei sembra avere un buon senso dell'umorismo. Intelligente, coraggiosa, indistruttibile... forse farò..."

"Stai zitto," disse Beatle a Truck, non lasciandogli finire la frase. "Lei è già impegnata."

"Con te?" insistette Truck.

"Sì, dannazione. Con me."

"Blade potrebbe avere qualcosa da dire, al riguardo. È la sua sorellina," lo avvertì Truck.

"Mi ha già dato la sua approvazione," gli disse Beatle.

"Davvero?"

"Davvero. E se io avessi una sorella minore, mi sentirei proprio come lui. Sarei fottutamente felice se tu o Blade usciste con lei. Vi conosco, ragazzi. So che non la fareste mai soffrire. La trattereste come fosse oro e fareste tutti il possibile per proteggerla e prendervi cura di lei. Proprio come lui lo sa di me."

Truck non rispose.

Sentendosi un po' attaccato sull'affetto nei confronti della donna che stava russando dolcemente sull'amaca posta tra di loro, Beatle chiese in maniera leggermente aggressiva, "Cosa? Credi che stia andando troppo veloce?"

"Assolutamente no," replicò subito Truck. "Quando lo sai,

lo sai. Un giorno, una settimana, un anno. Ogni relazione è diversa e ciò che vale per un uomo non vale necessariamente per un altro. Ma la domanda è... lei prova la stessa cosa?"

Beatle guardò il suo amico più da vicino. Truck stava osservando Casey. "Non so cosa prova lei. Ma c'è sicuramente un'attrazione da parte di entrambi. Non è che farò sesso con lei in mezzo a questa fottuta giungla. Da un lato, lei è ancora troppo debole e si sta riprendendo. Dall'altro, deve affrontare la merda psicologica che ha in testa, per il rapimento. Per non parlare del fatto che lei vive in Florida, io sto in Texas."

"Permetterai a tutto questo di fermarti?" chiese Truck.

"Col cazzo. Le darò un po' di tempo e spazio, se dovesse averne bisogno, ma comunque ci sarò, ricordandole che sono al suo fianco. Voglio essere il suo tutto. Succederà nel momento giusto. Non voglio portarla subito a letto ma mi assicurerò che lei sappia che la voglio. E intendo, voglio tutto di lei. Non voglio farle pensare che quello che sento per lei è compassione, o amicizia, o una strana conseguenza psicologica del suo salvataggio. Voglio che lei sappia, che sia la mia donna. Proprio come io voglio essere il suo uomo."

Truck alzò gli occhi verso Beatle. Lo perforò con i suoi intensi occhi blu. "Potresti spaventarla, se le dici subito tutto quello che lei è per te."

"Stronzate," replicò Beatle. "All'inizio potrebbe anche non credermi, ma le dimostrerò con le mie azioni che faccio sul serio. Se mi comportassi solamente da amico preoccupato, credo che sarebbe più complicato stare al suo fianco aiutandola a superare quest'incidente di percorso. Aspetterò che lei si renda conto che ci sono anch'io, ma non mi tirerò indietro dal dirle ciò che provo. Non mi sono mai sentito prima così per nessuna donna, in tutta la mia vita. Merita di saperlo. Se ha intenzione di contare davvero su di me e mi lascia entrare, deve avere fiducia sul fatto che voglio esserci."

Beatle aveva alzato la voce, preso dall'impeto, Casey si agitò in mezzo a loro. Lui le mise una mano sulla fronte e le accarezzò la tempia con il pollice, mentre disse più piano, "Il pensiero che lei non sappia quanto mi importi e chiedermi qual è il mio posto nella nostra relazione sarebbe quasi più doloroso del morso di una di quelle formiche proiettile di cui lei parlava prima."

Beatle alzò lo sguardo e vide Truck che fissava il vuoto, con uno sguardo introspettivo stampato in faccia, stava per chiedere al suo amico cosa lo infastidisse, quando Casey si lamentò sotto la sua mano. Quando lui abbassò lo sguardo verso di lei, aveva gli occhi aperti e lo stava fissando.

"Per quanto tempo ho dormito?"

"Non molto. Torna a dormire. Sto preparando la tua sorpresa, ma ci vorrà ancora un po'."

"Credo che non mi piacciano più le sorprese," borbottò lei, chiaramente ancora assonnata.

Con il cuore spezzato per lei, Beatle si chino e le baciò la fronte con un tocco leggero come una piuma. "Vedrò cosa posso fare al riguardo. Sarà una bella sorpresa, tesoro."

"Promesso?" chiese lei.

"Promesso."

"D'accordo."

Si addormentò di nuovo.

Quando Beatle alzò lo sguardo verso Truck, il soldato concentrato era tornato.

"Farò una piccola esplorazione. Comunicherò tramite radio con gli altri e dirò che ci siamo fermati per la notte e fino a quando non avremo un quadro chiaro della situazione, resteremo qui fino a metà mattinata. Va bene?"

"D'accordo, mi sembra perfetto. Grazie, Truck."

L'omone si alzò e si sistemò il giubbotto, controllando che tutte le armi fossero al loro posto.

"Truck?"

"Sì?"

"Quando torni, puoi aiutarmi con la mia sorpresa per Casey?"

"Certamente. Di cosa hai bisogno?"

Beatle disse al suo compagno di squadra cosa volesse fare e fu ricompensato con un enorme sorriso.

"L'adorerà."

"Lo so."

Truck fissò il suo amico per un momento e poi disse, "Eh, è una donna fortunata."

"No," replicò subito Beatle. "*Io* sono un uomo fortunato. Anche se lei decidesse di non ricambiare i miei sentimenti, avrei comunque il privilegio di conoscerla e di aiutarla ad affrontare quest'esperienza."

"Sei un vero uomo, Beatle. Ti farò un cenno quando sarò tornato, così non mi spari."

Truck stava scherzando, ma Beatle non lo trovò divertente, sarebbe potuto succedere. Non disse nient'altro di diverso da, "Lo apprezzerei."

Dopo che Truck se ne andò, Beatle si sedette e osservò Casey dormire per dieci minuti prima di costringersi ad alzarsi e a iniziare la preparazione della sorpresa.

Un'ora dopo Truck ritornò e sembrò essersi ripreso un po'. Beatle aveva preparato tutto. Gli dispiacque svegliarla così presto, ma voleva preparare tutto prima che facesse buio.

Mettendole una mano sulla spalla, Beatle la scosse dolcemente. "Casey, svegliati."

Un secondo prima stava dormendo, quello dopo era sveglia e stava apparentemente lottando per sopravvivere. Scattò e diede un pugno in faccia a Beatle. Lui riuscì a malapena a schivare il colpo. Lei scivolò subito via da lui e atterrò violentemente per terra. Era inginocchiata, strisciò via prima che lui si dirigesse verso l'amaca, di fianco a lei.

"Casey. Calmati. Sono io, Beatle. Sei al sicuro."

Lei era ovviamente in preda al panico e non lo sentì, poiché continuò il suo folle combattimento per allontanarsi da lui. Truck si spostò per piazzarsi davanti a lei e a bloccare la sua ritirata. Quando Beatle si tuffò a capofitto sulle sue gambe, lei piagnucolò e si girò di lato, appallottolandosi e coprendosi la testa con le braccia, per cercare di proteggersi.

Beatle sentì il terrore di Casey come se fosse suo. S'inginocchiò dietro di lei e le mise una mano sulla testa, bisbigliando dolcemente in continuazione, "Va tutto bene, tesoro. Sei al sicuro, te lo giuro. Dai, adesso svegliati. È finita. Fai un respiro profondo. Sono io, Beatle. Sei qui con me e Truck, va tutto bene."

Casey fece un respiro tremolante, poi un altro, prima di aprire gli occhi e di girarsi per fissare Beatle. Lui sapeva che aveva ripreso coscienza perché lei apparve confusa, poi visibilmente imbarazzata e mortificata.

"Cazzo. Mi dispiace. Pensavo che…"

"Va tutto bene," la calmò Beatle, interrompendo le sue inutili scuse.

"Non va bene. Non volevo…"

"Una volta ho provato ad accoltellare Truck, quando mi ha svegliato durante una missione," le disse Beatle senza vergogna.

"È vero," disse Truck. "Già avevo questa cicatrice orribile sulla faccia, lui voleva farmi il bis sull'altro lato."

Casey alzò lo sguardo verso di loro, con gli occhi spalancati. "Davvero?"

"Davvero," confermò Beatle. "Avevamo tutti i nervi a fior di pelle per la missione e al povero Truck è toccata la sfortuna di svegliarmi." Scrollò le spalle. "Capita. Dai, lascia che ti dia una mano."

Lui le tese una mano e fu lieto quando l'afferrò subito. Beatle la aiutò a sedersi e Truck lo aiutò a farla alzare. La portarono di nuovo sull'amaca.

Casey abbassò lo sguardo verso il sangue che le colava dall'interno del braccio e fece una smorfia. "Sembra che tu possa usarmi di nuovo come cuscinetto," disse a Truck, dopo aver visto la flebo staccata da dove era stata inserita così scrupolosamente in precedenza.

"Come ti senti?" le chiese l'omone.

Casey scrollò le spalle.

"Bene. Stavo per consigliare che forse potremmo toglierla, ma con questa risposta così poco convincente, credo che dovremmo rimetterla," disse Truck.

Quando lei non ribatté, Beatle sapeva che si sentiva peggio di quanto voleva far credere. La aiutò a mettere di nuovo le gambe sull'amaca, lei oscillò un po'.

"Pronta per la tua sorpresa, tesoro?"

"Certo." Sembrava ancora un po' diffidente.

Beatle indicò i recipienti posizionati intorno all'amaca. "Portiamo sempre un paio di secchi pieghevoli, per ogni evenienza. Ho pensato che potresti sentirti meglio con i capelli puliti."

Casey si guardò intorno confusa. "I miei capelli?"

"Sì, te li laverò."

Casey spalancò gli occhi per l'entusiasmo e la gioia. "Davvero?"

"Davvero. Anche se devo avvertirti, non l'ho mai fatto prima. Sono abbastanza sicuro che nel prossimo futuro non mi chiederanno mai di lavorare in un salone di bellezza."

"E tu faresti questo per *me*?"

Beatle si piegò in avanti fino a quando non si trovarono quasi faccia a faccia. "Farei qualsiasi cosa per te, Case. Adesso ti avvicinerò un po' di più, fino a quando non appoggerai il collo su quei bastoncini. Sarà un po' scomodo, all'inizio, ma Truck farà in modo che tu sia in equilibrio e riesca a rilassarti. Questo farà sì che i tuoi capelli siano sul bordo dell'amaca e l'acqua sgocciolante non cada sui tuoi vestiti. Va bene?"

"Va bene," disse lei con dolcezza.

Beatle ignorò le lacrime formate negli occhi di Casey, sperando che fossero il risultato di felicità e soddisfazione, e non di tristezza o spavento. La aiutò a spostarsi fino a che la testa non fu nella corretta posizione. Fece un cenno a Truck, che le teneva la mano sulla schiena, sotto le corde. Truck la lasciò andare e quando Casey non si lamentò della posizione in cui stava, né dicesse di essere scomoda, iniziò a pulirle il braccio e ricollocare la flebo.

Beatle raccolse il primo secchio d'acqua e lo sollevò con attenzione. "Questo potrebbe essere un po' freddo," disse a Casey poi le versò l'acqua in testa.

Casey chiuse gli occhi e sospirò mentre l'acqua del ruscello le scese a cascata sui capelli. Ci vollero diversi risciacqui per togliere la maggior parte di sporcizia dalle ciocche, ma Beatle lo fece lentamente, passandole ogni volta la mano tra i capelli, strizzando l'acqua e assicurandosi di averlo fatto in ogni parte della testa.

Quando l'acqua scorse piuttosto limpidamente, lui tirò su il suo sgabellino e si sedette.

"Che stai facendo, adesso?" chiese Casey tranquillamente, con gli occhi ancora chiusi.

"Shhhhh," la ammonì Beatle sorridendo. Era ovvio che lei stesse gradendo queste attenzioni. Stava gradendo che si stessero prendendo di cura di lei. Più di quanto lui avesse mai pensato di fare. Raccolse la piccola bottiglia di shampoo che aveva estratto dal suo zaino e ne spruzzò una piccola quantità sulla mano. Passò lentamente il liquido tra i capelli e li insaponò.

Casey gemette, godendosi appieno la sensazione.

Non aveva nemmeno battuto ciglio quando Truck emise un ringhio dopo il quarto tentativo di reinserire la flebo. Beatle lo vide trafficare mentre spostava la mano verso il basso, per cercare la vena, poi tornò a concentrarsi di nuovo sui capelli di Casey. Le massaggiò la cute mentre le passava la schiuma tra le ciocche vellutate.

Casey aveva gli occhi ancora chiusi, mentre le dita di Beatle si spostarono verso la nuca e massaggiarono i muscoli contratti. Lo shampoo gli stava sgocciolando sul ginocchio, ma Beatle non ci fece caso. Nulla era più importante di aiutare la sua donna a farla sentire di nuovo pulita e completa.

Dopo diversi minuti in cui le massaggiò e lavò i capelli, le chiese, "Sei pronta per il risciacquo?"

Lei annuì e Beatle si fermò di nuovo. Ripeté le sue azioni da capo, questa volta assicurandosi che la schiuma non le goccio-lasse sulla faccia. Quando l'acqua scorse limpidamente, si sedette e prese il piccolo panno di camoscio che portava sempre con sé. Le asciugò i capelli nel miglior modo possibile e prese un pettine.

"Forse questa non sarà una bella sensazione," le disse, con una certa riluttanza. "Vorrei avere una bella spazzola morbida, ma avrebbe occupato troppo spazio nel mio zaino."

Lei sorrise, visto che lui voleva che lo facesse. Sollevò la mano che non reggeva la flebo quando lei disse, "Ce la posso fare."

Beatle le afferrò la mano, le baciò il palmo e gliela riposi-zionò dolcemente sulla pancia. "Ci penso io, tesoro. Sarò il più delicato possibile."

"Fai del tuo peggio," disse lei. "Resisterò."

"Lo so. Sei incredibile," disse lui, poi si mise al lavoro. Ci volle un bel po', considerando che i poveri capelli di Casey erano spessi ed estremamente aggrovigliati, ma lui ci andò piano come promesso e fece il suo meglio per non tirarle troppo i capelli quando passava il pettine.

Anche dopo aver rimosso con pazienza tutti i nodi, Beatle le passò ripetutamente il pettine tra i capelli. Poi fece tutto con una mano, accarezzandole le ciocche con ogni spazzolata. Beatle rimase sorpreso di quanto gli piacesse prendersi cura di lei in quel modo. Non era qualcosa che avrebbe mai pensato prima di fare per nessuna donna, ma era qualcosa di intimo. Pulirla, curarla.

Ad ogni passata di pettine, lei gemeva di piacere. Il viso era completamente rilassato e le labbra erano curvate in un piccolo sorriso. In quel preciso istante, Beatle fece il giuramento di farlo spesso per lei, in futuro.

Una volta finito i capelli erano quasi asciutti. Tornarono visibili le ciocche biondo cenere. Erano splendide.

Beatle si chinò e le baciò di nuovo la fronte, poi le fece scivolare l'indice sul naso. "Stai dormendo?" le chiese lui dolcemente.

"No. Non voglio dormire nemmeno per un secondo. Grazie, Beatle. È stato bellissimo."

Già da diverso tempo Truck si era diretto verso l'altro lato della radura, non poteva sentirli. Gli aveva dato la massima privacy in quella situazione e Beatle lo apprezzò. "Mi è piaciuto."

Lei aprì finalmente gli occhi e lo scrutò. "E a te?"

"Sì tesoro. Mi è piaciuto."

"Come ti chiami?" gli chiese lei di punto in bianco.

Beatle abbassò i gomiti per la confusione. Non conosceva

il suo nome? Aveva sbattuto la testa da qualche parte? "Beatle."

Lei scosse la testa. "No, il tuo vero nome."

Ah, ecco cosa intendesse. "Troy."

"Troy cosa?" insistette.

"Troy Lennon," le disse.

Lei sorrise. Un sorriso completo, a trentadue denti. "Adesso capisco il soprannome. Pensavo che fosse perché hai paura degli insetti o qualcosa del genere."

Beatle sapeva di stare arrossendo, ma non lo nascose. "Sì, beh... Non posso dire che mi piacciono così tanto."

Il sorriso di Casey aumentò, se ciò era possibile. "Hai paura dei piccoli insetti!" esclamò lei. "Un soldato cazzuto della Delta Force ha paura di insetti minuscoli! È un classico."

Accigliato dalla presa in giro, Beatle si alzò e si avvicinò a lei. "Ma se sei stata proprio tu a dirci delle formiche proiettile e del loro temibile morso. E vogliamo parlare degli altri minuscoli insetti che con un morso o puntura possono rendere un uomo o donna completamente impotenti? Puoi dirlo forte, non mi piacciono gli insetti. Preferirei di gran lunga un uomo armato, che un insetto innocente ma letale."

Lei stava ancora sorridendo ma annuì velocemente. "Sono d'accordo. Facciamo un patto? Io ti tengo al sicuro dagli insetti se tu mi tieni al sicuro dagli uomini armati."

"Affare fatto," disse Beatle quasi senza rendersene conto. Poi si piegò in avanti e appoggiò le labbra sulle sue.

Era un'angolazione bizzarra, visto che lui stava in piedi sopra di lei al contrario, ma giurò di aver sentito una scossa elettrica partire dalle labbra fino alle dita dei piedi, con quel contatto fisico.

Raddrizzandosi, Beatle sollevò un pollice e accarezzò il labbro che aveva appena toccato, sentendolo umido. Con il leggero tocco delle loro labbra, il suo uccello si era indurito ad un livello doloroso ma non ci fece caso e si allontanò di un passo. "C'è dell'acqua che avanza, vuoi usarla per darti una rinfrescata?"

Casey sembrò leggermente stupita, ma strizzò gli occhi e si riprese. "Sì, grazie."

Beatle la aiutò a sedersi lateralmente sull'amaca, con le gambe penzolanti ad un lato. "Non rimuovere la sporcizia dai tuoi piedi. Me ne occuperò io domani mattina, prima di partire." Le porse il panno di camoscio. "Usa questo. Assorbe l'acqua, così creerà una sensazione di ruvidità sulla pelle, ma funzionerà. Ecco lo shampoo, puoi usarlo come sapone. Prenditi il tuo tempo e fa' attenzione a quella flebo. Io sarò laggiù insieme a Truck. Se hai bisogno di me, basta che gridi."

Quando Casey annuì, Beatle non riuscì a resistere dal passare di nuovo una mano tra i capelli, finalmente lucidi e puliti, quindi si costrinse a prendere lo sgabello, girarlo verso di lei e dirigersi verso la piccola radura dove era seduto Truck. Si sedette dando le spalle a Casey e iniziò a chiacchierare con Truck sul loro piano di azione per l'indomani.

———

Casey si sedette mantenendo lo shampoo in una mano e il panno di camoscio nell'altra, mentre guardava Beatle andare verso il suo compagno di squadra. Al momento faceva fatica a pensare. Era rimasta sorpresa non tanto dall'offerta di Beatle di lavarle i capelli, ma per quanto lui fosse stato gentile e scrupoloso.

Dopo aver passato tutto quel tempo a sentire Beatle che le scioglieva i nodi tra i capelli e la accarezzava dolcemente, Casey non voleva fare altro che piangere. Non riusciva a ricordare l'ultima volta in cui qualcuno si era preso cura di lei, come aveva appena fatto quell'uomo.

Viveva da sola da quando aveva diciott'anni, da quando andava al college. Aveva avuto dei fidanzati ma erano tipi accademici come lei, non maschi alfa come Beatle, neanche lontanamente. Come professoressa, era sempre a capo della sua classe e delle sue studentesse. Era responsabile di Jaylyn, Kristina e Astrid durante il viaggio di ricerca. Dopo che erano state rapite, aveva avuto ancora più controllo.

Casey non si era mai resa conto di quanto fosse bello lasciare che qualcun altro prendesse il comando, prendesse le decisioni e si preoccupasse per lei. Anche in quel momento Beatle lo stava facendo. Le dava le spalle, dandole la maggior privacy possibile. Ma Casey sapeva che se avesse detto anche solo una parola, lui sarebbe stato lì al suo fianco in pochi secondi. Quel pensiero la calmò. La fece sentire al sicuro - e non si era sentita al sicuro nemmeno per un secondo, da quando era scesa dall'aereo in Costa Rica.

Non era tanto il paese in sé a spaventarla, era più il fatto di avere la responsabilità delle studentesse e il dovere di stare sempre all'erta. Ma lì, in mezzo alla giungla, Casey non doveva prendere alcuna decisione. Tutto dipendeva da Beatle e Truck.

Muovendosi lentamente, Casey si chinò e inzuppò il panno di camoscio nel secchio d'acqua, poi ci aggiunse un po' di shampoo. Dopo lo insaponò e lo portò verso la faccia. Strofinò la pelle fino a quando non era sicura di sentirsi pulita. Poi ripeté il processo e si lavò il collo, le braccia, la pancia e il seno, sotto le braccia, i polpacci e per ultimo, anche se arrivò fino al punto di sbottonarsi i pantaloni, lo spazio in mezzo alle gambe.

Le uniche parti che non riuscì a lavarsi da vestita furono le cosce, ma forse erano quelle più pulite. Fece un sospiro di sollievo, diede un'occhiata nel posto in cui era seduto Beatle mentre si allacciava i pantaloni – ma si bloccò.

Beale non le dava più le spalle.

Truck era fuori dal campo visivo e Beatle si era spostato per appoggiarsi ad un albero. Teneva le braccia muscolose incrociate sul petto e la stava fissando così intensamente che lei provò a distogliere lo sguardo, ma non ci riuscì.

Così Casey osservò per bene il soldato e le piacque ciò che vide. Beatle era più alto di lei, almeno di un paio di centimetri. In confronto a Truck sembrava quasi basso, ma d'altronde tutti sembravano minuti se paragonati a quell'omone.

Beatle indossava pantaloni militari neri, scarpe da trekking, una maglietta color verde oliva a maniche lunghe sotto un giubbotto, con le tasche colme di chissà quale diavoleria. Qualsiasi cosa di cui un soldato cazzuto delle Delta Force potrebbe aver bisogno, in fuga da tipi loschi nella giungla. Aveva la mascella contratta, come se stesse reprimendo un'emozione profonda e riuscisse a percepire l'intensità dello sguardo di Casey, dall'altro capo della radura.

Lei continuò a guardarlo, godendosi l'essenza di Troy "Beatle" Lennon, ma sussultò quando gli osservò le gambe. Lui era eccitato. Si riusciva a vedere facilmente la protuberanza nei suoi pantaloni, anche dalla sua posizione. Sorpresa, Casey alzò di nuovo lo sguardo verso il suo volto. Beatle non si vergognava per niente della sua eccitazione. Ma non era neanche compiaciuto o disgustato, al riguardo.

Nel momento in cui i loro sguardi si incrociarono, Casey sentì i capezzoli indurirsi, sotto la maglia. Non aiutava certo il fatto che non stesse indossando il reggiseno, le estremità sensibili che sfioravano il materiale della sua maglia la resero ancora più consapevole della sua eccitazione.

Senza interrompere il contatto visivo, lei si chinò e appoggiò il panno di camoscio sul bordo del secchio dell'acqua.

Come se quel movimento fungesse da segnale, Beatle andò verso di lei.

"Fatto?" chiese lui, con voce rauca.

Casey annuì.

Invece di allungare la mano verso l'acqua sporca, Beatle si chinò, mettendo entrambe le mani sulle corde di fianco a Casey. Lei inclinò la testa, ma non si allontanò da lui. I loro visi si trovavano a pochi centimetri di distanza quando lui disse intensamente, con il suo accento del sud ancora più marcato per l'emozione che stava provando, "Ucciderò e morirò per la tua mano, e per essere tuo in cambio."

Successivamente, senza aspettare alcuna una risposta, lui si raddrizzò, si abbassò, prese due dei secchi e li fece sparire tra gli alberi.,

Casey fece un respiro profondo e chiuse gli occhi. Se lui si fosse fermato alla prima parte della dichiarazione, lei avrebbe potuto arrabbiarsi. Non era un pezzo di carne che appartenesse a qualcuno. Ma avere lui in cambio? Sì, avrebbe potuto accettarlo.

Ma cosa diavolo stava succedendo? Forse Beatle stava avendo a che fare con qualche specie di sindrome dell'eroe, da quando l'aveva salvata? Quando sarebbe tornato a casa, si sarebbe chiesta a cosa accidenti pensava, quando si sentiva minimamente attratto da lei? E lei? Era stata travolta da un irrefrenabile desiderio di sentirsi una volta tanto una damigella in difficoltà? Casey non aveva risposte, solo domande... e un'eccitazione persistente che le cantava nelle vene.

Si portò la mano verso la faccia, per togliersi un po' di stress, ma si bloccò dal dolore quando tirò la flebo. Dannazione. Se n'era dimenticata.

Ma in quel momento che ci *stava* pensando, tutti i piccoli dolori e sofferenze che aveva ignorato tornarono ad essere vividi. Le pulsò il braccio martoriato dagli innumerevoli tentavi di Truck di trovare una vena sana. Le facevano male i piedi. I muscoli delle gambe gridavano. La schiena era spezzata dal non riuscire a sdraiarsi per così tanto tempo. Come se tutto ciò non bastasse, aveva anche mal di testa.

Spostandosi nell'amaca e facendo una smorfia quando oscillò sotto di lei, Casey faticò ad alzare i piedi per sdraiarsi. Era appena riuscita nell'impresa quando Beatle tornò insieme a Truck. Entrambi avevano i capelli bagnati, era ovvio che avessero usato il sapone e la sorgente d'acqua per pulirsi il più possibile.

"Sono felice che siete tornati," disse lei con calma, senza nascondere i suoi sentimenti.

"Stai bene?" le chiese Truck, prendendole un braccio per controllare la flebo.

Lei annuì. "Sì. Ehi, si sta facendo buio."

"Eravamo proprio in mezzo agli alberi," le disse Truck. "Non ti avremmo lasciato qui tutta sola, eravamo nei dintorni per sentirti, in caso di bisogno."

"Immaginavo, solo che... Ho solo la sensazione che il buio non mi piacerà, per un po' di tempo."

Alla sua confessione, Beatle si avvicinò all'amaca. Le fece scivolare un pollice sulla fronte e le chiese, "Mal di testa?"

Lei annuì.

"Il cibo ti aiuterà." Poi si girò e si diresse verso il suo magico zaino ed estrasse un sacchettino di cibo pronto. Si rivolse di nuovo verso di lei e si accovacciò. "Non è la migliore degustazione, ma è veloce e pieno di calorie, di cui hai tanto bisogno," disse, mentre aprì il pacchetto di plastica e si diede da fare per prepararlo. Poi aprì un pacco più piccolo, le porse qualcosa.

Casey prese il dolcetto e sorrise. "Prima il dessert?"

"Assolutamente. Devo assicurarmi che ci sia spazio."

Dando un piccolo morso alla leccornia, Casey gemette per

il modo in cui le sue papille gustative esplosero. Abbassò lo sguardo verso Beatle, mentre masticava, e si bloccò. Deglutì rumorosamente e chiese, "Che c'è?"

Lui scosse la testa. "Niente. Buono?"

"Umm hm," confermò lei, mentre masticava un altro pezzo.

Finì il tortino nel momento in cui la parte calda del pasto era pronta. Le porse la confezione di plastica con un cucchiaio. "Ce la fai?" le chiese.

Lei annuì, ma si chiese cosa avrebbe fatto lui se lei avesse risposto di no. Probabilmente l'avrebbe imboccata il che, sorprendentemente, non le sembrava così strano.

Casey mangiò velocemente il piatto di pasta, dicendogli tra un morso e l'altro che era una delle cose più buone che avesse mai mangiato.

Truck la sentì e non poté non commentare. "Devi essere *veramente* affamata, se ti piace quella schifezza," le disse, facendole l'occhiolino.

In quel momento Casey si rese conto che si stava divertendo. In teoria, non avrebbe dovuto divertirsi. Stava soffrendo, era in un paese straniero senza documenti e non sapeva se i suoi rapitori la stessero aspettando nell'oscurità per prenderla di nuovo. Ma eccola lì, seduta in penombra, senza aver paura di nulla.

Se fosse successo qualcosa, se qualcuno fosse sbucato dagli alberi, Beatle e Truck l'avrebbero protetta. Quindi ricambiò l'occhiolino a Truck e finì di ingurgitare il cibo.

Dopo chiuse gli occhi, godendosi la sensazione ormai dimenticata di essere sazia, e vacillò. All'improvviso si sentì esausta. Così esausta da pensare che non sarebbe riuscita a muoversi, nemmeno se avesse scoperto una nuova specie di scarafaggio passeggiarle sul braccio.

Sentì del movimento intorno a lei, così aprì gli occhi

aperti per vedere se Beatle stesse drappeggiando qualcosa tra le corde che reggevano l'amaca. Era la rete antizanzare. Casey aveva avuto lo stesso piano, nell'accampamento con le studentesse... ma in quel momento era soffocante. Sentì farsi strada una sgradevole sensazione. Iniziò a respirare più velocemente e chiuse di nuovo gli occhi, cercando di fermare la claustrofobia.

L'amaca oscillò.

Ansimando, Casey aprì gli occhi e vide Beatle che si stava posizionando vicino a lei.

"Cosa stai facendo?"

Invece di rispondere, Beatle alzò lo sguardo verso Truck che le stava sostituendo la sacca di flebo vuota con una nuova. "A questo punto penso che un po' di antidolorifico andrebbe bene."

"Beatle," protestò Casey, dandogli una spinta nel petto, cercando di allontanarsi da lui.

Lui la ignorò. "Oh, e vorresti occuparti dei legnetti anche per me?" chiese a Truck, facendo cenno verso i piedi.

"Troy Beatle Lennon," disse Casey severamente, ignorando l'espressione sorpresa di Beatle e il ridacchiare di Truck sentendo che lo aveva chiamato usando il suo nome completo. "Non puoi dormire qui."

"Perché no?" chiese Beatle, spostandosi fino a quando lei si trovò praticamente sdraiata parzialmente sopra di lui.

"Perché no!"

Lui sorrise. "Non è una risposta, Case."

"Perché siamo troppo incastrati. Fa caldo. E poi, saresti scomodo."

"Mi piace il fatto che siamo incastrati. Non mi importa del caldo. E poi starò più comodo con te tra le braccia, rispetto a dormire a terra accanto a te."

"Perché dovresti dormire a terra?" chiese lei, ignorando i

brividi che le avevano provocato quelle risposte. "Sai che ci sono degli *insetti* laggiù vero?"

Lui non fece caso al suo commento sugli insetti e disse, "Perché devo assicurarmi che tu stia bene. Non posso raggiungerti velocemente, se mi trovo dentro uno di questi cosi, anche se sono sdraiato proprio vicino a te. In questo modo posso controllare il tuo battito cardiaco e l'ossigenazione, durante la notte. Se senti troppi dolori, posso dire a Truck di aggiungere altri antidolorifici alla tua flebo."

Casey non sapeva cosa rispondere. Non doveva preoccuparsi al riguardo, visto che Truck aveva finito di trafficare con la sua flebo e le aveva rimosso i bastoncini dai piedi. L'amaca crollò subito sotto il loro peso. Casey scivolò e mise una gamba su quelle di Beatle.

"Fa' attenzione ai tuoi piedi, tesoro," le disse lui.

Non appena finì di parlare, Truck tolse il bastone più in alto dalle corde.

Se Casey aveva pensato che lei e Beatle fossero vicini, dovette presto ricredersi. Si trovò totalmente su di lui, toccandolo dalla testa ai piedi, e non era mai stata afferrata così saldamente da qualcuno, come stava facendo Beatle in quel momento.

Toccava a lui muoversi, la spostò leggermente per farla stare più comoda.

"Io sarò laggiù," disse Truck con un cenno del capo. "Se Casey ha bisogno di qualcosa, fammi un fischio."

"Grazie, Truck," disse Beatle al suo amico con voce calma.

Poi furono da soli. Tipico della giungla, il minuto prima era il crepuscolo e quello dopo era già buio pesto. Lei si irrigidì, l'oscurità le ricordava la fossa in cui era stata intrappolata per giorni.

"I miei genitori vivono in Tennessee. Hanno una di quelle baite autentiche. Sai, come quelle che vedresti in Colorado o qualcosa del genere. In verità devono alzare i tronchi, ogni tanto, e assicurarsi che siano ancora uniti. Mia madre è una fanatica dei fumetti. Legge voracemente. Ogni volta che vado a casa, la trovo ossessionata da un nuovo autore. Adora rannicchiarsi sotto una coperta soffice e leggere, mentre mio padre vede un qualunque sport di moda alla TV."

Casey sapeva quello che lui stava facendo, lo apprezzò molto. "Vanno d'accordo?"

"I miei genitori? Sì. Sono sposati da trentacinque anni. Non sto dicendo che non litigano né si incazzano tra loro, ma a fine giornata, si dicono sempre 'ti amo'. Ho sempre pensato che il loro tipo di amore fosse normale. Pensavo che tutti i genitori fossero così, fino al liceo, quando ho visto cosa affrontavano gli altri ragazzi con brutti divorzi o sono rimasti con un solo genitore. Andare all'estero e vedere i ragazzi di altri paesi, mi ha fatto apprezzare di più la mia famiglia."

"Hai fratelli o sorelle?" gli chiese Casey, poi sbadigliò.

Lei sentì le labbra di Beatle sfiorarle la fronte, poi lui strinse la presa attorno a lei. Casey gli mise una mano sul petto, sentendo il ritmo del suo battito cardiaco aumentare, mentre parlava.

"No. Non ne ho mai sentito la mancanza, ma vedere l'unione tra te e Blade mi ha fatto desiderare di avere una sorellina."

"I fratelli maggiori sono dei rompipalle," sussurrò lei, ma sorrise lasciandosi andare contro il petto di Beatle.

"Ricordo che una volta quando avevo quindici anni, io..."

Casey chiuse gli occhi mentre ascoltava i racconti di Beatle. Lei faceva qualche domanda occasionale, ma generalmente lasciò che il suo accento del sud la cullasse. Dopo un po' si rese conto che non era più dolorante. Qualsiasi antidolorifico Truck le avesse aggiunto nella flebo, stava funzionato alla grande. Per la prima volta, Casey si sentiva a suo agio dopo tanto tempo e soprattutto si sentiva sicura.

Sospirando a pieni polmoni e strofinando il naso contro l'uomo al suo fianco, Casey si addormentò, sicura che Beatle l'avrebbe protetta durante il sonno.

———

Beatle capì subito che Casey si era addormentata vicino a lui. Ogni muscolo del corpo di lei si sciolse, come se fosse stata in una posizione rigida per anni. Fu decisamente la sensazione più bella che avesse mai provato in vita sua.

Non aveva mentito a Casey, quando le aveva detto che avrebbe ucciso o sarebbe morto per lei. Era così semplice... e complicato, allo stesso tempo.

Avevano un sacco di ostacoli davanti loro.

Il più grande era riuscire ad andare via dalla giungla e dal Costa Rica.

Ma oltre quello, c'era la persistente sensazione che anche quando sarebbero tornati negli Stati Uniti, lei non sarebbe stata al sicuro. Il suo rapimento era insolito. Insolito significava casini in arrivo. Beatle non sapeva dove si nascondesse il pericolo, ma sapeva che era lì fuori ad aspettare la *sua* donna.

Lui no, non l'avrebbe mai cacciata in una situazione simile a quella da cui era stata appena salvata.

"Sogni d'oro, tesoro," mormorò lui, chiudendo gli occhi. Beatle e Truck si sarebbero concessi un pisolino, ma nessuno dei due avrebbe dormito profondamente. Non in quel momento. Avevano allenato i loro corpi a riposare senza addormentarsi completamente nel bel mezzo di una missione. Sebbene quella particolare situazione non fosse tragica, come altre che avevano affrontato in precedenza, non davano mai nulla per scontato. Fino a quando non avrebbero messo piede sul suolo texano, non avrebbero abbassato la guardia.

Specialmente non con in ballo la vita della donna tra le braccia di uno di loro.

Quando i suoni notturni della giungla costaricana gli cantarono una serenata, Beatle pianificò il suo futuro e quello di Casey. Il primo obiettivo era riportarla a casa. Dopo si sarebbe preoccupato di convincerla a passare il resto della sua vita con lui.

# CAPITOLO SETTE

LA MATTINA SEGUENTE, Beatle e Truck ebbero molto da fare. Casey si svegliò quando Beatle si mosse per uscire dal nido in cui avevano dormito tutta la notte. Si accorse di aver dormito meglio di quanto avesse fatto negli ultimi anni. Il che era folle. Era ricoperta di sudore, per aver condiviso il calore corporeo con Beatle per tutta la notte non era ancora fuori pericolo ma aveva dormito come un ghiro.

Si rese conto che gli antidolorifici che Truck le aveva somministrato l'avevano aiutata a dormire, ma in fondo sapeva che nemmeno i farmaci l'avrebbero sciolta così tanto, se non si fosse sentita al sicuro.

Quando Beatle si srotolò dall'amaca, la baciò sulla fronte e le ordinò di non muoversi. Così fece. Guardò Beatle e il suo compagno di squadra mettere a posto velocemente la radura mentre mangiavano un paio di barrette proteiche per colazione.

Casey era più che pronta per alzarsi e sgranchirsi quando Beatle si diresse verso di lei.

"Hai bisogno di aiuto?" le chiese con un sorriso.

"Sì, grazie. Mi sento come una pupa pronta ad uscire dal guscio."

"Descrizione appropriata, dottoressa Shea." Beatle rimosse la zanzariera che si trovava sopra di lei, la piegò in un quadratino e la mise a terra, vicino all'amaca. "Terrò aperti i bordi dell'amaca. Tira fuori le gambe lentamente verso di me, dopo siediti. Quando sei in equilibrio, ti aiuterò ad alzarti. Metti i piedi sulla rete così non si sporcano. Pronta?"

Casey annuì e quando lui appiattì l'amaca, lei si mosse goffamente fino a quando le gambe non raggiunsero il bordo, come lui le aveva detto di fare. Stare in piedi era più difficile. I muscoli erano rigidi per il movimento inusuale del giorno prima, dopo essere stata reclusa per così tanto tempo nella fossa. Mordendosi il labbro per evitare che le sfuggisse un gemito, si tenne in piedi sulle gambe traballanti. L'attimo in cui sgomberò l'amaca, Beatle si piegò leggermente davanti a lei e mise entrambe le mani sui fianchi, facendola stabilizzare.

"Stai bene?"

Lei annuì, anche se non era vero.

"Truck!" urlò Beatle. "Ho bisogno di quelle pillole!" Dopo si girò di nuovo verso Casey. "Calma, tesoro. Alzarsi è sempre la parte più difficile."

"E tu come lo sai?" replicò lei, un po' più duramente di quanto volesse. "Sei mai stato gettato in una fossa e successivamente obbligato a camminare per chilometri con i piedi intorpiditi?"

Il momento in cui uscirono le parole, lei se ne pentì. Beatle non si meritava la sua rabbia.

"No," disse lui tranquillamente. "Ma sono stato catturato dai terroristi, torturato, dopo mi hanno dovuto far muovere percorrere il deserto per raggiungere il punto di estrazione."

Casey deglutì rumorosamente e si obbligò a guardare

l'uomo che le stava di fronte. "Mi dispiace," disse lei a denti stretti.

Beatle non sembrava minimamente arrabbiato. Le mise una mano sulla testa. "Non devi dispiacerti."

"Non volevo fare la stronza."

Beatle fece un piccolo sorriso. "Se quello per te è essere una stronza, non credo di dovermi preoccupare del tuo carattere in futuro." Dopo tornò indietro e diede una mano a Truck.

Casey non sapeva da quanto tempo l'altro uomo si trovasse lì, ma capì che forse aveva sentito le orribili parole dette al suo compagno di squadra. Ebbe comunque il coraggio di alzare lo sguardo verso di lui e si sorprese quando Truck le fece l'occhiolino.

"Beatle ha ragione. Non appena ti incamminerai, ti sentirai meglio. Promesso."

Lei annuì e guardò di nuovo Beatle. Lui le tenne una mano sul fianco per stabilizzarla, ma stava tenendo una borraccia con l'altra. "Truck estrarrà la tua flebo. Sembra che abbia funzionato e non sei più disidratata. Ti consiglio di assumere degli antidolorifici stamattina, e forse per i prossimi giorni."

Casey annuì e afferrò la borraccia. Truck le diede due pillole bianche e lei le ingoiò senza chiedere cosa fossero. Si fidava di quei ragazzi. Se loro pensavano che fosse una buona idea, e per il suo bene, lei l'avrebbe fatto.

Quando ebbe mandato giù le pillole, restituì la borraccia a Beatle. Lui si sistemò e senza preavviso la sollevò tra le braccia. Casey urlò e gli gettò le braccia collo per mettersi in equilibrio. "Che stai facendo?" chiese lei, in un tono acuto che non sapeva di avere.

"Presumo che tu abbia bisogno del bagno delle donne?" le chiese lui, inarcando un sopracciglio.

Casey divenne rossa in viso e si accorse che doveva fare pipì. Urgentemente. Si limitò ad annuire.

Beatle annuì a sua volta e si incamminò nella giungla tenendola tra le braccia. Se lui credeva di poter...

Il suo pensiero fu interrotto quando lui si fermò vicino a un albero alto e le chiese, "Qui va bene? Nessun insetto che morde o punge, mentre fai i tuoi bisogni?"

Casey abbassò lo sguardo in modo automatico. La zona sembrò libera da tumuli di formiche, ragni o serpenti. Quindi annuì.

"Grandioso. Io sarò laggiù," disse Beatle, indicando un albero. "Quando hai finito basta che urli e ti riporterò all'accampamento."

Casey voleva dirgli che sarebbe riuscita a tornare da sola, ma ciò sarebbe stato stupido, visto che era a piedi nudi. Quindi annuì e cercò di non arrossire. Era stupido essere imbarazzati per fare pipì. Aveva visto Beatle e Truck prendersi delle pause, il giorno precedente, allontanandosi dal sentiero dietro un albero per fare i loro bisogni. Diavolo, lei e le ragazze avevano fatto sempre pipì nella giungla quando facevano le ricerche... ma in quel momento era diverso.

Lui se n'era andato prima che lei avesse l'opportunità di dire qualcosa e fece velocemente ciò che doveva fare. Era passato troppo tempo dalla sua ultima pipì. Era così disidratata che il suo corpo aveva utilizzato ogni goccia di liquido. Considerava imbarazzante essere portata verso il bagno, ma si rese conto che il bisogno di fare pipì significava un ritorno alla normalità, il che era letteralmente un miracolo.

Casey chiamò Beatle e lui apparse dopo pochi secondi. Apprezzava che lui non rendesse la situazione più strana di quanto non lo fosse già. Nel momento in cui tornarono all'accampamento, Truck aveva sgombrato l'amaca in cui lei e Beatle avevano dormito e tutto ciò che rimase erano lo sgabellino, la rete quadrata, uno dei secchi pieghevoli con dell'acqua al suo interno e il panno di camoscio.

Beatle la fece sistemare vicino allo sgabello e le disse, "Siediti."

Casey si sedette.

Mente stavano mangiando un altro MRE per colazione, Beatle e Truck si occuparono dei suoi piedi. Casey fu lavata, massaggiata, asciugata, ripulita e fasciata. Non aveva ricevuto un trattamento del genere dall'ultima volta che era andata in una spa. In seguito, mentre Truck si occupò dell'acqua, Beatle le aveva infilato dolcemente un paio di fodere come calzini. Erano troppo grandi, ma erano asciutti e quella era l'unica cosa importante.

Dopo le mise un paio di calzini di lana. Anche quelli erano troppo grandi. Il tallone si spostava verso la parte esterna della caviglia. Beatle fece una smorfia e disse, "So che non sono molto azzeccati, come taglia, ma sono asciutti. I tuoi dovrebbero andare essere pronti domani, ma dobbiamo continuare a camminare."

"Lo so. Andranno bene," disse Casey.

"Dovrai indossare le tue scarpe, non posso fare niente al riguardo. Sono ancora bagnate ma sono meglio di ieri. I calzini e le fodere manterranno i tuoi piedi asciutti. Fammi sapere se oggi senti dell'umidità sui piedi, o se iniziano a farti male in maniera insopportabile." Fece una pausa e alzò lo sguardo verso di lei. "Dico sul serio, Case. Se senti troppo male a camminare, escogiteremo un altro piano. L'ultima cosa che voglio è essere strafottente riguardo i tuoi piedini. Potresti provocarti un danno irreparabile, se non me lo dici. D'accordo?"

"Ok," acconsentì lei all'istante. "Lo farò. Promesso."

"Spero che quello stupido elicottero possa venirci a prendere," mormorò Beatle mentre lei si piegò e si concentrò a indossare le scarpe.

"Ghost è riuscito a scoprire perché non ce l'ha fatta a venire?" domandò Casey.

"Non che io sappia," brontolò lui. "Stronzi."

Dopo essersi infilata la seconda scarpa e essersi assicurata che non fosse troppo stretta o allentata sul piede, Beatle le afferrò i polpacci e alzò lo sguardo verso di lei. "Sono serio quando ti dico di parlare se senti dolore, tesoro. Non siamo in fuga da terroristi e non penso che ci siano dei guai in vista, mentre ci dirigiamo verso Guacalito. Non c'è alcun bisogno di fare la dura. Se hai bisogno di fare una pausa, dillo. Ti terrò d'occhio ma ho la sensazione che tu sia veramente brava a nascondere ciò che provi. Forse ti sto infastidendo per quante volte ti chiedo come stai, se hai fame, se hai bisogno di acqua o di fare una pausa. Sii paziente con me, va bene? Questa non è una gara. Non importa quando arriveremo."

Casey deglutì rumorosamente. Quelle parole significavano il mondo. Rilassò le spalle. Il fatto che Beatle fosse quasi sicuro di una strada priva di minacce, la liberò di una tensione che non sapeva di avere. Fece un respiro profondo. "*Tu* potrai non andare di fretta, ma io sì. Credo di averne abbastanza della giungla, per un bel po' di tempo."

Beatle sorrise. "Comprensibile. Sei pronta a vedere se staranno bene questi piedi?"

Casey annuì e Beatle si alzò. La prese per mano e la fece alzare. Lei ondeggiò per un momento, abituandosi di nuovo alle calzature. Dopo lasciò le mani di Beatle e fece un timido passo, aspettandosi di sentire dolore così non fu, per fortuna. Fece un altro passo. Poi un altro ancora. Poi camminò intorno alla piccola radura.

Beatle e Truck rimasero a guardarla dai margini, esaminandola. Casey si ritrovò di nuovo davanti a Beatle. "Sono brava."

"So che lo sei," fu la sua risposta. Le diede una confezione di plastica. Casey abbassò lo sguardo e poi i loro occhi si incrociarono. "Un altro tortino?"

Lui scrollò le spalle. "Sembrava che ti piacesse così tanto, ieri sera. Pensavo che sarebbe stato un bello spuntino dopo la colazione, meglio di una barretta proteica... nonostante tu non ne abbia mangiato molte."

"Hai intenzione di nutrirmi di continuo, non è vero?"

Beatle annuì. "Già. Hai bisogno di calorie dopo tutto quello che hai passato. Una grande varietà di piccoli pasti sarà meglio di pochi pasti abbondanti."

Lei sorrise per il fatto che glielo avesse ricordato. "Grazie".

"Prego." In seguito, la sorprese piegandosi in avanti e baciandole dolcemente la fronte. Lui estrasse una fascia di gomma. "Per i tuoi capelli."

Lei la prese senza dire una parola, pensando ancora al bacio. Era un gesto tenero. Un gesto che avrebbe usato un uomo che sta da tanto tempo con una donna. Ma sembrò naturale – fu questo a preoccuparla. Lei avrebbe potuto abituarsi ai suoi gesti premurosi, nonostante sapesse che avrebbe sofferto quando lui l'avrebbe accompagnata all'aeroporto e sarebbe tornato alla sua vita, proprio come lei sarebbe tornata alla sua.

Deglutendo con forza, Casey mangiò il suo dolcino mentre osservò l'uomo che finiva di prepararsi per partire. Si era raccolta i capelli quando Beatle tornò da lei ed estrasse una piccola bottiglia.

"Cos'è quella?"

"Repellente per insetti. Lo uso solo se mi dai il permesso."

Quelle parole non avevano l'intenzione di essere erotiche,

ma le cosce di Casey si strinsero comunque. Lei provò a nascondere la sua reazione inappropriata afferrando il contenitore. Beatle si voltò affinché lei potesse mettergli lo spray sulla schiena, felice della tregua visiva.

Quando lei ebbe finito di coprirlo con l'adeguata protezione, lui riprese la bottiglia e le disse, "Chiudi gli occhi."

Lei lo fece, aspettandosi di sentire l'umidità dello spray in faccia. Quando sentì lo spray non provò nulla per un secondo – poi lui le accarezzò il viso per spandere le gocce. Era un gesto intimo e, ancora una volta, premuroso.

Beatle le spalmò la protezione su tutta la faccia, sul collo e le orecchie, dopo le disse di trattenere il fiato. Lei lo fece e lui continuò a ricoprire di repellente il resto dei suoi vestiti e del suo corpo.

"Tutto fatto," le disse lui e lei aprì gli occhi. Lui si stava infilando la bottiglia in una piccola tasca nel suo giubbotto. I loro occhi si incrociarono di nuovo. "Pronta?"

"Più che pronta," rispose lei.

Beatle le tese una mano con il palmo rivolto al cielo, senza dire una parola.

Casey non si era mai sentita così sicura prima d'ora, soprattutto quando intrecciavano le loro dita. Senza voltarsi indietro, erano sulla strada di ritorno. Beatle stava davanti a Casey. Si tenevano sempre per mano e Truck chiudeva la fila, per proteggerla da dietro.

Poco prima Casey aveva sentito l'omone parlare alla radio e aveva confermato che tutto sembrava sotto controllo. Ghost e suo fratello erano a buon punto per arrivare a San José. Presto, quel momento sarebbe stato un ricordo.

Casey fu sicura di aver perso la ragione quando desiderò che il tempo rallentasse. Aveva la sensazione che dire addio a Beatle sarebbe stato più difficile del viaggio che stava per intraprendere lungo la giungla.

## CAPITOLO OTTO

QUELLA MATTINATA la camminata fu lenta, ma a Beatle non importava. Per una volta, non si sentiva come se stesse scappando da qualcuno o qualcosa. Badò attentamente a Casey e fecero delle pause, almeno due all'ora. Di quel passo ci sarebbe voluta un'eternità per tornare a Guacalito, ma Beatle non voleva fare niente che potesse far sforzare troppo Casey. Aveva già passato un gran calvario.

Beatle non poteva fare a meno di ammirarla. Anche dopo essere stata gettata in quella fossa, era riuscita ad essere ingegnosa. Non gli era sfuggito il modo in cui lei avesse usato il reggiseno per filtrare l'acqua, o come avesse ammucchiato le tavole per tenersi fuori dalla melma. Si rese anche conto che aveva fatto l'impossibile per uscire fuori di lì, senza successo. Ma anche se fosse riuscita a raggiungere la cima della fossa, non sarebbe stata capace di sfondare le tavole che erano state fissate saldamente all'entrata.

Se non l'avessero trovata, Casey sarebbe morta entro un paio di giorni.

Beatle cercò di scacciare via quei brutti pensieri. L'avevano trovata e stava incredibilmente bene. Avevano sistemato tutto per portarla fuori dalla giungla al sicuro, ma fino a quel momento non era stato necessario. La pausa notturna aveva fatto miracoli per i piedi di lei, così come per la sua salute in generale. Non era tornata completamente alla normalità, ma poco ci mancava.

"Oh! Fa' attenzione!" gridò Casey.

Beatle si irrigidì ed estrasse la pistola per prepararsi ad usarla, prima ancora che lei avesse finito la frase.

"L'hai quasi calpestato!" continuò lei.

Beatle abbassò lo sguardo.

Casey lo fece spostare e raccolse qualcosa dal suolo della giungla. Lei si sollevò e gliela mostrò. Beatle non riuscì a trattenersi dall'indietreggiare dalla cosa orrenda che teneva in mano.

Mettendosi a ridere, Casey disse, "Non ti farà del male, Beatle."

"Cosa è quella bestiaccia?" chiese Truck, sembrando più interessato che disgustato.

"È uno scarabeo Ercole," gli disse lei, accarezzando l'insettino come se fosse un criceto e non un insetto dall'aspetto inquietante.

Era grande quanto la sua mano. L'animaletto teneva le fauci aperte vicino al pollice, e le chiuse quando lei gli fece scivolare un dito sul duro guscio verde. Le fauci sembravano due pinze. Sembrava che potesse staccarle il pollice con un solo morso.

"Forse dovresti metterlo giù," disse Beatle scrupolosamente, desiderando farle cadere l'insetto dalla mano di lei per poi calpestarlo, sprizzando budella su tutto il suolo della giungla.

"Dico davvero, è inoffensivo," gli disse lei. "So che sembra pronto a mordere, ma mangia solamente frutta. Non fa male agli uomini, né ci riesce. Alcune persone li tengono come animali domestici. Ho sentito che possono addirittura essere allenati per fare dei giochetti."

Beatle rabbrividì. Non riusciva ad immaginare di avere una cosa del genere in casa di sua spontanea volontà. Si obbligò a distogliere lo sguardo dall'insetto gigante, preferendo guardare qualcosa di più piacevole... come Casey.

Lei stava sorridendo e sembrava più rilassata di quanto non lo fosse, da quando lui l'aveva conosciuta. Gli insetti erano veramente la sua passione.

"Dobbiamo proseguire," disse Truck gentilmente.

"Giusto," concordò lei. Si spostò di lato e appoggiò la mano su un tronchetto. L'insetto sgattaiolò via, felicemente. "Vorrei avere la mia fotocamera," disse Casey con tono triste. "Ho fatto un sacco di foto a questi tipi... prima... ma non ho la minima idea di dove si trovino adesso i miei appunti."

"In verità, credo che il governo abbia impacchettato tutta la tua roba e l'abbia mandata a casa, insieme alle altre donne," le disse Truck. "Non sappiamo se hanno la tua carta d'identità e passaporto, ma possiamo farti uscire dal paese con il certificate di nascita che ha portato Blade. Speriamo che la tua fotocamera sia tra le tue cose."

Casey si rallegrò. "Davvero? Grandioso! Forse Astrid, Jaylyn, e Kristina potranno concludere le loro ricerche." Dopo scrollò le spalle e aggiunse, "Ecco... se ne sono all'altezza."

Beatle non sopportò la sua aria abbattuta e le mise una mano sulla spalla. "Non ti mentirò, erano abbastanza scosse. Ma non sono state aggredite, quindi credo che con qualche seduta staranno bene."

"Davvero?"

Beatle si ritrovò a fissare i luminosi occhi verdi di Casey.

"Davvero," la rassicurò lui. Mettendole una mano sotto il gomito, la condusse gentilmente verso il piccolo sentiero che stavano percorrendo. Le fece scivolare la mano sul braccio, fino a raggiungerle la mano e intrecciare di nuovo le loro dita.

Rimasero tutti in silenzio per cinque minuti, prima che Beatle le chiedesse, "Cosa ci trovi di interessante negli insetti?" Voleva saperlo sul serio, ma voleva anche tenerle la mente occupata con qualcos'altro di diverso dal caldo e dallo sconforto della camminata nella giungla.

"In verità, è stato grazie ad Aspen."

"Blade?" chiese Truck, da dietro. "Questa la devo proprio sentire."

Beatle sentì la gioia accendersi nella voce di Casey, mentre raccontò il ricordo. "Lui faceva sempre delle cose per disgustarmi, ma quando io avevo otto anni e lui dieci, ha portato a casa gli scarafaggi dalla scuola. Credo che ogni bambino potesse portarli a casa per una settimana, per studiarli. Dovevano fare una specie di relazione su cosa fossero e sulla loro attività. Comunque, lui pensò che sarebbe stato divertente estrarne uno e mettermelo in faccia, pensando che avrei urlato e sarei scappata via. Ma sono stata io a ridere per ultima. Lo scarafaggio gli è saltato via dalla mano e gli è finito in faccia. È stato lui lo scemo a saltare su e giù e a gridare in modo isterico. L'insetto gli si è infilato sotto la maglia così lui ha iniziato a saltellare, prendendosi a schiaffi da solo e piangendo, cercando di toglierselo di dosso."

Casey fece una pausa per ridacchiare e Beatle giurò che quel suono rintoccò nel suo cuore. Amava sentire la sua risata. Voleva fare di tutto per renderla sempre così felice e spensierata... se lei glielo avesse permesso.

"E poi, cos'è successo?" chiese Truck.

"Ho visto lo scarafaggio cadere a terra mentre Aspen saltellava dappertutto. L'ho raccolto perché sapevo che mia madre si sarebbe spaventata se lo avesse visto gironzolare per casa. L'ho rimesso a posto nel suo contenitore, insieme agli altri, ma non l'ho detto ad Aspen. Lui continuava a piangere ed è andato avanti per altri dieci minuti, sicuro che sarebbe stato mangiato vivo da quella bestiola. Poi mi sono stufata delle sue lamentele e gli ho detto che avevo rimesso a posto lo scarafaggio."

"Fammi indovinare, da quel momento non ha più provato a spaventarti con nessun altro insetto," disse Beatle seccamente.

"Certo che no," disse Casey in modo compiaciuto. "E non solo, l'ho ricattato. Gli ho detto che se non avesse accettato di fare le mie faccende domestiche fino alla fine dell'anno scolastico, avrei detto alla ragazza che gli piaceva quanto avesse paura di un piccolo insetto."

"E lui ha accettato?" chiese Truck.

"Dopo un po' di tempo," disse lei sorridendo.

"E quali erano le tue faccende domestiche?" chiese Beatle.

"Passare l'aspirapolvere una volta a settimana, mettere i piatti nella lavastoviglie ogni sera e raccogliere la cacca del cane."

Sia Beatle che Truck si misero a ridere.

"Sì, non era entusiasta ma ha fatto tutto, senza lamentarsi. Una cosa che ho sempre ammirato di Aspen è che quando dice che vuole fare qualcosa, la fa. In ogni caso, per tutta quella settimana in cui si doveva occupare degli scarafaggi, li osservavo. Mi affascinavano. Sapete che uno scarafaggio riesce a vivere senza testa per una settimana? Respira attraverso dei piccoli buchi che possiede nel corpo. Muore solamente perché non riesce a né mangiare né a bere. Oh, e riescono a trattenere il respiro per quaranta minuti, così possono sopravvivere sommersi sott'acqua per lunghi periodi."

"Oh mio Dio. Quando arrivo a casa chiamerò un disinfestatore," mormorò Beatle sotto i baffi mentre sopprimeva un brivido.

Quando Casey lo prese in giro lui stava quasi per sorridere. Quasi.

"Si crede che gli scarafaggi siano stati originati più di duecent'otto *milioni* di anni fa. È incredibile, per me."

"Possiamo smettere di parlare degli scarafaggi?" supplicò Beatle.

"Quindi… non ti interessa sapere che ho cinque scarafaggi sibilanti del Madagascar come animali domestici a casa, vero?"

Beatle smise del tutto di camminare e si girò per guardare Casey. "Ti prego, dimmi che è uno scherzo."

Lei ridacchiò con gusto, assaporandosi chiaramente il suo malessere. "No."

Beatle chiuse gli occhi e disse sospirando. "Grandioso. Semplicemente grandioso."

"Ci stai ripensando, Beatle?" lo stuzzicò Truck.

"Fanculo," rispose Beatle al suo amico.

"Veramente, non sono così male," lo calmò Casey. "Sono affascinanti. Mi piace sentire il loro sibilo, è fantastico."

Beatle riuscì solamente a scuotere la testa per l'incredulità. Si girò e continuò a camminare.

"Ad ogni modo, la mia passione per gli insetti è iniziata con quegli scarafaggi che Aspen aveva portato a casa. Adesso posso far sapere agli altri quanto sono interessanti e viaggiare in diversi paesi, vedere con i miei occhi gli insetti che studio… anche se forse quest'ultima parte non è proprio una cosa buona."

Volendo rimuovere della mente di Casey i brutti ricordi e farla tornare alle risatine, Beatle le chiese, "Cosa vedi mentre camminiamo?"

"Cosa intendi?" gli chiese lei da dietro.

"Io vedo solo foglie, terra, e posti in cui potrebbe saltare fuori qualcuno e tenderci un'imboscata. Cosa vedi *tu,* quando sei qui nella giungla?" specificò lui.

Casey rimase in silenzio per un paio di minuti. Lui si girò per guardarla, mentre stava camminando lentamente e si guardava intorno come se non avesse mai visto prima di allora una giungla.

"Vita," disse alla fine. "Vedo la vita."

"Fammi vedere," ordinò Beatle.

"Alla tua destra, su quel tronco, c'è un branco di scarabei scatto. Quelli erano tra i più grandi che esistevano... misuravano circa due o tre centimetri. Ma gli piace andare in cerca di cibo, nei climi caldi della giungla. Vedi quei buchi vicino alla base di quel tronco laggiù?"

Beatle si girò per vedere dove lei stesse indicando. Annuì quando vide qualcosa che sembrava un semplice buco nel terreno.

"Quella è la caverna di una tarantola. Hanno una brutta reputazione, ma in generale sono molto timide e per niente aggressive verso gli umani. Cacciano principalmente di notte. Grilli, insetti e altri ragni più piccoli. Il Costa Rica possiede alcune specie di tarantola più interessanti. Per esempio, la Bluefront, la Zebra e la Tiger Rump."

Beatle la tirò lontano dalla fossa. A lui non piacevano gli insetti, ma in *realtà* non gli piacevano i ragni. Era rimasto impressionato dal film *Mamma ho perso l'aereo,* dal modo in cui uno dei ragazzi cattivi gridava quando si era ritrovato una tarantola in faccia. Già, Beatle avrebbe reagito proprio nello stesso modo, senza neanche vergognarsi.

"Magari potresti evidenziare le cose belle, tesoro?" la implorò.

"Guarda in alto," gli disse lei un minuto dopo.

Beatle interruppe la camminata e fece come richiesto.

"Il Costa Rica conta circa cinquecento diverse specie di farfalle. Ma una delle più belle e conosciute è la Blue Morpho."

Beatle fissò le farfalline sopra le loro teste. Le ali blu elettrico erano facili da vedere, tra lo sfondo verde delle piante. Abbassò la testa e guardò Casey.

Lei era rapita da quella visione, dalla vita che roteava e volteggiava sopra di loro.

"Non sono bellissime?" chiese lei.

"Stupende," concordò Beatle, senza distogliere lo sguardo dal suo viso.

Dopo un momento Casey abbassò la testa e gli sorrise. "Visto? Gli insetti non sono così male."

"Humph," sbuffò Beatle. "Come va? Hai bisogno di fermarti e riposarti un po'?"

Casey scosse la testa. "Sto bene."

Lui non voleva infastidirla, chiedendole se fosse sicura. Ma guardò Truck e ci fu uno sguardo d'intesa tra loro. L'altro membro dei Delta annuì profondamente, dicendogli senza parole di non dimenticarsi del loro incarico.

"E tu?" chiese Casey, dopo aver ripreso a camminare. "Cosa ti ha spinto ad arruolarti nell'esercito?"

Beatle scrollò le spalle. "Mi piacerebbe dire che è stato perché amo il mio paese, ma ti direi una bugia." Rimase in silenzio quando pensò alla sua vita prima di entrare nell'esercito. Forse era rimasto silente troppo a lungo, poiché sentì che Casey gli stringeva le dita con tenerezza. Anche quel gesto così semplice gli riscaldò il cuore. Non aveva mai incontrato qualcuno buono come Casey. Non aveva opposto resistenza per andarsene dalla giungla. Non era stata né isterica né inconsolabile per ciò che le era successo, anche se aveva tutto il diritto di esserlo. Non si era lamentata per fame, sete o dolore, anche se lui sapeva che le provava tutte e tre.

"I miei genitori non avevano molti soldi. Vivevamo in uno schifo di appartamento e molte volte non mangiavamo molto, per riuscire a pagare l'affitto. Mia mamma faceva quello che poteva, ma visto che non aveva un diploma di maturità, tutti i lavori che riusciva a trovare facevano schifo. Mio padre faceva del suo meglio ma era spesso fuori, visto che lavorava in una fabbrica nella città accanto."

Dopo aver fatto un respiro profondo, Beatle guardò dritto davanti a sé quando raccontò la sua storia a Casey. Truck la conosceva già; la squadra aveva avuto un sacco di tempo per parlare e conoscersi, durante le missioni. "Tu hai raccontato di Blade che portava a casa gli scarafaggi per studiarli. Beh, io non dovevo preoccuparmi di portarne nessuno a casa in un bel contenitore di plastica pulito... perché giravano liberamente nel nostro appartamento. Era diventata un'abitudine, ormai, battere le scarpe a terra ogni mattina per cacciare quelli che ci erano entrati. Qualsiasi cibo dimenticato distrattamente veniva assaltato dagli scarafaggi poco dopo."

Casey gli accarezzò la mano con il pollice. Gli stava mostrando empatia, ma lui aveva paura di girarsi e guardarla negli occhi poiché non voleva vedere alcuna compassione.

"In ogni caso, quando ero al secondo anno lavoravo il maggior numero di ore possibile. Volevo aiutare i miei genitori. Ho ottenuto lavoro come cameriere in un ristorante locale. Ci andavo subito dopo scuola e lavoravo fino alle dieci di sera, quando chiudevano. La paga era misera ma comunque aiutava. I miei voti facevano schifo perché non avevo mai tempo per fare i compiti o studiare. Sapevo che non mi avrebbero mai accettato in nessuna università, ma tanto la mia famiglia non aveva soldi per farmi andare. Quindi, in quel momento, unirmi all'esercito sembrò la soluzione migliore."

"Perché hai scelto l'esercito, rispetto agli altri settori?" gli chiese tranquillamente Casey.

"Devo essere sincero?" chiese Beatle.

"Sempre."

"Mi offrirono più soldi di tutti."

Lei ridacchiò. "In effetti è sensato."

"Già. E mi offrirono cinquemila dollari in più come bonus d'ingresso, se avessi accettato di fare otto anni invece dei soliti quattro. Non ci ho pensato neanche un attimo."

"Chiedigli cosa ci ha fatto, con tutti quei soldi," disse Truck.

Quando Beatle non rispose subito all'intervento di Truck, Casey gli strinse la mano. "Cosa hai fatto con quei soldi?" gli domandò lei.

Beatle scrollò le spalle. "Ho versato una caparra per un nuovo appartamento, per i miei genitori, nella zona migliore della città. Ho pagato l'affitto per i primi due anni, non dovevano più preoccuparsi."

"Manda ancora i soldi a casa," disse Truck. "Ho conosciuto i suoi genitori, un paio di anni fa, mi hanno detto che finalmente stavano bene e non avevano bisogno dei suoi soldi, ma lui li mandava lo stesso. Gli ha mandato anche i soldi per l'acconto per la loro casetta in Tennessee."

Beatle era imbarazzato, ma continuò a camminare. "Si sono fatti il culo per cercare di rendermi felice, mentre crescevo. Non eravamo ricchi, ma dannazione se ci volevamo bene a vicenda. È il minimo che posso fare per loro... dargli una vita senza preoccupazioni. Adesso possono permettersi di andare a mangiare fuori senza preoccuparsi di quali bollette non riuscissero a pagare, se avessero speso troppi soldi. Mi hanno accudito per diciott'anni, adesso tocca a me ricambiare." Scrollò le spalle abbastanza consapevolmente. "Credo che sia ciò che un figlio dovrebbe fare per i propri genitori."

Sentendosi a disagio quando nessuno parlò, Beatle si affrettò a proseguire. "A quanto pare, ho fatto bene a diventare un soldato. Molto meglio rispetto ad essere uno studente o un cameriere. Ho frequentato una riunione sulle informazioni obbligatorie della Delta Force e decisi di arruolarmi. Ed eccomi qua," concluse, piuttosto fiaccamente.

"Beh, per quanto mi riguarda sono molto felice che tu sia qui," disse Casey dolcemente, continuando nella sua carezza ritmica con il pollice.

Beatle sorrise. "Anche io," sussurrò.

Proprio in quel momento, la trasmissione radio nell'orecchio prese vita. Beatle si fermò bruscamente e si mise una mano sopra l'orecchio per provare a decifrare ciò che Hollywood aveva detto urlando.

"Imboscata, imboscata! Un chilometro avanti a voi. Ci sono almeno..."

La trasmissione si interruppe, non prima che Beatle sentisse una sparatoria attraverso la radio. Il rumore delle armi che sparavano riecheggiò anche nella foresta. Si voltò subito verso Truck. L'omone aveva estratto il suo fucile e si trovava proprio alle spalle di Casey.

Casey spalancò gli occhi dalla paura quando guardò Beatle e Truck. "Sembrava davvero vicino. Gli altri stanno bene?"

Beatle alzò una mano per anticipare ulteriori domande, avrebbero scoperto tutto più tardi.

"Beatle, il percorso verso Guacalito è compromesso. Ripeto, è compromesso. Continuano a urlare di trovare la donna," disse Coach. "Mi sentite? Vogliono Casey! Passate al Piano B. Dirigetevi a ovest della montagna. Verso il vulcano Orosi. Poi a sud, nelle vicinanze. Ci incontreremo il prima possibile."

"Cazzo," imprecò Truck.

"Cosa?" domandò Casey terrorizzata.

Beatle abbassò la mano dall'orecchio e si girò per confrontarsi con Casey. Le lasciò la mano e le mise entrambe le mani sulle spalle. "Cambio di programma. Non possiamo più dirigerci verso il percorso diretto per Guacalito."

"Perché? Qual è il problema?" chiese lei, con il viso pallido e le pupille dilatate.

"I ragazzi hanno avuto dei problemi. Dobbiamo fiancheggiarli e dirigerci a ovest per un po'."

"Ma tu hai detto che la città si trova a sud, da qui. Non c'è niente ad ovest, tranne le montagne ed altra giungla. Non voglio più stare in questa giungla!" L'ultima parola uscì più come un lamento di panico che una frase, ma Beatle aveva il presentimento che se lei avesse saputo quanto appreso poco prima, non le sarebbe piaciuto.

Beatle odiò la paura che le lesse nello sguardo, così come il fatto che chiunque stesse attaccando i suoi compagni cercasse proprio Casey gli fece venire la pelle d'oca. Per nessun motivo al mondo avrebbe lasciato che se la riprendessero di nuovo. Sapeva senz'ombra di dubbio che lei non sarebbe sopravvissuta a un secondo rapimento. Come le aveva detto il giorno prima, sarebbe stato capace di uccidere o di morire per tenerla al sicuro e riportarla a casa "Lo so, ma devi fidarti di noi, tesoro. Fidati di *me*. Ti *riporterò* a casa."

Beatle guardò Casey lottare contro se stessa e le sue paure. Lei alzò le mani verso la sua maglietta, aggrappandosi. Aveva il respiro affannoso, ma tenne gli occhi fissi nei suoi. Dopo un lungo istante - in cui non dissero nulla − Casey annuì.

"Ok. Questo è un peccato perché stavi benissimo, ma dobbiamo muoverci in fretta immediatamente."

"D'accordo. Ce la posso fare."

Beatle scosse la testa. "No, non sei ancora al massimo delle tue forze." Lanciò uno sguardo verso Truck, che annuì.

Beatle abbassò di nuovo lo sguardo verso Casey. "Truck ti porterà in braccio per un po', fino a quando non saremo usciti da questa zona."

"No, riesco a camminare veloce," replicò lei.

Beatle le abbassò le mani sui fianchi, imitando la posa di Casey. Le appoggiò la fronte sudata sulla sua e le disse dolcemente, "Non alla velocità con cui dobbiamo muoverci. Non ho nessun dubbio che se fossi al massimo delle tue forze riusciresti a seminare qualsiasi stronzo che abbia il coraggio di guardarti nel modo sbagliato. Ma sia tu che io sappiamo che non sei ancora abbastanza in forze. L'ultima cosa che voglio è che i tuoi piedi peggiorino o che tu svenga per la disidratazione. Truck ti prenderà tranquillamente in braccio. Lo giuro."

Riuscì a sentirla tremare, nella sua presa, ma lei non abbassò mai lo sguardo. Sapeva che il tempo scorreva e dovevano cominciare a muoversi. Immediatamente. Ma lei continuava ad aspettare. Beatle non voleva costringerla. Doveva essere una sua decisione. Ma se lei non l'avesse presa il prima possibile, lui sarebbe dovuto intervenire.

"D'accordo," sussurrò lei.

Beatle si spostò e le diede un bacio breve ma sentito sulla fronte, poi alzò lo sguardo su Truck. "Andiamo."

L'omone annuì e fece due passi sul lato di Casey. La sollevò con facilità, visto che lei era leggerissima, e fece cenno al compagno.

Senza dire una parola, Beatle estrasse il suo fucile dalla spalla e lo mantenne in posizione di combattimento mentre si faceva strada più a fondo nella giungla. Non stava pensando a quanto sarebbero durate le loro provviste, considerando che il loro viaggio sarebbe durato di più. Non stava pensando ai suoi compagni di squadra che di certo si trovavano sotto fuoco nemico.

No, i suoi unici pensieri erano tenere Casey al sicuro - e di chiedersi chi diavolo la desiderasse così ardentemente, a tal punto che per riprendersela erano pronti a sfidare una squadra composta da soldati delle Forze Speciali armati fino ai denti.

# CAPITOLO NOVE

CASEY NON ERA sicura su cosa stesse succedendo ma aveva una sola certezza - era spaventata da morire. Era terrorizzata quando era stata rapita la prima volta e ovviamente quando fu gettata nella fossa profonda. Ma pensava che sarebbe stata bene, dopo essere stata salvata. Dolorante, sì. Affamata e assetata, sì. Ma non avrebbe mai pensato che si sarebbe addentrata più in profondità nella giungla, scappando da una minaccia sconosciuta.

Il tutto era ancora più inquietante, perché sapeva esattamente cosa ci fosse in serbo per lei, se l'avessero catturata di nuovo. Non aveva alcun dubbio che chiunque la stesse cercando avrebbe ucciso Truck e Beatle, se ne avesse avuto l'opportunità. Ciò la fece agitare ancora di più.

Spostò la sua presa sul collo di Truck e sentì che lui che la spostò in una posizione più comoda, tra le sue braccia. Fu almeno sollevata che lui non l'avesse presa sulle spalle, come un sacco di patate, ma anche se essere portata in quel modo potrebbe sembrare comodo e romantico, non era così.

Sentiva i piedi intorpiditi per la presa stretta sulle caviglie, il collo le faceva male per aver tenuto la testa di lato per vedere dove stessero andando. Avrebbe potuto appoggiare la testa sulla spalla di Truck, ma le sarebbe sembrato strano.

Lui era così massiccio, ogni muscolo vibrava come se avesse per metà camminato e per metà corso nella foresta. Casey ebbe l'occasione di vedere da vicino la cicatrice sulla sua faccia, quando l'aveva visto la prima non ci aveva fatto caso.

Era disgustosa. Scorreva dalla guancia al collo. Era quasi completamente rimarginata, ma riuscì a vedere delle ulteriori cicatrici rotonde su ogni lato, dove prima i punti metallici, o punti chirurgici messi male, avevano tenuto insieme la pelle. In più probabilmente si era rotto il naso, perché era terribilmente storto. Truck teneva le labbra serrate, non si era di certo accorto dell'analisi di Casey.

Lei poteva provare tante cose, ma di sicuro non sentiva nessuna paura nei confronti dell'uomo che la teneva stretta tra le braccia.

Deglutì con forza e riposizionò di nuovo le spalle quando le mani le scivolarono dal collo liscio dell'uomo. Beatle e Truck indossavano magliette a maniche lunghe e pantaloni. Era stupido indossare qualcosa di diverso, in mezzo alla giungla. Il calore era ancora più insopportabile, ma il sudore e il fastidio erano di gran lunga preferibile all'essere mangiati vivi dalle zanzare che vivevano negli ambienti umidi.

Casey iniziò a pensare che Truck e Beatle fossero in realtà delle macchine con della pelle attaccata, o che non fossero completamente umani e riuscivano a mantenere tutto il giorno quell'assurdo ritmo veloce, quando si fermarono.

"Ci riposeremo qui per un po'," disse Beatle, proprio mentre diede un'occhiata vigile alla giungla attorno a loro.

Truck si chinò e fece scendere la donna, tenendola per un braccio fino a essere sicuro che lei riuscisse a mantenersi in piedi da sola. Poi estrasse una borraccia dalla vita e gliela porse.

Casey sbatté le palpebre, sorpresa. Le stava offrendo dell'acqua, prima che la consumasse lui. Il che era folle, perché non era lei quella che aveva bruciato le calorie correndo nella giungla.

Lei scosse la testa. "No, tu ne hai bisogno più di me."

Truck aprì la bocca per rispondere quando Beatle prese parola. Le porse la sua borraccia. "Tieni, usa la mia," le ordinò.

Casey alzò lo sguardo verso di lui. La fronte era imperlata di sudore. Aveva segni anche intorno al collo e sotto le ascelle. Dopo averlo visto correre per un'ora, aveva anche la schiena bagnata di sudore. Rispetto a lui, lei era fresca come una rosa.

"Ne hai bevuta abbastanza?" chiese lei, senza afferrare l'acqua.

Beatle allungò la mano in segno di risposta, le afferrò la mano e la avvolse attorno alla borraccia "Bevi, Casey. Hai bisogno d'acqua, esattamente come noi."

"Ma io non ho corso nella giungla," replicò lei.

Beatle si piegò così vicino che lei riuscì a vedergli i peli della barba che stavano crescendo. "Giusto. Ma *tu* sei stata quella che non molto fa era in una fossa nel terreno, senz'acqua fresca. *Bevi.*"

Come se fosse in uno stato di trance Casey portò la borraccia verso la bocca e fece un sorso. Non era fresca, aveva un sapore metallico come le pastiglie purificatrice che lui aveva utilizzato per far sì che fosse sicuro bere. Era anche calda; era passato così tanto tempo da quando non aveva bevuto qualcosa di fresco, non riusciva neanche a ricordare la sensazione. Ma quando cominciò, non poté fermare la sua sete.

Casey si obbligò a fermarsi, ma Beatle mise la mano sulla parte inferiore del contenitore metallico. "Finiscila."

"Ma..."

"Tutta, Case. Posso trovarne dell'altra."

Lei non sapeva dove l'avrebbe trovata, ma obbedì. Bevve fino all'ultima goccia. Si leccò le labbra per prendere le goccioline disperse, si pulì la bocca con la manica della maglia. Ma Beatle la fermò. Le fece scivolare il pollice sul labbro inferiore, raccogliendo le gocce d'acqua appena uscite e poi si riportò la mano in bocca, senza mai perdere il contatto visivo con lei.

Il movimento era sensuale e Casey non voleva nient'altro se non gettarsi tra le sue braccia e implorargli di baciarla, ma il momento svanì quando Beatle le tolse la borraccia di mano e la mise di nuovo nello zaino.

Sarebbe stata imbarazzata, riguardo la sua attrazione verso di lui, però sapeva senz'ombra di dubbio che si piacevano a vicenda. Riusciva a notarlo nel modo in cui lui le guardava il corpo. Per come si prendeva cura di lei. Per come gli si erano dilatate le pupille quando lei si era leccata le labbra, dopo aver bevuto l'acqua.

Ma entrambi sapevano che nella giungla, mentre scappavano da chiunque volesse assicurarsi che lei non lasciasse viva il Costa Rica, non erano né il luogo né il momento per soffermarsi sulla loro attrazione.

"Ci fermeremo qui un paio di minuti, dopo ci metteremo di nuovo in marcia," disse Truck. "Se devi usare il bagno delle donne, fallo adesso."

Giusto. Invece di essere imbarazzata, Casey si limitò ad annuire. Era quella, la sua nuova realtà. Così come lo era stata bere acqua fangosa nella fossa. Doveva fare il necessario per sopravvivere.

Casey si guardò attorno e si diresse verso un grande albero

nelle vicinanze. Sentendosi osservata, si girò e rabbrividì quando notò che Beatle la stava guardando. In quel momento si rilassò, senza rendersi conto di quanto fosse agitata. Ma vedendo il modo in cui Beatle la stesse osservando le fece capire che lui parlava seriamente, quando le aveva detto che avrebbe fatto tutto il possibile per riportarla a casa.

Se un tipo losco fosse uscito dagli alberi in quel momento, lei sapeva senza alcun dubbio che Beatle l'avrebbe abbattuto. Avrebbe dovuto temere la vicinanza di Beatle, sapendo quanto lui fosse letale, invece provava l'esatto opposto. La sua abilità di affrontare il male nel mondo era un balsamo, per la sua anima.

Lei gli annuì e lui le rispose sollevando il mento. Beatle si picchiettò il polso, dicendole di muoversi. Lei annuì di nuovo e scomparve dietro l'albero.

Fortunatamente, fece attenzione a cosa stesse facendo e non andò a fare i suoi bisogni nel nido delle formiche proiettile, proprio lì vicino. Aveva scelto una manciata di fango per fare i suoi bisogni. A prima vista, il nido delle formiche sembrava innocuo ma lei sapeva bene che una volta disturbate, le formiche avrebbero brulicato, cercando qualsiasi cosa si fosse azzardata ad attaccare la loro colonia.

Stette alla larga dal nido. Finì velocemente e si prese un momento per ammirare la bellezza delle formiche.

Casey era venuta in Costa Rica per fare delle ricerche su di loro. Aveva passato ore, con le sue studentesse, nella giungla che si trovava fuori dal loro accampamento vicino Guacalito, osservando molte specie diverse della famiglia delle *formicidae*. Ogni colonia si comportava in maniera diversa.

La sua formica preferita in assoluto era la taglia foglie. Guardarle sgambettare avanti e indietro tra le foglie era incredibile. Prima di essere rapite, lei e le altre avevano trovato un nido che era largo circa due metri e mezzo. Era incredibile pensare che poteva contenere più di sette milioni di creaturine.

Casey sapeva che le formiche potevano essere grandi distruttrici, sia perché si cibavano delle piante sia perché rovinavano le strutture con i loro enormi nidi, ma in generale non erano aggressive. Potevano mordere, e l'avrebbero fatto, ma solitamente la conseguenza si riduceva in un prurito per niente doloroso.

Sentì sopra la testa il suono degli uccelli che cinguettavano e delle cicale che "cantavano." Il vento fece frusciare le foglie negli alberi e lei chiuse gli occhi, godendosi il momento. Amava la giungla... o almeno, l'amava prima di essere rapita. Di certo non voleva ripetere l'esperienza.

Non essendo sicura del tempo trascorso lì ad occhi chiusi, Casey fece un respiro profondo e li aprì, sapendo che doveva tornare da Truck e Beatle per muoversi.

Sussultò per la sorpresa quando vide che Beatle si trovava non molto lontano da lei. Sembrava abbastanza rilassato, quindi non la stava cercando per un pericolo imminente. Apparve riflessivo, quando i loro sguardi si incrociarono.

"Ci ho messo troppo?" chiese lei tranquillamente.

"No. Volevo solo assicurarmi che andasse tutto bene," rispose lui a voce bassa.

"Cosa faresti se io fossi ancora nel mezzo del... lo sai."

"Tornerei indietro, dove ho lasciato Truck, facendo finta di non averti visto."

Casey apprezzò quel fare diretto. Il pensiero di lui che la vedeva avrebbe dovuto imbarazzarla, ma per qualche motivo non fu così. Era come se, stando insieme nella giungla insieme, li avesse retrocessi a dei ruoli primitivi. Lui era il protettore, il leader, disposto a fare tutto il possibile per assicurarsi che lei fosse fuori pericolo. E lei era...

Casey non sapeva quale fosse, il suo ruolo. Non voleva essere considerata l'anello debole, ma era certa che fosse così. Conosceva gli insetti, ma oltre quello non apportava altre abilità. Si sentiva una neonata, dipendente completamente da Beatle e Truck che la proteggevano e la portavano a casa.

Fece un passo verso Beatle, tenendolo d'occhio. Dopo, sentendosi più audace, ne fece un altro. Continuò fino a quando non si trovò davanti a lui. Senza dire una parola, lui le tese una mano e le fece scivolare il dorso delle dita dell'altra mano sulla sua guancia, con un tocco leggero come una piuma.

Il resto del mondo sembrò allontanarsi. C'erano solo loro due. Per quanto ne sapeva Casey, sarebbero potuti stare in una sala da ballo del diciottesimo secolo. Fece un respiro profondo, poi un altro.

Lui le guardò il petto, poi di nuovo il viso. Lo spostamento oculare fu così veloce che lei non se ne sarebbe accorta, se non l'avesse osservato da vicino. Casey sentì i capezzoli indurirsi sotto la maglia, al pensiero che lui avesse apprezzato la visione.

Erano ricoperti di sudore, non avevano l'odore né l'aspetto migliore ma Casey non si era mai sentita così legata ad un altro essere umano in tutta la sua vita. Alzò lentamente le mani e le mise sui possenti pettorali di Beatle.

La mano di lui che le aveva accarezzato una guancia si spostò verso la nuca e le immerse le sue dita tra i capelli, spostando lo chignon disordinato che si era fatta in mattinata. Continuando a non pronunciare una parola, lui afferrò i capelli nel pugno, inclinandole la testa verso l'indietro, delicatamente.

Casey disegnò piccoli cerchi sui pettorali di lui, poi si leccò le labbra.

"Hai un'opportunità per dirmi che non lo vuoi," la avvertì

lui. I suoi occhi marroni sembravano neri, nell'ombra degli alberi.

Casey deglutì. Quello era il guerriero dalle mille sfumature. Il conquistatore, il Delta cazzuto che otteneva ciò che desiderava. Riusciva a sentirgli il battito che martellava nel collo, respirava più velocemente. "Lo voglio," disse lei dolcemente. "*Ti* voglio."

Non appena lei pronunciò quelle parole, le loro bocche si incontrarono, Beatle la prese come se ne avesse tutto il diritto. Come se lui avesse combattuto una grande battaglia e lei fosse stata il suo premio. Come se lei fosse la cosa più preziosa che lui avesse in vita sua.

Lui non ci andò piano, nel bacio. Utilizzò subito la lingua, ottenendo ciò che voleva. Quando lei cercò di intrecciare la lingua con la sua, lui emise una sorta di basso ringhio dalla gola e le tirò i capelli, inclinandole testa ancora più indietro e esercitando il suo controllo su di lei.

Casey acconsentì immediatamente, lasciando che Beatle la dominasse. Era quello che voleva. Lui percorse ogni centimetro della sua bocca, inclinandole la testa in quel modo per assicurarsi di assaporasse tutta la sua essenza. Lei rimase docile e disposta tra le sue braccia, permettendogli di divorarla.

Lui si tirò indietro molto prima che lei fosse pronta, ma Casey si rese conto di ciò che lui aveva fatto quando era ansimante. Beatle non la guardò, la cinse con l'altro braccio per stringerla a sé, di rimando lei si aggrappò a lui. La mano che Beatle le teneva tra i capelli era più rilassata, ma sempre lì.

Casey riusciva a sentire il cuore di Beatle che batteva all'impazzata e il suo respiro affannato. Il suo uccello era duro, contro la sua pancia, ma lui non fece niente per spingersi verso di lei né si mosse per saziare il suo evidente desiderio.

Ma non era il solo, ad essere eccitato. Casey sapeva che era bagnata, non per il caldo tropicale che aveva raggiunto il picco della giornata. Era più eccitata da un semplice bacio - beh, forse non era poi così semplice – rispetto a preliminari fatti con alcuni dei suoi ex ragazzi.

Lei spinse inconsciamente Beatle, come se facendo ciò avrebbe allentato un po' della tensione sessuale che stava provando.

Ci vollero diversi respiri profondi, poi lui si decise ad allontanarsi da lei. Aveva le guance rosse, Casey ebbe la certezza che lui l'avesse graffiata con la barba e le avesse procurato dei segni in faccia, ma non le importava.

"Dobbiamo continuare a camminare," disse lui.

"Sì, lo so," rispose Casey.

Lui la guardò profondamente negli occhi per un altro istante, dopo la fece girare in modo da dargli le spalle. Lei stava per chiedere cosa stesse facendo, quando sentì le mani di Beatle tra i capelli. Chiudendo gli occhi in modo da ricordare ogni attimo di quel momento intenso, Casey sospirò quando lui le tolse l'elastico dai capelli e fece del suo meglio per pettinarle le ciocche aggrovigliate.

"Ti faccio male?" chiese Beatle.

"No. È... è stata una bella sensazione."

Lui non rispose, ma lei riuscì a sentire che era più rilassato. Lui le raccolse accuratamente i capelli in una coda di cavallo e poi le avvolse l'elastico attorno ai capelli. Quando finì di sistemarle i capelli, la fece voltare di nuovo.

Casey si fece spostare dove lui voleva. Si sentiva ancora un po' narcotizzata dal suo bacio e per come la faceva sempre sentire – bene.

"Non so quanto abbiamo camminato oggi," disse Beatle. "Ci siamo allontanati da chiunque abbia teso un agguato agli altri, ma non sarò tranquillo fin quando non saremo a molti altri chilometri di distanza."

"Ok," disse Casey, annuendo.

"Sei d'accordo che Truck continui a trasportarti?"

Casey alzò lo sguardo verso l'uomo che era diventato in qualche modo il centro del suo mondo. Pensò di nuovo che forse si sentiva così perché lui era stata la prima persona che aveva visto, quando pensava di essere spacciata, ma per il momento non aveva importanza. Una volta a casa avrebbe potuto affrontare terapie per il resto della vita, per dimenticarlo, ma al momento 'casa' sembrava proprio un concetto sconosciuto, quindi archiviò quel pensiero. Si trovava lì con Beatle, stava bene ed era chiaro dagli occhi di lui che la desiderava, proprio quanto lei.

"Non è la cosa che preferisco al mondo, ma è ovvio che voi ragazzi potete andare più veloce se non cerco di camminare con le mie gambe."

"Devo tenere tutte e due le mani libere per scacciare qualsiasi minaccia improvvisa."

Casey inclinò la testa verso di lui per un momento, in segno di confusione, ma dopo capì perché lui le stesse dicendo questo. "Va bene," lo rassicurò lei. "Mi trovo bene con Truck."

"Ad ogni modo, forse è meglio," mormorò lui, più a se stesso che a lei. "Se ti prendessi in braccio, l'unica cosa che riuscirei a pensare sarebbe farti sdraiare e passare del tempo con te." I loro occhi si incrociarono di nuovo e lei sentì un'altra volta la piena potenza del suo desiderio. "Ma ricorda le mie parole, verrà un momento in cui ti avrò tra le braccia. Ti porterò a letto e non ci sarà modo di sfuggire a tutto ciò che ho in serbo per te."

Le labbra di Casey si contrassero, ma controllò il sorriso che voleva emergere. "Non vedo l'ora."

Beatle dilatò le narici e non rispose. Poi la prese per mano e si girò, per dirigersi di nuovo dove Truck li stava aspettando. L'omone non fece commenti sul perché fossero stati via per così tanto tempo ed ebbe la dignità di tenere nascosti i suoi pensieri sull'irritazione da barba che lui le aveva provocato. Si limitò a prendere il suo zaino e ad aspettare.

Beatle si diede una sistemata e sollevò il mento verso Truck. Come se fosse il segnale che stava aspettando, Truck andò da Casey.

"Pronta?" le chiese.

"Pronta," gli confermò.

Lui si piegò e la sollevò di nuovo come se non pesasse nulla. Prima di incamminarsi Truck le disse, "C'è una barretta proteica, nella mia tasca in alto a sinistra. Hai bisogno di mangiare."

Seguendo l'ordine in silenziò, Casey frugò nella tasca e prese la barretta proteica. Non era mai stata un'amante delle barrette proteiche. Avevano una strana consistenza e, per i suoi gusti, ci voleva troppo tempo per masticarla. Ma assunse le calorie senza lamentarsi, sapendo che l'alternativa di morire in una fossa nella giungla era ben peggiore.

Dopo aver camminato per più di venticinque minuti, Beatle giunse a un brusco arresto. Casey sentì Truck irrigidirsi sotto di lei, e si mise subito in allerta.

Beatle indicò a destra, lui e Truck si diressero in quella direzione, e dietro un paio di grandi tronchi d'albero.

Truck la fece scendere. Lui e Beatle si tolsero subito gli zaini e li poggiarono silenziosamente a terra. Allora Beatle la prese per mano e la portò circa un metro più avanti.

Lui perlustrò la zona e la tirò verso il basso, costringendola ad inginocchiarsi sul terreno della giungla.

"C'è un gruppo di persone, a circa cento metri, alla nostra destra. Io e Truck andremo lì a controllare."

Casey gli artigliò un braccio, spaventata. "No, non lasciarmi qui!"

Beatle le prese il viso tra le mani e le appoggiò la fronte sulla sua. "Tornerò."

Scuotendo violentemente la testa, Casey serrò le labbra. No, non poteva lasciarla da sola. Senza di lui sarebbe morta sicuramente. Non aveva la minima idea di dove si trovassero. Non sarebbe riuscita a tornare a Guacalito da sola.

"Shhhh, tesoro, ascolta."

Ma lei non voleva. Il panico era aumentato fino ad annullarle vista, udito e pensieri, riusciva solo a vedere la fossa dove era stata gettata.

Allora Beatle la baciò.

Lei si rilassò e fece sì che il piacere del suo tocco respingesse l'attacco di panico.

Molto prima che fosse pronta, lui si allontanò. "Tornerò," pronunciò attentamente. "Ti fidi di me?"

Come poteva non fidarsi? La determinazione gli si leggeva chiaramente negli occhi. Ma lei notò anche pentimento e frustrazione. Beatle non voleva lasciarla lì, proprio quanto non lo voleva lei. Fu quella consapevolezza che le diede la forza di fare un cenno e lasciargli il braccio. Si sedette sui talloni e alzò lo sguardo verso di lui.

"Sei così maledettamente forte. Resta qui. Ma se dovessi sentire qualcosa, dirigiti da quella parte," disse Beatle, indicando dietro di lei. "Prosegui il più silenziosamente possibile. Ti troverò. Capito? Non importa dove andrai, io ti troverò. Fa' attenzione. D'accordo?"

"D'accordo," sussurrò lei. "Anche tu."

Allora lui sorrise. "Tranquilla, è un gioco da ragazzi."

Poi se ne andò. Il secondo prima si era accovacciato davanti a lei, quello dopo si era già dileguato.

Casey chiuse gli occhi. Era come se l'avesse evocato nella

sua mente. Era davvero così? Lei era ancora in quella fossa, era stato tutto un sogno?

Si diede un pizzico e fece una smorfia per il dolore al braccio. No, non stava sognando.

Si fermò lentamente e premette la schiena contro il tronco dell'albero. Prima di inginocchiarsi nel terreno aveva controllato automaticamente se ci fossero degli insetti pungenti, ma fortunatamente non ne aveva visto nessuno. Facendo un respiro profondo, cercò di controllare il respiro.

Ci volle un po', ma alla fine si calmò abbastanza da riuscire a pensare con un po' più di chiarezza. Beatle non l'avrebbe lasciata da sola. Non quando lui e la sua squadra erano arrivati così lontano per trovarla. Sentì di aver reagito male, giurò che non l'avrebbe fatto di nuovo.

Casey non seppe quantificare il tempo trascorso a farsi un discorso di auto incoraggiamento, ma sembrò un'eternità. Sapeva che il tempo era alterato, soprattutto da quando era sola. Proprio quando stava per perdere la testa, sentì un potente grido, poi soffocato.

Le sembrava di averlo a fianco, quel grido. Casey si rese conto che qualsiasi cosa stesse succedendo, si trovava troppo vicina. Camminò il più silenziosamente possibile verso un altro albero e si nascose dietro quel tronco. Poi lo fece di nuovo.

Si fece strada tra gli alberi lentamente e con cautela, nella direzione in cui Beatle le aveva detto di andare se si fosse sentita in pericolo.

Si era nascosta dietro un albero, quando sentì un fruscio alla sua destra. Pensando che fossero Beatle o Truck, si girò in quella direzione con un sorriso di sollievo.

Ma non era nessuno dei Delta.

Era un uomo che riconobbe, l'aveva visto la prima volta quando lei e le studentesse erano state rapite.

Casey aprì la bocca per gridare ma l'uomo fu troppo veloce. Le mise una mano sulla bocca, prima che lei riuscisse ad emettere qualsiasi suono.

Casey lo guardò negli occhi e vide uno sguardo molto compiaciuto.

Con un forte accento spagnolo le disse sogghignando, "*Hola*, professoressa. Il mio capo ha un conto in sospeso con lei."

# CAPITOLO DIECI

BEATLE PULÌ il sangue dal suo coltello KA-BAR e cercò Truck nei dintorni. Sorvegliarono per un po' il gruppo di uomini, per vedere se sarebbero stati una minaccia. Purtroppo, sì, erano una minaccia, dovevano assolutamente cercare Casey. Non era certo che fossero lo stesso gruppo che aveva attaccato l'altra squadra dei Delta, ma in fin dei conti non aveva importanza.

Durante la loro silenziosa conversazione, era evidente che gli uomini erano alla ricerca di Casey e sapevano che erano diretti al vulcano Orosi. Come diavolo facevano a sapere che avevano cambiato percorso e si stavano dirigendo verso la montagna? Beatle non lo sapeva, ma non aveva intenzione di fargli avere di nuovo Casey tra le mani. Per nessun cazzo di motivo.

Li aveva sentiti mentre parlavano su come il capo avesse promesso come ricompensa, a chiunque l'avesse catturata e riportata indietro, che si sarebbe fatto il "primo giro" con lei. Non era stata violentata quando fu rapita la prima volta, ma era evidente che chiunque la volesse, aveva cambiato idea.

Beatle si imbestialì ed esplose di rabbia. L'immagine di

Casey devastata che alzava lo sguardo verso lui con occhi vuoti lo tormentava. Il bacio che si erano scambiati era stato più intenso e intimo di qualsiasi altro mai dato in vita sua. Non aveva intenzione di presentarsi come un cavernicolo, ma non riusciva a trattenere l'istinto di assicurarsi che anche se Truck era quello che la trasportava, lei era *sua*. In tutti i sensi.

Si sarebbe aspettato che lei respingesse la forma di controllo eccessiva, ma invece Casey gli si gettò tra le braccia. Beatle fece fatica ad allontanarsi da lei e a continuare a camminare, ma per farla stare al sicuro, dovevano continuare a camminare.

Sentendo gli uomini che ridevano e scherzavano su come l'avrebbero violentata e il piacere che avrebbero provato sentendo le sue grida e il suo dolore aveva attivato quell'interruttore mortale che giaceva dentro ogni soldato delle Forze Speciali.

Fece un cenno a Truck e si separarono. Truck si occupò di due uomini, Beatle era scivolato alle spalle di un altro, facendolo girare all'ultimo secondo. Il manigoldo riuscì a cacciare un urlo terrificante prima che Beatle gli ficcasse il coltello in gola, interrompendo bruscamente il suono.

Ma quel grido acuto era bastato a mettere in guardia gli altri impegnati nella battuta di caccia. Si sparpagliarono, Truck e Beatle seguirono le loro trace e li fecero fuori uno per uno.

Ma proprio quando Beatle rimosse distrattamente il sangue dal suo coltello, si mise a contare i nemici. Ne mancava uno all'appello. Si guardò attorno, esaminando qualsiasi segnale rivelatore dei passi dell'uomo mancante.

Qualcosa lo fece girare verso la zona in cui aveva lasciato Casey. Forse era istinto, forse qualcosa di più profondo, ma all'improvviso sentì per certo che l'uomo l'aveva trovata.

Beatle ci vide rosso quando lui e Truck lo seguirono nella

giungla. Si stavano spostando il più veloce possibile mentre erano ancora in silenzio. Se quello lì *avesse* trovato Casey, non sarebbe riuscito a portarla lontano. Beatle avrebbe seguito le sue tracce fino in capo al mondo, se ce ne fosse stato bisogno.

Prima l'avrebbe trovata, meno possibilità ci sarebbero state che lei venisse violentata. Beatle non era sicuro se l'uomo sarebbe stato così stupido da prendersi il tempo per stuprarla nella giungla, sapendo che non era da sola ma se le avesse torto un solo capello in testa, lui avrebbe...

I pensieri di Beatle si bloccarono quando risuonò un forte grido nella giungla, allarmando un paio di uccelli e facendoli stridere verso l'alto. Senza consultare Truck, sapendo che il compagno gli stava dietro, Beatle abbandonò ogni pretesa di essere furtivo e corse il più veloce possibile verso la direzione del suono.

Proprio quando era sicuro che avrebbe trovato Casey a terra in posizione supina, alla mercé di chiunque l'avesse trovata, fece irruzione in un albero nella piccola radura.

"Fermatevi! Non vi avvicinate a lui!" gridò Casey, non appena li vide.

L'uomo della battuta di caccia era in piedi, Beatle voleva correre verso di lui e tagliargli la gola ma le parole agitate di Casey lo bloccarono.

La prima cosa di cui lui si accorse era che lei stava tenendo chiusa la maglia con una sola mano. Era stata strappata dal collo all'orlo. Riuscì a intravedere sprazzi della carnagione pallida della sua pancia, questo gli fece venire voglia di uccidere l'uomo che si trovava davanti a lei.

Beatle la guardò dietro il nemico, intento a schiaffeggiarsi le gambe mentre saltellava da un piede all'altro. Sembrò quasi come se lui e Casey stessero facendo una stranissima danza.

Quando l'uomo saltava a destra, Casey saltava a sinistra. Quando lui fece un passo a sinistra, lei si assicurò di fare un grande passo a destra. Lei stava chiaramente cercando di stare lontano dalla portata dell'uomo. Casey si appoggiò su un grande masso, senza via di fuga. Comunque, Beatle era confuso sul perché l'uomo sembrasse più intento a saltare che a prendere di nuovo Casey.

Beatle vide di nuovo la paura negli occhi di Casey e desiderò di nuovo uccidere quel tipo che aveva osato strapparle la maglietta. Ma Casey gridò di nuovo quando Beatle fece un altro passo verso di lui, "No! Torna indietro, Beatle! Dico sul serio. *Guarda*."

Indicò le gambe dell'uomo.

Beatle vide a cosa lei si stesse riferendo - e trattenne un brivido quando vide le formiche che brulicavano nei pantaloni dell'uomo. Casey non riusciva a scappare dall'uomo, a causa della roccia che si trovava dietro di lei, scappare verso un lato era rischioso per il modo in cui l'uomo si stava agitando. Lei stava cercando di tenere gli occhi sullo sciame di formiche per assicurarsi che non si avvicinassero a lei. Beatle pensò che se avesse fatto anche un paio di secondi più tardi lei avrebbe fatto la sua mossa e l'avrebbe circondato per scappare.

Fece cenno a Truck di dirigersi a destra e Beatle andò a sinistra, formando così un ampio cerchio attorno all'uomo che si stava lamentando. Il potenziale rapitore continuò a schiaffeggiarsi le gambe freneticamente, cercando di togliersi le formiche di dosso ma tutto ciò permise agli insetti di strisciargli su mani e braccia.

Improvvisamente l'uomo urlò di nuovo e si ritirò correndo verso la strada dalla quale erano arrivati Beatle e Truck.

I due soldati corsero subito verso Casey, nello stesso momento.

"Stai bene?" le chiese Beatle.

Casey annuì, fissando la direzione in cui l'uomo si era dileguato. Lo sentivano ancora gridare e piangere dal dolore, ma il suo lamento si affievolì man mano che si allontanava.

Beatle mise il dito sotto il mento di Casey e le alzò la testa. "Stai bene, tesoro? Ti ha fatto del male?"

Lei scosse la testa ma si aggrappò forte alla sua maglia stracciata. Beatle strinse i denti. Doveva esaminarla e vedere quanto danno le avesse fatto quello stronzo, ma aveva prima bisogno di risposte. "Cosa è successo?"

"Ho fatto quello che mi hai detto. Quando ti ho sentito combattere contro quegli uomini ho cercato di scappare da quella che sembrava essere una persona. Ma mi ha trovato."

"Questo l'ho capito, Case. Cos'altro?"

"Uh..." Lei abbassò lo sguardo verso il basso, poi si strinse forte a Beatle con una mano e fece un passo di lato.

"Non aver paura di me," le ordinò lui burberamente, confuso dalle sue azioni contraddittorie. "Non ti farò del male."

"Spostati, Truck," gli disse lei tempestivamente.

Senza chiedere il perché Truck fece subito quanto richiesto, facendo un passo verso di lei.

"Guarda," disse lei, facendo un cenno verso il terriccio della giungla.

Beatle guardò in basso—e vide subito ciò che la preoccupava.

Formiche. Un nido. Non si stavano spostando verso di loro, ma erano davvero troppo vicini per stare al sicuro.

Prendendo la sua decisione, Beatle prese in braccio Casey senza dire una parola. Prese il sentiero lungo attorno alla radura e le formiche e si diressero di nuovo verso il luogo in cui avevano lasciato gli zaini.

Non voleva che Casey vedesse i resti della battaglia avvenuta poco tempo prima, ma dovevano raccogliere le loro scorte. Truck si precipitò dietro per spianare la strada a chiunque fosse rimasto ma Beatle era abbastanza certo che avevano ucciso tutto il gruppo di cacciatori.

Questo non significava che non ci sarebbero state altre persone che li avrebbero cercati, ma al momento potevano considerarsi al sicuro.

Appoggiando di nuovo Casey per terra, Beatle la fissò. Lei stava ancora stringendo i bordi della sua maglia, ma le tornò un po' di colore sulle guance. "Cosa è successo dopo che lui ti ha preso?" le chiese Beatle nel modo più paziente possibile.

"Lui... mi ha messo una mano sulla bocca facendo in modo che non potessi urlare e mi ha messo con le spalle verso l'albero. Mi ha strappato la maglia e mi ha detto che lui..." Casey si fermò e deglutì rumorosamente. Beatle non era mai stato così orgoglioso di qualcuno come lo era di Casey, in quel momento.

"Mi ha detto in un inglese stentato che aveva intenzione di violentarmi prima di portarmi dal suo capo. Era troppo impegnato a 'provarci con me' per fare attenzione a ciò che lo circondava. Io... Io l'ho spinto e colto di sorpresa. Ho cercato di spingerlo verso un altro albero...e un nido di formiche proiettile."

Beatle spalancò gli occhi. "Quelle che aveva addosso erano formiche *proiettile*?"

Casey annuì solennemente. "Non le avevo mai viste in azione, ma l'effetto della sua caduta sul loro nido è stato quasi immediato. Si è alzato in piedi in pochi secondi, ma ormai era troppo tardi. Quando è caduto mi ha lasciato andare ed io mi sono ficcata in quella radura, sono rimasta intrappolata in quella roccia gigante. Mi ha seguita e stava per aggredirmi, ma le formiche hanno iniziato a morderlo."

Lei rabbrividì e la sua voce si ridusse praticamente a un sussurro. "Razionalmente, sapevo che i morsi fanno male ma non avevo mai capito *quanto*."

Beatle le mantenne il dito sul mento. "Sono così fottutamente fiero di te e ti devo delle scuse."

Casey apparve confusa. "Per cosa?"

"Ti ho trattato come una donzella in difficoltà, qualcuno da salvare. Ma ti ho sottovalutata. Hai passato l'inferno, senza dubbio, ma hai molta più forza di quanta credessi. Eri in difficoltà, ma invece di arrenderti o aspettare che io e Truck corressimo a salvarti come una donna indifesa, hai usato la testa e ti sei salvata da sola."

Lei scosse la testa, "No, Beatle, io..."

Lui le mise le mani sulle spalle e la interruppe. "Sei stata capace di mettere da parte il panico e prendere le redini della situazione. Questo richiede una grande quantità di forza d'animo, tesoro. Secondo te perché la maggior parte degli uomini non supera l'allenamento dei Delta? Già, molti non riescono ad affrontare gli aspetti fisici di ciò che devono fare, ma non è solo quello. Ho visto soldati professionisti che si bloccavano in situazioni nemmeno lontanamente paragonabili a quello che ti stava succedendo. Ma tu sei riuscita a pensare lucidamente e a trovare una soluzione che ti aiutasse a farla franca. Avrei dovuto saperlo; hai fatto la stessa cosa in quella fottuta fossa, con il filtro dell'acqua dal tuo reggiseno. Se non avessi scoperto un modo per ottenere dell'acqua, saresti morta. Ti ho sottovalutata e non lo farò più. Quindi, ti chiedo scusa."

Beatle notò che lei stava assorbendo ogni parola. Lo sguardo perso e spaventato sembrò attenuato. Era ancora stressata e dolorante, ma l'espressione di paura per quanto era appena successo la stava abbandonando.

Lui continuò. "Devo *anche* ammettere che non sapevo quanto fosse doloroso il morso di una formica, ma adesso ti credo. Sei ufficialmente incaricata di cercare una zona in cui decidiamo di riposarci, assicurandoci che sia priva di insetti orribili che possono farci del male. Va bene?" Lui rabbrividì pensando che aveva legato accidentalmente l'amaca su un albero ricoperto di formiche proiettile.

"D'accordo. Posso farlo," disse lei con solo un accenno del terrore che aveva appena vissuto.

"Bene. Adesso, mi permetti di dare un'occhiata?" Beatle le indicò il seno con il mento.

Lei si irrigidì. "Sto bene."

"So che questo è un momento difficile. Non ho intenzione di palpeggiarti, tesoro. Non lo faccio per ottenere un premio. Voglio assicurarmi che tu non abbia bisogno di punti o della crema antibiotica. Sai bene che le ferite aperte hanno una maggiore probabilità di infezione, qui nella giungla."

Lei lo fissò per un attimo e dopo lasciò cadere le braccia.

La maglia era squarciata a metà ma le copriva ancora il seno. Muovendosi lentamente, in modo da non spaventarla, Beatle afferrò un bordo della maglia e lo aprì di nuovo con attenzione.

Lui deglutì per la perfezione del suo seno. Era pieno e morbido, certamente naturale, dato che le cadeva leggermente verso il basso invece di puntare verso l'alto, come un seno rifatto. Aveva una grande areola rosa coronata da un capezzolo scuro, color malva. Lei girò lateralmente la testa mentre Blade le tolse alcune macchie rosso scuro lasciate dall'uomo che l'aveva afferrata con violenza.

Beatle contrasse la mascella, ma visto che lei non presentava ferite aperte, lui le coprì di nuovo il seno e ripeté l'analisi sull'altro lato del petto. Il seno sinistro si presentava simile al destro, eccetto per quattro graffi sopra il capezzolo. Desiderando che l'uomo avesse trascorso più tempo nel nido delle formiche proiettile, Beatle la coprì di nuovo e chiamò Truck.

Sapeva che l'altro membro dei Delta gli aveva dato

privacy, ma Truck apparve subito accanto a loro. "Lei sta bene?"

"Sì, per lo più dei lividi considerando che lui l'ha afferrata con le unghie. Hai preso la crema antibiotica?"

Truck annuì e rovistò in una tasca laterale del suo zaino.

"Avete veramente di tutto lì dentro, ragazzi," disse Casey in quello che Beatle riconobbe come un tono allegro forzato. Lo impressionava sempre di più, ad ogni minuto che passavano insieme.

"Beh, non sai mai di cosa potresti aver bisogno durante una missione," le disse Truck facendole l'occhiolino. Consegnò un piccolo tubetto di crema al compagno di squadra.

"Dobbiamo darci una mossa," disse, dicendo a Beatle qualcosa che sapeva già.

"Dammi quattro minuti," disse Beatle al suo amico. Truck annuì e scomparve di nuovo.

Senza dire una parola, Beatle estrasse una salviettina umidificata e iniziò a pulirsi vigorosamente le mani. Quando ebbe finito, si mise la salviettina usata in una tasca del suo giubbotto e aprì il tubetto di crema. Spremette un pizzico di crema sul dito.

"Pronta?" le chiese dolcemente.

Casey annuì e riuscì anche ad afferrare la sua maglia rovinata da sola. Si abbassò la maglia, ormai ridotta a straccio, mostrandosi a Beatle.

Lui si sentì di nuovo orgoglioso di Casey. Utilizzò il dito per sfiorarle leggermente i segni sulla pelle, ricoprendo i graffi con la pomata. Il desiderio di chinarsi e baciarle il capezzolo era forte, ma lo represse. Il desiderio di baciarla non era necessariamente un bisogno sessuale. Era più un gesto tenero.

Finì velocemente, assicurandosi che le ferite fossero completamente ricoperte di crema. A quel punto afferrò la salviettina umidificata che aveva usato prima. Si tolse il resto della pomata dalle dita prima di mettersi a frugare di nuovo nello zaino.

"Nel mio zaino non ho dei bottoni, ma posso cucire."

Casey lo guardò incredula. "Ti porti l'ago e il filo?"

Beatle sorrise per la prima volta, dopo tutto quel trambusto. "Non serve per fare progetti di cucito nella giungla, tesoro. A volte dobbiamo cucire i vestiti dopo un conflitto a fuoco. Ci portiamo tutti un set."

"Ah."

"Stai ferma," le disse Beatle, poi si chinò e si mise all'opera facendo un lavoro veloce, per quanto sporco. Alcuni minuti dopo, si fermò. "Ecco qua. Non vincerà certo dei premi, ma manterrà lontane le zanzare dalla tua bellissima pelle."

Casey fece scorrere una mano sul vestito e fissò Beatle. "Grazie."

"Non c'è di che. Ti avrei fatto indossare una delle mie, ma ci avresti nuotato dentro. Dai, i miei quattro minuti alla fine sono stati tre. Truck sarà impaziente, dobbiamo darci una mossa."

Beatle si fermò quando sentì la mano di Casey sul braccio. "Non credo che quell'uomo sarà morto, per quelle punture di formiche. Vorrei fosse morto, sarebbe così se fosse un soggetto allergico, ma probabilmente non lo era. Un sacco di indigeni facevano una cerimonia in cui si facevano mordere ripetutamente dalle formiche proiettile per dimostrare che fossero uomini. Non credo che lui provenisse da una di quelle tribù, ma non ne sono certa."

"Al momento non è in condizione di farci alcun danno. La mia preoccupazione immediata è uscire da qui. Se sarà necessario, ci occuperemo dopo di lui."

Casey annuì, poi chiese, "Come hanno fatto a trovarci?"

"Non ne ho idea," disse Beatle. "Ma non ha importanza.

Dobbiamo dirigerci a Guacalito e a casa, a qualunque costo. Noi tre uniti possiamo fare qualsiasi cosa, giusto?"

Allora lei sorrise. Fu un sorriso debole, ma a Beatle andava bene. Sì, aveva sottovalutato la sua donna e non l'avrebbe fatto di nuovo. Lei non era la principessa da salvare. La dottoressa Shea era intelligente, bella, tenace e forte. Lui le aveva fatto un torto, trattandola in qualsiasi altra maniera.

Voleva portarla in braccio, ma lei si rifiutò. A Beatle dava fastidio il fatto che lei fosse ovviamente dolorante e nonostante ciò rifiutava il suo aiuto. Ma lui lo comprese, specialmente dopo l'attacco. Casey voleva annullare il senso di debolezza che aveva provato nel corso delle ultime settimane. Voleva dimostrare al mondo che lei era forte e capace. Ma quello che lei non aveva capito era che Beatle se n'era già accorto. Lei non aveva bisogno di dimostrargli niente.

# CAPITOLO UNDICI

QUELLA NOTTE, quando si accamparono, Casey si sedette sullo sgabellino che Beatle aveva estratto dallo zaino e cercò di non pensare a come si sentisse. Avevano camminato tutto il giorno, cercando di allontanarsi il più possibile da dove erano stati attaccati e da dove avevano passato la notte.

Lei insistette sul camminare per tutto il giorno, obbligandosi ad ignorare i suoi dolori. Ma li aveva. Non era mai stata così piena di dolori, come lo era in quel momento.

Beatle si era assicurato di farle mangiare diverse barrette proteiche nel corso della giornata, l'aveva spinta a bere quanta più acqua possibile. Ma lo stomaco di Casey si stava ribellando. Il solo pensare al cibo le faceva venire voglia di vomitare.

Casey aveva approvato la zona dove volevano accamparsi, non c'erano né nidi né tumuli. Beatle e Truck iniziarono ad allestire la zona silenziosamente. Lavorarono insieme senza parlare. Ognuno era responsabile di una parte dell'accampamento. Beatle sistemò le amache e iniziò a preparare il pasto. Truck si diresse verso il ruscello che avevano già conosciuto per riempire l'acqua e raccogliere legna per il fuoco.

Lei aveva chiesto se potesse aiutare, ma entrambi gli uomini avevano scosso le teste e le avevano detto di rilassarsi sullo sgabello. Lei era sollevata e arrabbiata allo stesso tempo. Beatle le aveva detto che non la vedeva più come una principessa in difficoltà, ma in quel momento si sentiva esattamente così.

Sia Beatle che Truck continuarono a rivolgere degli sguardi preoccupati verso di lei. Casey stava cercando di ignorarli ma ogni volta che la guardavano, poi si guardavano tra di loro e comunicavano utilizzando i loro strani gesti manuali. Quel procedimento la rendeva ancora più frustata.

Casey voleva tornare a casa. Tornare nel suo letto, al sicuro nel suo appartamento, senza preoccuparsi di calpestare qualche specie di creatura che avrebbe solo peggiorato la sua sofferenza. Se lei avesse dovuto vomitare, lo avrebbe voluto fare nella privacy del suo bagno e non davanti ad un uomo per cui aveva iniziato a nutrire dei sentimenti profondi.

Era spiacevole che, nel bel mezzo della sua festa privata di consolazione, Beatle fece una passeggiata e le porse una confezione di plastica di cibo che aveva riscaldato, uno dei pacchi pranzo pronti che portava nello zaino.

"Fettuccine con spinaci e funghi," le disse con un sorriso. "Una prelibatezza nella giungla, apposta per te."

"Non ho fame," gli disse Casey in maniera tranquilla, desiderando che lui la lasciasse in pace.

Ma lui non lo fece. Anzi, si accovacciò e si tenne in equilibrio sui talloni davanti a lei, porgendole ancora quel dannato cibo. L'odore di pasta le fece venir voglia di vomitare.

"Case, devi mangiare. Hai bisogno di calorie."

"Non mi piacciono né i funghi né gli spinaci," disse lei. Non era una bugia. Sapeva che non poteva permettersi di fare la schizzinosa quando si trovavano nella giungla e in fuga da un nemico misterioso che la voleva morta, ma era di cattivo umore e non se la sentiva di ingurgitare del cibo proprio in quel momento.

"Che succede?"

Casey voleva scoppiare a ridere alla sua domanda. Era serio?

Lei alzò gli occhi verso di lui e lo vide preoccupato. La guardava come se gli importasse veramente, era dannatamente serio.

"Niente," gli disse lei, abbassando lo sguardo.

"Questa non è una situazione in cui puoi nascondermi le cose," disse Beatle, in maniera tranquilla. "Se sei dolorante, ho bisogno di saperlo in modo che posso fare qualcosa al riguardo. Abbiamo ancora molta strada da fare e se non mi dici cosa succede, comprometterebbe me e Truck lungo il percorso."

Casey si fissò le dita. C'era dello sporco sotto ogni singola unghia. Pensò che ci sarebbero volute settimane prima di tornare ad avere delle mani decenti. Le unghie erano tutte scheggiate, ebbe la sensazione che prima o poi due si sarebbero staccate. Aveva ridotto le unghie in quello stato la prima volta in cui aveva provato a uscire dalla fossa dove l'avevano gettata.

L'ingiustizia della sua situazione la colpì, tutto d'un tratto. Come uno schiaffo.

Perché? Perché le era successo tutto quel casino? Non era nessuno di speciale. Non era bella, diavolo, non era neanche poi così carina. Quando era in Florida, stava sempre per conto suo. Non andava alle feste tutte le sere. Quando usciva, di solito beveva uno o due bicchieri di vino al massimo. Non aveva tanti amici, frequentava soprattutto gli altri insegnanti dell'università. Il perché proprio lei fosse stata presa di mira era un mistero. Era semplicemente perché era americana? Casey non ne aveva la più pallida idea.

Lei era venuta in Costa Rica per studiare le formiche, santo cielo! Perché mai era stata rapita, e perché doveva correre nella giungla per sopravvivere? Non era giusto e soprattutto non aveva alcun senso.

"Casey?" le chiese Beatle dolcemente.

All'improvviso, era troppo. Casey era stanca di tutto. Aveva raggiunto il suo limite di sopportazione e sfortunatamente Beatle si trovava sulla linea di tiro.

"Vuoi sapere cosa succede?" chiese lei freddamente. "Da dove dovrei cominciare? Che ne dici del fatto che sono stata rapita? Poi non sono stata solamente rapita, sono stata presa di mira per qualche motivo per un trattamento speciale, e seppellita viva. Ma tu mi hai tirata fuori. Evviva. Grazie. Ma adesso stiamo scappando da un nemico sconosciuto e sono spaventata a morte che loro possano mettermi di nuovo le mani addosso e fare qualcosa di peggio del gettarmi solamente in una fossa."

Beatle non reagì, si limitò a lanciare un'occhiata verso Truck, che lei non aveva sentito arrivare. Il suo sguardo doveva aver comunicato qualcosa, poiché l'omone avanzò e prese il cibo che Beatle teneva in mano. Poi si allontanò di qualche passo ma non andò lontano.

Girandosi di nuovo verso di lei, Beatle mise una mano sulle ginocchia di Casey e chiese, "Cos'altro?"

Casey digrignò i denti così forte da sentire mal di testa. Ma non fu niente di speciale, rispetto ai dolori che stava già soffrendo. Proseguì.

"Cos'altro? Che ne dici di *tutto*? Mi fanno male i piedi. Almeno riesco a sentirli, ma non so se al momento sia una cosa buona. Ogni cazzo di muscolo del corpo mi fa male. Sai che le tue dita hanno dei muscoli? Beh, li hanno, e i miei fanno male. Accovacciarsi per fare pipì è forse la cosa più dolorosa in assoluto. Oh, a proposito, non ho niente con cui pulirmi dopo che ho finito e questo mi fa sentire sporca, il che è stupido perché è da tantissimo tempo che non faccio un bagno o una doccia, non dovrei riuscire a sentirmi più sporca di quanto lo sono veramente. Al momento sono così ripugnante che riesco a malapena a sopportare me stessa. La mia maglietta è ricoperta di sporcizia e sudore, adesso anche sangue, il che è semplicemente eccezionale perché sono stata presa di nuovo da quello stronzo, ho dovuto farti vedere le tette, cosa che in un'altra situazione mi sarebbe piaciuta ma non perché tu provi pena per me e, per chiudere in bellezza, probabilmente mi ritroverò con una specie di strana malattia della giungla come conseguenza dei suoi graffi!"

Lei fece una pausa per fare un respiro e dopo proseguì. Una volta iniziato, era impossibile fermarsi. "Mi martella la testa, ho la nausea. Ho provato a mangiare e bere come volevi tu ma so che se in questo momento ingurgito qualche altra cosa, vomiterò tutto. Sento i denti marci, visto che non me li lavo da chissà quanto tempo. Mi sento ferita dal fatto che le ragazze siano state salvate dagli altri soldati e io sono stata abbandonata. Adesso ho paura del buio, ho un milione di morsi di zanzare che mi prudono da morire e voglio solamente andare a *c-casa*!"

La sua voce si ruppe sull'ultima parola, Casey era più che consapevole di quanto si stesse lamentando disperatamente, ma non poteva farci nulla. Gli occhi le si riempirono di lacrime e li chiuse con forza, per evitare di piangere. Si morse il labbro inferiore screpolato per cercare di ritornare in sé. Pensò di esserci riuscita, finché sentì la mano di Beatle carezzarle dolcemente la testa.

Quella fu la goccia che fece traboccare il vaso. Iniziò a piangere, singhiozzando sommessamente.

Casey sentì Beatle spostarsi in avanti e prenderla in braccio. Il suo braccio sotto le ginocchia le fece male, ma ormai non faceva più caso ai suoi mille dolori.

Lei singhiozzò come se il suo mondo stesse finendo.

In effetti, ne aveva passate troppe.

Beatle si sedette su qualcosa, si stava sdraiando, stringendola verso di lui. Lei non si irrigidì, né aprì gli occhi per vedere cosa stesse succedendo. Era finita. Distrutta.

Percepì la sensazione familiare dell'amaca che si chiudeva verso lei e Beatle, ma non aprì ancora gli occhi. Beatle si posizionò sotto di lei, mettendosi comodo, assicurandosi che anche *lei* lo fosse.

Lui non le disse di tacere. Non le disse che sarebbe andato tutto bene. Le massaggiò semplicemente la schiena e le accarezzò i capelli.

Casey non aveva proprio idea di quanto tempo avesse pianto tra le braccia di Beatle, ma alla fine le sue lacrime si calmarono, fino ad arrestarsi totalmente.

"Ti senti meglio?" le disse lui, calmo.

Senza sollevare la testa dalla sua spalla, Casey scosse la testa.

"Ti senti peggio?" chiese lui, con una chiara nota scherzosa nel suo tono.

Lei scosse di nuovo la testa. "Non credo sia possibile sentirsi peggio di quanto mi senta adesso."

"Mhmm," disse Beatle, continuando ad accarezzarle la schiena.

"Mi dispiace," disse lei dolcemente.

"Per cosa?"

"Per essermi trasformata in una stronza di prima categoria. Non te lo meritavi."

"Tutto ciò che hai detto era vero?"

"Sì."

"Allora non hai niente di cui scusarti."

Casey sospirò e sollevò la testa abbastanza da riuscire a vedere i suoi occhi. "Ma tu non meriti che io ti getti merda addosso in quel modo."

"Case, hai passato delle settimane difficili. Hai resistito estremamente bene. Non hai niente di cui scusarti."

"Durante l'adolescenza Aspen diceva sempre che ero troppo lucida," gli disse lei.

"Sì, beh, credo che qualsiasi fratello maggiore l'avrebbe detto sulla sorella minore. Datti un po' di tregua, tesoro."

Restarono in silenzio per un po' e Casey non sentì alcun bisogno di spostarsi. In realtà lei sarebbe stata felice se non si fossero mai spostati.

"Sono preoccupato per te," disse Beatle dopo un paio di minuti. "Sei stata davvero brava fino adesso, ma so che i tuoi piedi necessitano di più cure rispetto a quelle che possiamo darti io e Truck. Non mi piace il fatto che tu non abbia fame o sete. Dovresti averle entrambe, dopo tutto il tempo che non hai avuto niente da mangiare e quel poco che avevi da bere. Non mi sorprende che ti facciano male i muscoli, in particolare dopo essere stata rinchiusa tutto quel tempo in quella fossa. Non mi piace il fatto che non sappiamo chi ti stia cercando, né il perché, ma non abbiamo tempo di fermarci e cercare di scoprirlo adesso. Farei tutto ciò che è in mio potere per farti fare un bagno caldo con un sacco di sapone, ma temo che dovrai aspettare fino a quando non torneremo nel mondo civile."

"Ucciderei qualcuno per farmi un bel bagno," mormorò Casey.

Beatle la strinse, come risposta.

"Cercherò di non tirare fuori di nuovo la stronza che c'è in me," gli disse lei.

"Non farlo."

"Cosa?" chiese lei, confusa.

"Se quella eri tu mentre ti comportavi da stronza, posso sopportarlo. Casey, già te l'ho detto, ma hai resistito molto meglio di quanto pensassi. Cavolo se l'hai fatto, avevo dimenticato quante cose avessi passato. Mi dispiace di non aver riconosciuto che eri vicina al tuo limite di pazienza. Sei stata così coraggiosa e forte quando ti abbiamo salvato, non ho prestato sufficiente attenzione a vedere che hai avuto uno shock a effetto ritardato. Non puoi aspettarti di stare in questa giungla per giorni interi senza raggiungere il limite di sopportazione. In particolare, non dopo ciò che hai passato tu. Sono io ad essere dispiaciuto per non aver visto oltre la tua forza e riconoscendo quando non ce la facevi più. Lo so bene."

"Lo sappiamo bene," aggiunse Truck.

Casey si spaventò così tanto che se Beatle non l'avesse tenuta così stretta, sarebbe caduta dall'amaca. Lei sollevò la testa e vide Truck seduto sullo sgabello su cui si trovava lei prima.

Truck guardò Beatle prima di dire, "Cambio di programma. Domani ci dirigeremo verso ovest, dritto verso Guacalito. È più importante portarti nel mondo civile e da un dottore, che cercare di giocare a nascondino nella giungla."

"Ma ce la posso fare," protestò Casey, anche se una parte di lei diceva che per nessun motivo al mondo sarebbe riuscita a correre un solo giorno in più.

"Sono sicuro che se le cose si mettono male, ce la faresti," la calmò Beatle. "Ma non devi farlo. Io e Truck ci occuperemo di qualsiasi altra persona in cui potremmo imbatterci. Era scontato, per noi, dirigerci subito lontano dal nostro obiettivo in modo da seminare chiunque ci stesse seguendo."

"Ma se adesso torniamo indietro, non potremmo imbatterci in altri tipi loschi?"

"Forse sì. Forse no. Ma tra un attimo parlerò con gli altri

attraverso la radio e loro staranno in guardia. Sgombreranno la zona prima del nostro arrivo. Guardami," le ordinò Beatle.

Casey alzò lo sguardo verso di lui.

"Non è una cosa buona che tu abbia la nausea e non abbia né fame né sete. Non va bene che ti facciano così male i piedi. Voglio disinfettare profondamente quei graffi e voglio semplicemente fare tutto ciò che è in mio potere per farti sentire di nuovo al sicuro." Fece una pausa e poi disse, "Oh, e un'altra cosa. In nessun modo ho intenzione di lasciare questa giungla senza di te. Avrei fatto qualsiasi cosa per trovarti e portarti a casa. Ho fatto la prima cosa; è il momento che io vada avanti con la seconda."

Casey si rilassò e mise la testa sulla spalla di Beatle. "Mangerò la pasta. Dammi solo un momento, va bene?"

"Non c'è fretta, tesoro," disse lui con dolcezza.

Rimasero nell'amaca per molto tempo. Casey sapeva che Truck si stava muovendo attorno a loro, ma non sapeva ciò che stava facendo. Non aveva importanza. Dopo un po', Beatle scese dall'amaca. Le tolse scarpe e calzini, e le curò i piedi nel miglior modo possibile. Intanto le appese la zanzariera affinché lei non venisse morsa di nuovo.

Truck si avvicinò con una manciata di pillole. Lei non chiese nemmeno per cosa fossero. Si limitò a prenderle senza dire una parola e le ingerì. L'acqua minacciò di farsi vomitare, ma lei riuscì a mantenerla dentro. Ma fece in tempo a notare lo sguardo preoccupato sulla faccia di Truck.

Casey sperava solamente che qualunque cosa le avesse dato l'avrebbe aiutata ad alleviare il dolore in tutto il corpo.

Si agitò quando il sole sprofondò nell'orizzonte, visto che non le piaceva l'oscurità che scendeva sul loro piccolo angolo di mondo. Il fuocherello che avevano acceso non illuminava abbastanza la zona. Proprio quando lei pensò che avrebbe urlato, Beatle fece un salto e salì sull'amaca insieme a lei.

"Non posso fare molto per la notte," si scusò lui.

"Va meglio quando sei qui," disse lei con sincerità. "È solo che quando sono da sola inizio a ricordare la fossa e mi sembra di essere di nuovo lì dentro."

"Bene. Non posso fare molto per il mio odore," disse lui scherzando. "Mi sono dimenticato di portare la mia acqua di colonia Brut."

Casey si mise a ridere. "Non riesco a trovare la differenza tra la mia puzza e la tua. Va bene," disse lei. Dopo alcuni minuti, lei gli chiese dolcemente, "Domani andiamo davvero dritto verso Guacalito?"

"Sì."

"Ed è un bene?"

Sapendo cosa intendesse dire, Beatle le rispose, "Va bene. Non posso dire che non ci sono cose a cui dobbiamo fare attenzione, ma dobbiamo farti uscire da qui. Adesso non è il momento di vagabondare per la giungla cercando di scovare i tipi loschi."

"Non è quello che stavamo facendo?"

"Noi no, ma gli altri si. Ci stavamo solamente allontanando da loro in modo che riuscissero a cacciare."

"Il vostro capo, o comandante, o in qualsiasi maniera voi lo chiamate, non si arrabbierà se non acciuffate i criminali?"

"Assolutamente no. Hai resistito così bene e sei stata incredibile, quando siamo partiti, che ci siamo dimenticati velocemente che hai passato qualcosa di terrificante. La missione non era scoprire chi e perché, proprio adesso. La missione è portarti fuori da qui, al sicuro, e a casa, Case. *Sei tu la mia missione.*"

Lei non poté fare a meno di essere addolorata per quelle parole. Non voleva essere una missione, per lui.

Quando era stata salvata la prima volta si era detta di non innamorarsi di Beatle. Lui aveva salvato centinaia di persona, e ciò che lei sentiva era semplicemente la conseguenza della sua gratitudine. "D'accordo," sussurrò lei.

Ovviamente lui percepì il dolore di Casey perché si affrettò a dire, "Non lo intendevo nel modo in cui l'ho detto."

"Lo so," disse lei in maniera impacciata, non credendo alle sue stesse parole.

"Dico sul serio. Non sei solamente una missione, per me," insistette Beatle. "Dal momento in cui ho visto la tua foto, ti ho voluta. *Te*, Casey. Dovevo trovarti o morire nel tentativo. E se questo non riesce a convincerti, forse questo sì." Lui le spostò una gamba fino a farla arriva sopra il suo inguine. "Questo ti fa pensare di essere solo una missione?"

Casey spalancò gli occhi nell'oscurità della notte, non che questo la aiutasse a vedere qualcosa. Beatle era eccitato, sotto la sua gamba. Lui spostò i fianchi e lei non riuscì a fare nient'altro se non spingere forte contro il suo uccello. Lei lo sentì contrarsi sotto la sua gamba.

"Entrambi siamo sporchi da fare schifo. Puzziamo come se ci fossimo rotolati nel fango per giorni, cosa che abbiamo fatto... più o meno. Tu sei dolorante e preoccupata, a me non frega un cazzo. Vederti mentre ti spogliavi per me prima sarebbe stato un sogno diventato realtà, se non fosse per la situazione. Ho sognato di vederti in piedi, davanti a me, mentre ti toglievi lentamente la maglia mentre ti stavo a guardare. Il pensiero di vederti in piedi, davanti a me, indossando solo un paio di mutandine... e poi vederti mentre te le fai scivolare sulle tue lunghe gambe, è forse più di quanto riesca a sopportare. Il mio cazzo vuole solamente entrare in profondità, nella tua figa calda e umida." La voce di Beatle si era abbassata gradualmente, stava praticamente sussurrando verso il finale. Il desiderio era ben percepibile nel suo tono.

"Tu non sei una missione, tesoro. Non mi sono mai sentito così per qualcuna, prima d'ora. Questa non è la conseguenza del fatto che ti ho salvato. Siamo tu ed io. Ti porterò cautamente via da questa giungla, e poi negli Stati Uniti, perché voglio approfondire qualsiasi cosa ci sia con te. Puoi anche non sentire la stessa cosa, ma intendo fare ciò che posso per indurti a darmi almeno un'occasione."

"Non sei il solo," disse Casey, spostando coraggiosamente la gamba per sentire di nuovo la sua erezione. "Io... anche io voglio approfondire qualsiasi cosa ci sia con te. Ma... non so come possa funzionare se tu vivi in Texas ed io in Florida."

"Grazie al cielo," disse Beatle, poi le spostò la gamba dal suo uccello. "Possiamo mettere a punto i dettagli dopo. Innanzitutto... usciamo, da questa giungla. Domani sarà una giornata orrenda," disse lui senza mezzi termini. "Dobbiamo muoverci sul serio e in fretta per raggiungere Guacalito. Una volta arrivati lì, incontreremo gli altri e organizzeremo i prossimi passi su come arrivare a San José. La capitale è più grande, sarà facile perdersi. Riusciremo a mimetizzarci meglio con i turisti rispetto ad una delle piccole città."

"Non dobbiamo camminare verso quella direzione, vero?" chiese Casey.

"Per andare a San José?" precisò Beatle.

Casey annuì.

Lui ridacchiò. "No. Hollywood, o uno degli altri, ci darà un passaggio. Forse dovremo passare un po' di tempo nella capitale ma conosco tuo fratello e Ghost, faranno tutto il possibile per ottenere l'autorizzazione per lasciare il paese il prima possibile. Sfortunatamente, le autorità costaricane hanno intenzione di parlare con te. Visto che sei stata rapita sul loro territorio, loro fingeranno di interessarsi e cercheranno di indagare. Non abbiamo ancora parlato di quello che è successo ma non voglio che ti preoccupi della riunione con loro."

"Sarai..." Casey fece una pausa, dopo fece un respiro profondo e continuò. "Sarai lì insieme a me?"

"Certamente. Niente riuscirà a farmi allontanare."

"Perché vuoi sapere cos'è successo?"

"Sì, ma cosa più importante, voglio essere lì per appoggiarti mentre lo racconti."

"Grazie," sussurrò Casey.

"Prego. Portarti a San José mi darà anche la possibilità di portarti da un vero dottore."

"Non voglio andare da un dottore qui," protestò Casey, dopo rabbrividì. "Voglio solo andare a casa."

"Lo so. Ma mi assicurerò che qualsiasi dottore che trovi Ghost sia una persona onesta. Non permetterò a nessuno di ferirti ulteriormente."

Casey deglutì e scoppiò di nuovo in lacrime. Si sentiva davvero... giù. Piangere non era da lei. "Va bene," disse lei dolcemente.

"So che hai la tua vita in Florida," disse Beatle, "ma anche in Texas ci sono delle scuole."

Casey deglutì un paio di volte.

"Non posso cambiare il luogo in cui sono collocato, questo è brutto perché non mi piace il fatto che saresti tu a sacrificarti se le cose vanno nel modo in cui ho programmato. Ci andremo piano. Avremo una relazione a distanza per un po'. Parleremo ogni sera attraverso Skype e per telefono. Prenderò un permesso e verrò a visitarti, forse anche tu potresti venire ogni tanto in Texas."

"Mi piacerebbe," gli disse Casey. Certo, di sicuro non pensava che si sarebbero sposati, una volta tornati negli Stati Uniti, ma non pensava neanche che Beatle sarebbe andato dritto al punto dicendole che intendeva frequentarla. Non dopo che la conosceva da due giorni.

"Dormi, Case," ordinò lui. "Domani sarà una giornata

lunga. Ti darò il maggior numero di antidolorifici possibile, ma dovrai sforzarti di mangiare qualcosa in mattinata. E bere durante la giornata."

"Lo farò," gli disse lei. "Ho avuto solamente un momento di autocommiserazione. Domani starò meglio."

"Non nascondermi mai ciò che senti," disse Beatle. "Voglio sapere come stai *veramente*. Forse non riuscirò a fare niente al riguardo, ma non credere mai di essere una piagnucolona. D'accordo?"

"Ci proverò," disse lei.

"Bene."

"Troy?" Casey non seppe dire perché avesse usato il suo vero nome, ma ormai lo aveva detto.

"Sì, tesoro?"

Gli piacque il suono del suo nome, detto da lei.

"Grazie per avermi trovata."

"È qualcosa per cui non devi mai ringraziarmi, Case. Adesso dormi."

———

Beatle strinse saldamente Casey per molto tempo, prima che lei sprofondasse in un sonno esausto e inquieto. Lui e Truck avevano parlato prima che lui l'avesse raggiunta nell'amaca e concordarono che l'avevano messa troppo sotto pressione. Lei non era abbastanza forte da camminare nella giungla. Avevano sbagliato. Visto che lei non si era lamentata, avevano dato per scontato che stesse bene. Ma non era così.

Beatle aveva sentito Truck che parlava al resto della squadra tramite radio. Il piano era proprio quello che aveva detto a Casey. Si sarebbero girati e diretti in linea retta verso Guacalito. Se qualcuno li avesse intralciati, l'avrebbero semplicemente ucciso. Riportarla negli Stati Uniti era più importante di cercare i rapitori.

Ma il pensiero che lui avesse mancato qualcosa tormentò Beatle. L'intero rapimento non somigliava agli altri che avevano affrontato. Chiunque fosse la mente pianificatrice, era intelligente, ma Beatle sapeva che nessuno era perfetto. Il rapitore aveva lasciato delle molliche di pane da qualche parte. Potevano seguirle.

Ma come aveva detto alla donna tra le sue braccia dopo il suo mini-attacco di rabbia, in futuro ci sarebbe stato tempo di scoprire chi ci fosse dietro e il motivo. La sua preoccupazione principale era Casey.

Era più sollevato di quanto riuscisse ad ammettere quando lei sembrò d'accordo di vedere fino a dove sarebbe arrivata la loro relazione, una volta che avrebbero fatto ritorno negli Stati Uniti. Avevano un sacco di ostacoli davanti a loro. Lui era stato collocato in Texas e lei lavorava in Florida. Lui non poteva trasferirsi... a meno che non si fosse ritirato.

Il pensiero di lasciare i suoi compagni di squadra era doloroso, ma il pensiero di non rivedere Casey lo era ancora più. Si era innamorato profondamente e non aveva vergogna di ammetterlo. Aveva visto com'erano felici i suoi compagni di squadra con le loro donne e lui voleva lo stesso per lui. Con Casey.

Lei non aveva mentito, puzzavano entrambi, ma non aveva alcuna importanza. Lei era viva e tra le sue braccia; a lui non importava che odore avessero. Beatle baciò la fronte di Casey e chiuse gli occhi.

I suoi sogni furono pieni di orribili visioni sul ritrovamento di Casey nella fossa, troppo tardi. Di lei morente tra le sue braccia mentre camminavano nella giungla. Di lei che inciampava in un tumulo di formiche proiettile e gridava dal dolore.

Dopo ogni visione lui si svegliava di soprassalto solo per controllare che lei stesse dormendo sana e salva tra le sue braccia. Proprio in quel luogo e in quel momento, nel bel mezzo della giungla costaricana, Beatle giurò di scoprire chi fosse stato a rapire lei e le ragazze, e perché.

"Farò in modo che tu sia sempre al sicuro," le sussurrò.

Beatle non riuscì più a dormire quella notte. Si limitò a stringere quella donna meravigliosa tra le braccia e a vegliare su di lei.

# CAPITOLO DODICI

IL GIORNO successivo non arrivarono a Guacalito, ma fecero buoni progressi. Casey sapeva che sia Beatle che Truck la stavano tenendo sotto controllo, assicurandosi che mangiasse, bevesse e non si sforzasse troppo. Lei apprezzò molto le loro premure.

Si erano accampati per un'altra notte, senza problemi. Poi partirono di nuovo.

Dopo aver camminato per diverse ore, Beatle fermò gli altri due.

"Siamo vicini, tesoro," le disse lui dolcemente. "Io andrò in avanscoperta e mi incontrerò con Hollywood, Coach e Fletch. Farò un giro d'ispezione."

Il pensiero di vedere di nuovo la città di Guacalito rese Casey molto felice. Le era piaciuta molto quella piccola città, quando l'aveva vista per la prima volta. Le persone che vivevano lì le avevano accolte a braccia aperte. Avevano visto molti ricercatori universitari, negli ultimi anni, inoltre adoravano i dollari che i turisti si portavano dietro.

Il pensiero che qualcuno dei cittadini che aveva conosciuto l'avesse tradita... le fece male. Dietro il suo rapimento c'erano qualcuno di loro? Qualcuno a cui non piaceva la presenza delle americane? Qualcosa non tornava, nella mente di Casey. Mentre cercava di concentrarsi su e prima che riuscisse a mettere a fuoco, Beatle riprese a parlare.

"Resta qui con Truck, Case. Tornerò il prima possibile. Resterò in contatto con lui, quindi se voi vi spostate, vi troverò. D'accordo?"

Lei annuì. "D'accordo. Vai. Svolgi il tuo compito. Prima troverai i ragazzi, prima riuscirò a farmi un bel bagno."

Il sorriso che si aprì sul viso di Beatle premiò la sua spensieratezza forzata. La verità era che ormai Casey odiava la giungla. Tutto ciò che racchiudeva. Si sentiva male, per quel motivo. Aveva trascorso la vita ad immergersi nei suoni e negli odori della giungla. Studiare insetti significava tutto, per lei. Era ancora così. Ma d'ora in poi avrebbe dovuto cambiare la sua attenzione, spostandola dagli insetti che popolavano la giungla a quelli che vivevano altrove.

Ma tra l'aver avuto i nervi a fior di pelle, la fuga, l'aver controllato che le sue adorate bestioline non uccidessero né lei né i suoi compagni... Insomma, il tutto le aveva guastato il suo amore per la foresta. Il dolore che provava era così forte, quasi come un lutto. Come se avesse perso una persona amata.

Respingendo quei pensieri cupi e promettendosi di parlare con un'amica professoressa di psicologia, quando avrebbe fatto ritorno in Florida, Casey cercò di sorridere a Beatle.

Lei si era persa troppo tempo nei suoi pensieri perché quando si concentrò di nuovo su Beatle, il suo sorriso era sparito. Lui le appoggiò la fronte sulla sua e le mise dolcemente una mano sulla nuca. Casey si aggrappò ai bordi del suo giubbotto.

Non dissero nulla, limitandosi a tenersi stretti. Alla fine, lui si tirò indietro e le baciò teneramente la fronte. "Tornerò presto," disse lui, poi si girò e si diresse verso la giungla, scomparendo dopo pochi secondi.

Casey sospirò e guardò il punto in cui lui era scomparso. Aveva un nodo in gola, si sentiva su di giri. *Lui tornerà. Devi darti una calmata. Poi tra un paio di giorni uscirà dalla tua vita e non è detto che lo rivedrai di nuovo. Lui sta solo facendo il suo lavoro. Questa attrazione, probabilmente, è la conseguenza di pericolo, stress e adrenalina.*

Come se riuscisse a leggerle nel pensiero, Truck si avvicinò e le disse dolcemente, interrompendo i tristi pensieri, "Non ho mai visto Beatle così, prima d'ora."

Casey girò la testa e guardò il possente soldato della Delta Force vicino a lei. Lui indicò lo sgabellino che aveva lasciato Beatle.

Visto che voleva avere più informazioni su Beatle ma aveva vergogna, lei chiese, "Davvero?"

Lei si sedette sullo sgabellino, Truck si sedette da un'altra parte, "Davvero."

"Mhmm," disse Casey. Le stava simpatico Truck, ma in realtà non lo conosceva così bene.

"Mi ricordi la mia Mary," disse lui di punto in bianco.

Gli occhi di Casey si spalancarono. "Mary?"

"Sì. Lei è davvero una delle donne più forti che io conosca. Ma è anche testarda. Non le piace farsi aiutare da nessuno, men che meno da me. Anche quando ne ha bisogno, oppone resistenza al mio aiuto."

Lei si morse il labbro. Sì, somigliava a questa Mary. Casey voleva bene ai suoi genitori ma loro l'avevano educata ad essere un po' *troppo* autonoma. Aveva imparato a cambiare una ruota a dodici anni. Non appena ottenne la patente, andava sempre in macchina alle attività del liceo. Sua madre aveva fatto tutto il possibile per far sì che sua figlia crescesse indipendente.

Aspen aveva contribuito. Non la coccolava, come facevano la maggior parte dei fratelli maggiori con le sorelle minori. Oh sì, lui la proteggeva quando un ragazzo a scuola non accettava un suo rifiuto per uscire ma generalmente, quando erano adolescenti, ognuno si faceva i fatti propri.

Era difficile, per Casey, chiedere aiuto. Davvero difficile. D'altronde, conosceva un sacco di gente che aveva delle vite difficili. Matrimoni andati male, lotte per arrivare a fine mese, bambini dalle esigenze particolari, malattie croniche... problemi a cui lei non era mai andata incontro. Quindi aveva imparato a tirare avanti da sola nel miglior modo possibile. C'erano delle volte in cui soffriva perché non aveva qualcuno con cui condividere la sua vita, ma non le pesava essere single. Aveva un buon lavoro, guadagnava abbastanza soldi ed era contenta di uscire e parlare con gli altri professori dell'università.

"Sono semplicemente abituata a fare le cose da sola," disse Casey tristemente, quando il silenzio tra lei e Truck era durato troppo a lungo.

"Mary è fatta così. Ma sta imparando che va bene farsi aiutare da un'altra persona. Ricevere l'aiuto di qualcuno non significa essere debole. Condividere un problema, a lungo andare, ti rende più forte."

"Sono contenta che lei si stia aprendo," disse Casey a Truck.

"Già. Faccio il possibile per sfondare il suo guscio e farle vedere che il suo passato non deve per forza definire il suo futuro, le persone che la circondano la amano e farebbero di tutto per stare al suo fianco."

"Anche tu?"

"Soprattutto io."

"La ami?"

"Con tutto il mio cuore."

"Lei ti ama?"

Truck tentennò e il cuore di Casey si spezzò per l'omone che era seduto vicino a lei. Era più che evidente che lui volesse dire di sì, ma dopo un attimo scrollò le spalle. "A volte non so se io le *piaccia* poi così tanto. Ma alla fine non ha importanza. Farò qualsiasi cosa per assicurarmi che stia bene. E se una volta guarita andrà via, proverò un dolore immenso. Ma sarà viva. L'alternativa è inaccettabile."

Casey non riusciva a immaginare che a qualcuno potesse non piacesse Truck, ma aveva la sensazione che lui stesse tralasciando un sacco di cose. Fu illuminata da un pensiero. "Lei ti respinge a causa della tua cicatrice, giusto?" La domanda uscì con un tono più brusca di quanto volesse, ma non poteva fare altro che arrabbiarsi. Come poteva, questa Mary sconosciuta, rifiutare quell'uomo meraviglioso a causa della brutta cicatrice che gli solcava la guancia e tirava le labbra verso il basso, in un broncio perenne?

Incredibilmente, Truck sorrise. "No, Casey. A lei non frega un cazzo della mia cicatrice. Credo di darle fastidio solo perché sto nella stessa sua stanza. Ma... Sono rincuorato dal fatto che lei stia diventando sempre meno pungente nei miei confronti. La posso chiamare una vittoria."

"Non conosco la tua Mary ma devo dire che se *tu* la ami, sicuramente vale la pena combattere per il suo cuore. Cambierà idea. Come potrebbe non farlo? Non ti conosco da molto e se non avessi sentito la..." lei tentennò, prendendosi un attimo per cercare la giusta parola "...spinta verso Beatle, probabilmente farei tutto ciò che è in mio potere farmi notare da te."

Lui ridacchiò. "Grazie. Avevo bisogno di sentirlo. Ad ogni modo, come ho detto prima, tu me la ricordi. Siete entrambe testarde e pensate che riuscirete a fare tutto, a superare tutto da sole. Non c'è niente di male nell'accettare aiuto, Casey. Che sia da Beatle, dai tuoi genitori o da uno strizzacervelli, quando torni a casa."

Lei sussultò quando lui pronunciò l'ultima parola.

"Lo so, non vuoi parlare di quello che successo, ma hai bisogno di farlo. Devi farlo. L'esercito non è mai stato dinamico nell'ottenere aiuto dai soldati, dopo che sono stati schierati, ma stanno migliorando."

"Parlerò con Beatle."

"Questa è una cosa buona, dovresti farlo, ma è diverso dal parlare con uno psichiatra. Qualcuno che è istruito su come aiutarti."

Casey pensò alle parole di Truck. Sapeva che aveva ragione, si era detta la stessa cosa poco prima, ma odiava l'idea di dover pensare di nuovo a quel paese, una volta che l'avrebbe lasciato. "D'accordo," disse lei dolcemente.

"Pensaci," le disse Truck. "Tu lavori all'università, lì dovrebbe esserci una struttura medica nel campus, giusto?"

Lei annuì.

"Potresti sentirti più a tuo agio, se parli con qualcuno lì. Oppure, se vuoi mantenere la tua vita lavorativa separata da ciò che è successo, puoi andare da qualcuno in un ospedale che si trova nelle vicinanze. Ma la cosa importante è parlare con qualcuno istruito ad aiutarti."

"Anche le altre ragazze avranno bisogno d'aiuto."

"Sono d'accordo. Credo che l'ambasciatore stia riportando la figlia in Danimarca, ma anche Kristina e Jaylyn dovranno tornare alla loro vita quotidiana."

"Quando farò ritorno le chiamerò," disse subito Casey, pensando già a come aiutare le studentesse. "Forse potremmo fare delle sedute insieme. C'è una collega all'università che insegna psicologia. Fa anche volontariato nel centro medico studentesco ogni volta che c'è un suicidio o avviene qualche altro incidente nel campus."

"Mi sembra ottimo," concordò Truck. "Basta che tu non sia testarda nel chiedere aiuto," insistette. "Fallo al più presto. A volte più tempo aspetti, peggio è."

"Lo farò. Grazie, Truck. Lo apprezzo."

"Di nulla. Adesso... ti vanno bene un paio di giorni a San José?"

Casey fissò l'omone per un attimo. I suoi occhi azzurri la stavano penetrando con la loro intensità. Era fin troppo grande per stare comodo sullo sgabellino ma stava seduto lì, con le ginocchia attorno alla vita, aspettando una risposta.

"Perché non dovrebbe andarmi bene?"

"Non so di preciso come ci andrà, quando arriveremo lì, ma ho il sospetto che sarà come abbiamo fatto in passato. Cercheremo un hotel e aspetteremo che le autorità smettano di cazzeggiare. Potrebbe volerci un giorno o una settimana, non si sa."

"Una settimana?" sussultò Casey. Il pensiero di restare in Costa Rica per un'altra settimana le fece accapponare la pelle.

"Sì, ma credo che non ci vorrà molto tempo stavolta."

"Perché no?"

"Perché adesso tuo fratello è lì, a fargli il culo, loro non vedranno l'ora di toglierselo dalle palle il prima possibile."

Casey sorrise. Aspen *poteva* essere una seccatura, se voleva qualcosa.

"Ad ogni modo, staremo un paio di giorni nell'hotel, tu sarai interrogata dalle autorità, dopo dovremo aspettare il permesso per lasciare il paese. Spero che abbiano trovato il tuo passaporto, il che renderebbe tutto più veloce."

"Ragazzi, voi... Non importa."

"Noi cosa?"

Casey si morse il labbro, allora alla fine sputò il rospo,

"Aspetterete insieme a me? O dovrete tornare per partecipare in un'altra missione?"

Truck si piegò in avanti e le mise una mano sul ginocchio. "Non ce ne andremo senza di te," la rassicurò lui.

Casey sospirò. Poi accarezzò la mano dell'omone e disse, "Beh, allora passare un paio di giorni in hotel non sembra così male. Se avranno dell'acqua calda e una vasca, sarò a posto."

Truck si tirò indietro e scosse la testa. "Forte e testarda," mormorò lui.

Casey arrossì, sapendo che lui aveva colto per bene la sua spavalderia.

"Sono orgoglioso di te," disse Truck. "Hai passato qualcosa di orribile e avresti potuto lasciarti andare, morire in quella fossa. Ma non l'hai fatto. Hai combattuto per sopravvivere. Non solo, hai anche attraversato la giungla come se non fossi stata appena rapita. Hai aiutato me e Beatle a decidere dove accamparci per evitare insetti mortali. Se dovessi mai aver bisogno di qualcosa, non esitare a contattarmi, d'accordo?"

Casey annuì. "Credo che mi piacerebbe conoscere questa tua Mary."

Truck sorrise di nuovo, un lato della bocca si curvò e l'altro, quello con la cicatrice si ostinò a restare fermo. "Credo che anche a lei piacerebbe."

Poi rimasero in silenzio, ognuno perso nei propri pensieri. Casey sapeva che il suo calvario non era ancora finito ma dopo quella chiacchierata, si sciolse un po' di tensione. Presto sarebbe arrivata nella città, circondata da Beatle, suo fratello e tutti gli altri soldati Delta. Nessuno poteva rapirla, con loro nei paraggi.

Si rifiutò di pensare a quando sarebbe tornata a casa in Florida, e Beatle sarebbe tornato in Texas. Una volta arrivata, ci avrebbe pensato. Una cosa alla volta. Niente di più.

Cinque ore dopo Casey faticò a credere che lei e Truck avessero parlato nella giungla all'inizio della giornata e in quel momento era diretta verso una camera d'albergo dello Sheraton hotel, appena ad ovest di San José.

Beatle era ritornato e si erano diretti subito verso Guacalito. Una volta arrivati, Casey si riunì di nuovo con Hollywood, Coach, e Fletch, salirono tutti su un elicottero. Casey non aveva fatto alcuna domanda ma si era aggrappata saldamente alla mano di Beatle. Lui le aveva stretto la mano diverse volte, cercando di rassicurarla. Dopo erano atterrati in una sorta di base militare vicino San José, dove il leader della squadra, di nome Ghost, li stava aspettando.

Avevano ricevuto il permesso di partire senza altri problemi e si erano fermati davanti alla lussuosa catena di hotel americani. Bastò vedere il logo luminoso per far sentire meglio Casey, più al sicuro.

Suo fratello si stava era occupato della logistica dell'hotel, dato che la stava aspettando nell'atrio. La abbracciò subito con forza, le diede uno zaino con dei vestiti, diede a Beatle una chiave e poi li condusse verso gli ascensori. Tutti gli altri uomini si ficcarono nello spazio angusto e raggiunsero l'ultimo piano. Casey si sentì ancora meglio quando vide gli uomini entrare nelle stanze intorno alla sua. Era circondata da soldati, si sentiva decisamene al sicuro.

Andò verso la sua stanza e si voltò per ringraziare Beatle, ma sobbalzò per la sorpresa quando lui la seguì fino a dentro e chiuse la porta dietro di loro. Gettò lo zaino sul tappeto.

Poi si diresse verso il guardaroba e lo aprì, diede un'occhiata sotto i due letti e dietro le tende. Infine, perlustrò e il bagno. Dopo essersi assicurato che ci fossero solo loro due nella stanza − almeno, lei pensò fosse quello lo scopo di quei movimenti – Beatle si diresse verso di lei dopo aver messo qualcosa in bagno. Poi le mise le mani sulle spalle.

"Il bagno è tutto tuo. Sarò qui fuori. Fai con calma."

"Ma ho sentito Ghost dire che il tizio dell'esercito sarebbe venuto qui e mi avrebbe interrogato."

"Sì, vero," disse Beatle. "Ma quando sarai pronta. Devi darti una ripulita, devi essere visitata da un dottore. Poi devi mangiare. Quindi si sarà fatto troppo tardi, così stasera potrai farti una bella dormita su un vero materasso senza doverti preoccupare degli insetti."

Casey adorava il modo tenero in cui Beatle le parlava, come se lei fosse la cosa più preziosa della sua vita. Questo la fece sentire bene ma anche preoccupata, magari lui si sarebbe sentito diverso una volta tornati a casa. "Ci sono più possibilità di trovare delle cimici qui, che negli Stati Uniti. Clima più caldo, clienti non molto benestanti, l'igiene non molto valorizzata..."

Beatle rabbrividì. "Non pensiamoci. Per quanto adori il tuo cervello entomologico, dottoressa Shea, al momento non ne posso più degli insetti."

Lei gli fece un sorrisetto.

"Ecco, bene. Comunque, la doccia è tutta tua. Fai con calma. Non andrò da nessuna parte. Sarai libera di prenderti tutto il tempo che vuoi."

Il pensiero di fantasticare su di lui mentre lei era nuda e vulnerabile tenne a bada le lacrime che stava trattenendo, erano in agguato da quando avevano lasciato la giungla per raggiungere Guacalito. Casey le frenò per pura caparbietà. Beatle l'aveva vista piangere abbastanza, per i suoi gusti. Lei voleva essere forte... per lui.

"Grazie," disse lei dolcemente.

Era ovvio che lui avesse capito il suo tentativo di controllare le sue emozioni, ma non fece commenti al riguardo, cosa che lei apprezzò. "C'è del sapone, una lametta, shampoo e un balsamo sul tavolo. Ti pettinerò i capelli quando uscirai dalla doccia, quindi non preoccuparti di questo. Ci sono anche uno spazzolino e un dentifricio accanto al lavandino." Lui si piegò in avanti, arrivando vicinissimo al suo viso. "Fai. Con. Calma. Non preoccuparti di me. Non preoccuparti che qualcuno possa entrare nella stanza, perché non succederà. Non preoccuparti di usare tutta l'acqua calda. Sei al sicuro con me. Capito?"

Le fastidiose lacrime erano tornate, intasandole la gola, rendendole impossibile dire anche solo una parola. Lei si limitò ad annuire.

Mantenendo il contatto visivo con lei, Beatle si avvicinò ulteriormente. Le toccò le labbra con un tocco così dolce e leggero che Casey quasi svenne. Non si lavava i denti da settimane, puzzava di giungla, aveva peli sotto gambe e ascelle ma sapeva che a Beatle non gliene fregava un fico secco.

Lui esitò un attimo, come per assicurarsi che lei stesse bene, prima di annuire e girarla verso il bagno. "Mi troverai proprio qui," ripeté lui.

Casey si diresse verso il lussuoso bagno e chiuse la porta. Rimase con un dito sospeso sul piccolo lucchetto della maniglia per qualche istante. Poi si girò verso la doccia, senza guardare lo specchio intenzionalmente. Sapeva di essere orribile, non aveva proprio bisogno di vedersi.

Prese lo spazzolino e il dentifricio decidendo di provare a raschiare la sporcizia dai denti mentre avviava l'acqua. Non voleva prendersi nemmeno un secondo in più di quanto fosse necessario per pulirsi.

Togliendosi i vestiti con disgusto, li lanciò in un cumulo nel pavimento di piastrelle bianche. Stava per entrare nella doccia quando i suoi nervi ebbero la meglio su di lei. Fece un passo verso la porta del bagno, stava per aprirla ma poi si bloccò. Si voltò verso del box doccia e girò la maniglia.

Convinta del fatto che Beatle sarebbe riuscito a sentirla se fosse successo qualcosa, toccò il getto d'acqua. Attese brevemente che si riscaldasse, per buttarsi sotto il getto. Rimase sotto l'acqua con la testa all'indietro e gli occhi chiusi per un tempo indefinito. L'acqua calda che le baciava la pelle sembrava un sogno, riuscì a immaginare lo sporco e il sudiciume scaraventato nello scarico.

———

Beatle passeggiò nella camera d'albergo per l'agitazione. Aveva già rimosso il fatto di aver lasciato Casey con Truck nella giungla mentre avanzava per assicurarsi che Guacalito fosse a posto. L'ultima cosa di cui avevano bisogno era un altro tentativo di rapimento nel luogo in cui si è verificato il primo.

Hollywood era stato il primo della squadra ad incontrarlo e l'aveva rassicurato dicendogli che non avevano incontrato nessun'altra resistenza, dall'attacco nella giungla.

Ma Beatle non abbassava mai la guardia. Qualcuno voleva Casey abbastanza ardentemente da cercare di impedirle di lasciare la giungla viva. Si sarebbe assicurato che non ce l'avrebbero fatta.

Il viaggio a San José era stato tranquillo. Ghost e Blade avevano preparato un elicottero militare per andare a prenderli e sarebbero arrivati nella capitale in poche ore.

Le autorità volevano interrogare subito Casey, ma Blade si era impuntato. Non aveva importanza; anche se suo fratello non fosse intervenuto, l'avrebbe fatto Beatle. Casey aveva bisogno di riacquistare il suo equilibrio. Prima di parlare del suo calvario, aveva bisogno di essere pulita, visitata e nutrita.

Una volta più tranquilla, sarebbe stato più facile parlare di ciò che le era successo. In teoria.

Beatle era interessato come tutti gli altri a sentire la sua storia, ma la sua priorità assoluta era Casey. Quindi eccolo lì, camminando sul tappeto, desiderando stare nella doccia con lei così tanto da sentirsi male. Non tanto per motivi sessuali - anche se il desiderio c'era - ma per prendersi cura di lei.

L'aveva sentita aprire la porta e aveva dato un'occhiata, aspettandosi di vederla ferma, pronta a chiedergli qualcosa, ma l'unica cosa che vide fu la porta leggermente aperta. Gli piaceva pensare che si sarebbe sentita più al sicuro con lui nella stanza e la porta leggermente aperta, per riuscire ad andare più velocemente da lui in caso di bisogno, ma Beatle scosse la testa. No, forse lei l'aveva fatto per cercare di ridurre il vapore nella stanza. Tutto lì.

Si era quasi convinto, quando sentì i primi singhiozzi. Ci volle una grande forza per non andare da lei. Voleva prenderla tra le braccia e dirle che era al sicuro, che sarebbe andato tutto bene, ma non lo fece. Rimase immobile nella camera d'albergo con i pugni stretti, le unghie conficcate nei palmi, costretto a sentire la donna che gli aveva rapito il cuore singhiozzare come se fosse sul punto di morire.

Truck l'aveva preso in disparte, a Guacalito, mentre stavano aspettando l'elicottero e gli aveva dato dei consigli. Gli disse che Casey era come Mary, testarda e indipendente. Non le piaceva essere trattata come se fosse una debole vittima di un rapimento. Beatle aveva fatto bene a trattarla come un membro della squadra, visto che lo era, ma Truck gli disse di continuare a farlo. Non di coccolarla. Appoggiarla sì, ma non trattarla come se fosse in qualche modo distrutta.

Beatle aveva preso a cuore le parole del suo amico. Non sapeva cosa succedesse tra lui e Mary, ma l'istinto gli disse che Truck aveva ragione. Casey avrebbe odiato premure eccessive.

Il modo in cui lei aveva cercato di non piangere davanti a lui, prima di entrare in bagno, ne era la conferma.

Ma permetterle di piangere da sola lo uccise. Sì, lo *uccise*.

Stava per mandare al diavolo tutto e raggiungerla nella doccia quando sentì l'acqua spegnersi. Senza distogliere lo sguardo dalla porta del bagno, Beatle aspettò che Casey si facesse vedere. Aveva bisogno di vedere con i suoi occhi che lei stesse bene.

Ci volle un po', era nuovamente tentato dall'andare da lei ma poi si bloccò.

Vide la porta muoversi ancora prima di sentirla. Apparve Casey.

Santo cielo. Dannazione.

Beatle era rimasto attratto da lei anche quando era ricoperta di fango e puzzava di sudore, nella giungla. Sapeva che aspetto avesse, aveva visto la foto di Blade. Ma non era pronto a vederla fresca e pulita dopo una doccia.

Un soffio d'aria e vapore proveniente dal bagno gli portò il suo profumo. Lui inspirò con forza, come se quello l'avrebbe aiutato ad inalare di più il suo odore.

Profumava di *pulito*. Niente di stravagante. Nessun sapone eccessivamente profumato. Anzi, nessun profumo. Essenza di Casey.

Le brillavano i capelli sotto le luci. Anche da bagnati erano più chiari, rispetto alla giungla. Indossava una maglietta che sembrava una o due taglie più grandi rispetto al suo fisico esile. Molto probabilmente aveva perso peso a causa del suo calvario e suo fratello aveva calcolato male la sua taglia. Indossava un paio di pantaloncini di cotone grigio che le arrivavano fino alle ginocchia. Per Beatle era ancora la donna più bella su cui lui avesse mai posato gli occhi. Lei era integra, al sicuro, in salute. Era un *miracolo*.

Rimanendo sulla porta, lei si morse il labbro e alzò lo

sguardo verso di lui. "Scusa, ci ho messo troppo," disse tranquilla.

Le parole di lei interruppero lo stato di trance in cui si trovava. Beatle si diresse lentamente verso lei, senza interrompere il contatto visivo. Si fermò a due passi da lei. "Sei bellissima," le disse dolcemente.

Lei avvampò, assumendo un colorito sano. Si infilò una ciocca di capelli umida dietro un orecchio. "Credo che tu sia stato troppo tempo nella giungla."

Beatle allungò la mano ma si fermò quando si trovò a pochi centimetri dalla sua faccia. La mano di lui era sporca. Ne fu sorpreso. Quindi abbassò il braccio.

"Va bene," sussurrò lei. "Puoi toccarmi."

Beatle scosse la testa. "Non se sono così sporco."

"Forse dopo che ti sarai fatto una doccia?" chiese lei, con uno sguardo speranzoso negli occhi.

"Certamente. Vai e siediti," le ordinò lui burberamente cercando di nascondere quanto la desiderasse. "Sarò veloce. Blade ha detto che avrebbe fatto un salto qui con il dottore. Ma non aprire la porta fino a quando non uscirò. D'accordo? Anche se si tratta di tuo fratello."

"Ma... io mi fido di Aspen. Tu no?"

Beatle si dispiacque subito per aver creato un malinteso.

"Ciecamente," disse subito. "Ma non mi fido degli altri. Neanche del dottore che Ghost ha trovato per venire a visitarti. Vorrei che ci fossero almeno due di noi presenti quando ti visiterà."

"Pensi che cercherebbe di fare qualcosa?"

Beatle scosse subito la testa. "È improbabile ma se dovessi sbagliarmi non avrei intenzione di mettere a rischio la tua incolumità. Cinque minuti, Case," disse lui a bassa voce. "Uscirò in men che non si dica."

Lei annuì. "Ho usato la maggior parte dello shampoo, ma c'è ancora un sacco di sapone."

Beatle sorrise. "Oh, è così... femminile da parte tua," la stuzzicò lui. "Suppongo che andrà bene se uso un comunissimo sapone nei capelli e non uno shampoo elegante."

Invece di arrossire e scusarsi, Casey alzò gli occhi al cielo. "Fa' lo stesso."

Il desiderio di tenerla tra le braccia era quasi irrefrenabile e Beatle sapeva che doveva prendere un po' le distanze da lei. Quelli non erano né il luogo né il momento, e poi lui era disgustoso. Doveva lavarsi.

Beatle fece un passo verso di lei. "A meno che tu non voglia sentire la mia puzza, faresti meglio a spostarti un po'." La prese in giro lui, aggrottando la fronte.

Lei ridacchiò, il suono lo rese di nuovo così felice.

"Tu fai le tue cose. Io me ne starò... da queste parti."

Beatle la osservò mentre lei si diresse verso uno dei letti. Lui aspettò fino a quando non si sedette sul bordo del materasso. Non poteva proprio fare a meno di guardarla.

"Vai," ordinò lei. "Il tuo fetore sta appestando tutta la stanza." Gli fece un gesto con una mano, come per scacciarlo.

Beatle le fece l'occhiolino ed entrò nel bagno vaporoso. Non si disturbò di chiudere la porta, lasciandola spalancata. Voleva riuscire a raggiungere Casey, se lei avesse avuto bisogno di lui.

Posizionando l'ultima maglietta pulita che aveva nel suo zaino e un paio di boxer puliti su un tavolino, Beatle si tolse e gettò i vestiti sporchi sopra quelli che lei aveva gettato. Li aveva sistemati per essere lavati in seguito presso l'hotel.

Senza esitare, Beatle si diresse verso la doccia, il suo unico pensiero era di pulirsi e tornare da Casey.

# CAPITOLO TREDICI

CASEY FECE UN RESPIRO PROFONDO. Il dottore era venuto e se n'era andato. Aveva dichiarato che era ancora un po' disidratata e malnutrita, presentava diversi tagli e lividi, ma per il resto era sorprendentemente in salute.

Qualsiasi cosa Truck e Beatle le avessero usato per i piedi, aveva fatto meraviglie. Il medico le aveva prescritto altri antibiotici e una pomata antimicotica, ma affermò che erano sulla buona strada per la guarigione.

Tutto sommato, era incredibile come stesse procedendo tutto così bene. Truck aveva detto sottovoce "forte e testarda" quando il dottore si rivelò sorpreso per le sue condizioni e Beatle si limitò a stringerle la mano fino a provocarle quasi dolore.

Suo fratello l'aveva abbracciata così forte, quasi da romperle una costola, ma ovviamente indietreggiò prima di farle del male. "Ti voglio bene, sorellina. Mi hai fatto spaventare. Non farlo più."

Casey sbuffò. Come se fosse stata rapita di proposito.

Ghost aveva scortato il dottore fuori dalla stanza e poi la guardò mettendosi le mani sui fianchi.

"Cosa?" chiese lei.

"Puoi scegliere," le informò lui.

"No," interruppe Beatle.

Ghost lo ignorò e lo sguardo in quello di Casey. "Come forse già sai, le autorità costaricane non vedono l'ora di sentire cos'hai da dire riguardo il tuo rapimento. Non sono felici che degli americani siano stati rapiti nel loro territorio, specialmente quando hanno fatto tutto il possibile per reprimere il traffico di droga e aumentare il turismo."

"Ghost, davvero, non credo che..."

"Questa scelta non spetta a *te*," si interruppe Ghost, girandosi verso Beatle.

I due uomini si fissarono per un istante fino a quando Casey disse, "Beatle, va bene. Continuiamo, Ghost, che alternative ho?"

"Sembra che resteremo qui per almeno due notti. Innanzitutto, ce ne andremo dopodomani." Ghost guardò il suo orologio. "Sono già le sette di sera e hai avuto una giornata lunga. Le autorità vorrebbero parlare con te stasera ma se vuoi posso rimandare a domani."

"Domani," disse Beatle, spostandosi vicino a Casey. "Deve mangiare qualcosa e poi dormire."

Casey mise la mano sul braccio di Beatle. "Stasera," disse a Ghost, mentre guardava Beatle.

Lui spalancò gli occhi marrone chiaro. "Case, è..."

"Voglio farlo stasera," ripeté lei, cercando di evitare le sue lamentele. "Quanto prima riesco a dirgli ciò che vogliono sentire, più velocemente posso cercare di lasciarmi questa cosa alle spalle. D'accordo?"

Allora Beatle si spostò, raggiungendola. Le prese la testa tra le mani, come se a lui non importasse un cazzo del fatto che i suoi compagni di squadra erano lì nella stanza ad ascoltare. Le disse, "Sei sicura, tesoro? Possono aspettare."

"Sono sicura," gli disse lei. Dal momento che lui non stava nascondendo il loro legame, decise di esporsi anche lei. "Se dobbiamo passare un altro giorno qui, preferisco farlo stando insieme a te, senza pensare a ciò che è successo."

"Va bene," acconsentì lui. "Ma se pensi che sia troppo, interromperò l'intervista e possiamo rimandarla domani."

A Casey non piacque la frase ma apprezzò il motivo che c'era dietro. Giurò di fare tutto quanto necessario per essere distaccata e sbrigativa riguardo tutto, quindi non avrebbe sentito il bisogno di interrompere le domande. "D'accordo."

Beatle girò la testa ma non tolse le mani dal collo di Casey. "Continua e chiamali, Ghost. Ma dacci un'ora. Ha bisogno di mangiare."

"Affermativo," disse il suo compagno di squadra.

Casey non pensava che Beatle si sarebbe allontanato da lei ma rimase sorpresa quando, nel momento in cui suo fratello si diresse verso lei, lui fece due passi indietro. Blade la prese tra le braccia ma Casey era più che consapevole di quanto Beatle si trovasse ancora vicino. Forse aveva fatto avvicinare suo fratello ma comunque non era andato lontano. Sentì un calore scorrerle in corpo. Più tempo trascorreva con Beatle, più le piaceva e lo rispettava.

"Sono così contento che tu stia bene, Casey," le disse Blade passandole dolcemente una mano tra i capelli. "Stasera chiamerò mamma e Bill."

Bill era suo padre, e il patrigno di Aspen. Lui l'aveva chiamato sempre e solo per nome. Anche se il padre di Casey era stato più il padre rispetto a quello di Aspen, nessuno si lamentava della cosa. Aspen era di due anni più grande di lei, ed era il risultato di una relazione passionale che la loro madre aveva avuto con un uomo che non voleva avere niente a che fare con suo figlio, quindi si erano separati.

Per fortuna, aveva conosciuto e sposato Bill non molto

tempo dopo la rottura col padre di Aspen. Bill aveva cresciuto Aspen come se fosse suo figlio biologico e non si fece mai problemi sul fatto che avessero cognomi diversi. La madre aveva voluto mantenere il cognome di Aspen come Carlisle, nel caso in cui suo padre avesse avuto un ripensamento. Ma non ci ripensò mai.

"Grazie," disse Casey a suo fratello. "Grazie per essermi venuto a cercare."

"Sempre, Case. Sempre," rispose Blade. Indietreggiò e si schiarì la gola. "Ci vediamo al piano di sotto."

Uno alla volta, gli altri membri dei Delta lasciarono la stanza, lasciando Beatle e Casey da soli.

Lui si avvicinò subito. "Sei sicura che questa cosa vada bene per te? Va tutto bene, se vuoi aspettare domani. Dormire ti farà bene."

"Sono sicura," gli disse Casey. "A dir la verità preferirei solamente farla finita e chiudere questa situazione."

"D'accordo, tesoro. Ma fammi sapere se hai bisogno di una pausa."

"Lo farò."

Lui si piegò in avanti e le baciò dolcemente la testa. "Devo darti da mangiare. Di cosa hai voglia?"

Casey non aveva pensato tanto al cibo come in quel momento. Lei si era più preoccupata di sopravvivere nella giungla, senza inciampare in nessun nido di formiche proiettile e lavarsi. Ma non appena Beatle nominò la parola "cibo", le brontolò lo stomaco al pensiero. "Un cheeseburger. Con patatine. E una Coca cola."

Beatle aggrottò la fronte quando citò la bevanda gassata. "Hai bisogno di acqua, Case."

Lei sospirò. "Lo so. Se promettessi di bere un bicchiere intero, potrei avere almeno un sorso di coca? Ho una voglia matta di roba gassata."

"Sono davvero un bersaglio facile," protestò Beatle. "Questo non promette bene per la nostra relazione. D'accordo. Della soda *e* un po' d'acqua."

Le venne la pelle d'oca sul braccio sentendo quelle parole disinvolte. Lui riteneva che la loro relazione fosse già avviata e scontata. Lei aveva paura che, in qualche modo, tutte le parole dette nella giungla fossero frutto del momento. Ma ora che erano al sicuro e puliti, lui sembrava volerla continuare a vedere una volta fatto ritorno negli Stati Uniti.

Lei sorrise. Ampiamente. Poi lo stuzzicò, "Credo che fa ben sperare per la nostra relazione."

"Ti piacerebbe. Hai ottenuto ciò che volevi," la provocò Beatle.

Sentendosi finalmente sé stessa dopo tanto tempo, Casey si piegò in avanti e baciò audacemente Beatle. Fu un bacio breve, a stampo. "Grazie, Troy."

Ma lui le afferrò la nuca, impedendole di allontanarsi da lui dopo il bacio. "Di nulla, Casey." Poi abbassò lentamente la testa.

Gli occhi di Casey si chiusero e lei abbassò la testa in segno di benvenuto. Stava quasi sperando che fare la prima mossa lo avrebbe incoraggiato. Se lei avesse avuto qualsiasi indicazione su quanto avrebbe funzionato il suo bacio, lo avrebbe fatto già da un pezzo.

Lui la baciò con una passione travolgente, come se quello fosse il loro ultimo bacio. Passionale, possessivo e duraturo. Casey dovette attendere che le brontolasse lo stomaco per tirarsi indietro. Ancora una volta, le iridi marroni di Beatle erano difficili da intravedere a causa della dimensione delle sue pupille dilatate. "Devo darti da mangiare," le disse lui a voce bassa.

"Sì," acconsentì lei, ma lui le guardò le labbra proprio mentre se le leccava.

"Cazzo," mormorò lui, prima di baciarla di nuovo.

Continuarono per diversi minuti prima che lei si tirò indietro, di nuovo. Ma quella volta, lui si allontanò veramente verso il lato opposto della stanza. Lui scosse la testa. "Crei dipendenza come una droga, tesoro."

"Non sono io," replicò lei. "Sei tu."

Senza dire nient'altro, lui alzò il telefono e ordinò servizio in camera per entrambi, offrendo un bonus da cento dollari se fossero riusciti a portargli il cibo in venti minuti.

———

Il cheeseburger, così buono un'ora prima, si piazzò sullo stomaco di Casey, seduta a un tavolo in una stanza dell'albergo, di fronte a due poliziotti costaricani. Erano stati abbastanza educati, ma era più che evidente quanto fossero impazienti di sentire tutto ciò che lei avesse da dire. Lei era stata irremovibile con Beatle sul fatto che volesse superare quella faccenda il prima possibile, ma si rese conto non era affatto convinta di parlare della sua esperienza. Con nessuno.

Più restava lì in silenzio, più difficile era per lei iniziare a parlare. Deglutì rumorosamente e si leccò le labbra. Fece un sorso dell'acqua davanti a lei. Strinse entrambe le mani sul bicchiere, poi le mise sui pantaloni per tentare di asciugarsi il sudore dai palmi.

Fece l'errore di alzare lo sguardo e intravedere l'impazienza in una delle facce dei poliziotti, prima che distogliesse lo sguardo.

Cazzo. Non poteva farcela.

Proprio quando stava quasi per lasciarsi sfuggire che voleva tornare in stanza, Beatle la prese per mano. Era seduto accanto a lei da un lato, c'era il suo compagno di squadra Coach dall'altro. Ghost, Blade e Hollywood erano dietro di lei, da qualche parte. Fletch e Truck non c'erano, nella stanza; Casey non aveva la minima idea di dove fossero o cosa stessero facendo.

Sentì un dito sul mento e alzò gli occhi. Beatle amava farlo, lei girò la testa docilmente e incontrò il suo sguardo.

"Non guardarli. *Dimmi* cos'è successo."

Casey non era convinta che così sarebbe andata meglio. Tuttavia, chiuse gli occhi e fece un respiro profondo. Sentì Beatle che le stringeva forte anche l'altra mano. Le massaggiò il dorso delle mani con i pollici, quel tocco delicato la calmò.

"Ci trovavamo nel punto di ricerca nella giungla, dove eravamo da diversi giorni. Avevamo trovato una colonia di formiche taglia foglie, l'avevamo studiata e fatto delle foto. Astrid aveva dimenticato i suoi appunti del giorno precedente, quindi lei e Kristina erano tornate a Guacalito per andare a prenderli. Mi assicuravo sempre che viaggiassimo in coppia. Perché, insomma, era più sicuro."

Casey sbuffò. "Giusto. Più sicuro. Comunque, erano state via per tanto tempo e io mi stavo preoccupando per loro. Quindi io e Jaylyn ci siamo dirette verso la città, a vedere cosa le stesse trattenendo per tutto questo tempo. Stavo camminando dietro Jaylyn, ho visto due uomini davanti a noi che si stavano avvicinando. Io stavo sorridendo e sul punto di salutarli quando ho visto che avevano in mano un coltello. Prima di rendermi conto di cosa stesse succedendo, c'erano altri uomini attorno a noi. Urlavano in spagnolo e in inglese. Ci hanno detto di stare zitte, così nessuno ci avrebbe fatto del male. Ci hanno condotto lontano dalla città, dopo aver camminato per un breve tratto, ci hanno fatto salire in un furgone. Anche Astrid e Kristina si trovavano lì, già legate e con gli occhi bendati."

"Hanno bendato me e Jaylyn, non ci hanno detto niente su ciò che stava succedendo. Hanno guidato per un po', poi ci hanno costretto di nuovo a camminare. Non so per quanto tempo avevamo camminato, ma sembrava un bel po'. Siamo arrivati al villaggio e ci hanno gettato in una capanna. Non ci hanno neanche slegate o tolto le bende, ma sono riuscita a far voltare le spalle di Astrid verso di me, per slegarle la corda. Poi lei ha aiutato me, e dopo abbiamo slegato le altre. Abbiamo osservato la capanna ma non c'era nessuna via d'uscita. Abbiamo anche cercato di scavare ma avevano rafforzato la parte esterna con una specie di rete, o qualcosa del genere, quindi non potevamo andare oltre."

Quando lei prese tempo per respirare, Beatle le chiese, "Li hai sentiti dire qualcosa riguardo a quello che avevano intenzione di fare con te?"

"No."

Beatle le strinse le mani. "Chiudi gli occhi. Pensa, Casey. So che fa male, ma cerca di ricordare quello che hai sentito. Qualcuno stava parlando, mentre ti trovavi nel furgone? Parlavano sul posto in cui stavate andando? E quando siete arrivate nel villaggio? Hai sentito gli indigeni parlare?"

Casey chiuse gli occhi, cercò di ripensarci. Senza accorgersene, iniziò a tremare. Quanto più si sforzava a pensare, più tremava forte. C'era qualcosa, ma non riusciva a ricordare. Tutto ciò che riusciva a ricordare era quanto si sentisse spaventata. Ma le ragazze avevano bisogno di lei, quindi aveva stretto i denti...

"Va tutto bene, Case," sentì lei. "Apri gli occhi. Guardami."

Fece come richiesto e vide i bellissimi occhi marroni di Beatle che la guardavano "Ecco qui. Ci ritorneremo più tardi. Cosa è successo dopo che siete state nella capanna?"

Sentendosi come se avesse schivato un proiettile, per qualche ragione, lei riprese a raccontare la sua storia. "Siamo rimaste nella capanna per un po' e le cose andavano... bene.

Niente di magnifico, ma ci portavano cibo e acqua. Non molto ma io suddividevo sempre tutto finché avessimo la nostra giusta porzione. Le ragazze avevano smesso di essere spaventate e stavamo solamente aspettando. Nessuno ci aveva fatto del male e non ci sentivamo tanto in pericolo. In realtà eravamo annoiate, che tu ci creda o no. Poi un giorno quel tipo, quello della giungla con le formiche, è venuto alla capanna e mi ha detto di alzarmi, il mio riscatto era stato pagato e dovevo tornare a casa."

"Non sapevo di cosa stesse parlando. Voglio dire, non sapevamo nemmeno che avessero chiesto un riscatto per noi. Ho provato a rassicurare le ragazze che mi sarei assicurata dei loro riscatti, poi me ne andai."

Casey rimase di nuovo in silenzio, pensando a quello che aveva appena detto. "Non c'era alcun riscatto pagato, non è vero?" chiese a Beatle.

"No, tesoro. Non l'hanno nemmeno chiesto. Quando il padre di Astrid non ha ricevuto notizie da sua figlia, ha provato a localizzarla e quando non ci è riuscito, ha spedito le Forze Speciali Danesi quaggiù, per cercarla."

"Quindi se fossimo venuti in Costa Rica a fare le ricerche senza di lei, nessuno avrebbe saputo che eravamo state rapite?" domandò Casey, rendendosi davvero conto di quanto fossero state fortunate.

"Cosa è successo dopo che ti hanno portata fuori dalla capanna?" chiese Beatle senza rispondere alla sua domanda.

Non ce n'era bisogno. Casey sapeva esattamente cosa sarebbe successo se loro fossero state tutte delle persone comuni. Prima o poi sarebbero state date per disperse ma sarebbe stato troppo tardi. Specialmente per lei. Casey non sapeva cos'era successo alle ragazze dopo che avevano abbandonato la capanna, ma da quel poco che aveva appreso da Truck e Beatle nella giungla, non si sarebbe messa bene neanche per loro. Lei sarebbe morta in quella fossa nel terreno e nessuno avrebbe mai trovato il suo corpo. Scrollò le spalle e si guardò le ginocchia.

"Sei al sicuro," disse dolcemente Beatle. "Ti ho trovata, hai fatto il culo alla giungla e siamo qui in un lussuoso hotel aspettando di tornare a casa. Sei al *sicuro*."

Casey annuì. Era vero. Beatle aveva ragione. Quindi fece un respiro profondo e proseguì con la sua storia. "Mi ha bendato di nuovo e pensavo che mi stesse portando di nuovo verso il furgone che mi avrebbero riportato a Guacalito. Stupido da parte mia, non potevo prevedere un altro scenario. Ero troppo concentrata nel capire come liberare anche le altre ragazze. Abbiamo camminato per un po' e ho sentito dei sussurri attorno a me, poi l'uomo che mi aveva prelevato dalla capanna mi ha fermata. Mi ha tolto la benda e ho visto la fossa davanti a me. Non riuscivo a distogliere lo sguardo. Avrei dovuto guardarmi attorno per vedere chi altro ci fosse lì, ma sono riuscita a pensare solamente a quella maledetta fossa. Ho realizzato in un secondo momento cosa stesse succedendo, quindi mi sono opposta. Ma non è servito a niente. Mi hanno spinta dentro, e sono caduta. Mi è mancato per il respiro per un istante, poi ho alzato lo sguardo, solo per vedere la fossa sopra di me che veniva coperta. Io..."

Casey si massaggiò la tempia, il mal di testa sembrò sbucare dal nulla. C'era qualcosa che doveva ricordare, ma non ci riuscì. Era proprio lì, ma non riusciva a riportarla a galla, nella mente. Era successo qualcosa mentre si trovava in fondo alla fossa e alzava lo sguardo, ma cosa? Ricordò di vedere gli alberi sopra la testa e sentiva e delle voci, poi si era fatto buio. Cos'è che non ricordava?

"Casey?" chiese suo fratello, dietro di lei.

La sua voce la riportò al presente e qualunque cosa stesse cercando di ricordare era sparita.

"Hanno coperto la fossa, ed era buio pesto," continuò Case. "Mi ci è voluto un po' per scoprire che colasse dell'acqua, sopra di me, proveniva da qualche parte. Ho provato a uscire, senza successo. Ho usato le tavole sul fondo per ripararmi dalla melma. Sai, la cosa del filtraggio dell'acqua dal reggiseno," disse a Beatle in un patetico tentativo di sorridere. Lui non le sorrise.

"Hai sentito altro, mentre eri laggiù?"

"Non proprio," gli disse Casey. "Voglio dire, ogni tanto sentivo delle persone parlare. Ho provato a gridare, ma nessuno mi ha sentito...O mi hanno ignorata, non so. Poi ho sentito degli spari, immagino quando hanno salvato le ragazze. Ho pensato che sarebbero sicuramente venuti a salvare anche me, ma dopo è calato di nuovo il silenzio. Mi sono resa conto di essere spacciata.

Alzò lo sguardo verso Beatle. "Come hai fatto a trovarmi?"

"Non lo so," le disse lui, senza mai distogliere lo sguardo da lei. "Un pizzico di istinto, un pizzico di intuito, e una buona dose di fortuna."

"Tu indossi delle telecamere, giusto?" gli chiese uno dei poliziotti dall'altra parte del tavolo.

Casey venne colta di sorpresa quando sentì la voce. Non si ricordava neanche della loro presenza nella stanza.

"Sì," rispose Ghost. "Le abbiamo avviate quando ci siamo avvicinati al villaggio."

"Vorremmo delle copie," ordinò l'altro poliziotto.

"Quando torneremo a casa e faremo delle copie, ve le manderemo," li rassicurò Ghost. "Quando siamo arrivato al villaggio, era deserto. C'erano le prove che purtroppo le Forze Speciali Danesi avevano ucciso un paio di indigeni, durante la loro missione di salvataggio, hanno bruciato un paio di capanne ma nulla suggeriva un massacro dell'intero villaggio. So che non avete ragioni per crederci ma quando guarderete i video, vedrete che quando siamo arrivati, le capanne stavano bruciando da diversi giorni e la decomposizione dei corpi proverà che non siamo stati noi ad ucciderli."

"Tu indossavi una telecamera?" chiese Casey a Beatle, con gli occhi spalancati.

"Sì."

"Io stavo... mi hai ripreso nella fossa?" Non voleva assolutamente vederlo. Mai. In verità, non voleva neanche che nessun altro lo vedesse. Il pensiero che qualcuno vedesse come fosse in degrado, era davvero orribile. In quel momento sapeva di essere vicina alla morte. *Voleva* morire.

Beatle le mise le mani sul volto e disse, "Non hai fatto nulla di sbagliato. In verità, hai fatto tutto alla grande."

"Ho appena... le persone mi vedranno in quelle condizioni?"

"Vedranno un miracolo, Case. Proprio come l'ho visto io. Quando mi sono appoggiato in quella fossa e ti ho vista che alzavi lo sguardo verso di me, giuro su Dio che ho avuto la visione più bella del mondo. Non hai niente di cui vergognarti. *Niente*. Detto ciò, le sole persone che vedranno quel video sono questi poliziotti e il mio capo. Le registrazioni sono usate per rivedere le *nostre* azioni e non per giudicare. Fidati di me."

Casey riuscì solo ad annuire per la sincerità che vide nei suoi occhi. Si fidava di lui. Certo. Come poteva non farlo? "D'accordo."

"D'accordo," ripeté Beatle.

Il resto della riunione con i poliziotti fu abbastanza veloce. Beatle descrisse il loro incontro con i nemici, nella giungla. Coach aggiunse ciò che aveva passato il resto gruppo, come erano stati attaccati, e come dovettero neutralizzare gli uomini che stavano chiaramente cercando Casey e i suoi salvatori.

Quando i poliziotti si ritennero soddisfatti, si alzarono. Si strinsero le mani e i poliziotti dissero che sarebbero rimasti in contatto con Ghost.

In un attimo rimasero nella stanza solo Casey e i Delta.

"Sembri esausta," disse Blade a sua sorella. "Perché non vai di sopra a dormire?"

Lei non voleva andare da nessuna parte, senza Beatle, ma si forzò ad annuire. In un paio di giorni, si sarebbero dovuti separare. Non poteva trascorrere la vita incollata a Beatle.

"Ti accompagnerò di sopra," le disse Beatle. Poi si girò verso i suoi amici. "Qualcuno voleva trovarla disperatamente lì. Non possiamo lasciarla da sola fino a quando non lasceremo questo paese."

"Sono d'accordo. Andremo tutti al piano di sopra e ci possiamo incontrare nella stanza accanto alla sua. Così non la disturberemo e riusciremo a tenerla d'occhio," disse Hollywood.

"Va bene?" le chiese Beatle. "Terremo la porta scorrevole aperta per precauzione, ma continuerai ad avere la tua privacy."

Casey voleva chiedergli se lui sarebbe rimasto nella stanza con lei, ma si trattenne. Non voleva apparire debole agli occhi del fratello, e cosa più importante non voleva apparire disperata agli occhi di Beatle. "Sarà grandioso. Non vedo l'ora di stendermi su quel materasso comodo." Cercò di dirlo disinvoltamente, ma non era convinta di esserci riuscita, specialmente con Beatle che la guardava con la coda dell'occhio.

Ma lui non la richiamò per la sua falsa spavalderia, la prese per mano e la condusse verso l'uscita dalla stanza. Arrivarono tutti in ascensore e si recarono verso il loro piano. Raggiunsero la stanza dov'erano prima Casey e Beatle, lui la sbloccò. Le mise la mano sulla parte bassa della schiena, per condurla dentro. "Apri la porta," disse a Coach sollevando il mento. "Sarò lì tra un paio di minuti."

"Ricevuto," gli disse Coach, spostandosi verso la stanza accanto dietro Hollywood.

"Vado a chiamare Truck e Fletch," disse Blade.

Ghost rimase lì a guardare Casey per un lungo istante, poi alla fine annuì a Beatle e seguì Coach.

"Dentro, Case," ordinò Beatle.

Lei fece dei passi all'interno della stanza e la seguì, chiudendo la porta della stanza alle sue spalle.

La condusse verso il letto, poi prese una bottiglia d'acqua che lui aveva tirato fuori prima. Svitò il tappo e gliela passò. "Stai bene?"

"Sto bene."

"Non mentirmi," le ordinò mettendosi davanti a lei.

Casey trovò il tempo per tenerlo d'occhio. Pulito stava davvero bene. Continuava a passarsi una mano tra i capelli corti rossicci, lo sguardo preoccupato non diminuiva il suo bell'aspetto. Indossava solamente un paio di pantaloncini ed una maglia, ma il suo look non diminuì in alcun modo il suo sguardo da "non prendermi per il culo" che aveva sempre, come una seconda pelle. I loro vestiti sporchi erano stati mandati alla lavanderia dell'hotel, il portiere aveva promesso che sarebbero stati pronti in un paio d'ore. Sicuramente per quando avrebbero dovuto indossarli il mattino seguente.

I muscoli delle cosce di Beatle si flessero ad ogni passo che faceva, Casey non poté fare altro se non stare a guardare. Era attratta da lui quando era rinchiuso in tutto il suo equipaggiamento, ma vederlo praticamente nudo? Era ancora più attraente.

Casey arrossì per la vergogna. Non avrebbe dovuto pensare a lui, in quel modo. Diamine, era l'amico di suo fratello. Un soldato che l'aveva salvata. Non poteva essere nient'altro. Lui non voleva essere nient'altro.

Ma poi si ricordò dei suoi baci, e dello sguardo pieno di desiderio nei suoi occhi.

Casey aveva avuto un'avventura di una notte, al college, e mentre all'epoca era stato eccitante, dopo si era pentita amaramente. Non sapeva niente di quel tizio con cui aveva dormito, per molto tempo aveva evitato di farsi coinvolgere in qualsiasi tipo di relazione come conseguenza del suo senso di colpa.

Non voleva un'avventura di una notte con Beatle, e non pensava che lui volesse questo da lei. Vederlo camminare, però, le fece riaffiorare la libido a lungo perduta. Non stava con un ragazzo da anni, era stata troppo occupata a ottenere il suo dottorato e a lavorare. Forse ciò che provava era solamente un modo per ribadire di essere ancora viva, forse era la conseguenza del fatto che si sentisse grata per il salvataggio. Ma in fondo, Casey sapeva che non era vero.

Voleva Troy "Beatle" Lennon. Ardentemente.

Se ne fregò dei suoi pensieri quando lui si fermò e si accovacciò di fronte a lei, seduta sul letto. "Non mentirmi," ripeté lui. "Stai bene, dopo tutto questo? Non era facile per te, affrontare di nuovo il tutto. So che non lo era."

"Sto bene," gli disse subito lei. "Non è stato facile ma eri lì con me, adesso sono al sicuro. Vai a parlare con la tua squadra." Lei non distolse lo sguardo per pura forza di volontà. Le bastò sbirciare brevemente verso le sue ginocchia divaricate di Beatle, i suoi muscoli dell'interno coscia sforzati dalla posizione accovacciata, per sentirsi bagnata. Doveva prendere le distanze da lui. Dello spazio per cercare di controllare la sua libido, fuori controllo. "Vado a mettermi a letto e a dormire."

Lui la guardò con scetticismo. Poi alla fine, prendendola in parola, le disse, "Mi troverò nella porta a fianco. Tutti noi.

Se diventi nervosa, spaventata o se qualcuno bussa alla porta, urla e arriveremo di corsa. D'accordo?"

"D'accordo," acconsentì lei.

Beatle rimase immobile per un attimo, poi si alzò lentamente. Casey girò la testa, sapendo che se non avesse fatto altrimenti si sarebbe trovata il suo uccello all'altezza degli occhi. Si trovava all'altezza perfetta per raggiungerlo, abbassargli l'elastico dei pantaloncini e...

Deglutì rumorosamente e si sforzò di chiedere, "Puoi accendere la luce del bagno, prima di andartene?"

Casey si calmò e lui le diede una veloce carezza su una guancia.

"Certamente. Mettiti su, tesoro."

Lei fece come ordinato e si aggrappò saldamente al piumino. Voleva chiedergli se lui avrebbe dormito nella stanza con lei, ma era troppo imbarazzata. Aveva ventinove anni, per l'amor di Dio. Non aveva bisogno che lui rimanesse con lei. Però il pensiero di restare da sola, come quando si trovava nella fossa, minacciò la sua integrità. Tuttavia, sorrise arditamente a Beatle.

Lui si chinò verso di lei, con i pugni appoggiati sul materasso. "Se hai bisogno di me, mi trovi alla porta accanto."

"Starò bene," disse lei con fermezza.

Per un attimo pensò che lui avrebbe smascherato la sua bugia ma Beatle si limitò a chinarsi, la baciò sulle labbra e poi si tirò indietro. "Buona notte, Case."

"Buona notte, Beatle. Grazie per...beh...tutto."

Lui non rispose ma si alzò in piedi e spense la luce vicino al letto.

Casey deglutì forte per la sensazione immediate di claustrofobia che la avvolse. Si sentiva di nuovo nella fossa, guardando gli uomini sopra di lei che la coprivano.

Ebbe di nuovo uno scatto nel cervello, quando guardò Beatle.

Lui la stava osservando e dopo un attimo si diresse velocemente verso il bagno per accendere la luce, chiudendo la porta d'ingresso. Allora le disse dolcemente, "Non devi vergognarti di confessare che hai bisogno di tenere la luce accesa, Case."

"Grazie," mormorò lei.

Lui si recò verso la porta scorrevole e fece una pausa, aspettando che lei lo guardasse. Quando lei lo guardò, lui indicò sé stesso e poi la stanza accanto.

Casey annuì, capendo e trovando conforto nel fatto che anche se lui non sarebbe stato nella sua stessa stanza, almeno sarebbe stato proprio alla porta accanto.

Rimase da sola. Casey riuscì a vedere che la porta scorrevole era rotta, non completamente chiusa, sentì Beatle che salutava i suoi compagni di squadra. Non riusciva a sentire cosa stessero dicendo, ma ad ogni modo le loro voci la calmarono. Finché avesse potuto sentirli, non sarebbe stata sola.

Si girò di lato e chiuse gli occhi, provando a dormire. Se fosse riuscita ad addormentarsi, non avrebbe più avuto paura.

# CAPITOLO QUATTORDICI

BEATLE ERA STANCO. Non voleva fare nient'altro che tornare in stanza con Casey e crollare. La squadra aveva analizzato a lungo tutto quello che Casey aveva detto, ma non erano vicini al trovare delle risposte riguardo chi potesse celarsi dietro al rapimento. Dopo due ore, erano sempre allo stesso punto.

Sfuggiva qualcosa. Qualcosa di importante, ma nessuno riusciva a capire cosa. Avevano passato del tempo a rivedere i nastri delle loro telecamere per cercare di vedere se ci fosse qualcosa di evidente, passato in secondo piano. Se la minaccia fosse stata qualcuno del Costa Rica, sarebbe stato meglio scoprirlo in quel momento piuttosto che aspettare a quando sarebbero tornati a casa. Ma non notarono niente di anormale. Sicuramente li avrebbero rivisti con più attenzione una volta tornati in Texas. Forse sarebbero andati dal loro amico Tex, che era un genio dell'informatica, o uno dei tecnici alla posta, per aiutarli ad esaminarli.

Beatle si era alzato diverse volte per controllare Casey, ogni volta lei si trovava sotto le lenzuola. Sperò che una bella dormita sarebbe stata un toccasana per lei, sia fisicamente che mentalmente.

Casey non nascondeva il fatto che fosse spaventata. Neanche lontanamente. In passato, in situazioni come quelle avrebbe provato compassione per la persona salvata ma certamente non si avvicinava neanche a quello che provava per Casey.

"Ti piace proprio," mormorò Blade, dopo essergli andato vicino mentre guardava oltre la porta scorrevole.

Senza togliere gli occhi di dosso dalla donna che dormiva, Beatle annuì. "Spero che fossi serio quando hai detto che non sarebbe stato un problema, una relazione tra me e tua sorella."

"Ero serio," lo rassicurò Blade. "Ti conosco, Beatle. E non ti ho mai visto comportarti in questo modo con una donna, prima d'ora."

Beatle si girò verso il suo amico e compagno di squadra. "Perché non ho mai provato per una donna ciò che provo per tua sorella. Non so cos'è, ma sono profondamente innamorato di lei."

"Lei vive in Florida."

Beatle si passò una mano tra i capelli. "Lo so. Credimi, non ho pensato a nient'altro."

"Non so se sia la cosa migliore, per lei, tornare subito lì," disse Blade. "Voglio dire, qualcuno era molto deciso a non farla uscire da quella giungla. Hanno mandato una dozzina di uomini armati per essere sicuri. Non credo che sarà al sicuro, quando ce ne andremo di qui."

"Cosa diavolo sta succedendo? Da quello che dice, lei è solamente una professoressa universitaria. Chi potrebbe desiderarla così ardentemente? E per quale motivo? Per gettarla in un'altra fossa? Per torturarla? Dev'esserci una ragione più profonda per tutto questo, Blade."

"Lo so. Sono *totalmente* d'accordo. Per questo credo che dobbiamo tenerla d'occhio fino a quando non lo scopriremo.

L'ultima cosa che voglio è che qualche stronzo le metta di nuovo le mani addosso. Lei ha gestito tutto abbastanza bene. Ma se venisse rapita di nuovo, credo che ne uscirebbe distrutta e non sarebbe più la sorellina che conosco e a cui voglio bene."

Immagini di Casey stesa sul letto, distrutta nel corpo e nello spirito affiorarono nella mente di Beatle, e sussultò. La cercò di nuovo con gli occhi, spaventato.

"Il fatto è questo," proseguì Blade. "Conosco mia sorella. A lei non piace essere un peso. Per nessuno. A lei non piace che le venga detto che ha bisogno di un babysitter. Ha intenzione di tornare in Florida per dare un'occhiata alle sue studentesse. Penserà di tornare alla sua vita e farà finta che non sia successo nulla."

"Cosa proponi?" chiese Beatle. Odiò il fatto di non conoscere ancora Casey così bene da sapere istintivamente come gestirla, ma il punto della questione era che non la conosceva affatto. Si erano conosciuti da poco e avevano già stabilito un legame forte, ma non era abbastanza. Blade era suo fratello, la conosceva da tutta la vita. Se c'era qualcuno capace di convincerla a fare qualcosa, era lui.

"Non è stupida," disse Blade. "Non rischierà la vita solo per sfidarmi. Ma... Credo che sarebbe più disposta ad ascoltare *te*, tirassi fuori l'argomento."

Beatle sospirò. Si aspettava una frase simile da Blade. "Noi... Non sono sicuro che avrò così tanta influenza."

"L'avrai. Ce l'hai," insistette Blade.

"Concordo," aggiunse Truck, dietro di loro.

Beatle si spaventò. Non aveva sentito l'altro uomo avvicinarsi. Era troppo concentrato ad osservare Casey.

"Dal momento in cui voi vi siete conosciuti, c'è stata una connessione. Non puoi negarlo," disse Truck.

"*Non* lo sto negando," rispose Beatle. "Ma c'è una differenza tra l'avere un legame e convincerla a venire in Texas, per poterla tenere d'occhio per un periodo di tempo indeterminato. E il suo lavoro? I suoi studenti? I suoi amici?"

"Sono tutte ottime domande," concordò Truck. "Ma quella donna è spaventata a morte. È evidente. L'ha detto lo stesso Blade, lei non è stupida. Tra l'altro, non è che tu le dirai che lei non tornerà mai più in Florida. Parla con lei, Beatle. Ha bisogno di sentire tutto ciò di cui abbiamo parlato stanotte. Ho il presentimento che lei sia la chiave per scoprire tutto. Ma ne ha passate di tutti i colori, ha bisogno di tempo per sentirsi al sicuro e lasciare che si ricordi ogni dettaglio. La cosa più semplice vista o sentita potrebbe essere la soluzione per salvarla una volta per tutte."

Beatle acconsentì. Aveva visto il modo in cui Casey si era spremuta le meningi per cercare di ricordare qualcosa, ma una volta interrotta, le erano spariti tutti i pensieri. "Farò tutto il possibile per tenerti al sicuro," giurò lui, rivolto a Casey.

"Mi ha detto che aveva una collega all'università, una psicologa," disse Truck. "Forse potresti proporle di portarla in Texas?"

"Forse," rispose Beatle. "Anche se a volte è più facile parlare ad un estraneo, che ad un amico."

"Parla con lei," insistette Blade. "Fletch ha detto che potreste stare nel suo appartamento sopra il garage. Possiamo tenerla d'occhio più facilmente lì, che a casa tua."

Più ne parlavano, più Beatle voleva che Casey tornasse in Texas con lui. Era folle. Ma sembrava anche giusto. Non si conoscevano da molto, ma il tempo *trascorso* insieme era stato intenso. Che film era? *Speed?* Dove Sandra Bullock aveva detto al personaggio interpretato da Keanu Reeves che le relazioni iniziate in circostanze turbolente non si rivelavano mai durature?

Vaffanculo.

"Farò ciò che posso," disse Beatle ai suoi amici. "E se per qualche motivo dovesse rifiutarsi categoricamente di venire in Texas, andrò io in Florida."

Regnò il silenzio, per un attimo, prima che Truck dicesse, "Ma non hai una copertura. Non credo che tu possa ricevere l'approvazione per partire, a patto che questo possa portarci a scoprire tutto."

Beatle guardò il suo amico negli occhi. "Non mi importa. Lei non è al sicuro. L'avete detto entrambi. Non la sto obbligando a fare qualcosa che non vuole, non la renderò vulnerabile per farla rapire di nuovo."

"Se si arriva a questo, parlerò col comandante," disse Ghost da dietro di loro.

Beatle si girò e vide Ghost e gli altri dietro di lui. Avevano chiaramente seguito tutta la conversazione.

"Te ne sarei grato."

Proprio in quel momento udirono un lamento dall'altra stanza. Beatle si mosse ancora prima di pensare.

Si tuffò nella stanza di Casey e fu al suo fianco, in pochi secondi. La poverina era preda di un incubo. Si dimenava nel letto, colpendo le coperte, cercando disperatamente di scappare.

"Shhhh, è solo un sogno, sei al sicuro," mormorò lui.

Lei non lo sentì. Si dimenò più forte, le gambe si agitavano e batteva la testa avanti e indietro, come se stesse lottando per liberarsi dalla presa di qualcuno.

"Casey," ripeté Beatle, mettendole una mano sulla spalla.

Invece di calmarla, il suo tocco sembrò agitarla ancora di più. Si ritrasse da Beatle e spalancò gli occhi. Erano distaccati e distratti, come se stesse guardando un film che solo lei riusciva a vedere. O come se stesse rivivendo il momento più terrificante della sua vita.

"No! Non farlo. Non mettermi lì dentro! Farò tutto quello

che vuoi! Ti prego, torna indietro!" Poi incurvò la schiena ed urlò, ogni muscolo del corpo teso.

"Gesù Cristo."

"Cazzo."

"Quei maledetti bastardi!"

Beatle ignorò le esclamazioni dei suoi compagni di squadra e si concentrò su Casey. Senza pensarci, fece l'unica cosa che sembrava giusta in quel caso. Buttò via le coperte e si infilò nel letto con lei. Mormorò qualcosa mentre la abbracciava. Le mantenne la testa e la dondolò avanti e indietro.

All'inizio Casey lottò contro la presa, ma si calmò lentamente. Lui riuscì a sentire il battito cardiaco di lei che martellava, respirava affannosamente. Ma alla fine chiuse gli occhi e si aggrappò forte a lui, come se non volesse lasciarlo mai andare. Casey si girò e finì sopra di lui. Beatle la posizionò meglio per farla stare comoda. Casey lo abbracciò stretto e si rannicchiò su di lui come se, facendo diversamente, sarebbe morta.

Beatle deglutì rumorosamente e ricambiò la stretta. Le teneva una mano sulla nuca e l'altra finì sulla pelle nuda del fondoschiena di lei. Le si era sollevata la maglia nella lotta, il contatto fisico gli fece quasi venire le vertigini.

"Resterò," disse Truck a bassa voce, rivolto a tutta la squadra. "Lei è abituata al fatto che io mi trovi nei paraggi."

Lo sguardo di Beatle oscillò verso Blade. Aveva detto che approvava la relazione tra lui e Casey ma tra il dirlo e vedere la sorellina nel letto con lui, *sopra* di lui, beh, erano due cose diverse.

"Prenditi cura di lei," disse Blade sottovoce, prima di girarsi e lasciare la stanza.

Coach si chinò e sollevò gentilmente la coperta sulla schiena di Casey. Lei non si svegliò del tutto, ma si limitò rannicchiarsi il più possibile contro Beatle.

Sia Ghost che Hollywood sollevarono il mento verso Beatle prima di dirigersi verso la porta scorrevole.

"Deve venire in Texas," disse Fletch, agitato. "Non può tornare in Florida. Ha affrontato troppe cose per restare da sola."

"Lo so," disse Beatle sottovoce, non volendo svegliare la donna stretta tra le braccia.

"Sai che Annie la prenderà sotto la sua protezione e le farà dimenticare tutti i suoi problemi," disse Fletch.

Beatle annuì. Sì, Annie era incredibile. Era come se lei sapesse esattamente di cosa avessero bisogno i vulnerabili e feriti. Era stata fantastica con Fish, il membro onorario della loro squadra. Era un'aggiunta relativamente nuova al loro gruppo di amici e si era trasferito di recente in Idaho. Ma al matrimonio di Fletch, Annie aveva l'uomo avvolto al suo mignolo sin dal momento in cui l'aveva conosciuto. Aveva fatto lo stesso anche con Truck. La prima volte che lo aveva visto, gli aveva messo una manina sulla sua guancia sfregiata e voleva sapere si fosse fatto male. Già, Annie sarebbe un bene per Casey.

E non poteva fare a meno di confessare che voleva che lei conoscesse anche le altre. Rayne, Emily, Harley, Kassie, e persino Mary, sarebbero state tutte un bene per lei. "Farò tutto il possibile per convincerla."

"Bravo," disse Fletch, poi se ne andò.

"Non appena atterriamo, chiamerò Harley e la farò mettere in contatto con Kassie per vedere se riescono a procurarle degli abiti da JCPenney. Avrà bisogno di vestiti."

"Grazie, Coach," disse Beatle al suo amico.

"Non c'è bisogno di ringraziarmi. Ci prendiamo cura di ciò che è nostro." Dopo aver detto ciò, Coach lasciò la stanza, chiudendo quasi completamente la porta scorrevole.

Beatle chiuse gli occhi e cercò di memorizzare il modo in

cui si sentiva la donna tra le braccia. Non gli piaceva il fatto che lei si fosse rannicchiata su di lui in cerca di protezione, era ovviamente dispiaciuto. Ma sentiva le loro pance che si toccavano. Si erano sollevate le maglie di entrambi. La pelle di Casey era umida, con un riflesso di sudore per l'agitazione. Beatle si sentì un coglione quando li immaginò stesi felici, dopo una lunga e sudaticcia copulazione.

"Stai bene? Posso portarti qualcosa?" chiese Truck dall'altro letto. Si era disteso diagonalmente sul secondo letto matrimoniale nella stanza per poterci entrare, Beatle riuscì a percepire che lo stesse osservando.

"No. Credo che stiamo bene."

"Sei la persona giusta per lei," disse Truck. "Non ho mai visto due con una connessione come la vostra. Darei qualsiasi cosa perché Mary mi guardasse come Casey guarda te."

Beatle non sapeva cosa dire. Non riusciva proprio a dirgli che Mary avrebbe cambiato idea, perché non era sicuro che l'avrebbe fatto. Truck e Mary avevano certamente una dinamica interessante. Non era un segreto che Truck amasse quella donna, ma non *era chiaro* cosa provasse Mary nei suoi confronti.

La possibilità di indagare nella relazione di Truck con la migliore amica di Rayne si perse quando Truck disse, "Mi toglierò dai piedi la mattina, in modo che lei non si senta a disagio."

"Grazie, Truck. E... se dovessi avere mai bisogno di qualcosa... di essere ascoltato o altro, io ci sono."

"Lo apprezzo. Ma non preoccuparti. Mary potrà essere testarda ma io lo sono ancora di più. Lei cambierà idea. Prima o poi."

Dopo aver detto ciò, Truck si girò sull'altro lato, dando le spalle a Beatle e Casey, fornendogli quanta più privacy possibile nella piccola stanza.

Beatle si spostò leggermente, sprimacciando il cuscino sotto la testa per sentirsi più a suo agio. Stranamente, avere lei sopra il petto non gli creava disagio. Casey era leggera; sembrava una coperta pesante, nulla di più. Beatle si era abituato così tanto a dormire appiccicato a lei, attraversando la giungla, che si sentiva quasi comodo.

Casey emise dei mugolii e Beatle le accarezzò dolcemente i capelli biondi. "Shhhhh, tesoro. Ci sono qua io. Sei al sicuro."

Lei sue parole sembrarono fare magie, lei si calmò.

Sapere di averla fatta rilassare e dormire tranquillamente dopo il suo incubo, gli fece bruciare gli occhi. Non aveva mai provato qualcosa del genere per qualcun altro prima di quel momento. Non poteva più vivere senza di lei. Semplicemente, non poteva.

Beatle non aveva idea del tempo trascorso, ma alla fine sentì gli occhi pesanti e riconobbe l'abisso del sonno. Baciò una tempia di Casey, poi finalmente cadde in un sonno leggero.

———

Casey si svegliò lentamente. Tenne gli occhi chiusi e cercò di ricordare dove si trovasse. Non era mai stata così comoda in tutta la sua vita, quel materasso faceva delle magie.

Quando sentì muoversi le lenzuola, Casey fece uno scatto per la paura. Ma all'improvviso ricordò tutto. Costa Rica. Rapimento. Fossa. La fuga nella giungla. Beatle.

Aprì gli occhi e ci volle un attimo per capire cosa stesse guardando. La mandibola di Beatle. Poi si accorse di essere stesa sopra di lui. Sembrò ancora più intimo di quando avevano dormito insieme nell'amaca, nella giungla. Lì lei aveva dormito appoggiata a lui, ma erano più gomito a gomito. In quel momento, lei era letteralmente *sopra* di lui. Lo stava schiacciando con il suo peso, ma a lui non sembrava importare. Il suo respiro era lento e calmo, completamente rilassato sotto di lei.

Casey non mosse un muscolo. Le piacque quel momento. Un sacco. Cercò di ricordare qualcosa riguardo a come fossero finiti in questa posizione, ma non ci riuscì. Ricordava solo di essersi messa sotto le coperte, con lui che la salutava davanti alla porta scorrevole.

"Dopo che ti sei arrampicata sopra di lui, ti sei messa a dormire come un ghiro."

Casey si spaventò ma non si staccò dalle braccia di Beatle. Riconobbe quella voce. Truck. Lei sollevò lo sguardo dal volto di Beatle verso il letto accanto al loro. Truck era steso supino con una mano sotto la testa e l'altra sulla pancia.

"Non mi ricordo," disse lei sottovoce, per evitare di svegliare Beatle.

"Hai avuto un incubo. Siamo entrati tutti per uccidere chiunque avesse fatto irruzione nella tua stanza, ma c'eri solo tu."

"Non ricordo niente," ripeté Casey.

"Pensavi di trovarti di nuovo in quella fossa. Lottavi con tutte le tue forze. Proprio come sono sicuro che hai fatto quando è successo davvero."

Quella volta, Casey non rispose. Sì, *aveva* lottato con tutte le sue forze. Aveva fatto tutto il possibile per alzarsi ed uscire dalla fossa, dopo che l'avevano gettata lì dentro. L'avevano gettata via come se fosse stata un rifiuto da smaltire.

"I nostri programmi di viaggio sono stati anticipati," le disse Truck. "Ho sentito Ghost che parlava alla porta a fianco. Partiamo stanotte. Il fatto che tu ieri abbia parlato con i poliziotti, unito a un piccolo aiuto da un amico negli Stati Uniti che ha delle conoscenze, lasceremo questo posto prima del tramonto."

Casey fece un sospiro di sollievo. Non vedeva l'ora di vedere l'altra faccia del Costa Rica.

"Devi prendere una decisione," proseguì Truck, lei tornò a guardarlo. "Dobbiamo sapere dove portarti."

Fece una pausa e Casey inspirò per la sorpresa. A dir la verità lei non aveva pensato molto, oltre a lasciare il Costa Rica. Ma sì, ipotizzò che avrebbe dovuto pensarci prima.

"Tu puoi sicuramente tornare a casa, in Florida, ma non te lo consiglio. Innanzitutto, non sappiamo chi ti ha rapita. Potrebbe essere stata una persona a caso di questo paese che pensava che sarebbe riuscita a fare soldi facili, ma il fatto che nessuna di voi è stata veramente riscattata lo rende improbabile. E io credo che anche la lotta nella giungla ti abbia fatto pensare che chiunque ci sia dietro, vuole davvero assicurarsi che tu non sfugga dalle sue grinfie."

"Hai detto che posso decidere. Dove altro dovrei andare? Protezione testimoni?"

Truck ridacchiò. "No, niente di così estremo. Puoi venire in Texas con noi. Con Beatle."

Gli occhi di Casey si spalancarono. "Cosa?"

"Beatle ne parlerà con te, in giornata. Vuole proporti di venire con noi. Ti terremo al sicuro Casey, stanne certa. Ma dev'essere una tua decisione. Volevo avvisarti in modo che tu potessi pensarci. Per non farti sentire presa alla sprovvista."

Casey chiuse gli occhi. Già, si sentiva proprio così. Presa alla sprovvista. Andare in Texas? Aveva vergogna ad ammetterlo, anche a sé stessa, aveva sognato che Beatle le chiedesse di andare in Texas con lui. Dicendole che l'amava e che non riusciva a vivere senza di lei. Ma era pura fantasia. Era ovvio che non l'amava.

E poi lei doveva tornare in Florida, giusto? Il suo lavoro

era lì. Il suo appartamento. La sua vita. Non poteva semplicemente... andarsene.

Ma quella strana sensazione si trovava ancora, in qualche angolo recondito della mente. Non era al sicuro. Ricordò l'uomo nella giungla che aveva minacciato di stuprarla prima di consegnarla al suo "capo." La persona che voleva assicurarsi che lei non lasciasse il Costa Rica viva. O almeno, senza lucidità mentale.

A quel pensiero le venne la pelle d'oca e di nuovo, qualcosa le punse la memoria.

"Pensaci," disse Truck, facendola evadere dalle sue meditazioni. "Mi piacerebbe farti conoscere la mia Mary."

Detto ciò, l'omone uscì dal letto e si alzò. Senza dire altro si diresse verso la porta scorrevole e sparì.

Casey guardò di nuovo l'uomo su cui era sdraiata. La stanza era illuminata dall'alba, era così vicino che lei riuscì a vedergli la ricrescita della barba rossiccia. Le sue sopracciglia erano incredibilmente folte, specialmente per un uomo. Erano ramate. Lei gli studiò la forma delle labbra, del naso, addirittura dei suoi zigomi. Era carino, ma in modo rude. Non come il suo amico Hollywood, che era proprio bello.

Ma Casey non era per niente attratta da Hollywood. Né da nessuno degli altri amici di Beatle. No, era *lui* quello le faceva provare le farfalle nello stomaco e sospirare la vagina.

Casey chiuse subito gli occhi. Dannazione, non avrebbe dovuto essere così eccitata. *Come* faceva ad essere eccitata? La sua intera esistenza era in disordine. Doveva controllare le ragazze, assicurarsi che i suoi genitori sapessero che era viva e vegeta, mettersi in contatto con i suoi amici e il rettore dell'università per avvisarli che stava bene.

Ma in qualche modo, stare a letto con Beatle - beh, *su* Beatle - fece sì che tutte quelle altre cose perdessero importanza. Era felice che Truck l'avesse avvisata sulla decisione da prendere. Florida o Texas? In realtà, non sapeva quale fosse la scelta giusta. Il Texas era la scelta logica, ma non sapeva se sarebbe stata ancora accanto a Beatle se avessero convissuto. E se avessero litigato o peggio, rotto, lei ci sarebbe rimasta molto male.

Se fossero tornati negli Stati Uniti e si fosse accorta che i sentimenti di lui erano dettati dell'adrenalina ed entusiasmo del salvataggio, e basta, lei non si sarebbe mai ripresa. Casey conosceva questo suo lato. Ma se andando in Florida non gli avrebbe dato nemmeno un'opportunità, sapeva che se ne sarebbe pentita. Per non parlare del *piccolo* dettaglio che qualcuno la voleva morta.

Poteva andare in Arizona e stare coi suoi genitori, ma se così facendo li avrebbe messi in pericolo? Cazzo, era così confusa.

Proprio allora qualcuno lasciò cadere qualcosa alla porta affianco e Beatle si mosse così veloce che Casey non poté neanche iniziare ad elaborare cosa stesse succedendo. Il secondo prima lui stava dormendo quello dopo era rotolato sopra di lei, sovrastandola con il suo corpo.

"Cazzo, scusa," mormorò lui con una voce profonda e rauca dal sonno. Lui si appoggiò sulle braccia, per non schiacciarla. "Va tutto bene?"

"Sì, sto bene."

Beatle si rilassò lentamente quando nessuno fece irruzione nella loro stanza. "Dormito bene?"

"Uh uh. Tu?"

"Non credo di aver mai dormito così bene in tutta la mia vita."

Oh. Santo. Cielo.

Casey deglutì rumorosamente e non riuscì a distogliere lo sguardo dal suo.

"Mi piace averti tra le mie braccia. Potrei facilmente diventarne dipendente. Da te."

Come se nulla fosse, lui rotolò di lato e si sedette sul lato del letto. La guardò di nuovo. Le accarezzò i capelli con una dolcezza tale che lei quasi non lo percepì. "Resta a letto, rilassati. Ora mi alzo e vedrò che piani abbiamo per oggi. Mi procurerò dell'altro shampoo e cose per il bagno, poi andrò a controllare i nostri vestiti. Vuoi qualcosa in particolare, per colazione?"

Lei scosse la testa. "Sorprendimi."

"C'è qualcosa che non ti piace?" chiese lui.

"Mi andrà bene tutto, tranne un pacchettino cibo pronto dei tuoi," scherzò lei.

Beatle sorrise. "Ho capito, tesoro." Poi la sorprese appoggiandosi di nuovo verso di lei e infilandole una mano sotto la nuca. La sollevò nel momento in cui le diede un bacio.

Non era un dolce bacio del buongiorno. Era una rivendicazione. Un bacio del tipo possessivo, passionale, vorrei-poter-rimanere-tutto-il-giorno-a-baciarti-nel-letto. Quando alla fine si tirò indietro, Casey si leccò le labbra, gustando il suo sapore.

"Niente cibo pronto. Capito." Lui le fece scivolare un pollice sulle labbra e fece un respiro profondo. Poi si spostò lentamente, riluttante, e si alzò. Si diresse verso il bagno senza guardarsi indietro.

Casey rimase a letto, alzando lo sguardo verso il soffitto e cercando di calmare il battito accelerato. Beatle era micidiale. In quell'istante, lei prese la sua decisione.

Voleva seguirlo ovunque.

E Texas sia.

# CAPITOLO QUINDICI

CASEY CAPÌ che forse avrebbe dovuto essere nervosa, ma non lo era. Dopo una colazione fatta di uova, bacon, pancake e succo d'arancia – santo cielo, succo d'arancia, non aveva mai provato qualcosa di così buono in tutta la sua vita - Beatle l'aveva subito fatta sedere per parlare dei loro prossimi passi. Casey ringraziò mentalmente Truck per averla avvisata di quello che Beatle le avrebbe detto.

Dopo avergli detto che sarebbe voluta andare in Texas con lui, Casey pensò di aver visto il sollievo sul volto di Beatle. Sollievo *e* desiderio. Ma non ne era convinta, forse stava vedendo ciò che voleva *lei* così disperatamente.

Sapeva che avrebbe dovuto mettersi in contatto con un sacco di persone, una volta fatto ritorno negli Stati Uniti, in quel momento non era importante.

Casey trascorse il suo ultimo giorno in Costa Rica al sicuro e felice nell'hotel. L'aria condizionata la carezzava e Beatle rimase tutto il giorno con lei. Gli altri ragazzi entravano e uscivano di continuo, quindi aveva imparato un sacco di cose su di loro e di conseguenza sulle loro donne.

Ad un certo punto, tutti e otto si sedettero per fare un

gioco simpatico e travolgente chiamato *Cards Against Humanity*. A quanto pare, Hollywood aveva parlato con uno dei dipendenti, aveva detto che Casey era annoiata e lei aveva portato alla luce quel gioco scandaloso.

Casey non aveva mai riso così tanto in tutta la sua vita. Nel momento in cui dovettero lasciare l'hotel, si sentì di conoscere da anni la squadra dei Delta Force.

Quindi quando si trasformarono, nel giro di un secondo, da uomini spensierati con cui lei aveva trascorso il pomeriggio a soldati in allerta e senza pietà, non fu nemmeno turbata. In realtà, si fidava di loro ancora più di prima.

Durante il tragitto dall'hotel verso l'aeroporto privato, Beatle era proprio di fianco a lei. Le dava sempre la mano o gliela teneva sulla spalla, era confortevole e rassicurante. Quando ci fu un piccolo problema in aeroporto lei non entrò in panico, si limitò a fare tutto ciò che Beatle le disse di fare e mise di nuovo la vita nelle sue mani, senza esitazioni.

Casey ci si mise un po' a prendere sonno sull'aereo, appoggiando la testa sulla spalla di Beatle e tenendogli forte la mano. Il volo verso il Campo d'aviazione dell'esercito di Fort Hood impiegò circa sei ore. Il sole stava appena sorgendo sull'orizzonte texano, quando atterrarono. Ci volle un po' per far svuotare l'aereo, Casey sapeva che doveva ancora incontrare il comandante della squadra ma non era preoccupata.

Come poteva esserlo, con Beatle e i suoi compagni di squadra che le coprivano le spalle? Le avevano dimostrato ripetutamente che avevano a cuore i suoi interessi e avrebbero continuato a tenerla al sicuro.

No, in quel momento non era neanche preoccupata per la sua sicurezza, di quella si occupava il suo uomo. Era più entusiasta di conoscere le donne di cui aveva sentito parlare così tanto nelle ultime dodici ore.

Ma se avesse dovuto essere onesta, la persona che aveva

più voglia di conoscere era la piccola Annie. La figlia di Fletch aveva sette anni e se stando alle informazioni del padre era la bambina più carina, intelligente e fantastica mai nata. Casey non vedeva l'ora di ammirare il soldato cazzuto con la bambina che lo teneva avvolto intorno al dito.

Un'ora dopo aver lasciato l'aereo, fatto una breve chiacchierata col comandante di Beatle e dopo che Ghost aveva consegnato tutto il filmato del tempo trascorso nella giungla, si diressero verso casa di Fletch. A quanto pare, aveva un appartamento sopra il suo garage, dove lei poteva soggiornare. Beatle disse l'avrebbe portata a casa sua, ma visto che la casa di Fletch aveva un sistema di sicurezza esteso, sarebbe stato più facile tenerla al sicuro lì.

Ancora una volta Casey ebbe paura di chiedere se lui sarebbe rimasto con lei. Ipotizzò che l'avrebbe scoperto molto presto.

"Cosa ti frulla in testa?" chiese Beatle, quando Fletch li condusse nella sua casa.

Casey scrollò le spalle.

"Sei preoccupata?"

"Un po'. Voglio dire, non so se la persona che ha cercato di uccidermi in Costa Rica mi seguirà negli Stati Uniti e ci riproverà. Non so che ne sarà del mio lavoro. I miei genitori sono spaventati e minacciano di venire fino in Texas per appurare con i loro occhi che sto bene. Voglio piacere alle donne dei tuoi amici, ma visto che in vita mia non ho mai avuto dei veri amici, temo che con loro non funzioni. E come se non fosse abbastanza, mi sento come se stessi mettendo in pericolo Fletch e la sua famiglia solo perché sono a casa sua."

A Beatle non sfuggì nulla visto che affrontò tutte le sue preoccupazioni, una ad una. "Io spero che la persona che ti sta seguendo cerchi di arrivare a te, mentre sei qui. Ci renderà il lavoro più facile nel trovarla e fermarla. Ma non ti torcerà un solo capello, te lo prometto. Qualsiasi cosa succeda al tuo lavoro, succederà. Non sto cercando di fare lo stronzo perché so che è importante per te, ma se i responsabili non possono chiudere un occhio e concederti un periodo di vacanza dopo quello che ti è successo mentre eri in un viaggio promosso dall'università, che si fottano. Ci sono altre università ed altri lavori. Con le tue credenziali puoi ottenere facilmente un altro lavoro come insegnante. E non biasimo i tuoi genitori; se avessi una figlia rapita e inseguita nella giungla, vorrei vederla di persona per assicurarmi che stia davvero bene. Sono i benvenuti per venire a trascorrere del tempo con te."

"E tutti ti adoreranno, Case. Come potrebbero non farlo? Non so perché tu non abbia avuto amici stretti nel passato ma ho il presentimento che non appena Kassie, Rayne e le altre ti vedranno, ti tratteranno come una di loro. Metto la mano sul fuoco, farò tutto il possibile per far sì che ciò accada. E tu non stai mettendo proprio nessuno in pericolo. Fletch si è offerto volontario per farti stare a casa sua. Non sei la prima persona, e neanche l'ultima, a rifugiarti lì. Se le cose si mettono male sia Emily che Annie sanno cosa fare. Loro saranno al sicuro. Promesso."

"Bene. Tutto ok allora," disse Casey, un po' stordita per tutte le sue confutazioni. "Potrei anche disattivare tutti i pensieri nella testolina e godermi il viaggio, giusto?"

Beatle le sorrise e pensò di sentire Fletch sbuffare dal sedile anteriore, ma non tolse gli occhi di dosso dall'uomo che si trovava a fianco a lei per controllarla.

Prendersi in giro con Beatle era qualcosa di nuovo, per lei. Durante la loro relazione, se si poteva chiamare relazione il tempo trascorso insieme, lei era sempre spaventata e agitata. Gli piangeva tra le braccia o cercava di rifugiarsi in lui. Ma ora che si trovavano finalmente fuori dall'America Centrale, lei si sentiva più sé stessa. Più leggera. Più al sicuro.

Lui le toccò il naso con l'indice e sorrise. "Già. Esattamente."

Casey continuò a guardarlo. Poi si piegò in avanti per parlare con Fletch. "Quindi... tu e tua moglie siete in dolce attesa?"

"Merda," mormorò Fletch, poi la guardò attraverso lo specchietto retrovisore. "Mi hai sentito parlare con Em nell'hotel, non è vero? Pensavo che stessi dormendo."

Casey scrollò le spalle. "Non dormivo."

"Va bene. È una novità. Non l'abbiamo ancora detto ufficialmente a nessuno," le disse Fletch.

"È giunto il momento," disse Beatle con un sorrisetto compiaciuto, appoggiandosi con la schiena e incrociando le braccia al petto. "Voglio dire, tu sei uno di quelli che parla sempre di quanta fatica facessi per cercare di metterla incinta."

"Quante settimane è?" chiese Casey a Fletch.

"Solo sei settimane, circa. So che la gente dice che non si dovrebbe dire niente fino a circa tre mesi, ma entrambi siamo così entusiasti che non riusciamo più tenerlo segreto. Inoltre, se dovesse succedere qualcosa al nostro bambino, vorrei che i nostri migliori amici fossero lì per darci supporto, a entrambi. Ad ogni modo non credo che dirlo a tutti sia un male."

"Sono sorpreso che tu non l'abbia spifferato ai quattro venti quando lei era incinta da due giorni," lo stuzzicò Beatle.

Fletch fece l'occhiolino a Casey nello specchietto e lei soffocò una risatina. "Già, beh, non posso farci niente se lei è così irresistibile che non riesco a tenerle le mani lontane. Ma non l'abbiamo detto ancora a nessuno. Vi sarei grato se manterreste il segreto, almeno per un po'. Faremo una festa in cui riveleremo la gravidanza, la prossima settimana. Almeno, così è come vuole la signora. Non so perché non chiami tutti e glielo dica, insiste che questa è la maniera in cui si fanno adesso queste cose."

Casey guardò Fletch. I suoi occhi guardavano di nuovo la strada ma il sorriso stampato sul volto contraddisse le sue parole scontrose. "Lo adori."

"Sì, ma se glielo dici, lo negherò," le rispose.

Casey imitò il gesto di chiudersi le labbra con una cerniera. "Ho la bocca chiusa."

"Hai fatto fare quel regalo per Annie?" chiese Beatle.

"Sì. Emily mi ammazzerà, ma non vedo l'ora di darglielo," disse Fletch.

"Quale regalo?" domandò Casey.

"Stavolta è un segreto," le disse Fletch.

"Awwwww, non è giusto," mormorò Casey. "Sono io quella a cui danno la caccia. Credo che dovrei saperlo."

Casey sentì un dito sul mento e permise a Beatle di girarla per affrontarlo. La sua espressione aveva perso tutto il buon umore ed era serio quando disse, "Non farlo, Case."

"Non fare cosa?" chiese lei.

"Non scherzare su ciò che ti sta succedendo. Non è divertente."

Aveva ragione. Non era divertente. Casey si sentì subito male. "Mi dispiace. Ma dovresti saperlo, questa è la vera me. Tendo a scherzare un sacco per cercare di alleggerire un problema. Specialmente quando è qualcosa che succede a me. Mi fa sentire... non so... meno agitata, al riguardo. Come quando il nostro aereo per andare in America Centrale aveva fatto ritardo, io ho scherzato sulla nostra fortuna perché ci hanno dirottati. Non era divertente, ma a volte facendo una comparazione con quello che accade al momento a qualcosa di più brutto, la situazione non sembra poi così male."

"Non sopporto il pensiero che ti succeda di nuovo qualcosa di brutto, tesoro. Anche se stai solo scherzando."

"Cercherò di controllarmi. Ma ti ripeto, Beatle, è semplicemente una parte di me."

Lui annuì e le spostò la mano sulla nuca. Casey sapeva cosa stava per accadere e gli permise di spingerla verso di lui. Lei mise le mani sul sedile in mezzo a loro per reggersi.

Beatle le sfiorò le labbra con le sue e le disse, "Mi piace questa parte di te, Case. Più imparo, più mi piace."

Beatle la lasciò andare e Casey rimase per un attimo dove si trovava, prima di sedersi in modo più composto.

"Ho chiamato Emily e l'ho avvisata del nostro arrivo," disse Fletch dal sedile anteriore. "Annie era abbastanza entusiasta di avere un altro ospite nella 'sua vecchia casa.'"

Casey guardò Beatle in segno di confusione.

"Emily affittava l'appartamento da Fletch. Si sono conosciuti così," spiegò lui.

"Ah. Non vedo l'ora di conoscere tua figlia," disse Casey a Fletch.

"E lei non vede l'ora di conoscere te," replicò Fletch. "Per la cronaca, lei è intelligente. Davvero intelligente. Ed essere così intelligente come lo è lei a volte non favorisce l'educazione. Tende a dire cose inappropriate. Ti sarei grato se tu non te la prendessi con lei. Non vuole essere scortese, è solamente il suo modo di essere."

Casey sbatté le palpebre. "Credi che sarei scortese verso la tua bambina?"

"No, ma non volevo che tu prendessi troppo sul personale tutto ciò che potrebbe dire." La sua voce si addolcì. "È mia figlia e farò di tutto per assicurarmi che lei ottenga ciò di cui ha bisogno per crescere e diventare una donna sicura che si piaccia esattamente com'è, non importa se la società vuole che sia appropriata, bella o qualsiasi altra stronzata contorta che cercano di infilare nella testa delle persone."

"Capisco," gli disse Casey. Era vero. Suo padre era fantastico, ma aveva la sensazione che Fletch l'avrebbe distrutto completamente. La bambina se la sarebbe passata male nel periodo dell'adolescenza. Nessuno sarebbe stato sufficientemente buono per lei, agli occhi di suo padre... come era giusto che fosse.

"Va bene, Fletch," disse Casey. "Sono sicura che sia incantevole."

"Incantevole," sbuffò Beatle. "Non credo che sia l'aggettivo giusto."

Casey lo guardò, il che lo fece solamente sorridere. "Vedrai," disse lui saggiamente. "Vedrai."

A breve avrebbero attraversato un lungo vialetto d'accesso. Casey vide un garage con una scalinata laterale, poi la sua attenzione fu catturata dalla bellissima casa principale.

Era una casa a due piani con un portico avvolgente, sebbene ciò che veramente catturò la sua attenzione furono le due persone in piedi sui gradini. La donna alta con i capelli castani doveva essere Emily, la ragazzina dai capelli biondo scuro doveva essere Annie. Ma era il cartello tenuto in mano dalla bimba a farle riempire gli occhi di lacrime.

Casey era stata orgogliosa di come ultimamente fosse riuscita a trattenersi. Non era mai stata una piagnucolona, ma sentiva di aver pianto un sacco da quando era stata salvata.

Ma non poteva resistere alla vista del cartello rosa acceso, a caratteri infantili, scritto accuratamente da Annie.

*Benvenuta a casa Casey*
   *Sarai al sicuro qui*

Casey non sapeva ciò che Fletch avesse detto a sua moglie né cosa lei a sua volta avesse detto ad Annie, ma la bimba aveva colto il punto.

Sentì Beatle che le stringeva la mano teneramente. Dopo aver fatto un respiro profondo, guardò il suo uomo e gli fece un piccolo sorriso.

Fletch accostò verso la casa e si fermò. Parcheggiò la macchina e uscì dal veicolo prima che Casey riuscisse a sbattere le palpebre. Prese la figlia in braccio e se la mise sulla spalla, il cartello cadde a terra. Annie urlò dalla gioia e rise fragorosamente. Poi lui si piegò in avanti e tirò sua moglie dalla nuca, proprio come Beatle faceva sempre con Casey, e la spinse verso di lui, baciandola appassionatamente e senza vergogna.

"Mettimi giù, papino!" gridò Annie.

Fletch si tirò indietro da sua moglie e le mise una mano sulla pancia mentre disse qualcosa che Casey non riuscì a sentire.

"Pronta?" chiese Beatle sottovoce.

"Pronta," affermò Casey.

Beatle aprì la porta sul suo lato della macchina e la tirò affinché lo seguisse. Lei si fece aiutare. Beatle la aiutò anche ad alzarsi, Casey gradì il suo sostegno, quando Annie finii su di lei. Le sue braccine le avvolsero la vita e la strinsero.

Casey abbassò lo sguardo in segno di sorpresa verso la bambina affettuosa. Alcuni dei suoi amici del lavoro avevano dei figli, ma nessuno l'aveva mai accolta in quel modo, e lei li conosceva dalla culla.

"Oh. Ciao, Annie," disse Casey sottovoce.

La bambina alzò lo sguardo verso di lei, con i lunghi capelli che le scivolavano fino al sedere. Aveva degli aloni di sporco sulla faccia e i suoi vestiti erano impolverati, come se si fosse rotolata a terra. Ma non sembrava farci caso.

"Ciao! Sono così felice che tu sia qui. Vivrai nel mio

vecchio appartamento. Ma c'è più cibo adesso rispetto a quando io vivevo lì, quindi va bene. Vuoi giocare all'esercito con me? Tu puoi essere la fanciulla in pericolo e io sarò il soldato che viene a salvarti, proprio come ha fatto mio padre con te. Va bene?"

Casey fu sorpresa dalle parole di Annie. Innanzitutto, non aveva mai conosciuto una femminuccia che volesse giocare all'esercito. Ovviamente non conosceva le regole. Ma il fatto che Annie volesse essere colei che salvava la fanciulla era alquanto sorprendente.

Pensandoci di nuovo, forse non lo era. Essere la fanciulla in pericolo non era poi così divertente. Casey lo sapeva bene. Quindi sì, essere la persona con l'arma e che salva gli altri sembrava divertente.

"Ho visto come sei, schizzo. Adesso che hai una nuova compagna di giochi, non vuoi neanche salutarmi."

Annie fece un gran sorriso, mollò Casey e saltò addosso a Beatle. "Uomo insetto!! Mi sei mancato!"

Beatle sollevò Annie e la lanciò in aria. Lei gridò dalla gioia e quando lui la afferrò, lei gli chiese, "Fallo di nuovo!"

Così fece. Poi le baciò la fronte e la mise di nuovo con i piedi a terra. "Perché non fai sistemare Casey, prima di iniziare a tormentarla per giocare con te?"

Annie mise un po' il broncio. "Ma voglio giocare adesso con lei!"

Casey non riusciva a resistere al suo bel faccino. Si accovacciò, grata per la mano che le diede Beatle per stabilizzarsi visto che aveva quasi perso l'equilibrio. "Mi piacerebbe giocare dopo con te, Annie. Ma magari non alla prigioniera e il salvatore, d'accordo? È un po' troppo familiare per me al momento."

"Familiare? Ma ogni cosa nel mio giardino è vicina alla casa."

Casey sorrise, non poteva farne a meno. "Scusa, volevo dire che visto che mi è successo veramente da poco diciamo che mi fa male pensarci. Ma mi piacerebbe giocare a qualcos'altro."

L'espressione sul volto di Annie era un misto tra tristezza e compassione. Casey non aveva mai visto prima una bambina così empatica. La bambina si avvicinò e avvolse delicatamente le braccia intorno al collo di Casey. Colta di sorpresa, Casey alzò lo sguardo verso Beatle.

Lui si limitò ad annuire e la tenne ferma, mettendole una mano sulla spalla.

"Mi dispiace che sei stata rapita da criminali," disse Annie nell'orecchio a Casey. "Sono stata rapita anch'io ed ero spaventata. Ma il mio papino Fletch è venuto a salvare me e mamma, proprio come ha salvato te." Si tirò indietro e accarezzò dolcemente le guance di Casey, con le sue manine. "Tu piaci all'uomo insetto. Mamma ha detto che gliel'ha detto papà. Quindi la notte quando ti spaventi, infilati semplicemente nel suo letto e lui ti stringerà forte forte, così farà sparire gli incubi."

Casey osservò la bambina, seria. "Ti è successo questo?"

Annie annuì. "Non faccio più tanti sogni sul delinquente ma papà dice che in qualsiasi momento abbia bisogno di lui, lui sarà lì a proteggermi e a stringermi in modo che il criminale non mi prenda. Scommetto che l'uomo insetto farà la stessa cosa con te."

Casey non distolse lo sguardo da quello di Annie, ma sentì che Beatle si accovacciava vicino a loro. "Certo che lo farò," disse lui sottovoce. "Proprio come tuo padre ha fatto con te, Annie, io ci sarò per Casey. Ehi, schizzo, vuoi sentire qualcosa di fico?"

"Che cosa?" chiese Annie, guardando Beatle ma tenendo ancora le mani sul volto di Casey.

Casey cercò di mantenere la calma ma le parole innocenti di Annie la colpirono nel profondo. Beatle *l'aveva* fatto per lei. Nella giungla e nella stanza d'albergo, la notte precedente. Quando aveva avuto degli incubi, lui era lì per scacciarli via.

"Casey è davvero una donna degli insetti. Lei li studia. Sa tutto ciò che c'è da sapere sugli insetti. Formiche, coccinelle, lucciole, libellule... tu di' una bestia qualsiasi, e lei te ne parlerà. Ha anche cinque scarafaggi enormi come *animali domestici*!"

Questa Annie tornò a guardarla, i suoi occhi si spalancarono per l'entusiasmo e non per l'empatia. "Davvero?" sospirò lei.

"Davvero," le assicurò Casey.

"Fico!" Poi si girò e corse dalla sua mamma. "Mamma! Casey è una donna degli insetti! Lei sa tutto su di loro! Voglio uno scarafaggio! Devo andare a catturare qualche insetto così lei può insegnarmi!" E dopo aver detto ciò, Annie corse verso il lato della casa, verso un grande prato vuoto, forse per catturare degli insetti.

Beatle aiutò Casey ad alzarsi e le sorrise. "Tra poco terrai una lezione con un'alunna, tesoro."

"Grazie," gli disse Casey.

"Per cosa?"

"Per avermi portata qui. Per averla fatta distrarre in modo che io non debba essere la sua fanciulla in difficoltà. Per quello che fai, tenendo il mondo al sicuro affinché i bambini come lei possano restare bambini il più a lungo possibile."

"Di nulla," disse Beatle. Poi le portò le mani sul volto e utilizzò i pollici per sfiorarle le sue guance. "Ti ha sporcata," le disse lui, quando si concentrò nel pulirle la faccia.

Casey sorrise. "*Era* abbastanza sporca, vero?"

"Ti chiedo scusa per mia figlia," disse Emily alle loro spalle.

Casey si allontanò da Beatle e fece scivolare velocemente il braccio sulla faccia, poi guardò l'altra donna. "Va tutto bene, non mi stavo lamentando."

"A lei piace giocare nel fango. Non ho proprio idea da chi abbia preso, visto che io non sopporto la sporcizia ma," Emily scrollò le spalle, "la rende felice, quindi non la fermerò dal farlo. Benvenuta a casa, Casey. Sono così felice che tu stia bene e ti trovi qui con noi."

"Anche io," disse Casey dolcemente. Poi Emily le tese la mano, proprio come aveva fatto sua figlia e poi le diede un genuino e sincero abbraccio.

Casey sorrise quando si accorse che era stata abbracciata più nell'ultima settimana che negli ultimi cinque anni.

"Giusto," disse Emily quando si tirò indietro. "Fletch ha detto che in realtà non hai altri vestiti a parte quelli che indossi, quindi ho chiamato Kassie e lei ha detto che potrebbe prendere qualcosa per te. Lavora al JCPenney, ha lo sconto e in più i loro vestiti sono quasi sempre scontati, per questo sono molto economici. Devo solo farle sapere la tua taglia e cosa ti piacerebbe indossare. Insomma, se sei una tipa da jeans e magliette o se ti piace di più vestirti in modo formale. Oh, e ovviamente, che tipo di reggiseno e mutande ti piace. Lacey o cotone, mutande a perizoma o mutandoni della nonna. Lei può trovarne tutti i tipi."

Casey spalancò gli occhi. Innanzitutto, era sorpresa che qualcuno che non conosceva si fosse offerta di procurarle dei vestiti e poi, non avrebbe parlato in alcun modo su che tipo di biancheria intima le piacesse indossare davanti a Beatle e Fletch.

"A perizoma, ovviamente," commentò Beatle alle sue spalle.

Casey girò la testa e senza neanche pensarci gli tirò un pugnetto sul braccio. "Non devi decidere tu," sbuffò.

Beatle la guardò per un attimo. Proprio quando Casey si era pentita di aver *colpito* Beatle, lui buttò indietro la testa e rise.

Sentì anche Emily ridacchiarle vicino. "Scusa," disse lei quando attaccò il suo braccio a quello di Casey. "Non ci avevo pensato. Stai zitto, Beatle, non era poi *così* divertente," lo avvertì. "Dai, andremo dentro e puoi dirmi *privatamente* cosa vuoi."

Prima che Emily la trascinasse dentro, Beatle disse, "Sarò qui fuori. Mi assicurerò che l'appartamento abbia tutto ciò di cui abbiamo bisogno."

Pronunciando una sola parola, Beatle fu capace di calmare il nervosismo che Casey non si era accorta di provare.

Tutto ciò di cui *abbiamo* bisogno.

Non l'avrebbe lasciata da sola.

Sarebbe rimasto con lei.

Lei gli sorrise timidamente ed annuì.

Come se stessero insieme da anni piuttosto che da pochi giorni, Beatle lesse il sollievo nei suoi occhi. Ignorando il fatto che Emily fosse proprio lì, lui si chinò e baciò Casey sulle labbra. Un bacio delicato ma intenso.

"Fammi sapere se hai bisogno di me."

"Lo farò."

Beatle si girò e si diresse verso il garage insieme a Fletch.

"Ragazza," disse Emily, "Non vedo *l'ora* di presentarti alle altre. Abbiamo così tanto di cui parlare, ma ho promesso di non rivelarti i dettagli finché non ci sono anche loro."

Casey sorrise a Emily. "Non credo di avere un sacco di dettagli, ma credo che mi servirebbe qualche consiglio. Non credo di sapere cosa fare con un soldato dei Delta Force."

"O *che* possiamo fare," le disse Emily con un grande sorriso. "Dai. Andiamo a cercarti qualcosa da mangiare. Sono sicura che sei anche stanca. Puoi riposare mentre annoto la tua taglia e tutto ciò di cui hai bisogno. Sei in buone mani con noi, Casey."

Casey si lasciò trasportare nella grande casa e si accorse che non riusciva a smettere di sorridere. Aveva preso la giusta decisione, scegliendo il Texas. Decisamente.

# CAPITOLO SEDICI

BEATLE GUARDÒ CASEY per quella che probabilmente era la centesima volta. Sembrava che se la stesse cavando molto bene. Non aveva esitato ad andare via con Emily mentre lui e Fletch avevano controllato l'appartamento sopra il garage, per assicurarsi che fosse pronto per lei.

Non appena entrate in casa, Casey aveva detto ad Emily le sue preferenze, la taglia per i vestiti e si era messa fare un pisolino. Lui le aveva dato un'occhiata per assicurarsi che stesse bene e la trovò addormentata in una delle camere degli ospiti. Aveva fatto un grande sforzo per chiudere la porta e lasciarla da sola.

Dopo, Kassie era arrivata con i vestiti e aveva rifiutato i ringraziamenti di Casey. Era così diventata la nuova orgogliosa proprietaria di tre paia di jeans, magliette a maniche lunghe, due magliette a maniche corte, quattro camicette più sofisticate, due paia di pantaloni, due set di pigiami e due paia di leggings neri. Beatle aveva intravisto diverse paia di mutande col laccio e reggiseni da abbinare.

Vedere la biancheria intima gli fece pensare di nuovo a quando erano nella giungla, quando le aveva controllato le cicatrici sul petto. E pensare al suo seno gli fece indurire l'uccello nei jeans. Fece finta di non essere per nulla interessato ai vestiti che aveva portato Kassie quando in realtà pensava solamente a Casey, davanti a lui, indossando solamente le mutandine con il laccio.

Casey aveva chiamato i suoi genitori e gli aveva parlato della visita, dicendogli che Aspen la stava tenendo d'occhio e che lei stava bene. Aveva chiamato Kristina, una delle studentesse, scoprendo così che Astrid era tornata in Danimarca, ma lei e Jaylyn avevano degli appuntamenti per parlare con la dottoressa Santos, la psicologa che conosceva Casey. Attualmente era in vacanza, ma doveva tornare la settimana seguente.

Casey assunse di nuovo un'espressione spaventata dopo aver parlato con la sua alunna, Beatle voleva che facesse una pausa dalle sue chiamate ma lei si era rifiutata. Aveva parlato col suo affittuario, il rettore della sua università, la sua banca per cancellare la vecchia carta di credito e farsene mandare una nuova in Texas e per ultimo un vicino, che promise di controllare i suoi scarafaggi.

Beatle sapeva che Casey stava per arrivare al limite. Affrontare le realtà della sua vita e cercare di rimettere tutto a posto da centinaia di chilometri di distanza era dura. Sentire dire ripetutamente dalle persone che pensavano non sarebbe tornata viva dopo il rapimento non era di aiuto.

Ma Annie era venuta in soccorso. Aveva accumulato l'assortimento degli insetti dal cortile, lei e Casey passarono le ore a giocare e imparare. Quando la cena era pronta, Casey sembrava più rilassata, sebbene avesse ancora gli occhi stanchi.

Erano tutti in soggiorno. Annie guardava la televisione mentre gli adulti parlavano.

"Dopo aver parlato con Fletch del tuo arrivo, mi sono

assicurata che il frigorifero nell'appartamento fosse rifornito," disse Emily a Casey. "Ma se hai bisogno di qualcosa, non esitare a farmelo sapere."

"Grazie. Te ne sono grata. Non so quanto tempo rimarrò qui, ma forse qualche sera posso prepararvi una cena?"

Emily sorrise raggiante. "Mi piacerebbe."

"Vedremo cosa possiamo fare per risolvere questa cosa il prima possibile," disse Fletch sottovoce. "Ghost sta rivedendo di nuovo i nastri per vedere se c'è qualcosa, e se il nostro comandante dovesse ottenere qualche altra informazione dalle autorità costaricane, ce lo riferirà."

Casey annuì. "In realtà, non mi dispiace stare qui. Il rettore ha detto che posso prendermi il resto dell'estate libera, senza problemi. Ma che succede se non trovassimo alcuna informazione su chi fosse il rapitore? Non posso restare qui per sempre."

"Perché no?" chiese Emily, esprimendo ciò che stava pensando Beatle.

"Uh... perché vivo in Florida. Lavoro lì," le disse Casey.

"Ma che succede se ti piace stare qui così tanto, da non farti tornare?" disse l'altra donna. "So che ci siamo appena conosciute ma mi piaci, Casey. Sono abbastanza brava a capire le persone, a parte il padre di Annie. Non mi piacerebbe vederti partire."

"Lasciala in pace," ordinò Fletch in maniera gentile. "Sta qui da quanto tempo, dieci ore?"

Beatle terminò la conversazione tra Fletch e sua moglie e osservò Casey. Voleva supplicarla di restare, proprio come aveva fatto Emily, ma Fletch aveva ragione, era troppo presto. Quel giorno aveva affrontato un sacco di roba. Doveva andarci piano, fare sì che Casey fosse comoda lì. Farle vedere che poteva fare amicizia con Emily, Kassie, Harley, Rayne e Mary. Sperava che più a lungo sarebbe rimasta, più alta sarebbe stata la possibilità che lei *volesse* restare. Era stato entusiasta di sentire che il suo capo le avesse dato il resto dell'estate di vacanze.

Beatle era così impegnato a cercare di capire come parlare dell'argomento della sua permanenza che quasi tralasciò il modo in cui Casey sussultò quando la musica in una scena drammatica nel cartone che Annie stava guardando sparò a tutto volume.

"Mal di testa?" le chiese lui sottovoce.

"Sto bene," le disse subito Casey

"Case, non siamo più nella giungla. Non c'è più motivo di fare la dura qui."

Lei si girò e lo fissò. "Sto bene," disse lei a denti stretti. "Non è che stia coprendo una ferita da proiettile o qualcosa di simile. È solo un mal di testa."

"Ti fa male la testa?" chiese Emily di fronte Emily. "Mi sono procurata dell'aspirina se ne dovessi avere bisogno."

"No, sono..."

"Grazie, Emily," la interruppe Beatle. "Credo che se per voi va bene, andremo a letto."

Riuscì a sentire gli occhi di Casey che gli perforavano una tempia ma sorrise. Un pochino. "Credo di aver visto delle pillole nell'armadietto delle medicine nel bagno dell'appartamento, giusto?"

"Sì. È completamente rifornito di tutto quello di cui hai bisogno," rispose Fletch.

Beatle sapeva che il suo amico si riferiva ai preservativi che aveva nascosto per lui, nell'appartamento. Se gli fosse andata bene, sarebbero stati estremamente utili. Ma non quella sera. Casey aveva mal di testa e aveva bisogno di riposare.

Si alzò e tese una mano a Casey. Lei sospirò ma gli diede la mano e si lasciò aiutare per alzarsi. Beatle le avvolse subito un braccio attorno al fianco. Andarono verso Annie, che stava ancora guardando la televisione come ipnotizzata.

"Ci vediamo domani, scricciolo."

"Ciao," disse lei distrattamente, senza distogliere lo sguardo dallo schermo.

Beatle scosse la testa e si girò verso i suoi amici. "Grazie per la cena. Fletch, il comandante sa che non sarò presente all'allenamento domattina. Ma verrò più tardi."

"Glielo ricorderò," disse Fletch.

"Grazie per esserti organizzata con Kassie per procurarmi i vestiti," disse Casey a Emily. "Te ne sono grata. E la ripagherò il più presto possibile."

Emily agitò la mano in modo sprezzante. "Non ce n'è bisogno. E se ci provi, ci farai solo irritare. Consideralo come un regalo di benvenuto nel club."

"Il club?" chiese Casey, abbassando le sopracciglia in segno di confusione.

"Si, quello dei Delta..."

Fletch mise una mano sulla bocca della moglie, interrompendola. "Buona notte, ragazzi. A domani."

Beatle fece un cenno col mento al suo amico in segno di ringraziamento. Era entusiasta che Emily considerasse già a Casey come una donna della Delta Force, ma sapeva che aveva bisogno di più tempo per convincere Casey. Sapeva anche che lei era ancora convinta che lui le stesse dietro per una sorta di questione psicologica riguardo il suo salvataggio, ma non era così. Aveva salvato centinaia di persone e non aveva mai sentito, con nessuna di loro, quello che provava per Casey.

La portò fuori dalla casa principale attraverso il cortile, facendole notare le telecamere mentre passava.

"Perché così tante?" chiese Casey.

"Fletch ne ha sempre avute alcune, ma dopo un malinteso

con Emily che gli è quasi costato la vita di moglie e figlia, ne ha messe di più. Dopo il loro ricevimento di nozze, dato che gli hanno salvato il culo, ne ha aggiunte altre."

Mentre salivano i gradini e si avviavano nel loro appartamento, Casey sentì la storia del tentativo di rapina al ricevimento di nozze, e di come l'avessero sventato facilmente tutti i soldati delle Forze Speciali presenti. Inoltre, Fletch aveva ingaggiato degli appaltatori per creare una camera blindata, in casa sua. Aveva insegnato ad Annie la parola d'ordine - rosso, ovviamente- e ogni volta che lui o mamma avrebbero detto quella parola, lei doveva andare dentro senza fare storie e dirigersi verso la camera di sicurezza. Era dotata di tutto ciò di cui la famiglia poteva aver bisogno per stare al sicuro, fino a quando le autorità sarebbero riuscite ad arrivare. Le televisioni connesse alle telecamere nella casa, le linee telefoniche che non potevano essere manomesse dall'esterno, nonché cibo, acqua e biancheria.

"Suppongo di non poterlo biasimare per tutta questa sicurezza," commentò Casey quando entrarono nell'appartamento.

Senza dire un'altra parola, Beatle si diresse verso il bagno per prendere dell'aspirina. Tornò e le diede due pillole. Lei le prese e le inghiottì con un sorso d'acqua senza lamentele.

"Sei sfinita," si rese conto Beatle. "Perché non vai a letto?"

Lei annuì e si girò verso la camera da letto. Poi si fermò e lo guardò di nuovo in faccia.

Beatle aspettò pazientemente quando lei guardò prima lui, poi si guardò i piedi e successivamente il muro accanto a lei.

"Cosa c'è, tesoro?"

"Rimani?" chiese lei sottovoce, poi si morse il labbro inferiore mentre continuava a guardare tutto, tranne lui.

Beatle camminò verso di lei fino a quando si trovò

completamente nel suo spazio personale. Aspettò che lei alzasse lo sguardo verso di lui.

“Vuoi che lo faccia?”

Forse non era carino, da parte sua, spingere sull'argomento. Avrebbe potuto dire solo di sì, ovvio che sarebbe rimasto. Non aveva alcuna intenzione di lasciarla sola fino a quando non sarebbe tornata in Florida. Ma doveva sapere se l'attrazione che aveva intravisto nei suoi occhi fosse ancora lì. Se i baci che si erano dati non erano solamente dettati dalla situazione di pericolo.

Casey si leccò le labbra e Beatle soffocò un gemito per quell'involontario gesto sensuale.

“Sì.”

“Posso dormire lì, se vuoi,” le disse Beatle, indicando verso la poltrona alle loro spalle.

Ma lei continuò a fissarlo. “Tu...” Fece una pausa, poi lo disse velocemente con le parole messe insieme, “Dormiraiconme?”

“Certamente. Non c'è nessun altro posto in cui preferirei essere. Fai pure e usa il bagno. Fai le tue cose. Io verrò tra poco.”

“D'accordo.”

Il sollievo negli occhi di Casey era quasi doloroso da vedere, ma Beatle non fece commenti. In quel modo si sentì quasi irrispettoso, considerando quanto lei stesse bene dopo il suo calvario. La guardò dirigersi verso il bagno, poi uscì un minuto dopo con uno dei nuovi set di pigiami in mano. Lei gli sorrise timidamente quando entrò nel bagno e chiuse la porta.

Solo allora Beatle tornò a respirare normalmente. Si girò verso la cucina e prese una bottiglia d'acqua. La tranguggiò cercando di calmarsi. Non era mai stato così arrapato, prima di quel momento. Aveva avuto delle relazioni ma nessuna era stata così intensa come quella... e lui e Casey non avevano nemmeno fatto sesso.

Quando Casey gli stava lontana, voleva vederla. Quando si trovava insieme a lei, voleva toccarla. E quando la toccava, voleva avere la possibilità di sfilarle lentamente tutti i suoi vestiti e assaporare ogni centimetro della sua pelle. Era un circolo vizioso che lo faceva sentire vivo come non mai.

Amava il suo lavoro con la squadra, ma vedere i suoi amici che mettevano su famiglia uno dopo l'altro era difficile. Beatle andava a casa nel suo piccolo appartamento da solo, i suoi amici tornavano tutti a casa da donne che li amavano ed erano entusiaste di averli a casa.

Lui non era uno stupido. Sapeva che lui e Casey avevano degli ostacoli piuttosto grossi da superare prima di poterli definire ufficialmente una coppia, ma sperava che riuscissero a superarle.

Beatle si fece un appunto mentale per parlare col comandante sul fatto che Casey dovesse vedere presto uno psicologo. Sapeva che aveva una collega con cui avrebbe parlato volentieri di quello che era successo, ma lei era in Florida. Casey aveva bisogno di qualcuno lì.

Aveva anche bisogno delle sue cose. Era fantastico che Kassie le avesse procurato dei vestiti, ma aveva bisogno di un paio di completi di più. Sapeva che lei si sarebbe sentita meglio con le sue cose vicine. Avrebbe reso il Texas più *casa*.

"Ho fatto."

La voce morbida di Casey interruppe le meditazioni di Beatle, facendolo voltare.

Sapeva di avere la bocca spalancata ma non poteva farci nulla. Lei era incredibilmente bella. La luce nel corridoio era spenta ma i pantaloncini color rosa chiaro e il top con spalline sottili erano facilmente visibili. Il top era allentato ma Beatle riusciva ancora a vedere il rigonfiamento del seno sotto il materiale. Aveva le gambe lunghe e snelle, iniziò subito a fantasticare. Riusciva *quasi* a sentire la pelle morbida del suo interno coscia mentre si immaginava impegnato a penetrarla.

"Mi metterò a letto," disse lei, interrompendogli la fantasia.

Beatle aveva la sensazione di arrossire, ma si limitò ad annuirle, non sentendosi ancora pronto per parlare.

Quando lei si girò verso la porta della camera da letto, Beatle dovette chiudere gli occhi ma ciò non bloccò l'immagine che gli aveva già bruciato il cervello. I pantaloncini di Casey erano attillati ed evidenziavano il suo perfetto sedere formoso. Era proprio bellissima. Leggermente rotonda nei posti giusti, una vera donna.

Beatle la desiderava. Ardentemente.

Riusciva a sentire il sangue che pulsava lungo l'uccello, come un battito cardiaco. Sapeva senz'ombra di dubbio che se avesse mai avuto l'occasione di fare l'amore con Casey Shea, non sarebbe durato più di un minuto, visti i segnali.

Casey non stava neanche cercando di invogliarlo e l'aveva eccitato più velocemente di qualsiasi altra donna che lui avesse mai avuto prima.

Beatle si chinò per un attimo, cercando di alleggerire il dolore dell'intensa erezione e pensare a qualsiasi altra cosa non includesse lei sul letto, toglierle il pigiamino nuovo e sprofondare nel suo corpo.

Ci vollero un paio di minuti ma alla fine Beatle riuscì a camminare senza zoppicare. Andò in bagno e si lavò i denti. Poi si diresse verso la camera di letto.

Casey era sdraiata sul piumino e lo stava aspettando con gli occhi sgranati. Da una parte aveva sperato che lei stesse dormendo ma visto che erano passati solo un paio di minuti, quella speranza era ridicola.

Lui le diede le spalle e si tolse la maglia. Poi sbottonò i

jeans e ordinò al suo pisello di fare il bravo, rimanendo solo in boxer.

Senza dire una parola, si sedette sul letto, sollevò le gambe e si ficcò sotto le coperte. Mise un braccio sopra la testa di Casey, raccogliendola in un abbraccio. Respirò profondamente. Errore.

L'odore di qualsiasi lozione Casey avesse usato gli riempì le narici e, come se non avesse già avuto una conversazione col pisello, gli si gonfiò di nuovo, preparandosi a procreare.

"Grazie per aver lasciato la porta aperta," gli disse Casey.

"Certamente. C'è abbastanza luce?" chiese Beatle.

"Credo di sì."

"Posso accendere la luce del corridoio, se vuoi."

Lei scosse la testa contro la sua spalla. "No. Non te ne andare."

Cazzo. Come se lui potesse andarsene, dopo aver sentito quelle parole uscite dalla sua bocca. "Va meglio la testa?"

"Un po'."

"Bene."

Passarono uno o due minuti poi lei disse, "Questo è strano. Perché è così strano?"

"Non è strano," disse subito Beatle. "Rilassati."

"Sembrava perfettamente normale in Costa Rica ma adesso... è strano."

Beatle si mosse finché Casey rimase sulla schiena, lui si voltò verso di lei. Le accarezzò i capelli. Sapeva che l'erezione le premeva sul fianco, ma non gli importava. "Laggiù eri spaventata e io ti ho aiutata a farti sentire al sicuro. Nell'hotel hai fatto un brutto sogno, ti ho stretta e ti sei calmata. Adesso che non ti senti come se fossi in pericolo immediate, puoi far uscire tutte le altre sensazioni. Mi auguro che passi la stranezza, forse il tuo corpo ti sta dicendo altre cose."

"Tipo?" sussurrò lei.

"Tipo... sei attratta da me. Magari ti piace stare tra le mie braccia perché ti tengo al sicuro, perché ti piaccio. Perché te lo dico in questo momento, lo dirò e basta, non che non sia evidente, ma amo tenerti tra le braccia. Sentirti accoccolata su di me. E, tesoro, non sono mai stato un coccolone. Ho sempre preferito avere il mio spazio, mentre dormo. Ma la prima notte insieme a te, sull'amaca, sudati e intrecciati, ho deciso che non c'è alcun posto in cui preferirei stare se non qui. Con te."

Lui fece una pausa, fissando i profondi occhi verdi di Casey. "Non ti sto facendo pressione o altro. Se tu ti senti veramente strana in con questa sistemazione per dormire, passerò la notte sulla poltrona. Ma sappi che amo dormire insieme a te. Sono serio. *Dormire.* Non sto dicendo di non volere altro ora. Il se e quando dipendono completamente da te."

"Non lo stai dicendo perché pensi che sia troppo debole per riuscire a dormire da sola?"

"Debole? Per l'amor del cielo, Casey. No. Debole è l'ultima cosa a cui penso quando penso a te. Sono affascinato dalla tua forza."

"Al momento non mi sento molto forte."

"Forse no, ma ciò non significa che tu non lo sia."

"Mhmm. *Sono* attratta da te. Credo che tu lo sappia."

"L'ho ipotizzato, ma non ne ero sicuro," le disse Beatle in modo sincero.

"Credo che faccia parte del gioco. Voglio dire, gli amici non dormono insieme in questa maniera."

"*Noi* lo facciamo," le disse Beatle tenacemente.

"Ma tu sei... sei eccitato, Beatle," disse Casey con le guance rosa.

"Vero. Ma ciò non significa che succederà qualcosa tra di noi fino a quando tu non sia pronta per farlo succedere."

"Riesci anche a dormire, in questa maniera?" domandò Casey con una smorfia.

Beatle ridacchiò "Sì, tesoro. Riesco a dormire. Mi sento più rilassato qui con te tra le braccia, rispetto a quella scomoda poltrona. E non preoccuparti per lui," lui spinse leggermente i fianchi contro il fianco di lei. "Tra un po' si calmerà."

"Non è giusto nei tuoi confronti," si lamentò Casey, sembrando ancora preoccupata.

Beatle le sorrise e si girò di nuovo, finché non si trovarono entrambi comodi e incastrati. Lei teneva una mano sul petto di lui, che le stringeva quella mano e le teneva l'altra sopra l'elastico del pigiamino nuovo. "Non si tratta di giusto o sbagliato," le disse. "Questo è il mio stato normale vicino a te. Pure se sei coperta di fango dalla testa ai piedi, o fresca e pulita dopo una doccia. Sei semplicemente tu, Case."

"Sei pazzo," gli disse lei.

"Forse," replicò Beatle. "Adesso silenzio, è ora della nanna."

La sensazione di Casey che si rilassava completamente contro di lui era paradisiaca.

Già, lui era ancora eccitato e sapeva che se lei gli avesse mai permesso di lasciarlo entrare dentro di lei, per lui sarebbe stata quasi un'esperienza extracorporea, ma comunque... fare sì che Casey si fidasse abbastanza di lui per farle abbassare la guardia quando lei sapeva che lui la desiderava, era una fantastica sensazione.

Beatle girò la testa e le baciò la fronte.

Sorrise ancora più ampiamente quando lei inconsciamente si accoccolò ulteriormente nel suo abbraccio.

# CAPITOLO DICIASSETTE

L'ULTIMA SETTIMANA e mezzo era stata piena di alti e bassi per Casey.

Alcuni degli alti inclusero le compagne nelle riunioni casalinghe, dando modo a Casey di fare amicizia. Si piacquero a vicenda. Rayne era dolce e generosa, offrendosi di uscire con Casey ogni volta che lei lo volesse. Harley era bellissima. Alta e snella, ma più che altro, era divertente. Era super intelligente e aveva trascorso un pomeriggio a giocare ai videogiochi con lei quando gli uomini erano impegnati nella guarnigione dell'esercito.

C'era anche Annie. Si presentava ogni mattina, luminosa e mattiniera, e voleva sempre giocare. Alla fine, Emily dovette proibirle di lasciare la casa prima delle nove di mattina, dando a Casey il tempo di svegliarsi e prendere il suo caffè prima di essere inondata dall'allegria ed energia della bambina... e domande sugli insetti.

Beatle era incluso nei suoi alti. Era stato fedele alla parola data e non le aveva mai fatto pressione per ottenere qualcosa in più. Si erano scambiati solamente dei baci e delle leggere carezze, quando andavano a letto. Lei lo desiderava, ma la situazione sembrava così campata in aria che a lei non sembrava giusto iniziare un qualsiasi tipo di rapporto sessuale fino ad essere sicura di cosa stesse succedendo nella sua vita.

I bassi comprendevano un paio di conversazione tramite e-mail con la dottoressa Santos. La sua amica e collega professoressa si era riunita quotidianamente con Jaylyn e Kristina. Casey stessa aveva mandato loro delle e-mail, sapeva che avevano dato alla dottoressa Santos il permesso di parlarle delle loro esperienze e sedute di terapia. Marie aveva quindi inviato un'e-mail a Casey per notificare che le ragazze non stavano andando bene. Insonnia, ansia, incubi notturni e inappetenza.

Anche Casey stava andando da uno specialista che Beatle le aveva consigliato. All'inizio si sentiva a disagio, ma passata la diffidenza iniziale, stava iniziando ad aprirsi. Aveva ammesso che aveva dei vuoti di memoria, ma lo psicologo la rassicurò dicendole che una volta che si fosse sentita abbastanza al sicuro e fosse passato più tempo, molto probabilmente li avrebbe ricordati. Si era anche offerto di ipnotizzarla, se lei avesse ritenuto che quei ricordi fossero molto importanti.

Poi c'erano i video della giungla. Non erano stati ancora rivisti dall'esercito. A quanto pare i tecnici nel campo erano troppo impegnati e non erano riusciti a recuperarli.

Casey si accorse che nutriva una morbosa curiosità di guardarli. Di vedere di più del villaggio in cui era stata tenuta in ostaggio. Di certo non l'aveva visto molto, quando si trovava lì.

Il tempo scorreva rapido - l'inizio del semestre autunnale all'università era dietro l'angolo - ma anche lentamente. Si sentiva come se avesse sempre vissuto nel piccolo appartamento di Fletch. Gli uomini e le donne del gruppo delle Forze Speciali erano come vecchi amici.

Emily crollò e disse a Casey della sua gravidanza. Era così felice per la notizia, volendo poteva spifferare tutto perché presto l'avrebbero saputo tutti. Quello stesso pomeriggio, lei stava già organizzato la sua festa "rivelatrice della gravidanza", senza dirlo apertamente agli invitati. Aveva usato l'arrivo di Casey come scusa per fare una grigliata.

Casey l'aveva aiutata a cucinare tutta la mattinata. Emily aveva organizzato tutti i tipi di stuzzichini. Uova alla diavola, assaggi di insalata di patate, mini-hot dog, assaggi di caprese, spiedini di frutta, rotolini al pesto e un sacco di biscotti.

Lei ed Emily avevano riso tutto il giorno sull'annuncio, di quello che avrebbero detto gli altri e quindi Casey era quasi entusiasta per la festa, proprio come lo era Emily.

"Va bene?" chiese Casey a Emily quando impiattarono l'ultimo dei biscotti. Il tavolo nella sala da pranzo era completamente pieno di cibo. C'erano delle sedie sistemate tutte intorno al soggiorno e quando Fletch arrivò a casa, iniziò la grigliata nel cortile.

"Sì. Ti sono molto grata per il tuo aiuto. Non so come sarei riuscita a preparare tutto senza di te," le disse Emily.

"Sì, ce l'avresti fatta... ma ci sarebbe voluto di più," la stuzzicò Casey.

Emily sospirò ma sorrise lo stesso. Si mise una mano sulla pancia. "Spero che questo bambino non mi renda la vita impossibile."

"Uh... Non ne so molto al riguardo, ma non è presto per sapere il sesso del tuo bambino?" chiese Casey.

Emily rise ed annuì. "Sì, ma sia io che Fletch abbiamo la sensazione che sia un maschietto. Sin dal primo giorno ho parlato di lui come un maschio."

"Sarai delusa se dovesse essere femmina?"

Emily scosse la testa. "No. Maschio, femmina, gemelli, fa lo stesso. Non importa."

Casey sorrise. "Se fosse stato per Annie, ne avreste un'altra dozzina. Non ho mai visto una bambina volere un fratellino più di lei."

"Vero?" disse Emily. "Mi sono sentita in colpa per non averle detto che ha ottenuto il suo più grande desiderio, quando io e Fletch l'abbiamo scoperto, ma so che appena capirà che diventerà la sorella maggiore, mi farà impazzire con le sue domande. Dà il peggio di sé, nell'attesa. Dovresti vederla nel periodo di Natale. Dio mio."

Casey sorrise. "Lei è fantastica. Sei molto fortunata."

"Lo so. Adesso... vai a prepararti. La gente inizierà ad arrivare tra circa un'ora," la informò Emily.

Casey si asciugò di nuovo le mani e si diresse verso la porta. Camminò lungo il vialetto e il cortile, verso l'appartamento. Quando raggiunse le scale che conducevano accanto al garage, fece una pausa e alzò lo sguardo. Il cielo era di un blu splendente. Riusciva a sentire gli uccelli cantare e il suono incredibilmente forte delle cicale negli alberi attorno a loro.

Proprio allora giurò che non avrebbe mai dato per scontata la sua libertà. Non molto tempo prima, c'era stato un momento in cui non sapeva se avrebbe mai più visto di nuovo il cielo. Immaginarsi poco dopo in un cortile di una famiglia con cui era diventata buona amica... impensabile.

Si risvegliò dai suoi pensieri e si sbrigò a salire le scale. Le suonò il cellulare che Beatle le aveva procurato, mentre apriva la porta, e Casey corse verso il tavolo e cliccò sull'icona, sperando che non fosse troppo tardi.

"Pronto?"

"Pronto? Casey?"

"Marie?"

"Sì, sono io. Mi dispiace disturbarti. Volevo solo chiamare e dirti personalmente quanto sia felice che tu stia bene. Voglio dire, so di averlo detto in un'e-mail, ma è diverso sentirselo dire ad alta voce. Dev'essere stata dura integrarsi di nuovo nella società, dopo quello che è successo."

Casey fece una smorfia e le parole della sua amica la fecero sentire in colpa. Perché a dir la verità, in tutto il giorno era riuscita a non pensare a quello che le era successo. Lei ed Emily avevano riso, scherzato e parlato di cose normali da donne.

"Sto bene, grazie. Come hai ottenuto questo numero?" domandò Casey.

"Da Jaylyn. Ha detto di averti chiamato un paio di volte e le ho chiesto se potesse darmi il tuo numero, così avrei potuto parlare anch'io con te."

Casey si sedette sul bordo della poltrona e annuì. "Già. Mi dispiace sapere che lei e Kristina non abbiano preso molto bene l'accaduto."

"Sì, è un vero peccato," acconsentì tristemente Marie. "Jaylyn ha detto che l'ultima volta che hai parlato con lei, le hai chiesto se ricordasse di aver visto o sentito qualcosa di anormale quando siete state rapite la prima volta, o quando eravate nella capanna?"

"Sì, l'ho fatto," confermò Casey. "L'uomo che mi ha salvato sta cercando di scoprire chi mai volesse rapirci ed eravamo tutte d'accordo sul fatto che abbiamo visto o sentito qualcosa ma con tutto il trauma che abbiamo avuto, forse l'abbiamo dimenticato."

"Può essere," disse Marie. "Il danno psicologico che avete sofferto potrebbe certamente bloccare qualche dettaglio. Sei stata violentata?"

Casey soppresse un sussulto. Cavolo, persino i Delta avevano avuto più tatto di Marie. E lei era una sua amica, in teoria. "No," rispose, un po' seccamente.

"Beh, è una cosa buona," disse Marie, incurante della brusca risposta di Casey. "Jaylyn e Kristina hanno detto la stessa cosa. Ma non è strano? Voglio dire, un gruppo di donne viene rapite in Sud America e non vengono violentate? Forse semplicemente non erano attratti da voi o qualcosa del genere."

Casey rimase a bocca aperta per lo shock. Non poteva dirle così. "*Non* puoi dirmi così," disse alla collega.

"Oh... scusa. Non volevo essere insensibile," disse Marie, sembrando dispiaciuta.

"C'è un motivo per cui mi hai chiamata?" domandò Casey, volendo solamente attaccarle il telefono in faccia.

"Sì, c'è. È per le ragazze. Sai che mi sono incontrata con loro tutti giorni per cercare di aiutarle ad elaborare ciò che è accaduto. Abbiamo parlato e credo che forse delle sessioni di gruppo farebbero bene."

"D'accordo," disse Casey, senza capire cosa c'entrasse lei.

"Per te, Casey," approfondì Marie. "Tu eri la loro leader. Mi hanno detto che prima di essere separate, stavano abbastanza bene. Condividevate il cibo, il loro morale era alto perché erano sicure che sarebbero state salvate. Ma quando sei stata portata via e hanno pensavano che fossi stata salvata, abbandonandole diciamo, sono crollate. Credo che sarebbe una buona idea se tu ti unissi a noi."

"Oh, beh... sì. Potrei farlo. Se mi dici quando vi incontrate, potrei chiamare o qualcosa del genere."

"No!" esclamò Marie. Poi, con voce più calma, spiegò, "Non credo che col telefono funzioni. Le ragazze hanno bisogno di vederti. Verificare di persona che tu stia bene. E prima che tu lo consigli, Skype non è la stessa cosa di vederti di persona, riuscire a toccare e abbracciare. Credo che loro abbiano davvero bisogno di vederti di persona, davanti a loro, per sapere per che stai bene. Quando torni a casa? Ad ogni modo, dovresti stare qui tra amici. Ti aiuterà a guarire."

Casey pensò che già così stesse guarendo abbastanza. "Sto

bene. Mi sto incontrando con uno psicologo qui, nella postazione militare. Mi sta aiutando davvero tanto."

"Davvero?"

"Già."

"Di cosa parli?"

Casey si tolse il telefono dall'orecchio e lo fissò per un istante, basita. Se non avesse conosciuto Marie, avrebbe pensato che si fosse trattata di una presa in giro. "Non ho intenzione di dirti di cosa ho parlato col mio dottore, Marie. So che siamo amiche e che tu sei una psicologa, ma non è carino."

"Non cercavo di fare la stronza," disse Marie, un po' sulla difensiva. "Penso solamente che le ragazze farebbero migliori progressi, se steste tutte insieme. Se tu riuscissi a parlare di quello che è successo... insieme. Forse qualsiasi cosa credi di aver dimenticato la ricorderesti più facilmente, se vedessi Jaylyn e Kristina. Una ricostruzione potrebbe anche essere d'aiuto."

"Una ricostruzione?" disse Casey incredula. Era più che stanca della chiamata. Era stata così di buon umore fino ad un attimo prima, in quel momento si sentiva irritata e scontrosa. "Non ho intenzione di rievocare l'essere rapita, Marie. Non posso credere che tu l'abbia addirittura suggerito!"

"Saresti sorpresa da quanto catartico possa essere, Casey. È evidente che sei arrabbiata con me ma voglio solamente il meglio per te e le ragazze. Voglio che superi quello che è successo, e sono interessata ad aiutarti a farlo. Se lasci che ti aiuti, forse ciò che hai passato non sarà stato inutile e nel futuro puoi aiutare altre vittime di rapimento a riprendersi dalle loro esperienze."

Casey si limitò a scuotere la testa. Marie non aveva capito. "Sono disposta a fare una chiamata quando ti incontri con Jaylyn e Kristina. Fammi sapere solo quando."

"Saranno felice di saperlo," disse Marie. "Parlerò con loro e organizzeremo un momento. Ti prego di non esitare a chiamarmi, in caso dovessi ricordare qualcosa che aiuti le ragazze. Hanno paura che qualcuno le rapisca di nuovo, puoi capirle bene. Qualsiasi cosa che ricordi le rassicurerà che sono al sicuro, sarebbe un enorme sollievo e un gigante passo in avanti nel loro processo di guarigione."

Casey annuì. Sapeva che lo sarebbe stato, perché si sentiva allo stesso modo. "Lo farò. Se mi torna alla mente qualcosa, ti farò sapere."

"Sono davvero felice che tu stia bene. Non vedo l'ora che torni a casa. Organizzeremo un pranzo, va bene?"

"Certo," disse Casey, senza dirlo sul serio.

"Ci sentiamo presto."

"Ciao." Casey spense il telefono e lo fissò per un lungo istante. "Cosa diavolo è appena successo?" si chiese ad alta voce.

Nessuno rispose, il che era una cosa buona visto che si trovava da sola nell'appartamento.

Casey chiuse gli occhi e pensò alla conversazione che aveva appena fatto. Non solo era inappropriata, ma anche molto strana. Lei era amichevole con Marie ma non erano *amiche*. Si vedevano alle attività scolastiche, ma in realtà non avevano socializzato molto al di fuori dell'ambiente lavorativo.

Era ammirevole che la psicologa fosse preoccupata per lei, ma perché era *così tanto* preoccupata? Perché voleva che tornasse a casa, se lei stava bene nel luogo in cui si trovava? Le studentesse avevano detto a Marie più cose di quante la donna stesse facendo credere?

Una parte di Casey voleva tornare in Florida per controllare Jaylyn e Kristina. Ma a dir la verità, non poteva farlo molto per aiutarle. Dovevano continuare ad andare da uno psicologo. E perché Marie era così interessata sul fatto che lei ricordasse o meno dettagli del rapimento?

Casey avvertì un brivido lungo la schiena. La psicologa aveva dei secondi fini? Ma quali? Non aveva alcun senso.

Proprio allora la porta dell'appartamento si aprì e una voce maschile tuonò nella stanza. "Casey?"

Lei fece un salto e quasi cadde dalla poltrona, spaventata. Si affacciò e vide Beatle. Il sollievo fu così grande che Casey si sentì stordita.

Lei sentì le mani di lui sulle spalle e si rilassò con lui. "Mi hai spaventata a morte," disse lei sottovoce.

"Qual è il problema?"

Lei guardò negli occhi marroni preoccupati di Beatle. "Niente. Mi hai solo spaventata."

"Sbagliato. Prova di nuovo. È impossibile che la mia entrata ti spaventi tanto, se non c'è sotto dell'altro. Ti conosco, Case. Parla con me."

"Non è niente. Solo una strana telefonata da parte di Marie."

"La tua amica psicologa? Quanto strana?"

"Solo... strana. Possiamo lasciar perdere? Devo prepararmi. Non mi sono ancora fatta la doccia."

Casey era sicuro che Beatle non voleva lasciar perdere, ma dopo un lungo sguardo lui acconsentì. "D'accordo, ma me ne puoi parlare dopo? Dimmi cosa ti ha reso così agitata."

Quello poteva farlo. "Sì."

"Bene. Emily mi ha mandato quassù per ricordarti che questa cosa è informale."

"Lo sapevo," disse Casey, confusa. "Perché dovrebbe mandare te a dirmi qualcosa che già sapevo?"

Lei osservò Beatle – si sorprese nel constatare un leggero rossore che gli saliva dal collo. Lui si portò una mano sui capelli. "Va bene, ho mentito. Non l'ha fatto. Sono solamente tornato insieme a Fletch e volevo vederti."

"Mi hai vista stamattina," disse Casey.

"Sì, ma è stato tipo sette ore fa."

Casey sentì un sorriso scemo aprirsi sul viso, ma non le importava.

"Ti sono mancata," sussurrò.

"Sì, tesoro. Mi sei mancata," confermò subito Beatle.

Senza penarci, Casey si chinò e lo baciò. Voleva dargli un bacio leggero, ma Beatle aveva altre idee. Lui la accolse e intensificò il bacio.

Le divorò la bocca come se fossero passati mesi da quando l'aveva vista l'ultima volta, e non solo poche ore. Ma Casey non si lamentò. Gli ultimi dieci giorni erano stati tra i migliori della sua vita. Grazie a Beatle. Lui la fece sentire bella e forte. L'aveva invitata nella sua cerchia di amici senza riserve. Quando lei aveva bisogno del suo conforto e forza nel cuore della notte, lui era lì a sostenerla e senza chiederle niente in cambio.

Casey sapeva senz'ombra di dubbio che lui era attratto da lei, ma non si era sentita ancora pronta a buttarsi in nessun tipo di relazione. Ma aveva lentamente consumato la sua resistenza e proprio allora, stesa sotto di lui, nella scomoda poltrona nell'appartamento del suo amico, la libido di Casey divampò.

Lo desiderava.

Voleva *tutto* di lui.

Come se lui riuscisse a percepire la decisione mentale di Casey, Beatle indietreggiò e le mise una mano sotto la maglietta, intento a stuzzicarle i capezzoli attraverso il reggiseno, ma poi si fermò quando abbassò lo sguardo verso di lei. "Cosa?"

"Che succede?" chiese Casey, cercando di essere disinvolta.

"Qualcosa non va. Cos'è?"

"Non c'è niente che non va," replicò lei. "A dir la verità, credo che per una volta ci sia qualcosa di davvero giusto."

Le pupille di Beatle si dilatarono e si leccò le labbra. "Dimmi cosa significa," ordinò lui con voce rauca.

"Ti voglio, Beatle." Era difficile dire quelle parole, ma lui se le meritava. Era stato più che paziente con lei. Non l'aveva mai fatta sentire come se lei gli dovesse qualcosa. Più tempo passava con lui, più dimostrò che gli piaceva stare con lei. Avrebbe davvero aspettato il tempo necessario. E anche se lei avesse deciso di non volerlo mai, lei era certa che lui non l'avrebbe mai costretta.

Troy Lennon era un brav'uomo. Al cento per cento. E lei lo desiderava, voleva tutto di lui. In quel momento.

Invece di saltarle addosso, cosa che lei sperava una volta confessato il suo desiderio, lui tirò indietro la testa e chiuse gli occhi.

"Beatle?"

Tornò a fissarla e fece una smorfia. "Adesso, donna? Mi dici che posso averti tutta per me *adesso*? Quando dobbiamo vederci con i nostri amici?"

Lei ridacchiò. "Momento sbagliato?"

"Il peggiore," acconsentì lui. Poi si chinò e le appoggiò la fronte sulla sua. "Ma sai una cosa? Ho aspettato così tanto, posso aspettare sicuramente fino a stasera. Ti rendi conto di quello che mi hai appena dato, vero?" chiese lui.

Casey annuì.

"Cosa? Cosa mi hai dato?" chiese Beatle

"Me," disse Casey in parole povere. "Ti ho dato... me."

"Ci puoi scommettere. E in cambio tu avrai me. So che non hai dichiarato il tuo amore per me e non insistito di scappare insieme per sposarci, ma devi sapere che non è un'avventura per me. Ci sono dentro, con il cuore."

Casey annuì. Lei lo sapeva. Era stata una delle cose che l'avevano trattenuta. Non sapeva come avrebbe funzionato una relazione tra loro due, con lui lì e lei in Florida. Ma *grazie* alla chiamata di Marie, si era appena resa conto di non voler tornare al suo lavoro così in fretta. Sì, adorava insegnare ma Beatle aveva ragione – c'erano delle università, in Texas. Anche su internet. Poteva insegnare online e vivere dovunque volesse.

"Voglio vedere cosa succede," gli disse lei. "Ho parlato a lungo con le altre... So che stare con un ragazzo nell'esercito non è la cosa più facile del mondo, ma mi piacerebbe provare. Se a te andrebbe bene, chiaro."

"Cazzo, sì," disse Beatle prima di baciarla di nuovo.

Casey non sapeva come faceva a regolarsi lui ma dieci minuti dopo, la prese per le braccia e la costrinse ad alzarsi. "Doccia, tesoro. Se ti tengo per un altro po' sotto di me, non riuscirò ad aspettare."

Lei osservò l'erezione che lo stava torturando.

"Riuscirai a camminare?" lo stuzzicò.

"Non ne ho idea," disse lui, aggrottando le sopracciglia.

Casey non poté farci niente, rise. Fragorosamente.

Ripreso il momento, Casey aprì gli occhi e vide Beatle che le stava sorridendo in modo buffo.

"Che c'è?"

"Adoro vederti ridere. Darei tutto ciò che ho per vedere sempre quel sorriso stupendo sul volto."

Lei diventò seria. "Beatle."

"No. Basta con la dolcezza. Non resisto. Vai a farti la doccia. Ti aspetterò qui fuori. Andiamo insieme di là." Le fece scivolare un dito sul braccio. "Stanotte ti farò mia."

"Solo se io posso farti mio," replicò Casey.

"Sono già tuo," rispose lui. "Vai."

In una sorta di trance, lei fece quanto detto.

Durante la doccia, lei si ripeté in testa quelle parole.

*Sono già tuo.*

Come poteva resistere?

Non poteva.

Era stanca di farlo.

# CAPITOLO DICIOTTO

"GRAZIE A TUTTI PER ESSERE VENUTI," disse Emily quella sera stessa.

C'erano quindici persone sedute che la guardavano, ascoltando quello che aveva da dire.

A nessuno sembrò importare che in realtà non c'era abbastanza spazio per tutti, nel salotto. Erano solamente felici di stare insieme, e si vedeva.

Casey sorrise quando si guardò intorno.

Rayne e Ghost erano seduti coscia a coscia su un lato del divano, Kassie stava in braccio a Hollywood. Harley stava seduta in grembo a Coach su una delle grandi poltrone vicino al divano. Fletch era sul pavimento davanti alla poltrona con Annie davanti a lui, intenta a picchiettargli il petto.

Prima aveva portato una grande ed elegante scatola di plastica con un pupazzo militare al suo interno. Aveva spiegato a tutti che ne aveva due, ma il suo migliore amico Frankie, che era sordo e viveva in California, aveva l'altro e giocavano con i pupazzi insieme su un programma speciale sul suo iPad. Dopo la sua spiegazione, continuò a giocare felicemente da sola fino a quando sua madre iniziò a parlare.

Truck stava gironzolando dietro Mary, che era seduta su una delle sedie del tavolo della sala da pranzo. Casey riconobbe nei suoi occhi uno sguardo affettuoso, era lo stesso che aveva Beatle quando la guardava. Era evidente che Truck era più che interessato alla donna, sebbene Mary avesse fatto del suo meglio per mantenere la distanza tra di loro quanto più possibile, durante la serata.

Ma Casey la stava osservando in maniera curiosa. Mary si comportava come se non volesse che Truck stesse vicino a lei, ma i suoi occhi e i segnali non verbali dicevano tutt'altro. Non riusciva a distogliere lo sguardo dall'omone e quando Blade fece un commento divertente sulla cicatrice di Truck, Mary diventò rigida e protettiva. Era riuscita a controllarsi e a non sgridare Blade, ma Casey capì che le ci era voluto un sacco di autocontrollo.

I due uomini che non avevano una donna - Blade, e il fratello di Rayne, Chase - erano appoggiati a un muro. Entrambi avevano le braccia incrociate e sguardi di concentrazione e vigilanza. Casey aveva capito, ancora prima di dirigersi verso l'appartamento attraverso il cortile, che i Delta erano lì. Anche quelli con le donne. Potevano anche prestare attenzione alle loro fidanzate o mogli, ma erano sempre al corrente su cosa succedesse attorno a loro. Per precauzione.

Casey si trovava vicino la cucina. Aveva appena finito di lavare un carico di piatti e Beatle l'aveva aiutata. Era stata accettata come parte del gruppo ma non riusciva a sopportare di stare solamente seduta, e starsene con le mani in mano. Emily aveva conosciuto subito questa parte di lei e dopo aver tentato di declinare nei primi giorni, poi l'aveva lasciata fare a modo suo.

Casey sentì Beatle arrivarle alle spalle e metterle un braccio attorno alla vita. Lei si appoggiò a lui. Si sentiva tranquilla e felice. E non vedeva l'ora che Emily desse la notizia della gravidanza ai suoi amici.

"Sbrigati! Voglio la torta!" scherzò Hollywood.

Kassie gli diede una gomitata e gli disse, "Chiudi il becco!"

Tutti si misero a ridere ed Emily proseguì. "Come voi tutti forse saprete, io e Fletch abbiamo... mmm... lavorato alla richiesta di Annie di un fratellino o sorellina..."

"Oh Dio mio!" gridò Annie, arrampicandosi sui suoi piedi e saltando su e giù. "Ti prego dicci che sei incinta! Ti prego dicci che sei incinta!"

"Sono incinta," disse docilmente Emily alla figlia.

La bambina corse verso sua mamma e si lanciò tra le sue braccia. "Quando?" le chiese, alzando lo sguardo sul suo volto.

"Ci vorrà un po'. Sette mesi, più o meno" le disse Emily, accarezzandole la testa.

"Yipee!" gridò Annie, poi si staccò dalla madre e fece uno strano balletto improvvisato in mezzo alla stanza.

Emily allungò una mano per impedire che gli amici si alzassero per farle gli auguri. Guardò il marito. "Non sappiamo ancora il sesso, ma se qualcuno ha fatto una scommessa, supponiamo che sia un maschietto."

"Un fratello!" sospirò Annie poi scoppiò subito in lacrime.

Fletch si alzò e prese sua figlia tra le braccia e le disse ansiosamente, "Queste sono lacrime di gioia, vero, scricciolo?"

Annie alzò lo sguardo verso il padre e pianse, "Volevo *davvero davvero* un fratellino! Qualcuno che giochi all'esercito insieme a me!"

"Non ne siamo ancora sicuri, scricciolo. È troppo presto. Potrebbe essere una femmina."

Annie scosse vigorosamente la testa. "Non posso mentire, sarei un po' triste se fosse femmina ma sono stata così buona. Babbo Natale mi osserva e lo sa bene. Non potrei essere più buona!" L'entusiasmo e sincerità della bambina erano adorabili.

Fletch si limitò a scuotere la testa e sorrise a sua figlia. "Ho paura che se *è* un maschio, quando sarà abbastanza grande per giocare, tu potrai non voler avere più niente a che fare con lui," le disse lui.

"No. Non mi importa se sarò grande. Tipo *trent'anni*. Avrò sempre voglia di giocare all'esercito."

Casey sentì il petto di Beatle contro di lei, mentre rideva. "Se trent'anni è essere vecchi, siamo tutti spacciati."

Lei sorrise e annuì, visto che era d'accordo, senza distogliere gli occhi dalla dolce scena davanti a lei.

"Beh... visto che questo sembra essere il momento di rivelare dei segreti, io e Harley ne abbiamo uno," annunciò Coach.

Tutti si girarono per guardarlo. Non si era mosso dalla sua posizione sulla sedia, Harley era ancora adagiata sulle sue ginocchia. Coach le teneva un braccio sulla vita e l'altro appoggiato sulla caviglia. Si chinò e le prese una mano, facendo scivolare il pollice sull'anello sul suo anulare sinistro.

"Questo *non* è un anello di fidanzamento. È un anello di matrimonio. Siamo sposati. Abbiamo fatto e organizzato una cerimonia civile subito dopo che lei si è ripresa dall'incidente. Abbiamo deciso di non voler aspettare."

"*Davvero?*" esclamò Rayne, alzandosi di scatto dal divano. "Vi siete sposati e non ce l'avete detto? Non è carino. Per niente carino! E la festa? *Farete* una festa, non è vero?"

"Calmati, mamma," la stuzzicò Harley, facendole un occhiolino. "Sì, faremo una festa. Ci siamo goduti la vita matrimoniale per un po' senza troppo trambusto."

"Qualcun altro vuole raccontare qualche altro oscuro segreto?" chiese Rayne. "E prima che qualcuno lo chieda, no, io e Ghost non siamo sposati. Non mi importa se siamo stati i primi a metterci insieme. Io e Mary abbiamo sempre detto che ci piacerebbe fare un doppio matrimonio, quindi la sto aspettando." Fece cenno alla sua migliore amica con un gran sorriso.

Se Casey non si fosse trovata dietro a Mary e Truck, si sarebbe persa il modo delicato in cui Truck si spostò verso di lei e le mise una mano sulla schiena Mary. O il modo in cui Mary afferrò il bracciolo della sedia abbastanza forte da farsi sbiancare le nocche delle mani. O come, dopo che l'attenzione era rivolta verso Fletch quando iniziò a parlare, Truck si chinò e sussurrò qualcosa nell'orecchio di Mary, lei lo guardò negli occhi e scosse velocemente la testa avanti e indietro.

Casey voleva davvero sapere cosa fosse preso a loro due, specialmente dopo le cose che Truck le aveva detto sulla "sua Mary" quando erano in Costa Rica, ma stava parlando Hollywood.

"Veramente, già, un momento vale l'altro... anche Kassie è incinta!"

La stanza venne inondata di auguri. Erano tutti felici e sorridenti, Casey non aveva mai sentito così tanto amore in un solo posto come nel soggiorno di Fletch, in quell'istante.

"Quando è previsto il parto?" chiese Emily alla sua amica.

"Prima di te," disse Kassie. "Quattro mesi e mezzo."

"Accidenti! Non riesco a credere che tu ce l'abbia tenuto nascosto per così tanto tempo!" esclamò Rayne. "Come mai non è ancora evidente?"

Kassie scrollò le spalle. "Anche io ero preoccupata al riguardo, ma il dottore mi ha detto che è normale. I bambini crescono a ritmi diversi. Ma lei sta bene."

Hollywood mise una mano sulla pancia della moglie, accarezzando il posto in cui stava crescendo la sua bambina.

"Lei?" chiese Mary.

"Sì," confermò Kassie.

"Sono davvero felice per noi!" esclamò Emily, facendo ridere tutti.

Fletch era ancora accovacciato vicino alla figlia, si girò verso di lei e disse, "Io e la mamma abbiamo un regalo per te, scricciolo."

"Per me?" chiese lei con gli occhi spalancati ed entusiasti sul faccino.

"Sì. Per te." Poi Fletch sollevò Annie e se la mise sulle spalle. Per tenersi in equilibrio, lei gli mise le mani sul mento. "Io e i ragazzi ci abbiamo lavorato per un po' di tempo, per renderlo perfetto. Sentitevi liberi di seguirci fuori," disse Fletch ai suoi amici.

"Cosa le ha preso?" domandò Casey, quando Beatle la portò fuori insieme a tutti gli altri.

"Aspetta e vedrai," le disse misteriosamente.

Davanti alla casa c'era una scatola enorme, in carta da imballaggio mimetica. L'urlo di Annie quando vide il regalo fu probabilmente sentito anche dall'altra parte dello stato. Fletch si chinò e mise la figlia a terra. Lei corse subito verso la scatola e iniziò a strappare la carta.

Poi, senza aspettare l'aiuto del padre, sollevò la scatola senza base e rivelò cosa contenesse.

"Lo sapevo!" esclamò lei. "Lo *sapevo*! Grazie grazie grazie! Il mio carro armato!"

"Già. Anche se ci sono delle regole su quando e dove puoi guidarlo," la avvertì Fletch.

La testa di Annie faceva su e giù ma era evidente che non stava ascoltando.

"Lascia perdere," disse Hollywood a Fletch. "Ora come ora non ascolterà niente di quello che dici. Hai caricato le pile prima di incartarlo?"

"Certo. Credi che lei abbia la pazienza di aspettare per farsi un giro?"

Coach e Truck aiutarono Annie ad arrampicarsi e a sedersi dentro il piccolo veicolo a motore, che sembrava proprio un carro armato Sherman.

Annie sfrecciava attorno al cortile, facendo finta di sparare a nemici invisibili in pochi minuti.

Casey alzò lo sguardo verso Beatle. "Un carro armato?"

Lui scrollò le spalle. "Una volta vide una stupida versione in plastica online e non riuscì a resistere. Ovviamente costava migliaia di dollari e Fletch le disse che doveva guadagnarsi i soldi da sola per comprarlo. Anche lei ha fatto un ottimo lavoro."

Casey vide il luccichio di vivacità negli occhi di Beatle. "Sicuramente con molti aiuti da parte degli zii."

"Certamente," disse lui. "Anche se questo non è quello che aveva visto lei. Abbiamo controllato quello online, era una merda. Quindi, abbiamo unito le forze e pensato a come modificare una di quelle macchine delle Barbie che si vendono nei negozi. Abbiamo usato il motore, nient'altro. Ogni momento libero che avevamo, ci abbiamo lavorato. Abbiamo trovato un tizio online che ne ha rifatto uno da zero, abbiamo finito per contattarlo tramite e-mail per risolvere le imperfezioni nella nostra versione ma credo che nel complesso sia uscito abbastanza bene."

"Si. È super fico," acconsentì Casey. "Quindi i soldi che ha guadagnato sono stati utilizzati per le parti?"

"Già. Anche se credo che Hollywood abbia finito per pagare direttamente quella peste. Annie ha imparato abbastanza velocemente che lui doveva pagarla per lasciare lui e Kassie da soli, affinché potessero pomiciare. Sbucava sempre fuori nei modi più impensabili." ridacchiò Beatle.

Casey non riuscì a fare a meno di ridere insieme a lui. Diede una sbirciatina agli adulti che guardavano Annie gironzolare attorno al vialetto e al cortile. Era nel suo periodo di massimo splendore, la gioia assoluta che arrivava dalla bimba era inebriante.

L'amore che quel gruppo di uomini e donne provavano l'uno per l'altra era coinvolgente. Casey realizzò che desiderava farne parte. Pensò che essere rapita era la peggior cosa che le fosse mai successa, certo, era stata tremenda, ma... l'aveva portata *lì*.

Attraverso la sua esperienza aveva conosciuto Beatle, scoperto che aveva più forza interiore di quanto non avrebbe mai pensato ed era stata accolta ed accettata da quel piccolo gruppo di amici. Non avrebbe dovuto sentirsi grata per essere stata rapita... ma in qualche modo, era così.

Mentre il sole tramontava, le coppiette iniziarono lentamente a disperdersi fino a quando Casey e Beatle non rimasero da soli.

Casey sentì che le mani di Beatle iniziavano a muoversi. Erano appoggiati al muro del cortile, Annie stava ancora guidando il suo carro armato giocattolo attorno al cortile ma era evidente che si stesse calmando. Era esausta, ma l'adrenalina pura e l'entusiasmo la facevano andare avanti. Emily era andata dentro per finire di pulire per poi levarsi dai piedi e Fletch stava litigando con la figlia.

Un caldo respiro raggiunse il collo di Casey quando Beatle si chinò verso di lei. Le sfiorò il corpo con le mani, scivolando sui lati del seno mentre iniziarono ad incamminarsi. "Sei pronta ad andare?"

Casey annuì subito. Sì, era più che pronta.

Beatle le afferrò la mano e la condusse verso il garage, facendo un cenno col mento a Fletch mentre camminava. Casey si sarebbe messa a ridere ma era troppo concentrata a non inciampare mentre cercava di tenere il passo veloce di Beatle.

Beatle fece il suo meglio per non mettersi a correre, trascinandosi dietro Casey mentre si dirigeva verso le scale dell'appartamento che condivideva con la donna che non riusciva a togliersi dalla testa. Sapeva che prima o poi sarebbe dovuto tornare al suo appartamento, ma per il momento era contento di stare a casa di Fletch. Almeno fino a quando Casey non avrebbe preso una decisione su dove vivere. Dopo aver aperto la porta ed essere entrato, lui fece un gran respiro, adorando il profumo di Casey che si era già impadronito dell'aria.

Il suo shampoo. La sua lozione. Lei.

Lei disse che era frangipane, lui non aveva la minima idea di cosa fosse. Ma sapeva che avrebbe sempre associato il dolce profumo floreale con Casey. Costringendosi ad andarci piano, Beatle le lasciò la mano e fece un passo indietro.

Lei alzò lo sguardo verso di lui, confusa, ma non si spostò dalla porta, da poco chiusa a chiave. "Beatle?"

"Devi essere sicura, Casey," disse lui con voce rauca. "Non venire a letto con me, se non lo vuoi."

Il timido sorriso sul viso di lei per poco non lo uccise. "Sono sicura. Sicurissima."

Allora lui andò da lei, mettendole le mani sul volto e chinandosi per baciarla leggermente prima di tirarsi indietro. "Quando tutto questo sarà finito, vieni a vivere con me," disse lui. "So che non sono corretto chiedendoti di abbandonare tutto mentre io apparentemente non abbandono niente, ma ti giuro che ti metterò sempre al primo posto nella mia vita. So che l'esercito ha il controllo, ma farò tutto il possibile per assicurarmi che tu sappia quanto io capisca cosa stai abbandonando e, qualora possibile, metterò sempre i tuoi bisogni davanti ai miei."

Lei scosse la testa. "Non ho bisogno che tu faccia questo,

Beatle. Se la relazione tra di noi funzionerà, uno di noi dovrà trasferirsi ed è semplicemente sensato che sia io. Non vorrei che tu lasciassi la tua squadra. È evidente che vi volete bene, credo che sia una delle cose che vi fa lavorare così bene insieme. Inoltre... adoro le ragazze. Voglio conoscere il fratellino di Annie e vederla crescere. Mi piace, qui. Più di quanto mi piaccia la mia vita in Florida, per quanto sia patetica."

"Cazzo," mormorò Beatle. "Come posso essere così fortunato?"

"Credo di essere io la fortunata," replicò Casey. "Adesso... ci diamo dentro o staremo qui a fare gli sdolcinati tutta la notte?"

Lui sorrise. "Ci siamo dentro, senza dubbio." Detto questo lui l'afferrò contemporaneamente per la nuca e la parte bassa della schiena, poi la spinse verso di lui. Lei lo incontrò a metà strada, alzandosi in punta di piedi e aprendosi subito a lui quando la baciò.

Senza mai smettere di baciarsi, si spogliarono in fretta. I vestiti volavano via mentre si dirigevano verso la camera da letto. Anche scarpe e calzini, via. Casey fece temporaneamente marcia indietro per sollevare la maglietta oltre la testa dalla testa di Beatle, lui fece lo stesso. Le loro bocche si trovarono di nuovo e Casey continuò ad indietreggiare.

Beatle si afferrò i pantaloni nello stesso momento in cui Casey si mise ad armeggiare con cintura e cerniera. Lei sarebbe inciampata nei suoi pantaloni, ora che si trovavano attorno alle caviglie di lui, ma Beatle la cinse e poi si buttò sul letto, cadendo nel tentativo di calciare via i pantaloni.

Casey era sotto di lui, Beatle rotolò sulla schiena e fece un sorriso a Casey, mentre lei gli si era seduta sopra a cavalcioni.

Le mise le mani sui fianchi, con delicatezza. L'aveva toccata prima, ma era la prima volta che lei era in mutandine e reggiseno. Gli occhi di Beatle si diressero verso il reggiseno nero di pizzo. Spingeva verso l'alto le tette, fornendo un'ampia scollatura. Lui apprezzava la vista, ma desiderava vederla nuda come era successo nella giungla.

"Toglitelo, tesoro," ordinò lui.

Con un sorriso Casey portò le mani dietro la schiena e sganciò l'indumento intimo. Lasciò timidamente che le bretelline cadessero sulle spalle. Beatle sapeva di ansimare, ma non poteva farci nulla. Lui sollevò le ginocchia, toccandole la schiena. Aspettava che lei si spogliasse per lui.

Con un movimento che avrebbe tenuto testa a una spogliarellista professionista, lei scrollò le braccia e fece scivolare il reggiseno in una sola mossa. Beatle non riusciva a togliere gli occhi da quei bei capezzoli gonfi e duri e che supplicavano di essere toccati da lui.

"Vieni qui," le disse.

Casey si chinò subito, offrendosi alla bocca desiderosa dell'uomo. Prendendole un seno in mano, lui lo strizzò leggermente. Guardò affascinato mentre il capezzolo continuava a contrarsi. Voleva continuare a provocarla e vedere ciò che le piaceva, ma non vedeva l'ora di assaggiarla di più.

Non iniziò in modo leggero. No, invece di leccare leggermente e farsi strada per darle del piacere, si aggrappò al suo seno e lo morse mentre succhiava. Forte.

La schiena di Casey si incurvò e lei gemette. Per un momento Beatle temette di averle fatto del male, ma poi sentì le unghie di lei conficcarsi nei bicipiti, lo stringeva con passione.

Praticamente intontito dal desiderio, Beatle fece un banchetto con le sue tette. Tra il succhiare, leccare e mordicchiare la sua tenera carne, le disse quanto avesse un buon sapore e se lo godette pienamente. Le disse quanto fosse perfetta e come voleva adorarla in quel modo sin da quando stavano nell'hotel in Costa Rica. Quando Casey sollevò i fianchi e iniziò a muoversi su di lui, strusciando sul suo addome, Beatle sapeva che anche lei era in preda al desiderio.

Lui capovolse entrambi finché lei non si trovò sdraiata sotto di lui. Aveva un ginocchio tra le gambe di lei e le sue mutandine, sentì quanto fosse bagnata contro la pelle nuda.

Beatle la baciò. Con la lingua imitò quello che voleva fare col suo uccello. Casey non era affatto una spettatrice passiva, nel loro amoreggiamento. I fianchi ondularono sul suo ginocchio e lo tirò a sé con le braccia.

L'eccitazione di Casey era evidente, la stimolazione eccitò ancora di più Beatle. Lui si sedette e le baciò il resto del corpo, andando sempre più in basso. Quando si fermò sopra la passera, lei gli fece scivolare le mani sui capelli.

Beatle afferrò l'elastico del suo intimo in pizzo e le chiese, "Posso?"

"Vai," gemette lei.

Rispettosamente, Beatle le sfilò le mutande dai fianchi, finalmente le intravide le labbra più segrete. Lui iniziò a leccarle, quando la mutandina si incastrò sui fianchi di lei. Casey si mise a ridere e si chinò per continuare a sfilarle.

Beatle non sapeva cosa aspettarsi dal loro rapporto sessuale. Oh, sapeva che entrambi erano soddisfatti ma non sapeva come avrebbe davvero reagito Casey alla *sua* eccitazione. Perché lui era *estremamente* eccitato.

Ma non avrebbe dovuto preoccuparsi. Non appena lei buttò via le mutandine, puntò i piedi piatti sul materasso e aprì le ginocchia, dandogli completo accesso alla passera.

Beatle riuscì a guardarla rapidamente in faccia per assicurarsi che lei fosse coinvolta quanto lui, e la sorprese a leccarsi le labbra nell'attesa. Senza avere bisogno di ulteriore conferma, le mise le mani sull'interno coscia, aprendole bene le gambe e abbassò la testa.

Il primo assaggio della dolcezza piccante di Casey gli fece

uscire del liquido pre-eiaculatorio dalla punta dell'uccello. Ignorò i suoi bisogni e si tuffò nell'esperienza di divorare Casey. Leccò. Succhiò. Usò il mento e la crescita della sua barba ispida per farla eccitare. La scopò con la lingua. Utilizzò anche il dito per stimolarla mentre le succhiava il clitoride.

Casey gemette e si contorse dal piacere, sotto di lui. C'erano dei momenti in cui lui doveva usare la fronte per tenerla ferma in modo da non perdere la presa. Adorò ogni secondo. Beatle aveva già leccato la passera in passato, ma la maggior parte di loro non partecipava, stava sdraiata e basta. A volte gemevano, altre volte cercavano di orientarlo.

Ma molto tempo prima. Beatle non stava con una donna da molto tempo, non si ricordava neanche quanto. Spezzare la siccità con Casey, che era così fottutamente erotica ed eccitante, diavolo. Non poteva crederci.

Constatando che non sarebbe riuscito a trattenere a lungo il suo orgasmo, Beatle si mise al lavoro. Si concentrò sul clitoride, usando la lingua come mini-vibratore proprio sopra il sensibile fascio di nervi. Allo stesso tempo, le fece scivolare due dita nella passera fradicia, ben deciso a spingerla oltre il limite.

La combinazione lingua-dita fece faville. Casey si lasciò scappare un piccolo grido e le iniziarono a tremare le gambe. Sollevò i fianchi e le tremarono le caviglie quando uno zampillo scivolò sulle dita di Beatle. Lei venne un sacco. Tutto il suo corpo si scosse e in quel preciso istante Beatle non riusciva neanche a ricordare quanto fosse eccitato.

Dal suo uccello era gocciolato del liquido pre-eiaculatorio per tutto il tempo in cui era stato tra le gambe di Casey e sentirla esplodere intorno e sotto di lui era stata la cosa più sexy che avesse mai visto. Estrasse le dita dal corpo di lei, ancora tremolante, e si tolse i boxer in tempo record. Spingendo le gambe più distanti dalle ginocchia, si spostò. Prese il preservativo che era riuscito a rimuovere dal portafoglio prima di crollare sul letto. Si distese velocemente su di lei e senza indugio la penetrò, ancora umida.

"Sì, Beatle. Oh, mio Dio, sì," gemette lei, sollevando i fianchi per aiutare la sua entrata.

Lei era stretta ed eccitante, Beatle non esitò. Spinse attraverso i muscoli che fremevano, finché non si trovò a premerle il sedere. Riusciva a sentire la sua umidità bagnargli le palle e chiuse gli occhi, pronto a resistere solo per un altro minuto.

Lui sentì la piccola mano di Casey sfrecciargli dietro la nuca e trascinarlo verso di lei. Con grande decisone, Casey lo baciò. Gli infilò praticamente la lingua in bocca e assunse il controllo del bacio.

Beatle era eccitato, così dannatamente eccitato e sollevato che alla fine lei l'avesse fatto entrare, che iniziò a penetrarla anche mentre si baciavano. Tirandosi indietro con un sussulto, Beatle cercò di fermare i fianchi ma non ci riuscì. Come se il suo uccello godesse di vita propria - e a quel punto, sarebbe stato strano il contrario - spinse avanti e indietro come se non fosse mai sazio di lei.

"Sono impaziente... cazzo... quanto mi piaci," disse lui, cercando di pensare alle statistiche del baseball. Ma visto che non riusciva a ricordare il nome di un fottuto giocatore, non aveva avuto fortuna.

Casey non era di aiuto. Lei sollevò le braccia sopra la testa e incurvò la schiena sotto di lui, allungandosi come se fosse una gatta steso al sole. "Scopami, Beatle. Prendi quello che vuoi."

Così fece. Lasciò cadere la testa all'indietro e si sollevò, prendendola per i fianchi. Lui spinse come un pistone entrando e uscendo da lei. I rumori prodotti dai loro corpi sarebbero stati imbarazzanti, se non fossero stati dannatamente eccitati. Lei era così bagnata che lui scivolava con facilità dentro e fuori di lei. Casey si sentiva così bene con lui dentro, Beatle sapeva che era gli erano rimasti pochi attimi prima di venire.

Beatle la fissò negli occhi. "Sto per venire. Mi piaci troppo. Non riesco..." gemette lui quando Casey strinse i muscoli interni nel momento in cui lui premette, rendendogli più difficile l'entrata. E più stretta.

"E andiamo, cazzo. Fallo di nuovo," ordinò lui quando si tirò indietro.

Lei lo fece.

Dopo altre due spinte, Beatle sapeva che era al limite. La sbatté per quanto riuscì, spostandole la mano sotto il culo per aprirla e penetrarla ancora più in profondità. Lei strinse di nuovo i muscoli di Kegel, e sembrò strangolargli l'uccello.

Non aveva mai provato qualcosa di così incredibile in tutta la sua vita. Beatle venne.

La sborra gli fuoriuscì con così tanta violenza che per un attimo ebbe paura di rompere il preservativo. Ma non gli importava. L'uccello si contrasse una volta. Poi di nuovo. Poi ancora, e ancora. Sembrava che non venisse da anni, e invece proprio quella mattina si era fatto una sega nella doccia pensando a Casey.

Alla fine, quando era convinto di aver finito, Beatle la lasciò andare e poi si lasciò cadere. Sentì la mano di Casey che si infilava tra i loro corpi, scendendo verso il basso.

Sapeva quello che stava facendo, ma Beatle era ancora stordito dopo l'orgasmo più intenso della sua vita.

Lui sentì le dita di Casey scivolargli sulla parte bassa del corpo, quando lei iniziò a toccarsi da sola.

"Mi piaci così tanto dentro di me," gli disse lei, fissandolo mentre si strofinava il clitoride.

Beatle riuscì a sentire ogni contrazione dei muscoli interni del suo uccello ammorbidirsi. Senza voler perdersi nemmeno un secondo di quello che lei stava facendo, Beatle si sforzò di sollevarsi. Si mise in ginocchio e girò la sua donna, facendola appoggiare di nuovo sulla schiena. Lui le mise le mani sulle ginocchia e poi entrò di nuovo dentro di lei, mentre si masturbava.

"Fatti venire," le ordinò. "Voglio vedere."

Senza farsi pregare, Casey iniziò a muovere la mano ancora più velocemente sul clitoride sensibile.

Beatle le strinse le ginocchia ma le teneva gli occhi incollati tra le gambe, perso nell'osservare Casey che si dava piacere da sola.

Non stava nemmeno facendo piano. Niente carezzine. Stava usando due dita e si sfregava il clitoride gonfio più velocemente possibile. Beatle sapeva che era vicina, lo riconobbe dai segni di tremore del corpo di lei, e di conseguenza del suo uccello.

"Ci siamo, Case. Toccati sul mio cazzo. Vieni. Così dannatamente bello."

Non appena lui terminò la frase, lei esplose nel suo secondo orgasmo della nottata. Aveva la fronte imperlata di sudore. Poi lei strinse le gambe attorno a Beatle, contrasse così forte i muscoli interni da espellere l'uccello ammorbidito. Beatle sentì lo zampillo del suo liquido che gli inzuppava le cosce, era in assoluto una sensazione fantastica.

Anche se non le aveva provocato fisicamente quel secondo orgasmo, era magnifico da vedere. Soprattutto perché significava che lei si fidava abbastanza di lui, per offrirgli quello spettacolo.

Restarono seduti in quella posizione per un lungo istante. Casey si stava riprendendo dal suo orgasmo e Beatle si stava solamente godendo la sensazione e la bella vista della donna sdraiata, nuda e aperta sotto di lui.

Alla fine, lei si spostò e arrossì quando alzò lo sguardo verso di lui. "Dovrei essere imbarazzata?" disse sottovoce.

"Certo che no," le disse subito. "In effetti, credo che tutti i nostri rapporti sessuali debbano concludersi in quel modo."

"Non riesco a venire senza una diretta stimolazione del clitoride. Senza offendere te e il tuo pisello," lo stuzzicò lei, mordendosi il labbro.

"Nessun problema. Non ho problemi ad assicurarmi che quel tuo stupendo piccolo clitoride sia stimolato, d'ora in poi."

Il suo rossore si evidenziò, quando lei confessò, "A casa ho un vibratore che uso abitualmente. Credi che... magari potremmo provare a usarlo, mentre sei dentro di me."

Solo immaginare quella scena fece gemere Beatle. "Sì, tesoro. Possiamo farlo sicuramente. Devo pensare a questo preservativo. Infilati sotto le coperte mentre sarò via, d'accordo?"

"D'accordo," accettò subito lei.

Beatle indietreggiò per lasciarle spazio. Poi si alzò dal letto e si chinò di nuovo una volta che Casey si infilò sotto le coperte. La baciò sulla fronte e sussurrò, "Torno subito."

Quando fece ritorno alla camera da letto, Casey non si era mossa. Era ancora sdraiata sulla schiena, proprio come lui l'aveva lasciata. Lui non si disturbò di indossare i boxer, ma si infilò sotto le coperte e la avvolse tra le braccia come aveva fatto tutte le notti da quando l'aveva trovata nella giungla.

Senza esitare, lei assunse la sua solita posizione: le guance appoggiate alla sua spalla, mano sul suo petto, una gamba attorcigliata alla sua caviglia. Il fatto che erano entrambi nudi rese la posizione molto più intima.

"Grazie," disse Beatle sottovoce.

"Per cosa?"

"Per esserti concessa a me. Parlavo seriamente, prima.

Farò tutto il possibile per tenerti al sicuro e felice. Se faccio qualcosa che ti dovesse dare fastidio, dimmelo. Non sono un sensitivo e l'ultima cosa che voglio è essere un pessimo fidanzato."

"Non credo che tu possa essere un pessimo fidanzato, neanche se ci provassi," disse Casey assonnatamente.

"Sono felice che tu lo pensi, ma non è vero," disse seccamente Beatle. "Promettimi solamente di dirmi se qualcosa ti dovesse dare fastidio. Non importa se è su di me, sui tuoi amici, lavoro o qualsiasi altra cosa. D'accordo?"

"D'accordo. Beatle?"

"Sì, tesoro?" disse lui, reprimendo una risatina. Era davvero carina quando era stanca ed esausta, specialmente dopo due orgasmi.

"Non abbiamo parlato della mia chiamata."

Beatle si irrigidì ma continuò ad accarezzarle i capelli, non volendo fare nulla per rendere nervosa anche lei.

"Ne parleremo domani," la rassicurò.

"D'accordo."

Lui girò la testa e le baciò la fronte nello stesso posto in cui lo faceva ogni notte. "Dormi bene, bella."

"Anche tu," mormorò lei.

Beatle era esausto e totalmente rilassato, fino a un secondo prima. Ma in quel momento era agitato e ansioso. Conosceva abbastanza bene la donna tra le sue braccia da sapere che se lei aveva menzionato la chiamata, era perché l'aveva preoccupata.

Lui si impose di rilassarsi. Non poteva farci niente, al momento. Inoltre, erano al sicuro nel posto in cui si trovavano. La conversazione sulla chiamata misteriosa poteva attendere.

———

In un aeroporto della Florida, tre donne si stavano accomodando sui sedili del volo notturno diretto all'aeroporto di Dallas/Fort Worth.

"Sei sicura che non si arrabbia, se andiamo laggiù?" chiese Jaylyn. Poi aggiunse, "Forse dovrei chiamarla e farglielo sapere?"

"Sono positiva," disse la dottoressa Marie Santos. "E no, non dovresti chiamarla," proseguì lei severamente, poi mitigò il tono. "Quando ho parlato con Casey, mi ha detto che quando ha parlato con te l'ultima volta le sono tornate delle sensazioni terribili. Mi ha chiesto di dirti di sospendere le chiamate, finché non ti avrebbe rivista di persona."

Jaylyn fece cenno con la testa, ma sembrò ancora preoccupata.

"Sono ansiosa di vederla," confessò Kristina. "Voglio dire, l'ultima volta che l'ho vista eravamo in quella capanna, capite?"

La dottoressa accarezzò la mano della studentessa. "Lo so. Andrà tutto bene. Parleremo tutte insieme. Scopriremo se qualcuno dovesse ricordare qualcosa di anormale, che non avete già riferito alle autorità. Una volta che sapremo tutto, le cose torneranno alla normalità."

"Sono sicura che hai ragione," disse Jaylyn, chiudendo gli occhi e sistemandosi sul posto stretto.

"Certo che ho ragione," mormorò Marie sotto i baffi.

"Come sai dove sta alloggiando?" chiese Kristina.

"Me l'ha detto lei, tesoro," rispose Marie. "Adesso, cercate di farvi una dormita. I prossimi giorni probabilmente saranno duri ma non preoccupatevi, sarò qui per guidarvi in tutto."

"Siamo davvero fortunate ad avere te come aiuto," disse Jaylyn.

"Già. Sei andata ben oltre. Grazie," aggiunse Kristina.

Marie sorrise alle ragazze e poi si girò per guardare fuori

alla finestra dell'aereo. In verità lei aveva ottenuto l'indirizzo di Casey dal rettore. Marie aveva detto che una delle ragazze voleva mandare dei fiori a Casey, per farle sapere che la stava pensando e il rettore le diede l'indirizzo senza pensarci due volte.

Marie distolse la mente dal rettore ignorante e pensò al suo più grande successo che stava per arrivare.

Il documento che aveva scritto riguardo gli effetti psicologici del rapimento e in che modo la mente umana potesse fronteggiare un'esperienza così orribile era quasi finito.

In un mesetto, sarebbe stato pronto per la pubblicazione.

Purtroppo, il suo soggetto principale era stato salvato.

Doveva morire in quella fossa nella giungla, senza essere mai più ritrovata.

Se le cose fossero andate così, lo stress psicologico delle studentesse sarebbe stato dieci volte maggiore rispetto a quello provato. Il che avrebbe consentito una discussione accademica più solida, nel suo documento. Ma visto che Casey era stata salvata...

Marie era seccata; evidentemente, aveva ingaggiato degli incompetenti. Ma ora che Casey era viva, Marie doveva fare il possibile per ottenere quante più informazioni possibili da lei e le ragazze in modo da inserirle nel suo documento.

Ma soprattutto Marie doveva assicurarsi che Casey non ricordasse nulla che avrebbe potuto collegarla a *lei*. Era stata attenta, ma si chiese se fosse stata *abbastanza* attenta. Gli indigeni che aveva ingaggiato erano senza dubbio un mucchio di idioti. Non aveva senso che si trovassero a portata di orecchio dalle ragazze.

Era abbastanza sicura che Jaylyn e Kristina non sapessero niente su chi ci fosse dietro il rapimento; le avrebbe certamente interrogate bene, e a lungo. Ma non era così sicura su Casey. Aveva una brutta sensazione sulla sua collega.

Non avrebbe permesso in alcun modo che una stupida insegnante di insetti rovinasse la sua ricerca.

Se l'università le avesse fatto condurre il suo esperimento nel modo in cui voleva dall'inizio, niente di tutto ciò sarebbe successo. Era tutta colpa *loro*! E di Casey Shea - per non essere morta, come doveva essere.

Ma a patto che Casey non si ricordasse di qualcosa che avrebbe potuto condurla a lei, Marie capì che poteva usare le esperienze di Casey come un monitoraggio. Casey avrebbe potuto fare delle domande sull'articolo che Marie aveva intenzione di pubblicare, poteva semplicemente dirle che era solo una coincidenza che conteneva molte delle cose che erano successe a lei ed agli studenti che aveva portato in Costa Rica.

E se Casey si stava riprendendo così bene come sembrava, quella era una scoperta significativa. Marie doveva scoprire il motivo e includere anch'esso nel suo documento.

Chiudendo gli occhi e facendo finta di dormire quando l'aereo decollò, Marie ripassò di nuovo il suo piano in mente. Casey era troppo educata per dirle di andarsene. Marie avrebbe usato la sua preoccupazione per le sue pupille contro l'altra insegnante. Visto che Casey non ricordava nulla, se la sarebbe cavata. Ma se avesse iniziato a ricordare... Marie doveva assicurarsi di non essere smascherata.

La cosa più importante era la sua ricerca.

Si diffuse un sorriso sul suo volto. Sapeva che alcune persone la ritenevano troppo anziana per continuare ad insegnare, e che sarebbe dovuta andare in pensione. Ma gliel'avrebbe fatta vedere a tutti. Avrebbe pubblicato la sua ricerca e ottenuto tutti gli elogi che le spettavano.

---

# CAPITOLO DICIANNOVE

---

Due giorni dopo, Casey si svegliò lentamente con la sensazione più deliziosa.

Beatle.

Lei sorrise ma tenne gli occhi chiusi, anche quando si incurvò per il tocco di lui.

Le dita di lui erano tra le sue gambe, accarezzandola dolcemente.

"Buongiorno," disse lei pigramente.

"Buongiorno, tesoro," mormorò lui. Le sue dita iniziarono a muoversi più velocemente e con più forza, proprio nel posto giusto. Prima che avesse il tempo per pensare, Casey stava già venendo.

Anche Beatle si era svegliato in quel modo, il giorno prima. Quando lei smise di contorcersi e gemere, lui si portò le dita verso la bocca. Lei adorò lo sguardo soddisfatto e contento di lui.

A differenza del giorno prima, in cui lui l'aveva trascinata fuori dal letto e verso la doccia, quel giorno si chinò per baciarla leggermente. "Torna a dormire. È ancora presto. Devo andare al lavoro, stamattina."

"Mm, d'accordo."

"Tornerò per pranzo. Troveremo il tempo di parlare di quella chiamata dell'altro giorno."

Non avevano avuto l'occasione di farlo perché il giorno prima erano stati impegnati ad esplorarsi tutto il giorno. Tornati in posizione orizzontale, parlare era l'ultima cosa a cui pensavano.

"D'accordo," ripeté lei. Casey voleva davvero parlare con Beatle della sua conversazione con Marie Santos. Comunque, era rimasta turbata e voleva davvero sapere cosa ne pensasse lui.

"Hai un appuntamento con lo psicologo stamattina, giusto?" chiese Beatle.

"Sì. Alle nove."

"Blade ha detto che ti avrebbe accompagnato. Sarà qui alle otto e mezza. Va bene per te?"

"È grandioso," gli disse lei. La regola era chiara: per andare da qualsiasi parte, lui o qualche altro ragazzo della squadra l'avrebbe accompagnata. Lei non sapeva se fosse perché lui pensava davvero che fosse ancora in pericolo o se stesse semplicemente cercando di semplificarle la vita. Prima o poi sarebbe dovuta tornare in Florida e prendere la sua macchina e il resto della sua roba... se voleva davvero trasferirsi in Texas, si intende.

E lei era sicura al novanta per cento di volerlo fare. Aveva perso la testa per Beatle e sembrava che lui ricambiasse i suoi sentimenti. Era impulsivo e forse stupido, ma le sembrò giusto. Tanto non doveva decidere proprio in quel momento, aveva ancora almeno un altro mese dell'estate prima di dover comunicare al suo rettore la sua decisione.

"Stamattina ricontrollerete di nuovo i nastri?" chiese Casey. Sapeva che gli uomini della squadra di Beatle li avevano già visti più di una volta ma non avevano rilevato niente di anomalo. Beatle le aveva detto che il villaggio era abbandonato e i nastri non avevano fatto vedere niente che facesse pensare diversamente. Non c'era nessuno nascosto dietro una capanna, non c'erano segni che avrebbero potuto condurre a chiunque avesse orchestrato il rapimento fin dall'inizio.

"Sì. Ho la strana sensazione che ci stia sfuggendo qualcosa." Lui si chinò e le fece scivolare un pollice sulla fronte. "Non è nulla di cui ti debba preoccupare," aggiunse, quando cercò di rilassare il viso di Casey.

"Cosa vuoi per pranzo?" chiese lei, cercando di cambiare argomento e fare come aveva detto lui, di non preoccuparsi.

"Qualsiasi cosa va bene."

"Va bene se Annie si unisce a noi?"

"Certamente. Non devi nemmeno chiederlo."

Casey sorrise maliziosamente. "Non sapevo se tu avessi... altri piani... per la tua pausa pranzo."

"Per quanto vorrei poter averti nuda in questo letto per sempre, perfino io so che non è possibile," la stuzzicò Beatle. "Inoltre, ho sentito che l'attesa è un ottimo afrodisiaco."

Casey gli tese una mano con tenerezza. Lui le diede un bacio sul dorso.

"Dormi, Case. Ho impostato la sveglia alle sette per darti tutto il tempo per prepararti prima dell'arrivo di tuo fratello."

"Grazie. Beatle?"

"Sì, tesoro?"

"Sono felice." Voleva dirgli tante altre cose, ma quella per il momento fu sufficiente.

Le brillarono gli occhi quando lui le sorrise. "Anche io, tesoro. Anche io. Ci vediamo dopo."

"Ciao."

Beatle si chinò e la baciò amorevolmente, poi se ne andò.

Un'ora e mezza dopo, la sveglia suonò e Casey si alzò malvolentieri. In genere era una persona mattiniera, ma era diventata pigra nelle ultime settimane. Dormire era un lusso che si stava proprio godendo. Anche quando Beatle doveva alzarsi prima di lei, scoprì che non aveva problemi nel tornare a dormire.

Si alzò, si fece la doccia, si vestì e fece colazione quando le suonò il telefono.

Pensando che fosse suo fratello o Beatle, fu sorpresa di leggere il nome di Kristina che appariva sullo schermo.

"Ciao, Kristina, come va?"

"Salve, dottoressa Shea. Ha un minuto?"

Casey guardò il suo orologio. "Ne ho quindici."

"Oh, d'accordo, beh..."

Le sopracciglia di Casey si sollevarono, qualcosa non andava. Non era da Kristina usare giri di parole e se l'aveva chiamata così presto, anche se in Florida era un'ora più tardi, c'era un motivo serio. "Cosa c'è che non va?"

"Beh, va tutto bene," disse Kristina. "Mi dispiace averla chiamata. È solo che siamo qui."

"Qui?" chiese Casey. "Qui dove?"

"Texas. Killeen."

*Ma che cazzo?* "Cosa? Perché?"

"La dottoressa Santos pensava che sarebbe stato produttivo fare degli incontri tutte insieme. Aiuterebbe me e Jaylyn a superare quello che è successo."

La mano di Casey si strinse in un pugno. Aveva detto a Marie che avrebbe parlato con le ragazze, ma per telefono. E loro erano andate fino in Texas? Era pazza?

"Quando siete arrivate qui?" chiese a Kristina.

"Ieri mattina. Volevo chiamarla subito, ma la dottoressa Santos ha detto che dovevamo prima prepararci. Abbiamo fatto degli incontri da sole. Pensare a delle domande da farle, cose del genere.”

“Marie sa che mi hai chiamata?”

“Beh, no. Ha detto che l’avrebbe chiamata in giornata.”

Kristina sembrava così insicura e a disagio che Casey si precipitò a rassicurarla. Non era arrabbiata con le ragazze. Lo era con Marie. “Va bene. Sono felice che tu mi abbia chiamata. Come ho detto prima sto per uscire, quindi non vi posso incontrare stamattina. Forse nemmeno oggi pomeriggio. Andate avanti e di’ a Marie che hai parlato con me, falle sapere che la chiamerò in giornata. D’accordo?”

“Non è arrabbiata?”

Casey sospirò. Non era arrabbiata, specialmente non con Kristina, ma era sconvolta, frustrata e arrabbiata con Marie. Era incredibilmente confusa sul perché l’altra donna avrebbe trascinato due studentesse del college per mezzo paese per parlare con lei quando non era affatto necessario. Tutta la faccenda era un grosso campanello d’allarme per Casey. Qualcosa non quadrava - doveva assolutamente parlare con Marie e chiederle cosa cazzo avesse in mente.

“Non sono arrabbiata,” disse a Kristina. Quando qualcuno bussò alla porta, Casey disse velocemente, “Devo andare. Ci vediamo presto.”

“Grazie. A dopo, dottoressa Shea.”

Casey riattaccò il telefono, con la testa in subbuglio, quando fece entrare suo fratello. Lui non sembrò accorgersi di nulla e in pochi minuti sarebbero arrivati dallo psicologo.

Venti minuti dopo, Casey era seduta su una sedia davanti all’uomo con cui aveva parlato nelle ultime due settimane. Il dottor Eddie Martin era un uomo di colore sulla cinquantina, Casey si era sentita a suo agio con lui sin dal primo incontro. Era leggermente sovrappeso ed era solito indossare jeans e maglioni, quando si incontravano. Era innocuo ed estremamente rassicurante, leggermente stempiato e aveva l'abitudine di accarezzarsi il pizzetto quando parlava. Le aveva chiesto di chiamarlo Eddie e l'aveva lasciata parlare con i suoi tempi, senza pressarla per raccontare ogni dettaglio del suo calvario.

Aveva tenuto per sé un sacco di particolari ma ultimamente Eddie l'aveva rassicurata, lui non aveva bisogno di conoscerli per aiutarla.

Dopo un po' di chiacchiere, Casey iniziò a parlare di ciò che l'aveva infastidita. "L'altro giorno ho ricevuto una chiamata da una collega in Florida. È anche lei una psicologa. Era molto interessata a quello che mi è successo, mi ha anche chiesto senza mezzi termini se fossi stata violentata. Sta facendo degli incontri con due delle ragazze che sono state rapite insieme a me, e voleva fare un incontro di gruppo. Mi andava bene parlare con loro a telefono. Ma stamattina, ho ricevuto una chiamata da una delle mie studentesse e mi ha detto che si trovavano qui in Texas, a Killeen e che la dottoressa Santos le ha portate qui per incontrarci tutte di persona."

"E a te non sta bene," ipotizzò Eddie.

"Da una parte sì, e dall'altra no. È solamente strano. Non capisco cosa stia combinando."

"Hai ragione. Sembra poco ortodosso. Gliel'hai chiesto?"

Casey scosse la testa. "No. Ho detto a Kristina che avrei chiamato Marie in giornata."

"Mi piacerebbe assistere all'incontro, se tu vuoi".

"Grazie. Mi piacerebbe. Dirò a Marie che vorrei che tu ti unisca a noi."

Eddie si sporse in avanti nella sua sedia e appoggiò i gomiti sulle ginocchia. "Però devo dire che al di là dell'essere stressata per l'improvvisa comparsata della tua collega, sembri più stabile rispetto all'ultima volta che ti ho vista."

Casey sapeva che stava arrossendo ma sorrise. Eddie aveva un modo tutto suo di fare le domande senza formularle. "Sì. Hai presente, Beatle... il soldato che sta con me? Che mi aiuta a farmi sentire al sicuro di notte?"

Quando Eddie annuì, lei continuò. "Io e lui ... diciamo... diciamo solamente che non stiamo più dormendo e basta insieme."

"E sei felice per questo."

"Sì. Tantissimo. Ma mi preoccupa che la nostra relazione sia frutto di ciò che abbiamo passato insieme. È abbastanza intensa."

"Ne abbiamo parlato, Casey. Purché tu mantenga aperti i canali di comunicazione e ci sia quella possibilità sul tavolo, credo che entrambi scoprirete molto presto cosa c'è tra di voi. Vivete insieme da quando sei tornata negli Stati Uniti, giusto?"

"Giusto."

"E i tuoi sentimenti nei suoi riguardi sono cambiati? O pensi che siano cambiati i suoi nei tuoi confronti?"

Casey scosse la testa.

"Quindi il mio consiglio è di stare semplicemente al gioco. Certamente le cose vanno bene adesso, è una nuova relazione. Il sesso è nuovo e presumibilmente buono?"

Casey arrossì ancora di più, ma annuì.

"Le relazioni vanno bene all'inizio ma quando vi conoscerete meglio, le cose saranno più chiare. Non è il modo in cui hai iniziato la relazione, ma ciò che fai quando siete insieme da un po' che importa. Proprio come tutte le relazioni. Forse funzionerà, forse no ma purché comunichiate l'uno con l'altro, avrai delle maggiori probabilità di successo degli altri."

Casey ci pensò. Eddie aveva ragione. Proprio perché loro si erano conosciuti durante il suo rapimento, non significava che non ce l'avrebbero fatta. Lei si era sicuramente innamorata profondamente di Beatle, e anche lui di lei. I suoi sentimenti non erano diminuiti da quando erano tornati in Texas e avevano stabilito una vita più normale. Naturalmente, lei non stava lavorando eppure lui avvertiva ancora del pericolo nell'aria.

Condividevano le responsabilità del lavaggio dei piatti, avevano litigato per chi avrebbe pagato le cose di cui lei aveva bisogno oltre ciò che Kassie le aveva già regalato. Gli piacevano dei programmi televisivi molto diversi e lui si preparava molto più in fretta, rispetto a lei. Ma entrambi erano mattinieri, non erano schizzinosi riguardo al cibo, lei adorava i suoi amici ed erano senz'altro compatibili a letto.

"Hai ragione."

"Certo che sì," disse Eddie, sembrando compiaciuto con sé stesso.

Casey ridacchiò.

"Adesso... l'ultima volta hai detto che pensavi di star dimenticando qualcosa sul tuo rapimento... ti senti ancora in quel modo."

Lei annuì. "Sì. E curiosamente Marie, la mia collega, ha detto qualcosa riguardo al blocco di dettagli importanti a causa del trauma."

"È sicuramente possibile," acconsentì Eddie. "Vuoi provare a ripassarci di nuovo? So che abbiamo provato col percorso ipnotico e abbiamo scoperto che sei tra il venticinque per cento dei miei paziente che non riesce ad essere sottoposta, ma forse non ti stavi sforzando tanto, puoi rilassarti a sufficienza per ricordare qualcos'altro."

"Sono disposta a farlo se anche tu lo sei." Casey si sentì male per non riuscire ad essere ipnotizzata. Le avrebbe fatto ricordare qualsiasi cose le stesse nascondendo il cervello, molto più facilmente. Si diresse verso la poltrona e si sdraiò, mettendosi comoda.

Trenta minuti dopo, Casey era frustrata esattamente come lo era prima di essersi recata all'ufficio di Eddie. Aveva ricordato meglio il giorno in cui lei e le studentesse erano state rapite, ma c'era ancora qualcosa che le sfuggiva.

Ricordò delle urla e una voce che sembrava diversa dalle persone che parlavano spagnolo attorno a lei, ma non riuscì a mettere a fuoco la voce o le parole pronunciate.

Eddie le assicurò che avrebbero continuato a lavorarci insieme, era fiducioso che prima o poi avrebbe ricordato. Ciò che aveva ricordato fino ad allora era un buon segno.

Casey se ne andò con la promessa di contattare successivamente Eddie riguardo l'incontro con Marie e le ragazze.

Blade la portò a casa e arrivarono nello stesso momento in cui arrivò Beatle. Era tornato a casa presto per ora di pranzo perché voleva sapere come fosse andato l'incontro. Annie stava sfrecciando intorno al cortile col suo nuovo carro armato. Aveva creato una specie di corsa ad ostacoli e adesso stava passando sopra montagne di bastoncini, tronchi e addirittura un paio di mattoni.

"Romperà quell'affare," mormorò Blade.

"Già," acconsentì Beatle. "E Fletch diventerà davvero bravo ad aggiustarlo per lei. Diamine, forse Annie sarà altrettanto interessata a vedere come funzionano le cose e aggiustarlo, visto che lo guida lei."

"È vero. Io vado," disse loro. "Case, stai bene?"

"Bene. Grazie per il passaggio di oggi."

"Quando vuoi. Ci vediamo alla base?" chiese a Beatle.

"Sì. Ci arriverò tra un momento."

Casey osservò suo fratello camminare verso la macchina e uscire dal vialetto, salutando lei e Annie mentre se ne andava. Emily era seduta sulla veranda parlando a telefono con qualcuno e fece loro un saluto distratto mentre si dirigevano verso l'appartamento. Annie non sembrò voler unirsi a loro e Casey non poteva fare a meno di essere contenta del fatto che avrebbe avuto Beatle tutto per sé per un po' di tempo.

Beatle le mise la mano sulla schiena mentre camminavano e Casey non riuscì a fermare il piccolo brivido che le scivolò sul corpo, sentendo la sua mano. Si sentiva sempre al sicuro con lui nei paraggi.

Si diressero verso l'appartamento sul garage e lei e Beatle prepararono un pranzetto veloce. Avevano appena finito di mangiare, quando Casey aprì la bocca per dirgli che Marie era in città e che aveva portato Kristina e Jaylyn , squillò il telefono di Beatle.

"Scusa, Casey. È per lavoro."

"Va bene."

Lei ascoltò la sua breve conversazione con Ghost e le si strinse lo stomaco quando capì che doveva tornare alla base. Alla fine, i video erano stati analizzati dai tecnici e Ghost voleva tutta la squadra presente affinché possano rivederli di nuovo.

"Sembri tesa," disse Beatle mentre l'abbracciava sulla soglia della porta.

Casey cercò di rilassarsi. "Sto bene."

"Mi dispiace che non siamo riusciti a parlare. Stasera, quando torno a casa, sarà la prima cosa che faremo. D'accordo? Niente più scuse per entrambi."

"Grazie. Mi piacerebbe."

Beatle la baciò dolcemente sulle labbra, poi la abbracciò di nuovo. "Anche a me," le disse accarezzandole i capelli prima di staccarsi. "Ci vediamo dopo."

"Ciao, Beatle," disse lei, poi lo guardò scendere le scale, entrare in macchina e uscire dal vialetto. Aveva lo strano pensiero che aveva sbagliato a non dirgli tutto su Marie, a pranzo. Per non aver insistito di prendersi cinque minuti per parlarne. "Stasera," sussurrò lei da sola.

"Appena arriva a casa."

Poi lei chiuse la porta e si diresse di nuovo verso la cucina per occuparsi dei loro piatti del pranzo.

# CAPITOLO VENTI

BEATLE AGGROTTÒ la fronte alla vista dell'iPad davanti a lui. Era tornato al lavoro da un po'. Aveva ignorato il sarcasmo dei suoi amici. Era innamorato e non gliene fregava un cazzo se loro sapevano che lui fosse corso a casa per stare con Casey. Lei era incredibile e lui non ne aveva mai abbastanza. Amava tutto di lei. La sua generosità, la sua forza, anche le cose ritenute dei difetti... avere paura del buio, era una cuoca pasticciona, e indecisa quando si trattava di decidere cosa indossare ogni giorno.

Ma Beatle era completamente concentrato su ciò che stava guardando. I nastri del loro arrivo nel villaggio costaricano erano stati restituiti dai tecnici, ed erano stati migliorati. La squadra li aveva già visti una volta ma li stavano rivedendo. Avevano trascorso la mattina a esaminare l'audio e non era saltato fuori niente di particolare. Si sentivano solo le loro voci e i suoni naturali della foresta.

Era stato difficile vedere di nuovo il video del salvataggio di Casey, vederla di nuovo giù in quella fossa, ma da quando l'aveva guardato quella mattina, si sentì infastidito.

"Cosa ci sfugge?" si chiese Beatle retoricamente mentre

mandò indietro la registrazione al momento in cui lui aveva notato il sentiero nascosto che portava verso Casey.

"Aspetta. Torna indietro," ordinò Truck. Si era chinato oltre la sua spalla, osservando la registrazione dietro Beatle. "Cosa hai raccolto lì?"

Beatle riavvolse il nastro e riguardarono mentre camminava lungo un sentiero e si appoggiò a un pozzo abbandonato. Era vuoto, con un po' d'acqua in fondo. Guardarono la registrazione di quando Beatle raccolse il pezzo di un tubo verde che conduceva dal pozzo alla giungla. Beatle tirò il tubo e poi lo fece cadere, e ritornando dalla strada da cui era venuto.

"Riproducilo a rallentatore da qui," ordinò Truck.

Beatle non esitò. Se il suo compagno di squadra avesse trovato qualcosa, avrebbe fatto tutto ciò che voleva.

I due uomini osservarono in silenzio quando Beatle scoprì il percorso leggero e lo percorse. Osservarono quando lui chiamò aiuto e iniziò a rimuovere le piante.

Truck estrasse le mani di Beatle dai comandi e mandò di nuovo indietro. Quando la registrazione arrivò a una parte specifica, Truck la fermò e indicò lo schermo. "Cos'è quello?"

Beatle si piegò in avanti e strizzò gli occhi sullo schermo.

Improvvisamente tutto combaciò alla perfezione.

"Porca puttana." Alzò lo sguardo verso il suo amico. "È possibile?"

Truck annuì. "Sì, sfortunatamente credo di sì." Fece clic sul tasto play e osservarono quando la registrazione riprese a rallentatore. Truck indicò verso lo schermo in un paio di altri punti, evidenziando le cose che gli erano sfuggite le prime volte che avevano visto il nastro.

"Eravamo così concentrati su Casey che ci è sfuggito," disse Truck.

"Farò venire Ghost e il comandante qui. Vedi se riesci a ottenerlo sul grande schermo," disse Beatle al suo amico.

"Dobbiamo verificare se ciò che vediamo è reale o se stiamo semplicemente proiettando ciò che *vogliamo* vedere."

In dieci minuti il resto della squadra era riunito in sala riunione e Beatle stava riproducendo ancora una volta la registrazione. Lo riprodusse prima a velocità normale e poi lo rallentò. Senza che lui o Truck evidenziassero cosa avevano scoperto, se ne accorse Hollywood. Poi Ghost.

In pochi istanti tutti gli uomini l'avevano visto e confermarono la valutazione originale della situazione fatta da Beatle e Truck.

"È stato pianificato," disse Coach con disprezzo.

"Il tubo da quel pozzo abbandonato stava erogando l'acqua alla sua fossa," sintetizzò Fletch. "Non abbiamo visto la fossa nella tabella e abbiamo pensato che il tubo fosse solamente un'altra pianta. Casey era abbastanza intelligente da creare il filtro con il reggiseno per cogliere l'acqua ma senza quel tubo, sarebbe morta dopo pochi giorni. È impossibile che avrebbe resistito così a lungo, senza di esso."

"Chiunque ha fatto questo voleva che lei sopravvivesse il più a lungo possibile," disse Blade con un'evidente rabbia nel tono. "Questa è tortura mentale all'ennesima potenza. Quasi grave come quei bastardi dell'ISIS."

"Scommetto che anche quelle tavole di legno in fondo erano state posizionate di proposito," ipotizzò Hollywood. "La tenevano maggiormente fuori dall'acqua, in modo che avesse una maggiore possibilità di sopravvivere."

"Ma perché?" Ghost fece la domanda da un milione di dollari. "Non c'era nessuno lì, quando siamo arrivati. Nessuno riusciva a vedere cosa stesse facendo lei o *come* stesse andando. Perché volevano tenerla in vita?"

Beatle non si era unito alla conversazione perché l'ultima volta che aveva riprodotto il video, aveva visto qualcos'altro. "Cos'è quello?" chiese ai suoi compagni di squadra, alzandosi in piedi ed esaminando la TV a grande schermo. Lui indicò qualcosa.

L'attenzione di tutti si rivolse verso di lui.

Beatle strizzò gli occhi e scrutò lo schermo. "Proprio lì. Quando abbiamo gettato la seconda tavola. Cos'è quello?"

Ci fu silenzio nella stanza per un istante prima che Blade dicesse, "Porca miseria, brutto figlio di puttana!"

Beatle era assolutamente d'accordo.

Aveva bloccato la registrazione proprio nel punto giusto. Un fotogramma prima e non l'avrebbero vista. Un fotogramma dopo e la tavoletta era appoggiata a terra.

"Il bastardo la stava osservando," disse Ghost, dando voce a ciò che nessun altro voleva ammettere ad alta voce. "È una fottutissima telecamera."

Era proprio così.

La registrazione fece vedere dei sottili cavi neri che pendevano dall'ultima tavola. Pensavano che fossero delle piante, fino a quando non notarono quel fotogramma. Il sole aveva preso la tavola proprio nell'angolo giusto e si poteva vedere chiaramente il riflesso della luce su un pezzo di vetro.

"Quella dev'essere una telecamera a visione notturna. Era buio pesto, in quella fossa. Il bastardo la stava tenendo in vita e riprendendo," disse Coach. "Sapeva del momento in cui è stata salvata, perché la stava osservando. Per questo sapeva dove cercarci nella giungla. Pensavo che fosse un po' strano, lei era sparita da poco e subito dopo la giungla era piena di brutti ceffi che volevano impedirle la fuga."

"Non riesco a vedere molto bene la telecamera. Lo farò vedere al tecnico, ma ho la sensazione che quel tipo di attrezzatura sofisticata vada ben oltre le menti di quegli indigeni. Se il villaggio fosse un segnale, sarebbero allergici alle tecnologie," disse Hollywood.

Beatle guardò i suoi amici. "Quindi resta la domanda, chi

sapeva che Casey e i suoi studenti andavano in Costa Rica e perché volevano riprendere Casey in quella fossa? È stata scelta intenzionalmente o è stata semplicemente la sfortunata ad essere stata separata dagli altri?"

"Era intenzionale," disse Truck con fermezza. "La tua donna è intelligente. Sapeva esattamente cosa fare, per tenersi in vita. Credi veramente che una studentessa del college ventenne avrebbe avuto la prontezza di spirito di fare un filtro d'acqua col reggiseno?"

"Non lo so," disse Beatle al suo amico. Poi guardò gli altri. "Chi è a casa a controllarla?"

"Chase, il fratello di Rayne. Ha detto che si sarebbe fermato dopo pranzo e l'avrebbe controllata per assicurarsi che tutto andasse bene," gli disse Fletch.

"Devo tornare lì," disse Beatle.

Fletch mise una mano sul braccio del suo amico. "Calma, Beatle. Chiamala prima. Prima che tu vada in panico e faccia una corsa, vedi se riesci a metterti in contatto con lei. Io chiamerò Chase."

Beatle fece un respiro profondo. "Giusto, va bene. Ok, dammi un secondo." Si mise una mano in tasca e si allontanò dal tavolo. Si girò verso il muro e digitò il numero di Casey. Squillò diverse volte, poi scattò la segreteria. Lasciò un breve messaggio, poi digitò di nuovo, sperando che stesse solo facendo qualcosa lontano dal telefono e non fosse riuscita a prenderlo in tempo per rispondere. Trattenne il respiro... poi sospirò sollevato quando lei rispose.

"Pronto?"

"Ciao, tesoro. Sono io. Volevo solo chiamarti e vedere come stavi."

"Ciao, Troy. Sto bene."

"Fantastico. Sarò a casa intorno alle cinque e mezza, credo. Vuoi uscire per cena o avevi qualcosa in programma?"

"Uscire va benissimo," disse Casey.

"Ottimo. Stavolta scegli tu. L'ultima volta l'ho scelto io il posto."

"D'accordo. Troy?"

"Sì, tesoro?"

"Volevo solo... Ti amo."

Beatle sentì come se il cuore stesse per esplodergli in petto. Non si erano ancora detti quelle parole, ma era sicurissimo di sentirle. "Ti amo anch'io," disse lui con voce rauca. "Stanotte ti dimostrerò esattamente quanto, d'accordo?"

"Va bene," disse dolcemente lei. "Non puoi sapere quanto siano state importanti per me queste ultime settimane."

"Sono state molto significative anche per me. Devo andare. Ci vediamo dopo."

"Ciao, Troy."

"Ciao, Case."

Beatle riattaccò e poi si strofinò il naso, domandandosi il perché avesse usato il suo vero nome. L'aveva sempre chiamato Beatle. Ma forse stava con Emily e aveva deciso di usare il suo vero nome per qualche motivo. Tornò verso i suoi amici e annuì. "Sta bene. Sembrava un po' strana, ma non so il motivo."

Dimostrando che era molto più sensibile di quanto lo fossero *loro* quando avevano scoperto quello che le donne significassero per loro, non si vergognò di quello che aveva detto al telefono. Guardò verso Fletch, che aveva appena riattaccato il telefono.

"Va tutto bene. Chase è a casa con Em. Ha detto che Casey è nell'appartamento con due delle donne che stavano con lei in Costa Rica."

Lo sguardo di Beatle si spostò verso Fletch. "Cosa?"

"All'inizio era preoccupato, ma si è assicurato che andasse tutto bene prima di farle salire nell'appartamento. Casey l'ha tranquillizzato e gli ha detto che l'avrebbe raggiunto più tardi."

Beatle non era felice di sapere che Kristina e Jaylyn erano nel loro appartamento con Casey quando lui non era presente.

"Ha anche detto che c'era un'altra donna. Una dottoressa qualcosa."

"Dottoressa Santos?" chiese Beatle.

Fletch scrollò le spalle. "Credo di sì. Casey ha detto a Chase che avrebbero parlato tutte insieme per un po'. Lui ha detto di aver insistito un po', cercando di assicurarsi che andasse tutto bene e lei gli ha detto di sì."

"Questo non mi piace..." disse Beatle.

"Ok, gente. Dobbiamo scoprire chi c'è dietro questo rapimento, pronti," disse Ghost con una voce molto diretta. Era uscito per parlare con qualcuno sulle registrazioni ed era appena rientrato nella stanza. "Fletch e Blade, voi andate a parlare con i tecnici a vedete se possono rendere ancora più chiaro il fotogramma. Coach, tu chiama l'Ambasciatore Jepsen. Vedi se sua figlia può fare chiarezza sulla questione. Truck, tu e Beatle parlate e cercate di ricordare tutto ciò che ha detto Casey quando eravate nella giungla che potrebbe essere un indizio per questo rompicapo. Hollywood, mettiti in contatto con gli ufficiali in Costa Rica e digli cosa sospettiamo e vedi cosa sanno. Loro ne sanno di più di noi sulla corruzione e schifezze nel loro paese. Mi riunirò con il comandante e lo metterò al corrente della situazione. Ci sono domande?"

Tutti scossero le teste e si misero all'opera.

Beatle strinse i denti. Voleva andare a casa e assicurarsi che Casey stesse bene ma voleva anche analizzare ogni momento in cui la squadra si era trovata nella giungla insieme a Casey. Voleva parlare con Truck del periodo che avevano trascorso con Casey quando erano intenti a fuggire dal villaggio. Qualcuno non voleva che Casey morisse subito, ma erano sicurissimi che comunque non avrebbero fatto nulla per farla sopravvivere. Senza dimenticare il fatto che avevano mandato gli indigeni a darle la caccia. Lui avrebbe fatto tutto il possibile per assicurarsi che lei non dovesse mai preoccuparsi di vivere di nuovo qualcosa del genere.

Mettendo momentaneamente da parte le sue preoccupazioni, stabilendo che sarebbe stata bene con Chase a casa, Beatle si mise al lavoro.

# CAPITOLO VENTUNO

*Un'ora **prima***

Casey era seduta sulla poltrona davanti a casa di Emily, con lei e Chase Jackson. Non aveva parlato molto con l'uomo alla festa di qualche sera prima, ma indubbiamente le stava simpatico.

Rayne era più grande di suo fratello, di un anno, ma non si sarebbe mai detto ascoltando Chase. Lui era un capitano dell'esercito, essendo stato promosso negli ultimi mesi, ed era nell'antiterrorismo. Non aveva parlato su quello che faceva nello specifico ma Casey ebbe l'impressione che si trattasse di roba abbastanza seria. Rayne aveva menzionato che lei non vedeva spesso suo fratello perché viaggiava costantemente da un'unità all'altra.

Stavano osservando Annie che sfrecciava attorno al cortile - beh, sfrecciare non era proprio la parola adatta, il carro armato non andava così veloce ma lei faceva dei rumori di sfrecciata con la bocca quando andava in giro - quando una macchina entrò nel vialetto e andò verso di loro.

Chase si alzò subito, preparandosi a proteggerle. Anche Emily fece la stessa cosa. Gridò una parola a sua figlia, "rosso", e Annie scese subito dal carro armato e corse verso di lei.

La macchina si fermò davanti al garage - e Casey spalancò gli occhi quando vide chi scese dall'auto.

Marie, Jaylyn, e Kristina.

Cosa diavolo ci facevano *lì*? Aveva intenzione di parlare con Marie sull'incontro nell'ufficio del dottor Martin nei prossimi giorni. E soprattutto, come avevano fatto a sapere dove fosse?

"Va tutto bene. Le conosco," disse lei a Chase, che sembrava pronto per estrarre un'arma e sparare subito.

"Sei sicura?" chiese lui.

Casey annuì. "Sì, le ragazze stavano con me in Costa Rica."

"E la donna?"

"È la dottoressa Santos, una collega che viene da dove vivo io. È una psicologa e ha in terapia Jaylyn e Kristina."

"Non so se sia una buona idea incontrarle senza Beatle. Vuoi che venga con te?"

Casey scosse la testa. Non era contenta di ciò che aveva fatto Marie, ma non voleva turbare le ragazze. Sembravano già essere a disagio. "Parleremo un po', senza parlare di cosa pesanti. Starò bene."

L'espressione di Chase cambiò. Sembrò più empatico che allarmato.

"Mi dispiace per l'interruzione," disse Casey a Emily.

"Se hai bisogno di noi, basta chiamare," le disse Emily.

"Lo farò." Casey sorrise ai suoi nuovi amici. Era arrabbiata con Marie e per la situazione, ma non voleva preoccupare nessuno.

Fece un cenno ad Annie quando tornò verso il suo carro

armato a giocare. Marie e le sue studentesse stavano vicino alla macchina, aspettando che lei si avvicinasse.

La prima cosa che Casey fece fu tendere le braccia a Jaylyn e Kristina. Entrambe le ragazze si gettarono tra le sue braccia e rimasero lì, sotto al sole texano, abbracciandosi per un lungo istante.

"E' così bello vedervi ragazze," disse Casey.

"Anche per noi! Credevamo che lei se ne fosse andata da un pezzo, che fosse a casa, poi quando i soldati ci hanno salvate, ci hanno detto che lei era scomparsa, eravamo così preoccupate!" disse Kristina, con le parole pronunciate tutte insieme.

"Sto bene," la calmò Casey.

Jaylyn non disse nulla ma la abbracciò più forte, come reazione.

"Va bene se veniamo a farti visita per un po'?" chiese Marie.

Casey aveva lo strano pensiero che fosse ora che la donna *chiedesse* davvero, invece di fare come le pareva, ma lei sospirò e annuì. Frugò nella tasca ed estrasse le sue chiavi. Le consegnò a Jaylyn e disse, "Sopra, in garage. Andate, ragazze. Prendetevi da bere o qualche altra cosa. Salirò tra un secondo."

Senza protestare, Jaylyn prese le chiavi e le due ragazze si diressero verso le scale.

Casey aspettò fino a che non si trovassero dentro prima di girarsi verso Marie. "Ma che *diavolo*, Marie? Non posso credere che tu sia volata fin qui con loro! Sei pazza?"

Marie non sembrò offesa dal suo sfogo. Si limitò a infilarsi una ciocca di capelli dietro l'orecchio e sorrise a Casey. Era vestita in maniera impeccabile, come sempre. Indossava una gonna che le arrivava al ginocchio e un paio di scarpe aperte, con i tacchi alti. Casey aveva l'impressione che la giacca a maniche lunghe fosse infernale con il calore del Texas, ma Marie non sembrò minimamente a disagio.

Marie era di quasi trent'anni più grande di Casey, ma non lo sembrava. Non aveva nemmeno un capello bianco e il suo trucco nascondeva tutte le rughe rivelatrici del caso. Nel complesso, Marie Santos sembrava e si comportava come se fosse una persona importante che aveva tutto dalla sua parte. Casey l'aveva sempre ammirata; sembrava far parte di uno dei gruppi con più influenza al campus e aveva operato in più comitati di laurea di quanti Casey avrebbe potuto tenere il conto. Aveva il mandato, il che significava che non poteva essere licenziata a meno che non facesse qualcosa del tutto inaccettabile.

Come ad esempio trascinare due studentesse che avevano passato un inferno per tutto il paese, senza motivo.

All'improvviso Casey si sentì davvero a disagio. Non voleva stare da sola con Marie, neanche in presenza delle sue studentesse. Voleva soltanto dire alla donna di tornarsene in Florida e rifiutare di partecipare alla sua seduta di gruppo. Ma non voleva fare nulla che avrebbe danneggiato le due ragazze che le aspettavano di sopra.

"Non c'è bisogno di arrabbiarsi," disse Marie in modo calmo. "Ti ho portato questo."

Casey abbassò lo sguardo verso il pezzo di carta che Marie le stava porgendo.

Sentendo come se fosse una cattiva idea, allungò il braccio per prendere il documento. Sembrò ed era strano, come se fosse fatto di una specie di materiale assorbente, non era un semplice pezzo di carta. Abbassò lo sguardo e vide una foto di Astrid con un uomo anziano che Casey ipotizzò essere suo padre.

"Sta davvero bene. Ma le altre ragazze avevano davvero bisogno di vederti di persona. Per assicurarsi che *tu* stessi bene. Avevi detto che avresti fatto una seduta di gruppo insieme a noi."

"Sì, ma avevo intenzione di fare una chiamata telefonica, o tramite Skype. Non pensavo che ti saresti presentata fuori alla mia porta. Ad ogni modo, come facevi a sapere dove fossi?"

"L'ho chiesto al rettore."

Quando sarebbe tornata in Florida, Casey aveva intenzione di fare una lunga chiacchierate col rettore. "Non credo che sia una buona idea. Sono preoccupata per Jaylyn e Kristina. Non devono fare il giro del paese in questo modo. Dovrebbero stare a casa con le loro famiglie."

"Hanno me," disse serenamente Marie. "Sono la loro terapeuta e le sto aiutando a superare questa terribile esperienza. Ma loro hanno bisogno del tuo aiuto. Tu eri lì con loro. Tu sei l'unica che sa veramente cos'hanno passato."

"Forse, ma..."

Intuendo che Casey stava per cedere, Marie continuò velocemente, "Jaylyn ha detto che era spaventata ma hai continuato a farle vedere il lato positivo. Si fidava al cento per cento di te, Casey. E Kristina mi ha detto che quando sei stata portata via, si sentiva persa. Ha iniziato a immaginarti come figura materna e ha sofferto molto quando te ne sei andata."

Casey si mise una mano sul cuore. Sentì un dolore acuto, pensando a quanto fossero terrorizzate e confuse le ragazze quando l'avevano portata via.

"Erano ansiose di vederti," insisté Marie. "Dopo aver parlato con te, mi hai detto che non saresti tornata presto in Florida, loro avevano paura che non ti avrebbero mai più vista. Che avevi vergogna di loro e del loro comportamento nella capanna, quando te ne sei andata."

"No, non mi sentirei mai in quel modo," protestò Casey, sconvolta dal fatto che Jaylyn e Kristina l'avessero anche solo pensato.

"Parla con loro. Per favore?" chiese Marie. "Credo davvero che farà un gran bene a tutte."

Casey sospirò. Sapeva che era stata appena manipolata, ma comunque si arrese. "D'accordo. Ma solo per un po'. Non voglio fare una seduta completa. Ho parlato col mio terapeuta e lui crede che sarebbe meglio se lui fosse presente, quando ci siederemo e parleremo di tutto."

Marie fece un gran sorriso e poi annuì. "Fantastico. Non c'è problema. Gradirei anche i suoi suggerimenti."

Casey piegò il foglio che le aveva dato Marie e se lo mise nella tasca posteriore dei jeans, poi si girò verso i gradini e guardò di nuovo verso la veranda. Riuscì a vedere Chase che la osservava. Lui le fece un piccolo cenno e ottenne un cenno col mento come risposta. Poi condusse Marie Santos su per le scale e verso il suo appartamento.

Casey cercò di controllare la sua impazienza quando fece accomodare tutte nel suo appartamento. Jaylyn e Kristina si sedettero sulla poltrona e Casey accostò al tavolo una delle sedie della sala da pranzo. Marie si sedette su un'altra sedia dall'altro lato della poltrona.

Quando si sistemarono tutte, Marie disse, "Ragazze, avete approvato che oggi sarebbe stato il giorno in cui avreste provato l'ipnosi, giusto?"

Casey sbatté le palpebre. Non era da escludere la possibilità che una psicologa avrebbe utilizzato l'ipnosi; diavolo, lei e Eddie l'avevano provata proprio quella mattina. Ma sembrava strano attraversare il paese e *poi* decidere di farlo per la prima volta. Al piano di sotto, aveva anche detto a Marie che non voleva fare una vera e propria seduta. "Forse prima dovremmo solo parlare," disse Casey.

"Perché, hai paura?" chiese Marie un tantino irritata. "Forse potresti ricordare qualcosa di utile. Adesso hai paura del buio, non è vero? Forse sei un po' claustrofobica?"

Casey aggrottò la fronte quando sentì le dure parole dure della donna più grande. "Beh, si, ma..."

"Ma niente. Posso aiutarti. A meno che a te non piaccia essere una donna debole agli occhi del tuo nuovo fidanzato. Forse stai sfruttando la situazione per attirare l'attenzione?"

"No, certo che no, ma..."

"Allora perché lo stai contrastando? Jaylyn e Kristina hanno detto che l'avrebbero fatto se lo avresti fatto anche tu. Tu stessa mi hai detto che non riesci a ricordare tutto ciò che ti è successo. Se questo potrebbe aiutare, perché non vorresti farlo?"

Casey stava quasi per dire a Marie che aveva già provato l'ipnosi col Dottor Martin e non aveva funzionato, quando Jaylyn prese parola.

"Dottoressa Shea?"

Casey fece un respiro profondo per controllare la sua rabbia. Voleva dire a Marie di andare a farsi fottere ma non voleva assolutamente fare niente per danneggiare le due ragazze che adesso la stavano guardando con occhi spalancati e preoccupati. "Sì, Jaylyn?"

"Potrebbe provare? Per noi?"

Casey voleva dire di no. Voleva sgridare Marie per il suo comportamento immorale. Ma soprattutto, voleva che quella pagliacciata finisse. Lei annuì a Jaylyn. "D'accordo, tesoro."

Il sollievo sui volti di Jaylyn e Kristina fece capire a Casey che aveva preso la giusta decisione, anche se non era quella facile.

Proprio allora, il telefono di Casey suonò. Era appoggiato sul tavolo in cucina. Si alzò per andare a rispondere, allontanandosi per un momento da lei e Marie.

Ma la donna più adulta la seguì e prima che Casey riuscisse a rispondere a telefono, la psicologa la afferrò con violenza, conficcandole le unghie nell'avambraccio.

Casey fece una smorfia e guardò Marie spaventata. "Non dirgli che siamo qui," la minacciò, avendo sicuramente visto il nome di Beatle sullo schermo. "Dico sul serio. Hai bisogno di questo, Casey. Stai chiaramente soffrendo e avendo un esaurimento nervoso a causa di ciò che non riesci a ricordare. Ho bisogno di sapere cosa ricordi di quel giorno. Sbarazzati di lui e poi torna qui. La salute mentale di Jaylyn e Kristina dipende da te."

Il tono che Marie utilizzò era in parte sussurrato e in parte ringhiato - Casey fu riportata subito nel suo periodo nella giungla. Aveva sentito quello stesso mezzo sussurro e mezzo brontolio, dopo che erano state bendate e prima che il furgone si fosse allontanato.

*"Portale al villaggio ma assicurati che nessuno interagisca con loro. Dagli solo abbastanza cibo per due persone, non quattro. Arriverò lì tra un paio di giorni."*

Marie era stata lì.

Peggio, era *Marie* che aveva organizzato il loro rapimento.

Casey sapeva che le cose che diceva la sua collega erano del tutto folli, ma non avrebbe mai ipotizzato che ci fosse *lei* dietro il suo calvario.

Ma perché?

Casey sentì vagamente il telefono che smetteva di suonare ma non riuscì a smettere di ricordare. Quando si trovava nella fossa ed era stata coperta, aveva sentito di nuovo Marie.

*"Se tra una settimana dovesse essere ancora viva, tu e gli altri potete fare quello che volete con lei. Ma ricorda, io vi osservo. Lei deve rimanere lì sotto tutti e sette i giorni, per essere utile."*

Il telefono iniziò a suonare di nuovo e Casey strizzò gli

occhi quando abbassò lo sguardo verso l'aggeggio che aveva in mano.

"Rispondi," disse Marie con quel caratteristico brontolio.

Casey fece scivolare la barra verso la parte dello schermo e portò il telefono sull'orecchio.

Aveva così tanta voglia di dire a Beatle di portare il culo verso casa e salvarla di nuovo, ma non sapeva cosa avrebbe fatto Marie alle ragazze, se l'avesse fatto. Sembrava che lei non avesse capito che Casey aveva finalmente ricordato ciò che aveva cercato così ardentemente di riportare alla mente. Non ancora. Ma Casey non sapeva cosa avessero sentito Jaylyn e Kristina. Se loro fossero state ipnotizzate e avrebbero detto di aver sentito la dottoressa Santos in Costa Rica, sarebbero state tutte in un mare di guai.

Non poteva fare a meno di togliere il braccio dalla stretta di Marie e osservarla, prima di rispondere al telefono.

"Pronto?"

"Ciao, tesoro. Sono io. Volevo solo chiamarti e vedere come stavi."

"Ciao, Troy. Sto bene," gli disse lei, sperando fortemente che lui capisse che lei non lo chiamava mai col suo nome di battesimo... e forse c'era un buon motivo sul perché lo stesse facendo adesso.

"Bene. Arriverò a casa alle cinque e trenta, credo. Vuoi andare a cena fuori o avevi qualcosa in programma?"

"Uscire va benissimo," disse Casey, più che consapevole del fatto che Marie la stesse osservando.

"Bene. Scegli tu stavolta. Ho scelto io l'ultima volta."

"D'accordo. Troy?"

"Sì, tesoro?"

"Voglio solo... Ti amo." All'improvviso Casey capì che Marie non aveva intenzione di lasciarle andare via dall'appartamento. Se le altre ragazze avessero detto che la loro dottoressa era stata in Costa Rica, sarebbero state tutte in pericolo. Se Casey non fosse riuscita a simulare in modo convincente di essere ipnotizzata quando in realtà non lo era, sarebbero state tutte in pericolo. Non pensava che qualcuna di loro sarebbe riuscita a scappare indenne, il pensiero che Beatle non avrebbe mai saputo l'amore che Casey provava per lui se Marie fosse riuscita in ciò che aveva fallito nella giungla, era semplicemente ripugnante.

"Ti amo anch'io," le disse lui. "Stasera ti dimostrerò quanto, d'accordo?"

Casey riuscì a sentire chiaramente l'emozione nel suo tono. Era orribile che la prima volta che si erano detti quelle parole era in quella circostanza, ma ciò non le indeboliva in nessun modo.

"D'accordo," disse lei dolcemente. "Non puoi sapere quanto queste settimane siano state importanti per me."

"Hanno significato tantissimo anche per me. Devo andare. Ci vediamo dopo."

"Ciao, Troy."

"Ciao, Case."

Casey attaccò il telefono e cercò di non scoppiare in lacrime. *Dio mio, ti prego lascia che si chieda perché io l'abbia chiamato improvvisamente Troy e non Beatle, e ti prego di farlo venire a casa per controllare che io stia bene.*

Marie le strappò il telefono da mano e tenne premuto il pulsante in basso per spegnerlo. Poi lo gettò sul tavolo e riportò Casey verso il soggiorno.

La cucina non era molto lontana dal divano e Casey sapeva che probabilmente le ragazze avevano sentito la sua conversazione con Beatle. Ma non era sicura che avessero sentito ciò che le aveva detto Marie. Era sicura di no, quando alzarono fiduciosamente lo sguardo verso la dottoressa e la aspettarono per cominciare.

Casey si risedette lentamente sulla sedia e cercò di controllare il respiro. Non sapeva cosa sarebbe successo, ma doveva essere pronta a tutto. Era sopravvissuta a quella fossa, poteva sopravvivere a quel momento spinoso.

*Vieni a casa, Beatle. Ti prego. Ho bisogno di te.*

## CAPITOLO VENTIDUE

BEATLE STAVA PARLANDO con Truck da venti minuti quando lo interruppe a metà frase.

"Cosa? Hai ricordato qualcosa?" chiese Truck.

Stavano parlando della situazione con gli indigeni e di come li avevano trovati nella giungla, quando Beatle si ammutolì improvvisamente.

"È... Ci ho pensato prima e l'ho scartato... ma qualcosa non quadra," disse lentamente Beatle. Estrasse il telefono e compose di nuovo il numero di Casey. Aspettò che squillasse, ma non avvenne. Il suo telefono era spento, c'era la segreteria.

Si girò verso Truck. "Quante volte hai sentito Casey chiamarmi Troy?"

Truck sembrò sorpreso. "Forse una volta. Perché?"

"Quando prima ho parlato con lei, ha detto il mio nome..." fece una pausa, cercando di ricordare la loro conversazione. "Tre volte. 'Ciao, Troy,' poi mi ha detto che mi ama. E di nuovo ha usato il mio nome."

Beatle si girò verso Fletch, che aveva appena finito di parlare al telefono con qualcuno del Dipartimento Tecnico dell'Esercito a cui aveva chiesto di affinare la sezione del filmato col tubo e la telecamera. "Quando hai parlato con Chase, lui sembrava... silenzioso?"

"Silenzioso?" chiese Fletch. "No. Perché?"

"Non lo so, ma c'è qualcosa che non va in casa."

A questo punto Beatle ebbe l'attenzione in tutta la stanza.

"Parla con noi," ordinò Ghost.

"Voi sapete che ho parlato con Casey, prima, e pensavo che andasse tutto bene ma più ci penso e più credo che lei stesse cercando di avvertirmi su qualcosa di cui non mi sono accorto al momento. Lei mi ha chiamato Troy. Diverse volte."

"E lei non lo fa?" chiese Hollywood. "La maggior parte delle volte Kassie mi chiama col mio soprannome, a meno che non si senta a disagio."

"Casey mi ha sempre chiamato Beatle. Ovviamente conosce il mio nome di battesimo, ma praticamente l'ha usato solo un paio di volte. Ma oggi, nella nostra conversazione di un minuto e mezzo, mi ha chiamato Troy per tre volte."

"Chiamerò di nuovo Chase," disse subito Fletch, iniziando già a prendere il telefono. Mise in vivavoce e tutta la sua squadra si mise all'ascolto con attenzione mentre suonava.

Chase rispose dopo solo due squilli. "Amico, sei peggio di una ragazza, Fletch. Che c'è adesso?" lo stuzzicò l'altro uomo.

"Va tutto bene lì'?"

"Sì, perché?" il tono leggero e delicato sparì dalla voce del capitano dell'esercito. "Cosa c'è che non va?"

"Non lo sappiamo. Beatle ha chiamato Casey e all'inizio sembrava tutto bene ma adesso non ne è così convinto. L'hai vista di recente?"

"Stavamo tutti guardando Annie che giocava poco fa ed è arrivata una macchina. All'inizio ero in allerta ma Casey ha detto che conosceva le donne che sono uscite dall'auto. Ha detto che due erano le studentesse che sono state rapite insieme a lei e l'altra era una psicologa." Chase gli disse ciò che aveva già detto prima a Fletch.

Tutti i membri dei Delta guardarono verso Beatle. Lui serrò le labbra, immerso nei suoi pensieri. Alla fine, scosse la testa. "Non lo so. Ma c'è qualcosa che non quadra, in questa faccenda."

"Casey non ha detto che sarebbero venute a farle visita?" chiese Ghost.

"No. Ma non ha nemmeno detto che non l'avrebbero fatto. Ha ricevuto una chiamata che l'ha infastidita ma non abbiamo avuto l'opportunità di parlarne. So che sembrava preoccupata al riguardo, ma è caratteristico di Casey, ho la sensazione che lei non voglia sembrare paranoica."

"Tu pensi che sia una delle ragazze o la psicologa?" chiese Coach.

"Chi altro potrebbe essere?" chiese Beatle. "Ha parlato diverse volte con i suoi genitori e non avevano problemi. Gli ufficiali in Costa Rica non hanno il suo numero, quindi non potrebbero essere loro. Potrebbe essere il suo capo all'università ma abbiamo parlato del suo lavoro, ha l'occasione perfetta per parlarne. In verità non so chi altro potrebbe essere."

"Non vi conoscete da molto tempo," disse Chase. "Forse è stato un uomo che lei frequentava prima del rapimento e non voleva dirti che si stava vedendo con qualcuno."

"No," scattò Beatle, poi fece un respiro profondo per controllare la sua rabbia. "Guarda, ho capito, ci sono tante cose che non conosciamo su di noi ma di certo *non* credo che ciò che l'abbia infastidita fosse la chiamata di un suo ex."

"Vuoi che vada lassù?" chiese Chase.

Beatle si passò una mano tra i capelli per l'agitazione. "Sì, ma credo che dovresti aspettare fino al nostro arrivo. È un catch-22. Se vai lassù adesso e bussi la porta quando c'è qualcosa che *non va*, potrebbe andare tutto a puttane e con tre sconosciute contro Casey, le cose potrebbero mettersi male. Ma se aspetti, ogni istante in cui non la teniamo d'occhio potrebbe significare una possibilità maggiore che le venga fatto del male."

Ghost fece cenno a Beatle di andare. Fletch prese il telefono e la squadra lasciò la stanza mentre parlavano ancora con Chase.

"Porta Annie e Emily nella stanza di sicurezza," ordinò Fletch. "L'ultima cosa che vogliamo è che altri civili siano coinvolti, se c'è qualcosa che non va."

"Lo farò. Aspetterò per mettermi in contatto ma farò una perlustrazione e vedrò se riesco a scoprire qualcos'altro per voi, quando arriverete qui," garantì Chase.

"Te ne sono grato. Dovremmo essere lì tra venti minuti o anche prima," disse Ghost all'altro uomo. "Chiamaci se dovessi ottenere più informazioni."

"Ricevuto," disse Chase, al lavoro.

Fletch attaccò il telefono senza congedarsi.

"Ci siete tutti?" chiese tranquillamente Ghost mentre si facevano strada fuori dall'edificio verso il parcheggio.

Quando tutti confermarono, Ghost annuì. "D'accordo, prendiamo due macchine. Fletch, tu e Beatle verrete con me a prendere le pistole dopo aver fermato le macchine. Hollywood, Coach, e Blade, voi andate con Truck. In questo caso entreremo il più piano possibile. Proprio come ha detto Chase, non vogliamo drammatizzare una situazione che non è tale. Quando arriviamo lì, salirà Beatle per primo, userà la sua chiave in modo da non spaventare nessuno, in caso sia tutto a posto." Guardò Truck. "Tu, Coach, e Hollywood controllate il perimetro. Blade, tu resterai dietro a Beatle insieme a me.

Fletch, dirigiti verso casa tua e assicurati che la tua famiglia sia al sicuro. Ci sono domande?"

Tutti scossero le teste. Erano abituati a lavorare insieme e sapevano già il piano, ancora prima che Ghost lo organizzasse.

In pochi secondi, le due macchine uscirono dal parcheggio e si diressero verso casa di Fletch, senza sapere cosa avrebbero trovato.

———

Casey si sedette sulla sedia con la testa abbassata, i capelli che le coprivano la faccia da Marie. Era spaventata a morte e incazzata, ma stava aspettando il momento giusto. Non voleva fare niente per traumatizzare Jaylyn e Kristina, più di quanto non lo fossero già. Non era colpa loro se la dottoressa era totalmente fuori di testa.

Fortunatamente - o sfortunatamente - entrambe le ragazze erano suscettibili all'essere ipnotizzate. Marie le aveva tenuto in uno stato alterato per dieci minuti. Casey fece finta di essere anche lei sotto ipnosi.

Sperò vivamente che Beatle avesse capito che qualcosa non andava ma era passato molto tempo dalla loro chiamata e lui non era arrivato, manteneva ancora una piccola speranza. Certo, non gli aveva detto chiaramente di aver bisogno di lui nella conversazione. Casey si maledisse per quello.

"Porgetemi le mani," disse Marie al pubblico entusiasta. Casey fece come richiesto e vide con la coda dell'occhio che Kristina e Jaylyn avevano fatto lo stesso.

La dottoressa Santos si fermò e giocherellò per un istante con qualcosa che teneva in nella borsa, prima di dirigersi verso Jaylyn. Le mise una biglia in entrambe le sue mani, poi fece lo stesso con Kristina. Tornò di nuovo nel posto dove teneva la borsa e prese qualcos'altro, poi si fermò davanti a Casey.

Casey cercò di tenere gli occhi distratti e vuoti e cercò di non indietreggiare quando le aveva messo qualcosa di duro nelle mani. Assomigliava a una biglia, ma sembrava ricoperta di qualcosa.

"Chiudete le mani a pugno e stringete ciò che vi ho messo nei palmi. Non lo mollate per alcun motivo. Se lo fate, sentirete un dolore intenso. Il dolore più forte che abbiate mai sentito in vita vostra."

Casey chiuse la mano attorno alla cosa che assomigliava ad una biglia e desiderò arricciare il naso per la sensazione viscida dell'oggetto, ma si trattenne.

"Lo state stringendo?" chiese Marie.

Casey rispose doverosamente di sì, insieme a Jaylyn e Kristina.

"Bene. Adesso, Kristina, dimmi a cosa stavi pensando quando l'altro giorno hai preso tutto il cibo per te. Hai detto che uno dei tuoi rapitori ha aperto la porta della capanna e ha sistemato una porzione di cibo all'interno, e l'hai presa prima di Jaylyn e Astrid. Sii specifica."

Casey mantenne lento il respiro, anche se quello che voleva fare davvero era alzarsi e sgridare Marie per quello che stava facendo. Quello che stava chiedendo alla ragazza era invasivo e dannoso. Casey non era una psicologa, ma dannazione, lo sapeva persino lei.

Pensò di saltellare e reagire contro la stronza mentre era impegnata, ma aveva paura che Jaylyn e Kristina si facessero male nella colluttazione che sarebbe sicuramente seguita. Forse doveva aspettare un altro po'. Doveva fare in modo che Marie si sentisse più sicura che loro tre fossero completamente ipnotizzate, poi prendere la sedia e spaccarla su quella testa di cazzo.

Mentre il tempo passava e Marie continuò a fare altre domande alle ragazze, Casey iniziò a sentirsi stranissima. Non stava più pensando a fare del male a Marie, si concentrava intensamente su ciò che stava vedendo e ascoltando. La luce nella stanza era luminosa ma quando chiuse gli occhi, riuscì a vedere solo turbinii di arancione, giallo e rosso. I colori ondularono come se avessero una vita propria. Erano ipnotizzate a tutti gli effetti, Casey si ritrovò smarrita nei colori roteanti e volteggianti.

"Casey, è il tuo turno. Perché non ci dici come ti sei sentita quando ti hanno detto che stavi andando a casa e il tuo riscatto era pagato?"

Casey cercò di concentrarsi sulla domanda ma quando aprì gli occhi e guardò la psicologa, rimase sconvolta nel vedere che le parole che Marie aveva pronunciando stavano fluttuando nell'aria, attorno a lei.

"Casey? Sei stata felice di andartene, non è vero?" chiese Marie. "Non ti importava di abbandonare le altre, non è vero?"

"No, ero preoccupata, io..." Casey smise di parlare visto che le parole che *lei* aveva appena pronunciato adesso stavano fluttuando attorno alla sua testa. Delle grandi lettere nere che attraversavano i turbinii gialli e rossi, come un coltello che taglia il burro. Mentre guardava affascinata, le parole si girarono verso di lei e aumentarono. Cambiarono anche colore. Dal nero al viola scuro, poi un fucsia intenso. Casey chiuse gli occhi per la confusione ma tutto ciò che aveva fatto era far agitare più veloce i colori che vedeva dietro le palpebre.

"E quando sei stata portata al bordo di quella fossa, a cosa stavi pensando? Che saresti morta?"

Casey oscillò sulla sedia per i colori. No, oscillò per la musica... ma non c'era nessuna musica, erano i colori che facevano rumore. Una parte di lei sapeva che ciò che stava succedendo non era normale, ma non riusciva a concentrarsi. "Non volevo morire," riuscì a dire, prima che le parole iniziarono a spingerle contro le palpebre per tornarle dentro la testa.

"Di nuovo, quando ti trovavi in quella fossa senza via d'uscita, ancora non ti eri arresa. Perché?"

Casey non riuscì a rispondere. Era tornata improvvisamente di nuovo nella fossa. Alzò lo sguardo e vide solo i colori roteanti.

"Casey!" gridò Marie. "Perché non ti sei arresa? Cosa ti ha fatto combattere per sopravvivere quando qualsiasi altra persona si sarebbe arresa e semplicemente morta in quella fottuta giungla? Ho bisogno di saperlo. È fondamentale che tu me lo dica!"

Alla parola "giungla," improvvisamente, i bei colori che stava vedendo cambiarono dall'arancione e giallo luminoso al verde scuro. Casey guardò Marie, ma non c'era più Marie. Al suo posto era seduta una formica proiettile gigante. Le antenne che le uscivano dalla testa si mossero nella sua direzione. La sua bocca si aprì e le mascelle pungenti si avvicinarono sempre di più verso Casey, sputando veleno dalle zanne, pronta ad iniettarle il suo veleno estremamente doloroso.

Casey si alzò e cadde subito a terra. Aprì le mani, quando cadde, e fece cadere qualsiasi cosa Marie le avesse dato da tenere ma Casey era talmente fuori dalla realtà che vedeva il pericolo dovunque si girasse, senza neanche accorgersene.

Il margine del tappeto scivolò dalle sue mani e Casey abbassò lo sguardo per vedere che era caduta proprio in un nido di formiche proiettile. La stavano mordendo. Ferendo. Cercò affannosamente di togliersele dalle mani ma più si schiaffeggiava da sola, più formiche comparivano.

Immersa completamente in un brutto trip di LSD, Casey si mise a urlare.

———

Quando arrivarono le macchine che trasportavano la squadra letale dei Delta nel vialetto di Fletch, tutto sembrava a posto. Ghost e Truck si fermarono proprio oltre lo spiazzo che si trovava attorno alla casa e al garage, tutti e sette gli uomini uscirono dalle macchine senza fare il minimo rumore.

Chase li incontrò all'estremità degli alberi.

"Non ho visto né sentito niente di anomalo," disse al gruppo. "Sono andato alla porta d'ingresso e ho sentito delle voci, ma non ho percepito toni aggressivi. Non sono riuscito a sentire quello che dicevano, la porta era chiusa a chiave."

Tutti annuirono ma Beatle si stava già spostando verso le scale. Ghost fece cenno agli altri e perlustrarono tutti insieme la zona. Fletch sgattaiolò verso il retro di casa sua, Ghost e Blade si trovavano proprio alle calcagna di Beatle.

Beatle salì lentamente per le scale col cuore in gola. Non gli piaceva per niente quella sensazione. Una cosa era sapere quale fosse il pericolo verso il quale dirigersi, ma non avere idea su cosa avrebbe trovato dall'altro lato della porta... era tutta un'altra storia. E poi era cento volte peggio perché *Casey* poteva trovarsi in pericolo.

Alzò una mano, l'uomo alle sue spalle si fermò. Avevano tutti le pistole pronte, erano pronti a tutto. Beatle infilò la chiave nella serratura e la girò lentamente, senza fare rumore.

Appena messa la chiave sentì delle voci che si alzavano provenienti dall'interno dell'appartamento. Aprì la porta con cautela quando sentì Casey urlare.

Non era un grido normale. Per niente. Era di puro terrore.

Il sangue di Beatle si raggelò.

Senza pensarci, spinse la porta ormai aperta, facendola sbattere con un fragore dietro il muro. Si trovava dentro l'appartamento con la pistola puntata prima di pensare a quello che stava facendo.

Si fece strada nell'appartamento aspettandosi di vedere Casey trattenuta con una pistola alla tempia o presa d'assalto, ma ciò che vide era di difficile comprensione.

C'erano due ragazze, ipotizzò che fossero Jaylyn e Kristina, ancora sedute tranquille sulla poltrona. Avevano le mani strette nei pugni, la schiena appoggiata e tenevano gli occhi fissi davanti a loro. Una donna più grande dai lunghi capelli castani era in piedi contro la parete, guardandolo con un sorrisetto soddisfatto sul volto.

E Casey. Santo cielo.

Si trovava a carponi sul pavimento, dandosi degli schiaffi alle braccia in modo frenetico. Emetteva gridi disumani, strazianti e orribili allo stesso tempo.

Ghost e Blade si spostarono verso l'altro lato della poltrona e puntarono le pistole sulla donna in piedi mentre Beatle si dirigeva dritto verso Casey. La raggiunse ma non appena lo fece, lei alzò lo sguardo, lo vide e gridò ancora più forte. Era evidentemente terrorizzata. Da *lui*.

L'attenzione di Beatle si spostò da Casey, che si stava contorcendo sul pavimento, alla donna che si trovava contro il muro. Quella stava sorridendo... anzi, ridendo.

"Tu, stronza," disse lui. "Cosa le hai fatto?"

"In realtà volevo solo farla rilassare, ma non sapevo che dose utilizzare con lei. La carta assorbente che ho usato quando sono arrivata qui non sembrava funzionare, quindi gliene ho dato di più. Ma penso di aver sbagliato, perché questo non è il risultato previsto. Ma devo ammettere che vedere la mitica dottoressa Shea farsi un brutto trip non ha prezzo."

Ghost raggiunse la donna prima di Blade. Le afferrò le braccia e gliele mise dietro alla schiena. "Cosa le hai dato?"

"Fottiti!" rispose lei.

Ghost le tirò le spalle verso l'alto e Marie strillò dal dolore.

"Ti ho chiesto cosa le hai dato. Se pensi che stia scherzando, sei pazza. Per caso vedi dei poliziotti qui, stronza? No. Ci siamo solo noi. E in questo momento credo che il mio amico Beatle voglia *davvero* avere la possibilità di farti parlare."

Marie impallidì e Beatle non si sentì minimamente male per il fatto che Ghost l'avesse minacciata. Ovviamente non le avrebbero fatto del male, ma lei non lo sapeva.

"Solo un po' di LSD, diavolo, calma. Le persone lo assumono in continuazione."

Casey gemette e si trascinò più vicino alla parete all'altro lato della stanza. Si portò le mani davanti agli occhi, osservandole e piagnucolando.

Marie proseguì. "Ha affrontato quella fossa così bene che pensavo che sarebbe stata bene con i farmaci. L'unica cosa che doveva fare era dirmi a cosa stava pensando, quando era in quella fossa. Come era riuscita a capire che lì ci fosse dell'acqua, e per quale motivo ha lottato per sopravvivere. È troppo da chiedere?"

Beatle avanzò, mettendosi tra Casey e la psicologa. Marie non stava parlando più con Ghost, stava farneticando più tra sé e sé.

"Posso ancora finire la mia ricerca. Lei crollerà, poi mi dirà ciò che ho bisogno di sapere, così posso scrivere la mia conclusione. Il documento è incompleto senza questo dettaglio."

"Quale documento?" chiese Blade. Non aveva abbassato la pistola e la rabbia sul suo volto preoccupò Beatle.

"Il mio documento! La mia ricerca. *Gli Effetti del Terrore sulle Vittime di Rapimento; Perché alcune crollano completamente ed altre diventano più forti*. Diventerò famosa! Ma ho bisogno di quella conclusione!"

"Porca troia. Hai rapito mia sorella per un cazzo di *esperimento* umano?" chiese Blade, Beatle lo vide stringere la presa sull'arma.

"Blade, mettila giù," ordinò Ghost, avendo notato anche lui la furia dell'amico.

"Stava facendo un esperimento e ha torturato mia sorella per ottenere dati," disse Blade.

"Lo so. E la pagherà per questo. Metti. Giù. L'arma," pronunciò Ghost con attenzione.

"Non mi avrebbero autorizzato! Dovevo farlo! Era facile da organizzare. Lei e le altre erano laggiù da sole. Se lei fosse semplicemente morta in quella fossa, sarebbe stato così facile!" gridò Marie.

All'improvviso, Casey si lanciò contro suo fratello.

Nessuno se l'aspettava, dato che erano tutti distratti dai vaneggiamenti della psicologa, quindi Casey lo sorprese. Gli afferrò il coltello che teneva nella fondina sul fianco e lo tirò fuori, prima che Blade potesse fermarla.

Lei indietreggiò verso il bordo della stanza, tenendo il coltello davanti a lei, con gli occhi sbarrati, mentre la sua testa scattava da una persona a un'altra.

"Portala fuori di qui," disse Ghost, spingendo la dottoressa verso Chase, che stava guardingo dall'altro lato del divano.

"Noooo!" si lamentò la donna. "Ho bisogno di altre informazioni! Jaylyn, perché sei stata così piagnucolona? Kristina, cosa sentivi quando hai colpito Astrid quando ha provato a toglierti il cibo? Devo saperlo! *Aspeeeettaaaa!*"

Mentre Chase trascinava la donna che borbottava fuori dalla stanza, si sorpresero tutti quando una delle ragazze sulla poltrona iniziò a rispondere alle domande che le erano state fatte. Stavano parlando tra di loro, ma sembrarono non accorgersene. In realtà, non sembrava nemmeno che si fossero accorte degli uomini che si trovavano nella stanza.

"Cosa succede?" chiese Blade.

"Ipnotizzate," disse Ghost brevemente. "E non sappiamo cosa scatena ciò che la stronza potrebbe aver messo loro mentre sono sotto effetto, o come farle tornare in sé."

"Casey si stava incontrando con uno psicologo. Ha detto che lui ha cercato di metterla sotto ipnosi una volta, ma non ha funzionato. Potrebbe essere in grado di aiutarci. Si chiama Eddie Martin," disse Beatle al leader della squadra.

"Lo chiameremo," disse Ghost. "Le ragazze stanno bene dove sono, per adesso. Prima di tutto, dobbiamo far calmare Casey. Mi rende davvero nervoso con quel coltello."

Beatle aveva già rivolto tutta la sua attenzione verso Casey.

Lei stava usando il coltello per fendere l'aria. Era terrificante e struggente.

"Casey," le disse in modo calmo, facendo un passo verso di lei. "Sei stata drogata. Stai solo reagendo male a tutto ciò che ti è stato dato. Getta il coltello e chiameremo aiuto. Sei al sicuro adesso. La psicologa se n'è andata."

Invece di farla calmare, le sue parole sembrarono agitarla ancora di più e visto che lui era preoccupato, si avvicinò un po' troppo a lei. Lei riuscì a colpirgli il braccio con il coltello prima che lui riuscisse a lanciarlo via dalle sue mani.

Beatle non voleva fare bruschi movimenti o fare qualcosa che avrebbe terrorizzato la donna che significava tutto per lui, più di quanto non lo fosse già. Lui avrebbe potuto disarmarla facilmente - aveva affrontato minacce più gravi - ma non voleva spaventarla. Era Casey. La *sua* Casey.

Beatle prese la decisione di restare semplicemente fermo sul posto e sorvegliarla finché non fosse tornata in sé o si fosse calmata... ma lei rese impossibile questo piano quando si girò verso la finestra e cercò di lanciarsi.

————

Casey si rannicchiò sul lato opposto della stanza, lontana dagli insetti giganti. Erano poggiati tutti su due zampe, ma avevano facce di insetti. La formica proiettile era stata portata via da una specie di serpente gigante ma c'erano due scorpioni che erano ancora appoggiati sulla poltrona, guardandola e sibilando. Lei aveva attaccato quello dallo sguardo più amichevole - aveva solo della bava che gli usciva dalle fauci, invece dell'acido – ma era riuscita a prendere la sua arma.

Le formiche stavano ancora strisciando sulle sue braccia, ma al momento erano più fastidiosi gli scarafaggi volanti. Stavano sibilando verso di lei e cercavano di strapparle i bulbi oculari. Erano i suoi animali domestici, stavano gridando il suo nome mentre le volavano intorno alla testa. I colori nella stanza roteavano in continuazione. Neri, marroni, rossi.

Una parte di lei sapeva che quelle cose non esistevano, come gli insetti camminanti e parlanti, ma Casey non riusciva a controllare la sua paura che l'avrebbero attaccata e mangiata viva.

Uno dei mostri mezzo umano e mezzo insetto le stava parlando. Casey riusciva a vedere le sue parole che gli roteavano intorno alla testa, mentre parlava, ma nessuna parola aveva senso. Lui fece un passo verso di lei e allungò uno dei tentacoli.

Ti piacerebbe, tesoro.

L'uomo insetto sibilava contro di lei, così lo aveva colpito con il coltello. Forse l'aveva colpito, così continuò ad agitare l'arma alla cieca. Ma le era rimasta in mano? Gli scarafaggi si misero a ridere, in qualche modo le stavano alla larga.

Sapendo che aveva solo un'occasione per uscire viva e allontanarsi dagli insetti che volevano mangiarla, Casey era ormai sicura di aver perso il coltello, per fortuna gli insetti giganti avevano smesso di avanzare verso di lei. C'erano solo le parole che stavano riempiendo la stanza, rendendole difficile respirare. Stavano risucchiando tutto l'ossigeno dalla stanza. Casey doveva uscire.

All'improvviso, Casey si tuffò dalla finestra in modo che l'uomo insetto non la prendesse. Rise quando si accorse che non era fatta di vetro, ma di acqua. Aveva quasi seminato gli insetti mostruosi ma all'ultimo secondo, qualcosa le afferrò le gambe. Mentre era penzolante sull'acqua, intenta a fuggire, Casey sussultò.

Sotto di lei c'era un enorme scarabeo Ercole. Le fauci si aprirono e chiusero quando la raggiunse con i suoi tentacoli. Casey si agitò il più forte possibile ma l'uomo insetto presente nella stanza aveva una presa stretta su di lei.

Iniziò a gridare e ad agitarsi mentre le formiche proiettile che strisciavano prima su di lei decisero di iniziare a morderla di nuovo. Le mani pulsarono dal dolore per il forte impatto nell'acqua.

Anche se gridava, guardò lo scarabeo di Ercole rimpicciolirsi sempre di più, quando l'uomo insetto la trascinò nella sua tana.

---

"Cristo!" imprecò Ghost quando afferrò a fatica una delle gambe di Casey. "Blade, chiama il 911! Digli che tua sorella è stata drogata contro la sua volontà e se la sta passando male. Ha bisogno di essere sedata."

"Già fatto, dannazione!" gridò Blade in tutta risposta.

Beatle eliminò tutto ciò che stava accadendo attorno a lui per concentrarsi solo su Casey. Non aveva mai visto qualcosa di così terrificante come quello che stava succedendo alla donna che amava. Non aveva la minima idea di cosa le stesse accadendo nella testa ma di certo non vedeva né lui, né il suo appartamento.

Lei l'aveva colpito con il coltello, gli aveva ferito il braccio. Il taglio gli faceva un male cane ma lo ignorò, visto che la prossima cosa che Casey voleva fare era buttarsi a capofitto da quella cazzo di finestra. Ci era quasi riuscita, ma per fortuna lui le aveva afferrato i piedi all'ultimo secondo.

Aveva sentito Truck gridare da sotto la finestra che lui era lì, e sarebbe riuscito a prenderla in caso fosse caduta, ma ciò non lo fece sentire meglio. La finestra era fatta con una specie di vetro di sicurezza, quindi per fortuna Casey non si era tagliata. C'era una rete che forse l'avrebbe trattenuta, se il telaio attorno alla finestra non avesse retto. Ovviamente, Fletch si era assicurato che l'appartamento fosse sicuro per Annie e a prova di bambino, ma il telaio non era pronto a reggere il del peso di un adulto.

Beatle e Ghost riuscirono a trascinare di nuovo Casey dentro, ma lei si opponeva come se la sua vita dipendesse da quello. Nulla di ciò che disse Beatle l'aveva raggiunta.

Beatle non era mai stato così spaventato in tutta la sua vita. Lui e Ghost trascinarono Casey lontana dalla finestra, poi Beatle si sedette sul pavimento con lei in grembo, con la schiena rivolta verso di lui, la cingeva con le braccia come se fosse come una camicia di forza. Lei non riusciva a fare nulla, se non dimenarsi e sobbalzare contro di lui.

Blade e Ghost tenevano fermo Beatle, in modo che lui riuscisse a controllare la Casey impazzita.

La stanza si riempì velocemente con l'arrivo del resto della squadra e Beatle sentì vagamente Ghost che ordinava a Fletch di far rimanere Emily e Annie nella stanza di sicurezza. Non c'era bisogno che vedessero Casey in queste condizioni.

Tutto ciò che potevano fare era guardare Casey rimanere intrappolata nel suo incubo mentre aspettavano l'ambulanza.

# CAPITOLO VENTITRÉ

Ci vollero sei ore prima che le allucinazioni di Casey si attenuassero. Il dottore disse che c'era voluta circa un'ora per far funzionare il farmaco, forse sarebbe stata bene con la dose iniziale ma il farmaco a forma di biglia nella sua mano, insieme alla situazione stressante, avevano scatenato le allucinazioni.

Era stato un trip infernale.

Casey aveva gridato per ore che degli insetti giganti la stavano per mangiare. Vedeva continuamente delle formiche sul corpo e non sapeva chi ci fosse attorno a lei. Dopo essere stata sedata era meno agitata, ma doveva essere ancora trattenuta per la sua incolumità e quella delle persone attorno a lei.

Era la cosa più straziante a cui Beatle avesse mai assistito. Non aveva mai pensato alle sostanze stupefacenti, in un modo o in un altro. Aveva fumato dell'erba al liceo, ma nulla di più.

Vedere quello che stava passando Casey gli fece decidere proprio allora che non avrebbe mai e poi mai inserito di nuovo un qualsiasi tipo di sostanza stupefacente nel corpo. Mai. Non sapeva nemmeno se nel futuro avesse avuto voglia di assumere una bevanda alcolica.

Gli era stato permesso di restare nella stanza di Casey all'ospedale e ora che i suoi valori sembravano tornati normali e aveva dormito un paio d'ore, si sentì sicuro che il farmaco aveva finalmente svolto il suo dovere.

Beatle si adagiò sul materasso vicino a lei e l'abbracciò con delicatezza. Il dottore gli aveva messo dei punti alla ferita sul braccio. Aveva rimesso in sesto Casey con una flebo nell'ultima ora. Beatle non si era fatto la doccia né aveva mangiato, da quando erano arrivati all'ospedale, ma non gli importava di sé in quel momento.

Nel momento in cui mise le braccia attorno a Casey, lei mormorò qualcosa che lui non riuscì a capire. Beatle trattenne il respiro, sperando vivamente che lei non fosse sotto l'effetto del farmaco. Ma invece di spingerlo via e farneticare sul fatto che avesse la testa di una formica gigante, si limitò a rannicchiarsi il più possibile contro di lui.

Il lettino ricordò a Beatle le volte in cui avevano dormito nell'amaca, in Costa Rica. Attaccati uno all'altro, con i loro corpi sporchi e sudati.

Le baciò leggermente la fronte e come se con le labbra avesse premuto un bottone magico, Casey aprì gli occhi.

Beatle la guardò, aspettando di vedere cosa ricordasse, se mai dovesse farlo.

---

Casey si leccò le labbra e guardò Beatle, dall'espressione preoccupata Lei alzò una mano per toccargli un sopracciglio, ma fu fermata dalla flebo che aveva nel braccio.

Si guardò il braccio e un mucchio di immagini fecero irruzione nel suo cervello. Chiuse di nuovo gli occhi.

"Case?"

"Mhmm?" mormorò lei.

"Riesci ad aprire gli occhi e dire il mio nome?"

Confusa sul perché lui volesse che dicesse il suo nome, aprì lentamente gli occhi e obbedì. "Beatle."

"Cazzo."

*Quella* era una strana cosa da dire. Più ci pensava, più ne era consapevole. "Che succede? Non dovresti andare a fare l'allenamento a quest'ora?" chiese lei dolcemente. "Che ora è?"

Beatle le sollevò il mento con il dito e le chiese, "Cosa ti ricordi di ieri?"

Casey inarcò un sopracciglio. Ma in effetti, le cose sembravano un po' confuse. "Uhm, Annie stava giocando col suo carro armato?"

"Sì. Qualcos'altro?"

Casey scosse la testa, ma il movimento le provocò dei dolori al cranio. Si sentiva anche piuttosto leggera.

"Ricordi la tua amica dalla Florida che è venuta nell'appartamento con Jaylyn e Kristina?"

Lei iniziò a scuotere la testa, ma successivamente iniziarono ad apparirle altre immagini nella mente. Marie che si sedeva su una sedia, davanti a lei. Jaylyn e Kristina che l'abbracciavano. Formiche giganti e scarafaggi volanti. Era tutto così confuso. "Beatle? Che mi succede?"

"Shhhhh. Niente. Va tutto bene, ora."

"*Ora?*"

Quando lui non disse nient'altro, Casey fece un respiro profondo e si appoggiò maldestramente sul gomito. "Dimmelo," gli chiese lei.

Beatle non sembrava affatto felice, ma acconsentì. "Marie Santos è venuta a casa nostra, e a quanto pare avevi deciso di incontrare lei e le altre ragazze. Ti ha drogato, ha ipnotizzato Jaylyn e Kristina. Tu hai dato di matto, lei è stata arrestata e il dottor Martin si sta occupando delle tue studentesse. Stanno bene."

Bene. Era sicuramente una descrizione corta e sintetica di quello che Casey istintivamente sapeva, ma lui l'aveva resa così semplice. "Stanno bene?" chiese lei, stabilendo che quella fosse la parte più importante.

"Sì."

"Va bene, allora."

"Dormi. Devo incontrarmi con Ghost e gli altri, ma tornerò dopo per portarti a casa."

"Umm mhmm." Era più un suono a caso, ma Beatle sembrò capirla comunque.

"Ti amo, Casey Shea. Non sai quanto."

"Ti amo anch'io, Beatle."

Lui le baciò la fronte e lei sorrise. Amava quando lo faceva. Poi si addormentò di nuovo.

———

"Davvero non ricorda niente?" chiese Blade a Beatle, un'ora e mezza dopo. Tutti i membri dei Delta si erano incontrati con il loro comandante per analizzare ciò che era successo.

"Non molto. Ancora. Il dottore dice che più alto è il consumo del farmaco, meno memoria ha la persona dell'incidente. Potrebbe ricordare frammenti di cose qui e lì, ma forse mai la vicenda intera."

"Odio quella maledetta puttana," disse Truck sotto i baffi, riferendosi chiaramente alla dottoressa Santos. Non era stato presente nella stanza per quasi tutta la durata della vicenda, ma aveva visto lo sguardo di terrore sulla faccia di Casey quando era penzoloni dalla finestra, sopra di lui. "Casey non si è mai spaventata, dopo aver visto il mio brutto muso. Fino a ieri. Nemmeno in Costa Rica, in quella fottuta giungla, non aveva mai avuto paura di me."

"Se ti fa sentire meglio, lei non vedeva *te*," lo calmò Beatle. "Da quello che sono riuscito a capire dalle sue farneticazioni, pensava che tu fossi uno scarabeo Ercole."

"Beh, *quelli* sono dei brutti stronzi," disse Hollywood con un brivido. "Ne abbiamo beccato uno nella giungla, non avevamo Casey per rassicuraci sul fatto che fossero innocui. Per un attimo ho pensato che mi sarei cagato addosso."

Tutti si misero a ridere, Beatle apprezzò molto il tentativo dell'amico di alleggerire l'atmosfera di tensione. Fece un cenno leggero a Hollywood, che fece lo stesso in segno di rimando.

"Dov'è quella stronza, adesso?" chiese Coach, riferendosi di nuovo a Marie.

"La polizia l'ha portata al commissariato ma era così fuori di testa, vaneggiando sulla sua ricerca, che l'hanno spedita in un istituto psichiatrico," disse Beatle.

"Ma sarà accusata, giusto?" chiese Fletch.

"Sì. Non so ancora per cosa, ma ho la sensazione che il procuratore farà tutto ciò che è in suo potere per infierire il più possibile."

"Qualcuno ha chiamato l'università per avvisare?" chiese Chase. Era stato incluso nella riunione, visto che era presente al momento dell'accaduto.

"Ho chiamato stamattina, proprio quando hanno aperto," disse Ghost. "Ho riferito al rettore l'accaduto, una delle sue insegnanti è matta da legare. Gli ho detto che ha praticamente rapito due studentesse, drogato un'altra professoressa, il tutto organizzando il rapimento e tentando un omicidio in Costa Rica. Era così sconvolto che non ha cercato di nascondermi niente, dicendomi che l'ultima autorizzazione della ricerca di Marie era stata negata ma non ha detto cosa avesse proposto."

"Sì, voleva rapire delle persone e osservare le loro reazioni," si lamentò Blade, mettendosi comodo sulla sua sedia, con le braccia incrociate sul petto. "Anche io le negherei quella fottuta autorizzazione per la ricerca."

"Ho anche parlato con gli ufficiali in Costa Rica," proseguì Ghost. "Hanno confermato che Marie Santos è entrata nel paese due giorni dopo Casey e i suoi studenti. Se ne è andata il giorno dopo in cui l'abbiamo fatto noi. Hanno intenzione di interrogare delle persone a Guacalito e vedere se ricordano che Marie girasse lì attorno, ho la sensazione che se la ricorderanno."

"Quindi è finita?" chiese Blade.

Beatle si irrigidì. Lo sperava davvero tanto.

"Credo di sì. A meno che gli ufficiali in America Centrale non tornino con delle informazioni che dicano il contrario, è finita. Credo che gli abitanti del villaggio se ne siano andati dopo che i Cacciatori hanno salvato le ragazze perché avevano paura di un'altra rappresaglia. Ma non ne sono sicuro. Non sarei sorpreso se il governo costaricano non scoprisse mai cos'è successo veramente a quel villaggio, o perché se ne siano semplicemente andati. La cosa importante è che Marie ha ingaggiato delle persone del posto che non avevano le risorse o un vero motivo per venire negli Stati Uniti e provare a trovare Casey. Lei è al sicuro e può tornare alla sua vita normale," disse Ghost rassicurando la squadra.

Le parole crearono contemporaneamente sollievo e tensione nel cuore di Beatle. Non voleva che Casey tornasse in Florida. Voleva che lei rimanesse in Texas, con lui. Lei aveva detto che sarebbe rimasta, ma ora che era al sicuro avrebbe potuto cambiare idea. Era una donna matura, con una vita e una carriera. Beatle non voleva trattenerla. Lei gli aveva detto che avrebbe lavorato a incarico. Quello era un grosso problema. Se lei si fosse licenziata e avesse cambiato università, avrebbe dovuto iniziare da zero, riprendendosi il posto con una nuova amministrazione. Era una decisione che nessuno dei due poteva prendere alla leggera.

"Come stanno Emily e Annie?", chiese Beatle a Fletch, non volendo pensare a Casey che faceva le valige.

"Stanno bene. Sono molto orgoglioso di Annie. Ha fatto esattamente ciò che le abbiamo insegnato. Quando Emily ha pronunciato la parola in codice, *rosso*, lei ha fatto proprio come l'abbiamo addestrata, senza fare domande. Sono andate verso la stanza di sicurezza e si sono chiuse dentro. Guardavano cosa stava succedendo tramite le telecamere ma non sono uscite finché non sono arrivato e le ho prese con me."

"Nessun residuo di brutti ricordi del ricevimento nunziale?" Fu Chase a fare la domanda.

Fletch sorrise. "Em ha in programma di ridecorare l'appartamento sul garage, dice che ha un aspetto troppo triste. Annie guida quel carro armato dappertutto, inseguendo i criminali. Ho intenzione di riparare il motore il prima possibile, credo."

"Quindi stanno bene," concluse Coach.

"Stanno benissimo," rassicurò Fletch.

"Qualcuno ha parlato con Jaylyn o Kristina?" chiese Hollywood.

"Io," disse Ghost. "Ho chiamato i loro genitori e sono arrivate a casa stamattina. Entrambe le ragazze stanno bene. Il dottor Martin è stato fantastico con loro. Beatle, tu te n'eri già andato insieme a Casey, ma è riuscito a parlare con loro anche quando erano ancora sotto ipnosi ed è riuscito a verificare che Marie non avesse codificato degli strani inneschi su di loro. Erano confuse, quando il dottore le ha risvegliate dallo stato ipnotico, ma non sono andate nel panico. Lui crede davvero che guariranno molto più in fretta senza Marie che insiste continuamente sul modo in cui erano quando avevano portato via Casey."

Tutti annuirono per il sollievo. L'ultima cosa di cui le studentesse avevano bisogno erano degli altri traumi, dopo tutto quello che avevano già passato.

"Avete bisogno di sapere qualcos'altro o aggiungere qualcosa?" chiese Ghost, guardando tutti gli uomini in successione.

Tutti scossero la testa ma Blade prese la parola. "Grazie a tutti per avermi riportato mia sorella. Non dovrei dirlo, ma lo faccio lo stesso."

"Hai ragione," disse Coach sottovoce. "Non devi dirlo. Eravamo tutti lì. Non so quale sia il nostro problema che salviamo delle donne che a quanto pare finiscono in situazioni estreme, ma sono felice che ci siamo stati per loro."

"Assolutamente," disse Ghost.

"Sono d'accordo," disse Hollywood.

Poi Blade si girò verso Beatle. "Te l'ho detto una volta ma lo dirò di nuovo, non riesco a immaginare un uomo migliore per mia sorella. Mi hai dimostrato ripetutamente che farai tutto il necessario per mantenerla al sicuro. Lei si merita un uomo come te, qualcuno che le guarderà sempre le spalle e la metterà al primo posto, nella sua vita. Sappiamo tutti che avere come marito un membro dei Delta non è facile, ma non sono per niente preoccupato quando verrà il vostro turno. Ho solo una richiesta da farti..."

Quando fece una pausa, Beatle aggrottò le sopracciglia verso il suo amico.

"Per favore, non scappate a sposarvi in una cazzo di cerimonia segreta. A mia madre verrebbe un infarto. E voglio davvero vedere suo padre accompagnarla all'altare."

"Non so se ci arriveremo mai, amico," disse onestamente Beatle. "Abbiamo un sacco di ostacoli da superare."

"Mandali a fare in culo," disse Truck. "Abbatti quegli stronzi e fatti largo tra di loro. La vita è breve. Davvero breve, cazzo. Non aspettare. Se la ami e lei ti ama, è stupido aspettare."

Beatle guardò il suo amico per un lungo istante, avendo la sensazione che Truck non stesse parlando di lui e Casey. Quando Truck non aggiunse altro, Beatle annuì e si girò di nuovo verso Blade. "Prometto di non scappare a Las Vegas per sposarmi."

"Fagli anche promettere di non fare una cerimonia civile lampo in città," aggiunse Coach.

"Solo gli stronzi come te farebbero qualcosa del genere," replicò Beatle.

Si misero tutti a ridere.

"Se abbiamo finito qui, io devo andare a finire un *vero* lavoro." Disse il comandante, parlando per la prima volta. Dal suo sorrisetto, era evidente che stesse scherzando. Era preoccupato e sollevato che Casey stesse bene, proprio come il resto della squadra. "Beatle, hai le prossime due settimane di vacanze. Fai riprendere Casey. Risolvi tutti i problemi così puoi tornare presto a lavorare. Mi aspetto che tu non abbia la testa, altrove nella prossima missione. Capito?"

"Sì, signore," rispose subito Beatle.

Tutti si fermarono e strinsero la mano al comandante prima che se ne andasse.

Fletch diede una pacca sulla spalla a Beatle. "Pronto per andare a prendere la tua donna?"

"Certo che sì. Ghost?" L'altro uomo si girò verso l'uscita. "Mi farai sapere quando saprai qualcosa dagli ufficiali in Costa Rica?"

"Certamente. Ma a dir la verità credo che sia tutto finito,

Beatle. Porta Casey a casa e aiutala a riprendersi. Non preoccuparti di niente, a meno che tu non abbia una ragione per farlo. D'accordo?"

"Va bene." Poi si girò verso Chase e gli tese la mano. Quando l'altro uomo la afferrò e si strinsero la mano, Beatle gli disse, "Grazie per esserci stato."

"Non ho fatto niente," disse Chase, infilandosi le mani in tasca. "Diavolo, io stavo seduto di fronte al giardino e non sapevo che qualcosa stava andando storto."

"Non sentirti in colpa," disse Beatle all'ufficiale. "Non lo sapevi. Nessuno di noi lo sapeva. Se Casey non mi avesse dato un indizio chiamandomi col mio nome di battesimo, sarei rimasto ancora alla base mentre lei stava avendo le allucinazioni. Forse non sarai un membro dei Delta, ma sei comunque importante per tutti noi. Se hai bisogno di noi, ci siamo e non solo perché sei il fratello di Rayne. Capito?"

Beatle non sapeva a cosa stesse pensando l'altro uomo ma dopo un momento, annuì. "Capito. Lascerò a voi il corteggiamento, non sono alla ricerca di una donna."

Si misero tutti a ridere.

"Questo è quello che dicevamo anche noi," rispose Hollywood.

"Non puoi mai sapere quando ti colpirà l'amore. Penserai ai fatti tuoi e poi *bam*, eccola lì," disse Fletch al suo amico.

"È la pura verità," mormorò Coach.

Chase scrollò le spalle. "Come volete. Adesso, se voi signorine avete finito qui, anche io come il comandante, ho cose più importanti da fare."

Nessuno la prese come offesa, si misero solo a ridere quando l'uomo scosse la testa verso di loro e lasciò la stanza.

"Vuoi che ti aiuti a portare Casey a casa?" chiese Truck.

"Nah, direi che siamo a posto," disse Beatle.

"Credi che dopo sia pronta a ricevere ospiti? Mi piacerebbe vederla, se pensi che questo non la spaventerebbe," disse Truck.

"Le farebbe tantissimo piacere. Ti avviserò quando ci saremo sistemati."

"Torni a casa di Fletch?"

Beatle scosse la testa. "No, non voglio rischiare che lo stare lì le porti brutti ricordi. La porterò a casa mia."

"Hai pulito dall'ultima volta che l'ho vista?" chiese Truck con un sopracciglio alzato scetticamente.

Beatle si chinò, prese una penna del tavolo e la lanciò verso il suo amico. "Chiudi il becco."

Si sorrisero a vicenda. "Fammi sapere quando è pronta, che farò un salto," disse Truck.

"Lo farò. Più tardi."

"Più tardi."

Beatle sentì a malapena il suo amico. Si stava dirigendo verso la porta per tornare da Casey. Lei sarebbe stata bene. Se era riuscita a superare il suo calvario nella giungla, quella nuova situazione sarebbe stato un gioco da ragazzi. Non era preoccupato della sua ripresa. Erano le decisioni da prendere sulla loro relazione che lo spaventavano a morte.

## EPILOGO

CASEY NON VEDEVA l'ora di tornare a casa. Aveva appena finito il suo primo giorno di ritorno all'insegnamento, era andato davvero bene. Era nervosa - ma chi non lo era il primo giorno? - e voleva parlare con Beatle.

Ma d'altronde, lei voleva *sempre* parlare con lui. Non era lo stesso parlare per telefono, ma era qualcosa.

Quando il suo telefono squillò, Casey vide che era Jaylyn.

"Ciao, Jaylyn. Come stai?"

"Sto bene."

"Come sono andate le tue lezioni, oggi?"

"Bene. Non è la stessa cosa senza di lei qui, lo sa?"

Casey sorrise e si asciugò la fronte sudata mentre camminava verso la macchina. Era sin Texas da un paio di mesi, pensava che non si sarebbe mai abituata al caldo. La Florida era calda, ma il Texas era un forno. "Hai finito il tuo documento?"

Casey aveva insistito che tutte e tre le studentesse finissero i loro documenti sulla ricerca a cui stavano lavorando in Costa Rica. Era stata molto dura, per tutte e quattro. Nessuna di loro aveva più entusiasmo per le specie di formiche su cui avevano fatto le ricerche prima del rapimento, ma l'università era stata davvero buona a concedere una proroga e Casey aveva lavorato con le ragazze per aiutarle a finire i loro documenti.

"Sì. La settimana prossima dovrei sapere il voto," disse Jaylyn. "Ma la sa una cosa?"

"Cosa?"

"In realtà non mi importa più. Potrei anche non passare quello stupido corso, e non avrebbe importanza. Abbiamo passato qualcosa di tremendo, ho imparato un sacco di cose su di me. La mia nuova terapeuta dice che fin quando io sto crescendo e imparando, non importano i voti."

"Sembra molto intelligente," disse Casey con un sorriso, ruotando la chiave nel motore. L'aria sparata fuori dai condotti era calda, ma sapeva che presto si sarebbe raffreddata. "Ma sia quel che sia, non gettare al vento la tua educazione per quello che è successo."

"Non lo sto facendo," le garantì Jaylyn. "Ma potrei cambiare la mia specializzazione."

"Purché non sia psicologia, mi sta bene," disse seccamente Casey.

La ragazza sull'altro capo della linea si mise a ridere. "Certo che no. Stavo pensando all' educazione. Mi piacerebbe insegnare alla scuola elementare, credo."

"Sembra fantastico," disse Casey alla sua ex studentessa, e lo diceva sul serio. "Come stanno i miei cucciolotti?"

Casey non ricordava molto delle allucinazioni avute per l'LSD che Marie le aveva obbligato ad assumere, ma ricordava chiaramente agli scarafaggi volanti che volevano strapparle i bulbi oculari. Di conseguenza, quando lei e Beatle erano andati in Florida a svuotare il suo appartamento e a impacchettare la sua roba per mandarla in Texas, aveva lanciato uno sguardo ai suoi animali domestici ed era corsa subito in bagno a vomitare. Doveva trovargli un'altra sistemazione – con gran sollievo di Beatle, visto che lui non avrebbe voluto vivere con quelle bestiacce - e per fortuna, Jaylyn si era offerta di adottarli.

"Stanno bene. Saranno loro a sotterrare noi, un giorno."

"Vero. Sono così contenta che li abbia presi tu, grazie ancora. Beatle non era molto felice all'idea di condividere casa con loro."

"Ma l'avrebbe fatto," disse Jaylyn con certezza.

"Sì, l'avrebbe fatto," disse Casey con un sorriso. Lei pensava sempre a quanto fosse divertente che una donna con un dottorato in entomologia fosse finita con un uomo che non poteva sopportare gli insetti, ma trascurò quel suo difetto perché tutto il resto di lui era fantastico.

"Comunque, volevo solo chiamarla e ringraziarla per tutto quello che ha fatto per me. So che le cose non sono state facili nemmeno per lei," le disse Jaylyn.

"Di niente," disse Casey sottovoce. "Ti auguro il meglio. Chiama quando vuoi."

"Lo farò. Devo andare. Ci sentiamo, dottoressa Shea."

"Ciao, Jaylyn."

Casey riattaccò e guardò il suo telefono, persa nei suoi pensieri. Quando sentì che l'aria era abbastanza fredda per partire, scosse la testa e abbassò il telefono. Aveva delle cose da fare. Ovvero tornare a casa dal suo fidanzato in modo che potessero parlare insieme delle loro giornate lavorative.

Era una delle sue cose preferite, del vivere con Beatle. Senza badare a quanto fosse tardi, parlavano sempre su come fossero andate le loro giornate.

———

Beatle controllò l'applicazione sul telefono per vedere dove si trovasse Casey. Entrambi avevano le applicazioni di localizzazione installate sui loro telefoni, in modo da controllarsi a vicenda. Visto che Casey andava avanti e indietro dalla Baylor University tutti i giorni, lui voleva che lei non corresse pericoli.

Aveva affittato una bella casa nel Temple settentrionale per accorciarle un po' il suo tragitto casa-lavoro. Il suo vecchio appartamento a Killeen era piccolo, e lui voleva fare qualsiasi cosa per assicurarsi che Casey non si pentisse mai della sua decisione di abbandonare il suo lavoro e trasferirsi in Texas.

Non riusciva ancora a credere che ce l'avesse fatta. Lei gli aveva detto che lui era molto più importante del suo lavoro, ma Beatle era rimasto sbalordito che lei avesse cambiato tutta la sua vita per stare con un uomo dell'esercito, come lui. Lui non la meritava, ma era sicuro che le avrebbe promesso una vita di agi e felicità.

Il rettore dell'università in Florida non fu sorpreso quando Casey gli disse che voleva licenziarsi. Lui aveva confessato che, dopo il rapimento, avesse la sensazione che Casey non sarebbe tornata. Ma aveva fatto una gentilezza chiamando un collega a Baylor, dicendogli che Casey si sarebbe trasferita nella zona e avrebbe aggiunto un'ottima risorsa alla sua squadra.

Beatle non aveva dubbi che lei avrebbe ottenuto il lavoro e dopo un paio di colloqui, aveva indovinato. Il cambiamento era stato piuttosto facile e lei era pronta per il semestre autunnale. Tutto si era svolto così facilmente... come se fosse destino.

Vedendo che Casey era quasi arrivata a casa, Beatle si diede una mossa per terminare i tocchi finali della cena che aveva programmato. Non stavano solamente festeggiando il suo primo giorno nel nuovo lavoro, aveva ricevuto anche delle buone notizie dal comandante. Non vedeva l'ora di condividerle con Casey.

Dopo cinque minuti, Beatle sentì la chiave di Casey nella serratura. La aspettò in cucina e la prima cosa che vide, quando lei sbucò dietro l'angolo, fu il suo sorriso brillante.

Si rilassò. Era nervoso per lei. Voleva che le piacesse Baylor e il suo nuovo lavoro. A quanto pare, le piaceva.

Casey andò dritta da lui gettando lo zaino a terra. Avvolgendolo tra le braccia, si mise in punta di piedi e inclinò la testa all'indietro.

Beatle le diede ciò che voleva. Le diede un bacio lungo e passionale, staccandosi solo quando sentì che stava perdendo il controllo. Non importava quanto tempo fosse passato e quanto spesso facevano l'amore. Ogni volta che lui era con lei, la desiderava ardentemente, come la prima volta.

"Passato una buona giornata?" chiese lui.

"Sì. Non credevo che mi sarebbe piaciuto insegnare a quel seminario di biologia ai ragazzi del primo anno, ma sembravano veramente interessati a scoprire cosa potessero fare con una laurea in biologia."

"È la tua lezione di entomologia? Come è andata?"

"Bene, ovvio. Anche se non ho voglia di viaggiare fuori dagli Stati Uniti per studiare di nuovo gli insetti, è stato davvero bello chiacchierare in modo informale con i miei studenti sulla mia esperienza in Costa Rica... l'esperienza di studiare insetti, ecco." Sorrise lei. "Sebbene io sia sicura che gli studenti mi ameranno di meno, quando faranno il loro primo compito. In Florida gli studenti sapevano che ero tosta. Questi nuovi studenti... eh, dovranno impararlo con le cattive."

Beatle sorrise verso Casey. Amava ascoltarla parlare sull'insegnamento. Era evidente che le piaceva tantissimo e che era brava in ciò che faceva. Forse, se ci fossero state più insegnanti come lei, lui avrebbe continuato a studiare. Ma forse non sarebbe stato lì con lei, in quel momento. "Ti amo," disse lui.

"Ti amo anch'io. Cos'hai preparato per cena?"

Beatle represse una risatina. Amava il modo disinvolto in cui lei ricambiava il suo amore. Non era un problema per lei. Lo faceva e basta.

"Bistecca. Adesso le ho messe a riposare, dovrebbero essere pronte tra un paio di minuti."

"Yum. Bistecca," disse Casey allontanandosi da lui per sollevare il coperchio da una padella sul fuoco. "E riso? Ottimo."

Casey lo aiutò a sistemare gli ultimi dettagli della cena e lui portò i piatti sul tavolo. "Siediti, ti verserò un bicchiere di vino."

Durante la cena parlarono del più e del meno e Beatle rifletté di nuovo su quanto fosse diversa la sua vita, rispetto a un paio di mesi prima. Non avrebbe mai pensato di preparare la cena per la sua donna dopo il ritorno a casa dal lavoro. Non era uno stronzo, ma si era sempre immaginato in una tipica relazione uomo-donna. In cui era lui a lavorare e a portare la maggior parte dei soldi per la famiglia, la sua ragazza avrebbe pulito e preparato la cena per *lui* al ritorno a casa dal lavoro.

Casey scartò quello stereotipo. Lei faceva molti più soldi di quanti ne avesse mai fatti lui nell'esercito e molte sere, tornava a casa dopo di lui. La loro casa non era proprio pulita ma la cosa non infastidiva nessuno dei due. Stavano insieme ed erano felici, era tutto ciò che importava.

Si stavano ancora conoscendo, ogni mattina Beatle si svegliava chiedendosi cosa avrebbe imparato quel giorno su Casey. Non riusciva proprio ad immaginarsi annoiato da lei.

Terminato il pasto, lui portò i piatti nel lavello e li lasciò lì; dopo li avrebbe messi nella lavastoviglie. Prese Casey per mano e la portò verso il divano. Si sedette e poi la fece sedere in braccio a lui, come era solito fare.

"Oggi ho parlato col comandante," disse Beatle.

"Quindi?"

"L'altro giorno, la polizia in Costa Rica ha trovato quel tipo della giungla."

Casey spalancò gli occhi. "Quello che ho spinto nel tumulo di formiche proiettile?"

"Sì. Quello."

"È vivo?" domandò Casey.

Beatle riuscì a vederle la speranza negli occhi. Non sapeva che lei fosse preoccupata per il destino dello stronzo, ma avrebbe dovuto capirlo. Lei non era un soldato. Non era abituata alla violenza. Era sicurissimo che non avrebbe voluto la morte di un altro essere umano sulle spalle. "Sì, tesoro. È vivo." Il sollievo di lei confermò i pensieri di Beatle.

"Bene. Cos'ha detto?"

"Ha confermato ciò che pensavamo fin dall'inizio. Marie ha pagato lui e gli altri nel villaggio per rapire te e le ragazze. Quando le hanno salvate e lei ha scoperto che eri stata salvata anche tu, ha detto che li avrebbe pagati il doppio se ti avessero rintracciata per lei e poi uccisa."

Le spalle di Casey si abbassarono. Beatle si sbrigò a dirle della buona notizia.

"È finita, Case. Ha confermato che nessuno ti sta cercando. Quando Marie se n'è andata dal Costa Rica senza pagarli e dopo che sono morti molti di loro nella giungla, nessuno aveva il desiderio né i soldi per inseguirti negli Stati Uniti."

"Quindi non devo preoccuparmi che qualcuno mi rintracci e cerchi di rapirmi di nuovo?" chiese lei speranzosa.

"No."

Casey rilassò ogni muscolo del corpo, Beatle fu entusiasta per quello che era riuscito a fare per lei.

"E Marie? Hai saputo qualcosa su di lei ultimamente?"

Questa era la brutta parte delle nuove informazioni che aveva da dirle. "È morta, Case."

Casey si agitò in braccio a Beatle. "*Cosa?* Pensavo che la stessero aiutando!"

"Lo stavano facendo. Il suo processo non sarebbe iniziato prima di un paio di mesi, il procuratore della Florida le ha ordinato di stare nell'istituto di salute mentale. Ma credo che lei abbia ingannato tutti facendo credere di essere più stabile di quanto fosse in realtà. Dopo che ha saputo che la sua ricerca era stata bollata come moralmente deplorevole e non avrebbe mai più visto la luce del giorno, si è impiccata nella sua stanza durante i controlli di salute notturni delle guardie."

Casey si afflosciò su di lui e Beatle aspettò che lei elaborasse ciò che le aveva detto.

"Non so come sentirmi al riguardo," confessò lei, dopo un paio di minuti.

"Sentiti come vuoi, tesoro. Non ti criticherò se sei felice che sia morta e se non vuoi dire niente. Devo ammetterlo, non ero così entusiasta all'idea che tu dovessi rivivere quello che hai passato, durante il processo."

"Beh, nemmeno io, ma non sono proprio felice che sia morta."

Beatle le mise il dito sotto il mento e la fece girare verso di lui. La guardò negli occhi per un lungo istante, cercando di scoprire dove avesse la testa. Quando non percepì alcun senso di colpa, era soddisfatto. "Non saresti la donna che amo più della vita stessa se tu fossi felice della sua morte. Ma, te lo dirò, *io* sono felice che sia morta. Quella stronza ti ha rapita. Torturata. Ha ingaggiato degli uomini per violentarti e poi ucciderti. Poi ha cercato ancora di fotterti il cervello - e *ha riso* quando eri fuori di te, quando pensavi che io e gli altri fossimo insetti giganti. Non mi dispiace che sia morta."

"Beh, cavolo, Beatle. Perché non mi dici come ti senti davvero?" mormorò Casey.

Beatle interruppe il contatto visivo con lei e la strinse in petto. "Non farò finta di essere triste che è morta, Case. Ho ucciso più persone di quanto riesca a ricordare, la maggior parte erano cattive. Non sono riuscito a uccidere Marie Santos, ma non mi dispiace che sia morta. Mi dispiace solamente che non abbia sofferto come te. Se avessi fatto a modo mio, l'avrei fatta morire gettandola in una fossa e lasciata a morire."

"Sei un po' assetato di sangue, Beatle," gli disse Casey.

Non poteva farci nulla. Lui sorrise. "Quando si tratta di te, sì, lo sono. Hai dei problemi al riguardo?"

Per un attimo lei non rispose. Proprio quando Beatle si stava preoccupando di aver esagerato, lei scosse la testa. "Nah. Mi va bene che tu faccia il culo a qualcuno se dovessero cercare di farmi del male. Fin quando a te vada bene se io faccio la stessa cosa."

"Case, non potresti far del male a nessuno."

"Ho fatto del male a *te*," gli disse lei, facendogli scivolare le dita sulla cicatrice che aveva sul braccio, quando lei lo aveva ferito in preda alle allucinazioni.

Lui ridacchiò. "Non ho sentito niente," le garantì lui per la milionesima volta.

"Uh," si offese lei. "Bugiardo. Ma sì, hai ragione. In realtà la violenza non è il mio forte. Ma *ho* accesso a moltissimi insetti spaventosi. Posso avere la mia vendetta, senza dover ricorrere alla violenza."

Beatle scrollò le spalle. "Dio mio. Non voglio nemmeno *pensare* a quello che potresti fare con tutti quegli insetti nel laboratorio dell'università."

Casey ridacchiò. Poi alzò lo sguardo verso di lui e lo fissò intensamente. "Sono felice."

Beatle le fece scivolare una mano sulla schiena. "Sono felice. Anche io."

"Per quanto tutto ciò che è successo sia stato orribile, ti ha condotto da me. Non posso essere dispiaciuta per questo."

Beatle fece un respiro profondo e annuì. "Ti amo, Case. Non saprai mai quanto."

"Lo so quanto, perché ti amo alla stessa maniera."

Beatle si alzò, sempre con Casey tra le braccia. Lei non si lamentò, si limitò a stringersi al suo uomo.

Lui attraverso il corridoio, verso la loro camera da letto. Senza dire una parola la buttò sul letto e le tolse la maglia. Beatle aveva bisogno di penetrarla in quel momento.

Un'ora dopo erano accoccolati sul letto matrimoniale, le coperte in disordine attorno a loro, ma nessuno dei due si mosse per sistemare il casino. Erano leggermente sudati, respiravano ancora velocemente dopo il loro balletto d'amore.

"Beatle?" chiese Casey.

"Sì, tesoro?"

"Credi che potremmo appendere un'amaca nell'angolo della stanza?"

Beatle gettò la testa indietro e rise. Aveva la sensazione che Casey l'avrebbe sempre tenuto in pugno. "Domani cercherò online e ne ordinerò una," le disse lui, finita la risata.

Casey gli tracciava distrattamente dei cerchi sul petto possente, lui la sentì sorridere sulla spalla. "Quando ero in quella fossa, avevo tanta voglia di vivere," disse lei sottovoce. "Non sapevo il perché; sapevo solamente di non potermi arrendere, perché qualcosa di grande era proprio dietro l'angolo ad aspettarmi. Poi sei apparso tu. Ho alzato lo sguardo e ho capito subito...eri *tu* quella grande cosa che mi aspettava."

La gola di Beatle si chiuse e non riuscì a parlare. Riuscì

solamente a stringere la presa attorno a lei. Come se lei avesse capito, Casey alzò leggermente la testa, gli baciò il mento e poi si riappoggiò di nuovo sulla sua spalla.

Successivamente, dopo che Beatle aveva già tirato su le coperte per mantenere caldi i loro corpi e quando sentì Casey russare leggermente, Beatle trovò le parole che non era riuscito a evocare prima.

"Non avrei mai immaginato di trovare la mia anima gemella tra le foreste del Costa Rica."

———

Truck entrò in casa, chiudendosi silenziosamente la porta alle spalle. Non sapeva se Mary stesse dormendo, se così fosse non avrebbe voluto svegliarla. Lei non dormiva molto bene. Posò la borsa nell'atrio e si diresse verso il soggiorno.

Lei stava dormendo profondamente sul divano, vedendo un programma di cucina in televisione. Truck si inginocchiò al suo fianco e la guardò per diversi minuti, ammirando l'essenza di Mary.

I capelli le erano ricresciuti abbastanza, non sembrava più malata. Infatti, non *era* più malata. Aveva sconfitto il cancro... *due* volte. Ma l'ultima volta ci era andata vicina. Aveva indossato una parrucca in attesa della ricrescita dei capelli. Nessuno se n'era accorto perché lei aveva fatto di tutto per evitare Rayne e gli altri il più possibile.

Anche se li teneva chiusi al momento, secondo Truck gli splendidi occhi marroni di Mary avevano provato troppa sofferenza e dolore. La chemio era stata dura, ma erano le radiazioni che l'avevano quasi fatta fuori. La pelle sul suo petto era stata praticamente bruciata dai trattamenti. Le faceva male al tocco, ma non era riuscita a trovare nulla che la aiutasse. Il dottore le aveva prescritto diversi antidolorifici molto forti, in più aveva usato almeno tre diversi tipi di creme per cercare di alleviare il dolore e curare la pelle.

Ma adesso era tutto alle sue... anzi, alle *loro* spalle. Tutto ciò che stavano gestendo in quel momento erano l'intorpidimento persistente e il formicolio alle dita, come conseguenza della chemio. Ma il dottore aveva assicurato che anche quei fastidi sarebbero svaniti col tempo.

Cedendo alla tentazione, Truck le accarezzò i capelli corti e sottili. Prima di perderli, Mary aveva dei bei capelli castani spessi. Dopo le erano ricresciuti sottili e grigi. Era andata dal parrucchiere e si era fatta tingere delle sfumature di rosa e viola, così l'aveva conosciuta Truck.

Anche se il suo tocco era leggero, gli occhi di Mary si aprirono. "Sei tornato," disse lei assonnatamente.

"Sì, piccola. Sono tornato."

"Stai bene?" chiese lei.

"Sto bene," le disse Truck con un piccolo sorriso. Poi si raddrizzò e la prese tra le braccia. Lei non si lamentò, limitandosi a rannicchiarsi nel petto dell'omone e avvolgergli le braccia intorno al collo.

Truck adorava il fatto che Mary non aveva mai paura di esprimere il suo pensiero. Se lei fosse stata stanca, l'avrebbe confessato. Se lei fosse stata incazzata con lui o con qualcun altro, non avrebbe avuto nessun problema nel farglielo sapere. Lui la capiva, forse meglio di chiunque altro. Agli occhi degli altri appariva come una stronza, dura e inflessibile. Ma erano i momenti come quello, quando lei si rilassava e lasciava che lui si prendesse cura di lei, che Truck apprezzava di più.

La portò in camera matrimoniale e la adagiò dolcemente sull'enorme sul letto matrimoniale. Lei si girò subito sul fianco e tornò a dormire. Truck voleva raggiungerla, ma prima aveva un paio di cose da fare.

Suo malgrado, si allontanò dal letto per dirigersi verso la

porta. Fissò la foto incorniciata sul muro, proprio dietro la porta. Era stata scattata un paio di mesi prima, nel giorno del loro matrimonio. Era il giorno in cui il suo amico Fish aveva bisogno di lui e della squadra nell'Idaho, ma alla fine Truck aveva convinto Mary a sposarlo, quindi non era riuscito ad andare.

Truck si era innamorato di Mary sin dalla prima volta che l'aveva vista. Lei era stata molto irriverente nei suoi confronti, per difendere la sua migliore amica Rayne. Il giorno del loro matrimonio era stato uno dei giorni più belli della sua vita.

Truck fece scivolare una mano sulla foto sorrise. Mary pensava che una volta ripresa, avrebbero divorziato e nessuno avrebbe mai saputo che erano stati sposati. Mary aveva ancora il suo appartamento affittato ma molto spesso finiva per dormire a casa di Truck. Quando era stata malata si allontanava per parlare a telefono con Rayne, invece di incontrarla il più possibile ma quando si videro, si assicurò che Rayne la andasse a prendere al *suo* appartamento.

Ma lui non l'avrebbe lasciata andare via, per nessun motivo al mondo. Non dopo che lui aveva dormito al suo fianco quasi tutte le sere, in questi mesi. Non dopo che lui l'aveva tenuta stretta quando si sentiva male dopo la chemio. Non quando lei aveva sentito così tanto dolore per le ustioni da radiazioni sul petto che gli aveva permesso di metterle una pomata sulla pelle.

Truck chiuse la porta della camera da letto senza fare rumore e si diresse di nuovo verso il soggiorno. No, Mary Weston era sua ormai. Per sempre.

———

Blade si sedette sulla poltrona e consumò a malincuore il suo pasto. Aveva preparato una cena al microonde perché era troppo stanco per fare altro. No, era una bugia. Era semplicemente troppo depresso per fare qualcos'altro.

Era felice per sua sorella. Casey e Beatle erano contentissimi e a Blade faceva piacere. Ma poi si era reso conto di essere l'unico uomo della squadra senza avere una donna. Gli altri ragazzi erano a casa con le mogli o fidanzate, più felici di maiali nel letame. E lui? Eccolo lì, seduto pateticamente sul suo divano, guardando lo schermo spento della televisione, chiedendosi se avrebbe mai trovato qualcuna in grado di sopportarlo.

Suonò il telefono. Il telefono di casa. Quello a cui non rispondeva mai, lo aveva solo perché era riuscito ad ottenere un piano tariffario conveniente per avere internet. Quando suonava, in genere lo lasciava squillare. Ma quella sera era annoiato, irrequieto e... invidioso. Invidioso della felicità che provavano i suoi compagni di squadra, perché voleva provarla anche lui.

"Pronto?"

"Ciao! Mi chiamo Wendy. Come stai?"

"Uh... bene."

"Fantastico. Ti chiamo per chiederti se hai pensato al tuo futuro."

"Il mio futuro?" chiese Blade. Sapeva che non avrebbe comprato niente da qualcuno che l'avrebbe chiamato per una promozione, ma la voce della donna sull'altro capo del telefono era melodica e rilassante. Quanto poteva essere patetico il fatto che lui stesse prolungando la conversazione solo perché gli piaceva il suono di quella voce?

"Sì, il tuo futuro. Sei sposato?"

"No."

"Figli?"

"Nemmeno."

"Bene, beh, allora dovrai avere una famiglia."

Blade sentì una nota di esasperazione in quella bella voce. "Sì, Wendy. Ho una famiglia."

"Fantastico!" La voce tornò ad essere allegra. "Se ti dovesse succedere qualcosa, sono sicura che vuoi assicurarti che la tua famiglia non abbia nessun problema. Vuoi prenderti cura di loro. Posso aiutarti a farlo. Sapevi che l'assicurazione sulla vita è molto più economica della vita in sé? Lo è. E per solo venti dollari al mese, puoi ottenere una polizza consistente che permetterà ai tuoi cari di organizzarti il funerale che ti meriti e dargli un senso di pace e liberazione allo stesso tempo. Inoltre, quando tu..."

Blade non ascoltò una sola parola, si concentrò solo sul suono di quella voce. Chiuse gli occhi e immaginò quella donna senza volto seduta accanto a lui, sul divano, raccontandogli della sua giornata. Era patetico, ma si sentì subito meno solo.

"Signore?"

Blade ebbe un fremito e aprì gli occhi. Si accorse che aveva smesso di parlare e stava aspettando la sua risposta.

"Sì, Wendy?"

"Cosa ne pensa?"

"Sono nell'esercito."

"Oh... uh... e quindi?"

Lui ridacchiò. "Ho un'assicurazione sulla vita. Non me ne servono altre."

"Oh." Sembrò delusa. "Capisco."

Per qualche motivo, Blade non voleva che la conversazione finisse. "Come va la *tua* serata, Wendy?"

"La mia? Umm... bene, credo."

"Non mi sembri convinta," notò Blade.

"Beh, sei l'ottantatreesima persona che chiamo stasera, non ho venduto neanche una polizza."

"Che peccato," si dispiacque lui, senza sapere se lei stesse cercando di farlo sentire in colpa per fargli acquistare una polizza sulla vita di cui non aveva bisogno.

"Già." Il tono tornò ad essere allegro. "Ma almeno non mi hai riattaccato il telefono. Né mi hai insultata. Né mi hai smadonnato dietro."

"Capita?"

"Sempre," gli rispose lei.

"Non credo che fare delle chiamate promozionali sia così divertente," osservò lui.

"Fa schifo," sussurrò lei.

"Allora perché lo fai?" Blade era davvero curioso.

"Perché ho bisogno di soldi extra. Ho un lavoro di giorno, ma lavorare qui un paio di ore a sera mi dà abbastanza entrate extra per potermi mantenere."

Blade capì. Quando si era unito all'esercito, era al verde. Anche dei panini con ketchup erano troppo cari per lui, a volte. "Ci sono passato," le disse.

"Posso... posso farti una domanda?"

"Credo che tu l'abbia appena fatta," disse serio Blade.

Lei ridacchiò, la voce di quella ragazza lo fece eccitare. Blade sbatté le palpebre per la sorpresa. Non avrebbe mai pensato di eccitarsi sentendo la risata di una sconosciuta, all'altro capo del telefono, ma...all'improvviso, la desiderava. Non sapeva come fosse fatta, non sapeva niente su di lei, tranne il suo nome, ma quella voce dolce e tranquilla era un qualcosa che lui non aveva mai sentito.

"Come ti chiami?"

"Aspen," disse Blade, senza esitare.

"Davvero? Come l'albero del Colorado?"

Stavolta fu lui a ridere. "Sì, come l'albero."

"Mi piace. È insolito. Aspen?"

"Sì, tesoro?"

"Grazie per essere stato gentile con me. Ho avuto una

brutta giornata. Non mi aspettavo certo che tu comprassi un'assicurazione, ma grazie per avermi detto di no così gentilmente."

Il pensiero che qualcuno *non* fosse gentile con lei colpì duramente Blade. "Di nulla. Quindi... lo fai tutte le sere?"

"Cosa?"

"Chiamare degli estranei e parlare con loro?"

"Beh, no. Lavoro solo un paio di giorni a settimana qui e come ti ho detto prima, la maggior parte delle persone mi riattaccano il telefono in faccia o mi insultano."

"Se dovessi chiamarmi di nuovo, non ti riattaccherò il telefono in faccia, né ti insulterò," le disse Blade.

Lei rimase in silenzio per un istante e poi chiese, "Mi stai dicendo che non ti dispiacerebbe se ti chiamassi di nuovo?"

"È quello che sto dicendo," confermò Blade, chiedendosi se fosse improvvisamente impazzito. I ragazzi gliene avrebbero dette di tutti colori se avessero saputo che aveva così voglia di compagnia che stava praticamente implorando un'estranea di richiamarlo. Diavolo, lei avrebbe potuto essere più grande di lui, mostruosamente brutta o chissà...Ma Aspen sentiva che non era così.

"Mi... Mi piacerebbe," disse dolcemente lei. "Ma dovresti saperlo, non vendo sempre assicurazioni. Ogni sera è qualcosa di diverso."

"Allora non vedo l'ora di vedere cosa mi venderai la prossima volta. Sarà una sorpresa."

Lei ridacchiò di nuovo e Blade chiuse gli occhi, godendosi quel bel suono.

"Non credo che sia qualcosa che ti possa servire."

"Mi servono un mucchio di cose," disse ermeticamente Blade. "Hai il mio numero?"

Sentì mescolare dei fogli e poi lei disse "Sì."

"Allora non vedo l'ora di sentirti presto."

"D'accordo. Aspen?"

"Sì?"

"Hai detto che sei nell'esercito. Grazie per il tuo servizio. Non so cosa fai, ma qualsiasi cosa tu faccia, sono sicura che sia importante. Starai bene... giusto?"

Ecco, Blade era partito per la tangente. Era passato molto tempo da quando qualcuno, esclusa sua sorella, si era preoccupato per lui. "Grazie, tesoro. Sì, starò bene."

"Bene. D'accordo, devo andare. Il mio capo mi sta osservando con la coda dell'occhio. Credo che lui sappia che sto solamente cazzeggiando e perdendo tempo. Grazie ancora per non esserti comportato da stronzo."

"Di nulla. A dopo."

"Ciao."

Blade riattaccò il telefono e rimase seduto sul divano per diversi minuti, immerso nei suoi pensieri, cercando di stabilire se fosse patetico, pazzo o semplicemente un cretino. Alla fine, si alzò e gettò nella spazzatura la cena che aveva lasciato a metà. Si diresse dal salone alla sua stanza e si preparò per andare a letto.

Mentre si stendeva e cercava di rilassarsi per riuscire ad addormentarsi, non riuscì a fare a meno di chiedersi se Wendy lo avrebbe chiamato di nuovo. Lo sperava... con tutto se stesso.

———

"Come sta Sadie?"

Chase abbassò la voce, sapendo che la donna di cui Sean Taggart stava chiedendo stava dormendo nell'altra stanza.

"Sta bene."

"Nessuna traccia di quello stronzo, Jonathan Jones?"

"No."

"Ho intenzione di fare di nuovo un salto, questo fine settimana."

Chase sospirò silenziosamente. Sean era arrivato nella zona di Fort Hood ‐ con la sua benedizione ‐ per visitare sua nipote ogni sabato, da quando Chase l'aveva portata nel suo appartamento per tenerla d'occhio. Jonathan Jones era un pedofilo che si era ossessionato in qualche modo con Sadie, ed era ancora a piede libero. Chase si era offerto volontario per continuare a tenere d'occhio Sadie fino a quando lo stronzo non fosse stato trovato.

"Va bene. Sabato ho un'altra riunione col detective che si è messo in contatto con l'FBI. Vuoi raggiungerci alla stazione?"

"Va bene. Grace ha anche impacchettato un'altra scatola enorme di quella roba che porterò con me. Ti sta davvero bene tutto questo?" chiese Sean. "È passato un mese, Sadie può diventare tremenda, la maggior parte delle volte. Credo che sia più al sicuro con te poiché Jonathan potrebbe scoprire facilmente il suo legame con noi e venire qui a cercarla, ma se lei ti sarà d'impiccio, troverò una soluzione."

"No," disse velocemente Chase. "Tenerla qui non è un problema."

Sean percepì qualcosa di strano nel tono di Chase, perché abbassò la voce e disse minacciosamente, "Non scherzare con mia nipote, Jackson."

"Non lo farò. Lei è al sicuro con me. In tutti i sensi."

Ci fu un istante di silenzio nella conversazione telefonica prima che Sean dicesse, "Meglio così. Ci vediamo sabato." Poi riattaccò.

Chase riattaccò il telefono e rimase immobile per cercare di capire se la conversazione avesse svegliato Sadie. Quando non sentì nulla provenire dalla camera degli ospiti, sospirò dal sollievo.

Era stato attratto da Sadie dal momento in cui aveva visto

la sua foto, ma averla lì in casa a vivere con lui e condividere il suo spazio, aveva solamente aumentato la sua attrazione. Lei era tosta, non si faceva mettere i piedi in testa da nessuno ed era rapida nel dare risposte saccenti. Ma era anche compassionevole, generosa e aveva un animo nobile.

L'ipotesi che Jonathan Jones potesse mettere - di nuovo - le mani su di lei era ripugnante. Sadie aveva gestito incredibilmente bene tutto ciò che le era successo, ma Chase non voleva che quello stronzo la toccasse di nuovo.

Gli zii di Sadie erano più che adeguati a tenerla al sicuro, ma il cavernicolo dentro Chase la voleva per sé. Voleva proteggerla *lui*. Avrebbe fatto tutto il necessario non solo per garantirle di vivere la sua vita come voleva, ma anche per guadagnarsi il suo amore.

————

Libro 8, *Salvare Sadie*, Ora disponibili !

**Also by Susan Stoker**

**Delta Force Heroes**
*Salvare Rayne*
*Salvare Emily*
*Salvare Harley*
*Il Matrimonio di Emily*
*Salvare Kassie*
*Salvare Bryn*
*Salvare Casey*
*Salvare Sadie*
*Salvare Wendy*
*Salvare Mary*
*Salvare Macie*

**Armi e Amori**
*Proteggere Caroline*
*Proteggere Alabama*
*Proteggere Fiona*
*Il Matrimonio di Caroline*
*Proteggere Summer*
*Proteggere Cheyenne*
*Proteggere Jessyka*
*Proteggere Julie*
*Proteggere Melody*
*Proteggere il Futuro*
*Proteggere Kiera*
*Proteggere i figli di Alabama*
*Proteggere Dakota*

**Mercenari di Montagna**
*Difendere Alle*

*Difendere Chloe*
*Difendere Morgan*
*Difendere Harlow*
*Difendere Everly*
*Difendere Zara*
*Difendere Raven*

**Ace Security** *(Prossimamente)*
*Il riscatto di Grace*
*Il riscatto di Alexis*
*Il riscatto di Bailey*
*Il riscatto di Felicity*
*Il riscatto di Sarah*

*In inglese:*
**Delta Force Heroes Series**
*Rescuing Rayne*
*Rescuing Aimee (novella)*
*Rescuing Emily*
*Rescuing Harley*
*Marrying Emily (novella)*
*Rescuing Kassie*
*Rescuing Bryn*
*Rescuing Casey*
*Rescuing Sadie (novella)*
*Rescuing Wendy*
*Rescuing Mary*
*Rescuing Macie (novella)*

**Delta Team Two Series**
*Shielding Gillian*
*Shielding Kinley*
*Shielding Aspen*

*Shielding Jayme (novella) (Jan 2021)*
*Shielding Riley (Jan 2021)*
*Shielding Devyn (May 2021)*
*Shielding Ember (Sep 2021)*
*Shielding Sierra (TBA)*

## Badge of Honor: Texas Heroes Series

*Justice for Mackenzie*
*Justice for Mickie*
*Justice for Corrie*
*Justice for Laine (novella)*
*Shelter for Elizabeth*
*Justice for Boone*
*Shelter for Adeline*
*Shelter for Sophie*
*Justice for Erin*
*Justice for Milena*
*Shelter for Blythe*
*Justice for Hope*
*Shelter for Quinn*
*Shelter for Koren*
*Shelter for Penelope*

## SEAL of Protection: Legacy Series

*Securing Caite*
*Securing Brenae (novella)*
*Securing Sidney*
*Securing Piper*
*Securing Zoey*
*Securing Avery*
*Securing Kalee*
*Securing Jane (Feb 2021)*

## SEAL Team Hawaii Series

*Finding Elodie (Apr 2021)*
*Finding Lexie (Aug 2021)*
*Finding Kenna (Oct 2021)*
*Finding Monica (TBA)*
*Finding Carly (TBA)*
*Finding Ashlyn (TBA)*
*Finding Jodelle (TBA)*

## Ace Security Series

*Claiming Grace*
*Claiming Alexis*
*Claiming Bailey*
*Claiming Felicity*
*Claiming Sarah*

## Mountain Mercenaries Series

*Defending Allye*
*Defending Chloe*
*Defending Morgan*
*Defending Harlow*
*Defending Everly*
*Defending Zara*
*Defending Raven*

## Silverstone Series

*Trusting Skylar*
*Trusting Taylor (Mar 2021)*
*Trusting Molly (July 2021)*
*Trusting Cassidy (Dec 2021)*

## SEAL of Protection Series

*Protecting Caroline*

*Protecting Alabama*
*Protecting Fiona*
*Marrying Caroline (novella)*
*Protecting Summer*
*Protecting Cheyenne*
*Protecting Jessyka*
*Protecting Julie (novella)*
*Protecting Melody*
*Protecting the Future*
*Protecting Kiera (novella)*
*Protecting Alabama's Kids (novella)*
*Protecting Dakota*

## BIOGRAFIA

L'autrice best seller del *New York Times, USA Today,* e *Wall Street Journal*, Susan Stoker ha un cuore grande come lo stato del Texas, dove vive, ma questa tipica ragazza americana ha trascorso gli ultimi quattordici anni vivendo nel Missouri, in California, in Colorado, e nell'Indiana. È sposata con un ex militare dell'esercito, che ora la segue in tutto il Paese.

Ha debuttato con la sua prima serie nel 2014, seguita dalla serie SEAL of Protection, che ha consolidato il suo amore per la scrittura, e la creazione di storie in cui i lettori possono perdersi.

Se ti è piaciuto questo libro, o qualsiasi libro, per favore considera di lasciare una recensione. Gli autori lo apprezzano più di quanto tu possa immaginare.

www.stokeraces.com
susan@stokeraces.com